U0722758

CB5552736

没意思的故事

李国文

自选插图本·短篇小说卷

中国文联出版社

目录

喷嚏 …… 1	没戏 …… 164
别扭 …… 8	没劲 …… 173
梦想 …… 16	没法 …… 181
幸福 …… 21	失望 …… 187
孤独 …… 29	圈套 …… 196
怅惘 …… 40	懊悔 …… 202
紧邻 …… 48	钓鱼 …… 210
逝情 …… 52	心病 …… 218
好人 …… 59	邂逅 …… 225
微澜 …… 67	快乐 …… 233
变异 …… 80	痛苦 …… 239
丑事 …… 90	病友 …… 248
小事 …… 99	当令 …… 253
四季 …… 107	见鬼 …… 262
膏药 …… 117	亲友 …… 267
天问 …… 123	棋篓 …… 293
钥匙 …… 133	黄昏 …… 297
春游 …… 142	骆驼 …… 304
游春 …… 150	端阳 …… 311
烦恼 …… 157	

喷　嚏

　　他喜欢拳击。

　　他的对手也喜欢拳击。

　　他说："拳击运动太具有刺激性了。"他的对手也说："相对地讲，足球场上从来不是自始至终都惊心动魄的，还是看拳击过瘾！"

　　他说："我不知道我们为什么不提倡这项运动，可能认为拳击野蛮、粗暴、残忍吧？"

　　他的对手打了个喷嚏后接着说，"好像有点开禁了！"

　　他笑了笑："也许，压根儿原来就不曾禁过，只不过我们同胞有种自己先禁起来的优良品德，便自觉地禁了。"

　　在边缘所，某省科学院专门研究一种叫做边缘科学的研究所里，无独有偶，江斌和张晓（大家叫他阿弟）是拳击迷。有时候，他们两个还比划两下，挺像回事的。虽然他俩是对手，但并不会真打的。

　　请放心，知识分子属于君子一类，君子动口不动手。

　　"其实，"江斌说，"拳击并不野蛮，相反，我认为很文明。在大庭广众之中，被对手公开地打倒在地，或公开地把对手打倒在地，总比两个人拥抱在一起，亲亲热热，结果腰里却被捅了一刀，或捅对方腰里一刀，要光明磊落得多。"

　　他当然是有感而发，他这番话是抛给阿弟的。

　　阿弟不傻，张开嘴又打了个喷嚏，算了，他没有必要计较。

　　大家觉得他不在意好，这样比较费厄泼赖些。因为阿弟当上了所长，江斌没当上。而在这以前，边缘所每个人也包括阿弟，都认准了江斌唾手可得这个位置，所以现在说两句带刺的话，理属正常。

他笑笑，他也笑笑。

在拳击问题上，他俩观点一致。

江斌未能如愿登上所长宝座，相当憋火。不管从哪个角度看，他应该当所长，阿弟不应该当。但新来的省科学院院长，硬是改变了老所长的决定，气得他真想和阿弟拳击一番，打得他死去活来才解恨。可实际上，宣布任命那天，江斌还是很绅士风度地向胜利者表示祝贺。张晓患有过敏性鼻炎，一个响亮的喷嚏，解除了彼此的尴尬心态，很好，大家一笑了之。

然而又不能"了"，第一个是夏老——前所长，边缘科学的奠基人之一，老前辈，长者，某种程度上的活菩萨。他百思不得其解，为什么这个院长，跟他过不去？

三年前，夏老在他遗嘱里就写了，万一他如何如何，接替他任所长的最佳人选，舍江斌莫属。无论领导才干，组织能力，治学态度，待人接物，都是一流的。这些方面，阿弟也承认自己要略逊一筹。他说，很坦率："江斌确实比我能干，但领导上要我当这所长，焉知我就干得不会比他强呢？"阿弟有他的拗劲，他认为做所长比作论文容易，因为不需要真正的学问。

夏老就看不上阿弟这不谦虚，他不了解院长为什么相中这种人？其实他一说再说，从这位昏君（院里人背后都这样称呼）到任起，他就推荐他得意门生江斌。怕还不够分量，在遗嘱里先把这接班人身份肯定下来。用心良苦，连江斌也感激万分。但夏老这几年总不病危，因此，遗嘱总没法拿出来。子曰："人之将死，其言也善。"虽然，这写在遗嘱上的话，多少有皇位继承权的诏书味道，但老人家不到咽气那一刻，估计昏君决不会心动的。

江斌才不愿因此咒老师早死，他心不那么恶毒。在边缘所，甚至在整个省科学院，都知道，早早晚晚的事，他当所长，没有第二个竞争者。

阿弟？阿弟是谁？阿弟就是张晓，那么张晓是谁？谁都不曾听说，省科学院里出来一匹黑马。公布各研究所领导班子名单时，全院上下都怔住了。

夏老有些后悔，关键时刻要坐镇在院里就好了。

偏偏这个夏季，老人家身体出奇的健康，竟不用拄手杖，扶着他关门弟子，一位女研究生那嫩白如藕的裸臂到海滨避暑去了。小丁，就是这位女弟子，是要攻博士学位的，然后到威斯康星去。"走吧，走吧，夏老，省城太热，去洗洗海水澡吧！"

"好好！"夏老欣然同意，"等我作完这次学术报告。"

学术报告会本来定在上午，昏君打电话来说有会，改在下午。其实，作哪门子报告呢？又何必非让院领导来听呢？很清楚，这是夏老的天鹅之歌，以后他不当所长了，这种学术例会的讲坛便没有他的份了。江斌知道恩师的心理，让他作一次告别演说，也让院领导来听听他对于边缘科学的伟大贡献。江斌负责张罗，"下午行吗，老师？"

"下午就下午！"

"说定了院领导都来！"

"来就好！"

夏天，下午两三点钟容易犯困，夏老自己讲着讲着也没了精神，就别说会场里的听众了。其实边缘科学是饶有兴味的，夏老也深入浅出地举出了不少例子，也有照顾像昏君这类门外汉的意思。但人们眼皮还是直打架，只不过顾及这位名人的面子，包括昏君在内，都在硬挺着和困意挣扎，没有退席。阿弟对学问倒很潜心，满以为夏老会讲出一些真谛，谁知听了听，却是一次科普讲座，他便有些不耐烦，不耐烦便不再听，不再听时耳边便有嗡嗡之声，挺催眠的。他坐在前排，怕睡着失态，连忙揉眼睛，不想触着鼻子，竟打了一个响亮的喷嚏，主持会场的江斌也不客气，认为他大不敬，斥责地叫了一声："张晓……"

阿弟有他的拗，既然没啥听头，站起来退出会场。

夏老愈讲愈没劲，草草收兵，大家礼貌地鼓掌，一点也不热烈。当天晚上，小丁陪他去海滨城市了。

老人家以为万无一失的，所里民意测验的票数，江斌名列榜首。他对干部处处长老周叮嘱再三："别人我是不放心的，边缘所是省科学院的强项，出成果的单位。三年前我就把担子卸给江斌，年轻人要多看看为好，我冷眼旁观这几年，此人堪称德才兼备，是好苗子。"

老周同意："所里再挑不出别人！"

他怕不牢靠，临上火车前，由小丁陪着，去见了那位昏君。院长以为他来征求对学术报告的意见，连忙封他的嘴："讲得好，好！"

"不行了，老了。"他索性开门见山，不绕圈子，无论按年龄，按资历，他绝对可以倚老卖老。"是这么回事……"他讲明了来意。

昏君也够昏的，竟把小丁错当成夏老的女儿，笑笑避而不谈人事安排，却关照她好好照顾她父亲。"夏老是省科学院的骄傲，是年轻人治学的榜样，是边缘科学的中流砥柱……"夏老年事已高但不糊涂，他听过昏君对多少人总念这套顺口溜，不过，他特别强调了本学科的中流砥柱，老人听了也还舒服。临出门又回头谈了江斌的事，务必务必之类的话也讲到了。

夏老认为十拿九稳的事情，等到海滨疗养回来，变卦了。接替他职务的竟是阿弟，那个打喷嚏的家伙，他嘴都气歪了。连忙找手杖，要去找昏君理论，简直岂有此理。

江斌当然很痛苦，没想到他和阿弟对阵，一个根本不等量的拳击手，把他打败。他等这个位置，已经苦苦等了三年。三年前，老人家双六大寿，那时要禅让的话，所长自然是他，因为昏君没来，阿弟刚调进立足未稳。但夏老官瘾挺足，一直快到古稀之年，要不是硬卡，未必乐意下台。江斌既着急也不着急，夏老成为人瑞的可能不大，只要一告退，这把交椅他必坐无疑。老人家写在遗嘱里并给他看，也有抚慰的用意，所以他不能逼宫，惹翻了老爷子，改写遗嘱，岂不前功尽弃？废黜王储的事例，并不鲜见。

江斌拦住了夏老："生米煮成熟饭，去也无益！"

"不！"夏老有他的天真，"说得好好的呀！要变，起码得问问我吧？"

江斌嘴上不说，心里埋怨：你在海滨浴场，人家怎么听取你的意见？怨天尤地也来不及了，只好说："算了吧！夏老！"

"不！"夏老说，"找他们谈谈，亡羊补牢嘛！"

"共产党的事情，您老还不明白？决定了就不会变，哪怕错了，也要错下去，以后再平反，再改正，再落实政策。"

要在过去，他决不会当夏老的面，讲这些不三不四的话，否则，怎么叫德才兼备呢？反正如今也不是储贰了，倒觉得失去了王封，相对来说是一种精神上的松绑，用不着战战兢兢如履薄冰那样谨慎小心，连咳嗽都得闷在嗓子里不出声才好。阿弟就比他自在痛快，想什么时候打喷嚏就给你来个响亮脆生的。谢天谢地，丢掉所长固然可惜，但得到解放也还划算，中国人最善于寻找心理平衡，只好这样自慰。

但一听老人问起这个张晓是通过什么路数上来的，江斌又不宁静了，输给这个对手真不光彩。这小子，十有八九是个阴谋家。"透得蹊跷！"他只能下这样的结论。

"昏君哪昏君！"夏老叹息不已。

不多久，底牌亮出来了，没有不透风的墙，如今什么密也保不住，党组讨论人事安排时，是昏君拍的板，绝对的一言堂："边缘所就让那个张晓接夏老一摊吧，我看行，要敢于用新人，还用得着讨论吗？还有其他不同意见吗？好，我们接着谈别的所！"

这话夏老、江斌听了莫名其妙，小丁传来消息，阿弟听了也莫名其妙，这就透着玄。不过，人心叵测，夏老和江斌认为阿弟机锋不外露，更可怕。

于是便有各式各样的推测，阿弟和昏君沾亲带故？昏君是他父母的老战友？拜把子弟兄？但谁都不记得阿弟曾经和昏君有过什么来往，说上一言半语。于是又有人设想也许阿弟另有途径，与昏君秘密联系而不为外人知悉。如今拍马屁层次很低，露骨到恬不知耻的地步，说不定阿弟是超水平的走上层路线专家，滴水不漏，无懈可击。倘若果真如此，似乎还应上升到院领导机构，但也就到此为止了，令人糊涂，莫衷一是。

说实在的，最惶惑的还是张晓本人，究竟何德何能何机缘何背景被擢升，简直成了一个斯芬克斯的谜。所有这些似是而非、无中生有的议论，他既不承认也不否认，对于诸亲好友的询问，一律嗯嗯着支应，他知道好奇心的最佳应付办法，就是见怪不怪，其怪自灭，要不就打喷嚏，他有鼻炎毛病，没办法。

他对这位昏君一向持摇头态度的，来院主持工作数年，了无建树，唯一的政绩就是引进了麻将，地道国货的高级智力游戏。除此以外，说他懵懵然也不为过。但昏君有时也不昏，史书上有记载，昏君偶然间行出些德政并不奇怪，张晓只好这样自圆其说，否则就难以理解他当所长而江斌落榜，若不是昏君的一时清醒，恐怕该说是更加昏聩的行为了。

干部处长老周照例要给办许多手续，也抑制不住想问个虚实，为什么一把手如此这般地高看抬爱张晓，迂回包抄向他提出问题。当然很礼貌，这种人总是随领导风向标转动。所以那天党组会上，遛出来这匹黑马，弄得老周措手不及，未等反应过来，一把手一锤定音说就是他了。其实当时老周应该提醒一句，这个张晓连干部预备名单也没上呢！考察得很不全面，但昏君分明不想讨论，这样，准备好的有关江斌材料，又塞回档案袋里。阿弟既不证实也不辩解，你说我听，老章程，只嗯嗯，不搭讪。老周算服了，"这小子纹丝口风不露，城府够深的。俗话说，会咬人的狗不叫，看他多沉得住气。"因为从干部登记表上知道他在某大学读书，而一把手也在这大学当过党委书记，老周一拍桌子，"有了，我看哪，没准"文革"期间，他保护过这位麻将院长吧？"派人去查过，并无其事，张晓早在"文革"前毕业，一直在北京工作，因为夫妻两地分居，才调到边缘所的。

"反正此人不可小看。"认准他是昏君的嫡系。

这种说法随后被人演义了，昏君若不是阿弟保护，早被造反派砸扁了。江斌倾向于这一说，因为夏老和他和那位小丁，就是同一学府出来的，互相照应多少有些。他说："看他现在，知他过去，昏君永远是昏君，不过，他能感恩图报，赏阿弟一个所长当当，又有了点人情味！这也许是昏君比暴君稍微可爱的缘故吧！"

夏老摇头，觉得他这位弟子近来言辞过激，"江斌，恕我直言，你也回想回想，有没有遭忌的地方？树敌没有？得罪谁没有？跟人过不去没有？给昏君留下过坏印象没有？"

江斌扪心自问，在所里同事中间，难保有不够检点之处，但对于领导层，总是毕恭毕敬，谨言慎行的。甚至如今阿弟当了所长，虽恨不得给这卑劣的家伙以致命一击，但中国人最讲现实主义，深明大义，而且有先把自己禁起来的优良品德。所以，江斌也只能在心里咬牙切齿，或者叫腹诽，表面上却亲亲热热，比早先更密切些。

"麦克·泰森怎样？"

"那还用说，拳坛的王中之王！"

"他的钩拳真厉害！"

"防不胜防！"

他们谈得很投机，在拳击上，有共同语言。因此，他找不出自己有什么失误，败在阿弟手下。

"那么，究竟因为什么呢？"

这道难题，快成夏老和江斌的哥德巴赫猜想了。还不妨说是整个研究所、省科学院的一道解析不开的方程式。

小丁终于到威斯康星去了，很凑巧，院长也去美国考察，同在上海的虹桥机场见面了，不过不坐同一航班。她笑着打招呼跑过去："院长！"

院长还记得她，看来他并不昏："啊！你不是夏老的女儿吗？怎么样，你爸爸退下来可以多做些学问了！"

小丁懒得费口舌跟他更正身份，横竖她也不打算回来的了。"学问在做——"她突然调皮起来，"不过，很不开心呢？"

"哦，哦，可能是我们照顾不周啦！"

"他老人家不放心边缘所！"

"这是怎么回事啊？"

"他不怎么喜欢张晓呢。"

"张晓是谁啊？"昏君好像从来没听过这名字。

"边缘所的所长！"她不胜诧异地，"您提拔的他呀！"

"哦，哦……"好一阵，他点点头，"想起来了，想起来了那个打喷嚏的家伙!"他笑了,因为美国之行使他很开心,夏老的女儿又是这样轻盈可爱,"有一回你爸爸作报告,他打了个喷嚏,给我留下深刻印象,所以……"

机场广播器响了,他该登机了,话未说完便随那个大考察团走了。

小丁望着昏君走去,想起那一对拳击手,竟是那样打赢打输的,她怎么也忍不住,迎着玻璃窗外的明亮阳光,好像存心似的,冲那背影,打了个挺响亮的喷嚏。他竟然站住了,回转身来,看看她,会意地笑了。

她向他招招手,也笑了起来。

细想想,觉得挺有意思的;再细想想,又觉得挺没意思。到底有意思,还是没有意思,也许只有天知道了。

别　扭

　　他比她大一岁。一切的过错和不幸，全可以归结到这大一岁上。要是同岁，也许生活会是另外一个样子。

　　他比她大一岁。他就插队去了，她比他小一岁，恰巧从她那一届起，可以留城找工作了。他和她握别的时候，她，简直心都碎了。

　　"你当真要去？"

　　"我找不到理由赖着不走。"

　　"我等你！"她声音很细很细。

　　他说："反正明年你毕业了，也要下乡的，命里注定。"

　　"那你等我！"她声音还是很细很细。

　　"当然。"他握住她的手，却很重很重。

　　好多年过去了，时光把记忆慢慢地冲淡，许许多多的往事，像褪色的相片，模糊了，消失了。但，他永远记住那很细很细的语音。她呢，也忘不了那紧紧一握，很重很重，至今还残留着那股隐隐的痛。

　　生活就是这样，有交会的路口，必然也会有分岔的路口。差一岁，仅仅差一岁，他下乡了，她留城。相反，假如他留在城内，而她却去了农村，同样，像棋盘上的兵和卒一样，失之交臂，便背道而驰，一直顺各自的路走到底。不是被人吃掉，便是吃掉别人。但胜负与你无关，你只是一颗棋子。

　　他想到这里，敞开喉咙喊叫："便宜啦！便宜啦！"

　　这一条街充斥着出卖各式衣服的摊贩，他是许许多多嚷着"便宜啦！便宜啦"当中的一个。不过，那些叫卖的哥儿们倒未必肯便宜。他，至少这一次喊出便宜这两个字，倒是存心要别扭一下的。他也弄不清楚跟自己别扭，跟别人别扭，还是要跟棋盘上面能移动他这颗棋子的手别扭，"便宜啦！便宜啦！"一边喊着，一边心里骂："看哪个王八蛋走运，碰上这便宜！"

来了个妞，外地的，一眼就能看出来。

"牛仔裤怎么卖？"

"原价十七块六，便宜啦，干脆，掏一张大团结，拎走吧！"

"十块钱？"

"对。"

那妞翻来掉去地查看这条裤子，"为什么卖十块钱？"

他火了："我愿意，我高兴十块钱卖给你，怎么样？"

也不知是他模样吓人，还是那妞认为受到了侮辱，或者害怕贪便宜上当，放下手中的裤子，拧了他一眼，转身到别的衣摊去了。

那背影有点像她，活见鬼，他啐了一口。

他从插队的地方回来了，好不容易。挺高兴，虽然花了点钱。他想，绝不是因为花了不该花的钱而高兴，人不那么傻。而是拿人民币换来的可以证明你肝不好、肺不好或者关节不好、神经不好的那张巴掌大的纸片，可以改变你作为一颗棋子的命运，不是一直拱到底线的那种说来可怜的高兴。

他去找她，当然是兴冲冲的。

她那背影他太眼熟了，他叫了她一声，"哎——"她转回身来，没想到是他，怔住了。他比她还要惊讶些，不知是全身的血一下涌到头部，还是被人狠狠朝脑顶击了一棒，懵懵地站着。是她吗？是那个说出话来很细很细的她吗？她怎么会有一个滚圆滚圆的肚子？他，不相信自己的眼睛。

"你……"

他根本没有听见。

"你，办回来了？"

他从她嘴唇的翕动，知道她在讲话。

"好多同学早回城了，你……"

他听清了。尽管有那样突出的，使她变丑了的肚子，但他还是问了一个不该问的问题："你结婚了？"

她点点头，有一丝丝负疚的眼神。

"祝贺你！"他习惯地伸出手去。

她凄苦地笑笑，并没有把手给他，而是问："你怎么办回来这么晚？"

他看看那肚子，心里想：办回来早有什么用？

"工作呢，有着落了吗？"她问。

他摇摇头，回城是一回事，待业又是一回事。棋子的命运就是这样，你不能决定自己。

"我来试试看，也许……"

"谢谢。"

"老同学嘛！他肯帮忙的吧？"她不大有把握地说。

"谁？"

她脸红了。

后来，他知道了，她那一届都留城了。她分配到一个机关里，她的顶头上司人事科长是个单身汉，她是科室里唯一的未婚女性，她命中注定必须嫁他，而终于成为他的妻子。因为年龄相差十岁，或者还多一些，给她一张党票，和机要室一份清闲的差使，算作弥补……听到这里，他端详着那张快要做母亲的脸，这颗棋子的下一步、下两步乃至最后一步的命运，全在脸上写得清清楚楚，如果不发生地震和战争什么的意外，她就这样平稳的生活下去，一直到老，一直到死。

"你幸福吗？"

他想问，但话到嘴边咽住了。

也许她就喜欢，或者习惯，或者完全适应这样被安排定的棋子式的命运，那她就是幸福。而他，一想到自己像牛似的被人牵住鼻子走路，即使牵到他所期求、盼望的境地里，也未必会感到多么幸福。这牵的本身，至少在他的心灵上，是痛苦的。

"便宜啦！便宜啦！"他扯开嗓子喊，压倒别的摊贩录音机里放出的流行歌曲声。

又过来个妞，本地的，看得出来。

她瞟上了那条牛仔裤，打量着，拿不定主意。

"买吗？"他拿下来递过去。

"好多钱？"

"你存心买不？"

"不买我看？"口气还挺横，本地妞那优越感最讨厌。

他想，有什么？一颗棋子！"你要真打算买，你算碰上了，原价十七块六，对你优惠，打对折，八块八！怎么样？"

"为什么八块八？"

"我愿意——"他盯着那张满是狐疑的脸，心里升起一种快意，一种偏要跟谁过不去的报复一下的快意。干吗我不能做我自己的主？我就不挣钱，我就赔钱，一句话，我愿意。人活着，干吗偏要照一个模子去说话，去思想，去讨老婆，去做父亲？末了，连死也是老套子，遗体告别，火化。你的仇人，你的对头，你老婆的情夫，你的早恨你不死的部属，明明心里无限快活，还装出如丧考妣的样子，何苦？人，应该是他自己，或喜或怒，不一定要和别人一样！他看到那妞还惶惑地愣着，便又用标准普通话再说一遍："我愿意！"

那妞，知道便宜，知道掏出八块八可以拿走这条牛仔裤。但是，她按照习惯了的模式去思考，会有一天，在偏僻的胡同里，他会突然搂住你，顿时，她好像觉得他在剥自己衣裳似的，放下那条裤子跑了。

他知道，那妞准会骂他："神经病！"

他到底还是去见了那位人事科长，他对她丈夫，既没有好感，也没有恶感，他并不那么老，当然也谈不上年轻。讲起话来，兼有法庭庭长和父亲般的口吻，他很不受用。他想她必须扮演被告和女儿，同时又是老婆这三个角色，觉得累得慌。而且还要把这场戏演到老死那一天为止，他望着她，他可怜她。因为做一个被告，可能有罪，也可能无罪，允许请律师，也允许自己申辩。一旦成了犯人，那么只有乞求宽大的份了。他不愿她因为他这个老同学，从被告落到犯人的地步。

她丈夫说："看得出，你们在学校时，一定是好朋友了，她还从来没有让我为她哪位同学帮过忙呢！"

其实，他并不想谋这个差使，先烧两年锅炉；然后，转成正式工；然后，当采买；然后，以工代干；到办公室打打杂；然后，正式科员。他听她从她丈夫那儿讨来的口风，他算了一算，至少两个五年计划之内，他不是他自己，他对她说："谢谢你，拉倒吧，我当不来绝对的良民。"

"那有什么，人人都这样熬出来的。"

他对她安于这种棋子的地位，不好责备什么，人各有志，他是没出息的那一类："再说，这十年内，我得有羊的性格，牛的力气，狗的警惕，猫的机灵，我觉得那样太费事了。"

她笑了，倒还是学校那时常见到的笑。

他给她解释："你不警惕，你饭碗会被别人抢了；你不机灵，也休想从别人碗里捞来些什么！当然我希望不发生，但哪有不吃腥的猫呢？科长决不能整天守住你嘛！"

"看你说到哪里去了!"她垂下了眼帘。

"玩笑话,你别当真。谢谢你那位科长,我看我还是这样打零杂的好。"

"那终究不是长远之计,你去见他一趟,我求你。"泪水差点溢出来了。

他猜得出,她想抱住他哭一场,但说些什么呢?说她并不幸福吗?说她撕掉那个科长,还是实现你等我、我等你的诺言吗?哦!现在她已经是放在一个格子上的棋子,就不可能不安于位了。"我去,我去!"他答应了。

他去她和她丈夫的家。她给他沏上了茶,她丈夫给他一支烟并且为他点上。他趁此机会打量了她丈夫和这个家庭。如果说,房间里凡别人家有的自然会有,别人家没有的自然也没有,看不出什么特色,那么,她丈夫也是这样,别的人事科长什么样子,她丈夫就什么样子,一个模子倒出来的。让你奇怪的,连讲话时那种神秘、神圣、庄严、保密的强调都毫无差异。

天晓得!

他本来用不着隐瞒那段恋情,好朋友就是好朋友,如不是差那该死的一年,也许是我们小两口一块来求科长谋份职业呢!你不要盯住我看,以为可以看出什么破绽。我可以告诉你,如果世界上有什么纯真的爱情,在心灵上永远不会磨灭,那就是我和她的初恋。否则我不会坐在这儿,看你这副审判员的面孔。但是他没有说,什么也没有说,她像受惊的鸟儿那样索索地抖,他从她给他往茶杯里续水时感觉到了。

"当然是很好的朋友,那时我们都是班干部。"

"哦,哦,不过想找个很理想的好工作,怕很困难呢!如果不那么急,过些日子,也许有招工指标下来,我一定尽先考虑你——"

"谢谢!"

他告辞了。

她送他出来:"别怪我!"声音还是很细很细。

"便宜啦!便宜啦!"他大声吆喝,似乎想把心里什么堵着的东西喊出来,整个街都能听到他的叫卖声,"便宜啦!便宜啦!真正的苹果牌牛仔裤!快来买吧!"

他一面喊,一面改了主意:不卖啦!不卖啦!今天什么也不卖啦!就图喊个痛快!要答应去烧锅炉,能这样痛痛快快的喊吗?能这样自己决定自己,说贱卖就打对折;说不卖就收摊吗?"便宜啦!便宜啦!"

"真的是苹果牌吗?"

"你不相信,甭买!"

「看你说到哪里去了！」她垂下了眼帘。「玩笑话，你别当真。谢谢你那位科长，我看我还是这样打零杂的好。」

"怎么没有商标？"

"你想要有商标的假苹果牌吗？请到别处去！"他今天再没有兴致做生意了。喊了，叫了，心里的别扭似乎也消了，他，是他自己的，他要收摊回去，或是睡上一天觉，或是到动物园去看狼，那关在笼子里的野兽，能循一条不变的线路来回奔走两三个小时，他也在一边动也不动地看两三个小时。

"多少钱？"

这分不出本地还是外地的妞比试了这牛仔裤以后问。

他定的，他不想卖。"别人家十七块六，我这可是少了二十，你拿不走！"

那妞甩出两张大团结票子。

"我可实话实说，这可不是苹果牌，你小心上当！"

"我愿意——"那妞把这条贱卖卖不出去、贵卖倒卖成了的牛仔裤卷巴卷巴，塞进漂亮极了的手提包里，走了。

这年头；想做的，做不成；不想做的，倒非成不可。

他用拳头捶自己的脑袋，人活在世上，真够别扭的。

梦　想

　　他每天清晨在公园里吊嗓子。

　　准时得很，六点整，"啊啊啊啊"，一声比一声高，一声比一声长，六点半，也准得不能再准，戛然而止。

　　第二天，六点整，你还在梦中，"啊啊啊啊"的声音，透过窗户，飘到枕上，灌进耳里，他又在吊嗓子了。

　　那声音，老迈、苍凉，有一点点嘶哑，越发透出股韵味。我总觉得他这声音是属于秋天的，更确切地说，是属于晚秋的。六点多钟，天还没有完全亮透，听到这遒劲悲怆的声音，更让你为之黯然神伤了。推开窗，对面那烟雾葱茏的公园里，一声一声，激越高亢，像归雁在天空嗷唳，这时，你的心，会如失落了什么似的感到空空荡荡的。

　　我每年都要到H市来，给我老朋友带的研究生开一门课，讲上三周四周。倒不一定都是秋天，但来了必住在离公园极近的一幢楼房里，推窗隔条马路就是公园。公园里有座小山，小山上有座小亭子。夏天，亭子被繁花茂枝挡得什么也看不见。但他每天清晨在那吊嗓子，是必无疑问的。秋天，树叶儿慢慢地掉光了，只剩下光秃秃的枝丫，和残余的硬是恋住枝丫的片片黄叶，于是这才看清红柱碧瓦的碑亭。那碑，很古老，残缺了很多，从断断续续的文字看，似乎是记叙一位戍边将军的功德，不过，遗憾，赍志而殁，没有做完想做的事情便死了。这时，没有遮挡的树木花草，他吊嗓子的声音愈加清晰地传进了我住的这楼房里。

　　我不喜欢京剧，也不懂京剧。但不知为什么，每次到H市来，这位吊嗓子的老先生——他声音里的沧桑之感使我相信他是上了年纪的老者，甚至颔下留着潇

没意思的故事

洒飘逸的银须。他那高亢中透出的凄凉，那嘶哑中越发显得悲怆的声音，特别是在晚秋将尽、隆冬即来的肃杀天气里，能不令人回肠荡气，在心灵深处产生某种共鸣吗？此刻，他的声音对我来讲，已不是什么京剧，什么吊嗓子，而是一种氛围，一种意境。我想，在久远久远的洪荒年代，在我们的祖先还未掌握语言的原始蒙昧时期，准是用这种呼喊来表达自己的情感的。

因此，我每次来 H 市，就惦念这位老者，等待着那融化在声音里的惆怅，等待着那在寂静空间里的苍凉飘荡的声音，那时刻，你能感到灵魂的震颤。

我想象中的那位老人，从来只是吊嗓子，不唱一句戏文，他也许唱过，可我从未听见。但在我记忆里，那些票友，或正式的演员，吊吊嗓子，会突然冒出"一马离了西凉界"之类的唱腔。如果他也是如此这般的话，那可太败兴了，诗意必定全部消失。但他不，认真地，甚至虔诚地吊嗓子，"啊啊啊啊"，一丝不苟地练功。

那声音，特别在秋天，斯人斯景，你想想，能不动人？我由此产生了许多联想：他老了，他快走完他的人生途程；他孤独，在迟暮之年需要倾吐心曲。于是，他在这碑亭里，伴着那位没落的将军，仰天长啸。

我也问过同住在这幢楼房里的其他同事，他们听是听到的，但反过来对我这样感兴趣觉得奇怪。大概我是客人的缘故，没有好意思笑话我。

我住的这幢楼房有位管理员，烟斗抽得吱吱的响，稍许喝一点酒，鼻头便红得像辣椒。因为我每年都来，熟了，但我也不好径直问，绕了半天圈子，才到正题上。

"您知道那个一大清早吊嗓子的吗？"

他想了想，"他倒是挺准点的。"

"这人怎么回事？"

我估计他会摇头，果然，摆了一下脑袋，还鄙夷地说："这种人我看不大正常吧？"

有什么办法，他大概以为喝点烧酒，鼻头红得发亮，躺在破沙发里发发牢骚才算正常吧？

有一天清晨，我被这声音吸引着，想穿过马路到公园去。有一位在马路上扫落叶的大婶，也呆呆地拄着长把竹帚在那里倾听，早晨要冷些，她蜷缩着肩，两手紧抱，这回，我倒直截了当地问，指着那树叶儿快掉尽的小山，"谁？天天这么早吊嗓子？"

"谁知道是谁！"

"从来没有误过一天，也不容易。"

"也不记得多少年了。"

"很久了？"

"白耽误了一辈子，好端端的一个人，就这样自己毁了。"

去年我又到 H 市去，晚了些，碰上了真正的冬天，干冷干冷，冷得似乎把空气都凝固住了。我还不曾在这样寒冷的季节里在 H 市呆过，我也不知道冷到这种程度，那位老者还会在碑亭里吊嗓子不？

我等待着，到了六点差几秒的时候，我紧张地注视着秒针的移动，这时，尽管窗户紧闭着，那"啊啊啊啊"的苍劲悲凉的声音，准时传到了我的耳朵里。

我被这声音感动了。

我匆匆穿上衣服，决计要去见一见这位老者。一个人，多少年，天天在这清晨吊嗓子，坚持不懈，为了什么？我这样做也许有些唐突，但我想解开这永远的谜。

马路上有一层薄薄的雪，刚好遮盖住地皮。这时候，天色仍很晦暗，公园售票处还亮着灯。一个打着哈欠的卖票女同志，递给我票后，说了一句："今天你是头一名！"

"早有人吊嗓子了！"

"他？"那意思，他不算，是个例外。

"演员吗？"

"不是。"

"票友吗？"

"也不是。"

"那他——"

"谁知道，反正我爸在这公园当花匠的时候，他就来吊嗓子。我爸说过，一个人要迷上了什么，这辈子就完了。"

"他的嗓音挺有吸引力，不是吗？"

她显然受她爸爸的影响："有什么用，不如干点正经！"

我沿着公园里曲曲弯弯的小路，朝传来"啊啊啊啊"声音的方向走去。我在猜想，也许由于对艺术的虔诚和爱，也许由于对往日的留恋和纪念，也许由于某种感情的牵系，才会这样守时如一地到这儿来抒发心声吧？

等到来到土山脚下，仰望那碑亭披上了银装，亭子里那块石碑旁，隐隐绰绰可见一个人影的时候，我迟疑了，该不该去惊扰这位孤独的人。人害怕孤独，可一旦孤独了，又害怕人打乱他的孤独。但那声音在这寂寥的公园里，离得这样近，嘶哑，苍老，悲凉，深沉，一声声，惊心动魄，我不由自主地一步步顺土山的石径拾级而上。我简直无从理解，即使老到这种程度，声音仍旧这样迷人，怎么会没唱成戏？

碑亭就在眼前，天色虽然仍旧黑沉沉的，但积雪的反光，使我看到了这位老者的背影。可惜，等我走近，亭子里只有那位将军的断碑，他走了，他下山去了，只在雪地上留下一串脚印。

浅浅的脚印，很快被风吹平了。

难道永远是个谜吗？我多想了解这吊了一辈子嗓子的老人啊！

一个穿着通红通红羽绒服的少女，跑上山来，脸也冻得绯红，她显然有些惊奇："老师，您，早！"

我认出她来，是听我课的一个学生。

"哦，年轻人在锻炼？好，好！"

"不，我是陪我爸在这儿……"

"你爸？"我环视了一下四周，并没有任何游客，便问："是刚刚在这儿吊嗓子的那位老先生吗？"

她笑了，有点不好意思，"是的，最近他身体不太好，我不放心，陪着他。"

"他天天来，准时极了。我不懂京剧，可你爸爸的声音太令人难忘，有股说不出的韵味。"

"老师，他想上台，当演员，这是他不醒的梦。妈妈走了，弟弟走了。他同事、朋友、亲戚，还有上级，都拿背朝着他。"说到这里，她有点说不下去，"如果开始就由着他唱京剧，说不定不会这样……"

"他，干什么工作？"

"拨拉算盘珠，和阿拉伯数字打交道。"

"会计员？"

"从开始到最后离开，一直是个不称职的会计员。"

"退下来了？"

"不到年头，就劝他休息了。"

"他不会放弃他的梦吧？"

"当然，他最大，也是最后的梦想，就是登上舞台！"她说话的神气，既不是讽刺，也不是赞扬，没有首肯的意思，可也并不是反对。"老师，让你见笑了！"

我真心诚意地解释："看你把话说到哪里去了！"

今年秋天，老朋友再三电催，我又来到了H市。这次说心里话，大半因素倒是为那位老先生而来的，更具体一些，那迷人的声音所创造出的氛围、意境，总萦回在心怀，多么想重新亲身领受一下啊！

第二天早晨，我提前打开了窗户，六点整，那公园一片沉静。等到在课室里，看到那女孩袖上的黑箍，我觉得我无论如何要请同学们谅解，这堂课我是怎么也无法讲下去了。

我站在那里，她走过来。

"老师……"

"我到H市不知多少回，还是第一个清晨没听到你爸爸的声音。"

她眼圈儿有点发红。"他走了，临死前，按照他的愿望，给他穿上了戏装，才慢慢闭眼的。"

我还会到H市去吗？

大概，再不会了。

幸福

有各式各样的追求，便有各式各样的幸福。

但是，你有一块幸福牌手帕，有一把幸福牌折叠雨伞，有一座幸福牌的书写灯，也未必是幸福的。所以，他和她并不开心，她对他不满意，他自己对自己也不满意，尽管连搪瓷脸盆上，也有"祝您幸福"四个凸出来的红字，他俩并不感到幸福。

他们两口子不吵架，外人看来，和和睦睦，两口子自己也觉得没有必要在不幸福之外，再制造些痛苦。客客气气，相敬如宾。每天下班回来，妻子问丈夫："你们那位系主任还活得结实，没有心肌梗死吗？"

丈夫摇摇头："像周岁小孩那样健康可爱，但智商也蜕化到周岁小孩那样的水平！"

"最高学府里的最高愚蠢，居然为人师表！"

"他活一天，这系主任位置就占一天，终身荣誉团骑士。"

"死不了？"他妻子第一千零一次地提出这个问题。

"至少明天、后天他还会对我们发表语无伦次的演说。"接着，丈夫又问妻子，"你们那位老所长、圣处女呢？"

妻子像丈夫一样地摇头。

"还没有选中她的接班人？这位斯芬克斯，什么时候才能告诉大家谜底？"

当然，继续是沮丧的摇头。

没有别的结论，两口子一致认为，从医学角度看，中国老年人的健康程度要比中年这一代强得多。不过，要是真的"永远健康"的话，他们两口子的幸福，将不知何年何月才能实现。

这一天，两口子分别从城市的不同方向，骑自行车返回他们的住所。天很热，屋子又小，一儿一女两个孩子又在做暑假作业，他们跑得浑身是汗，只好端着盆——上面有祝您幸福四个字的——到狭小的厨房去冲凉。

妻子说："今天回来路上，我碰到一辆急救车，朝你们学院方向开去，不知为什么，我突然想，是不是那老小孩心脏病发作？"

"发作个屁！健康程度和糊涂程度，和昨天、前天一样，今天有位西班牙学者来访问，老人家对客人大谈佛罗伦萨和威尼斯，止也止不住。宴会的时候，我提醒他，外宾不是意大利人，千万别再谈罗马城的喷泉了。他突然问我，西班牙的首都在哪，幸亏对方不懂中国语，气得我告诉他是伦敦，他正夹一筷子海参，集中精力在对付那泥鳅一样不听话的美味佳肴，居然还应和着我，哦哦，是伦敦，是伦敦！总算好，老人家饭后要午睡的，告辞了。那位西班牙外宾也感到轻松了许多，省得陪老人家在意大利地图上漫游了。"

妻子笑得弯了腰，正好夕阳照着她那裸着的身子。那种不幸福的惶惑又困扰住他，当时在同班同学中间，追求过她的人，现在谁不比他强呢！一开校友会，聚会在一起，教授有之，司局级干部有之，坐皇冠车者有之，家中装电话者有之，独他，当年的高才生，要在国外大学，金钥匙得主无疑。何况留校给系主任（就是那位和海参较量的老夫子）做助手，等于是钦定的皇储。而且，全班最漂亮的女同学（就是眼前这位生了两个孩子的母亲）把芳心给了他。如今偏是同学中最不济的，什么头衔都没有。在那些得意洋洋的面孔中间，只有他和他妻子脸上一会儿红，一会儿白，半点也不自在。

"我真是把你窝囊了。"

"行了，别忏悔，好不好？"

"那时，你嫁给那些人当中任何一个，也决不会住这样的狗窝。"

"我也不是配种的母马，随便拉一匹公马就干。"

"其实，你还是很有魅力的女人！"

"小心孩子们听见。"

"真的——"做丈夫的很当回事似的说，"也许系主任长生不老，也许他改变初衷，传位于那些拍马溜须的家伙。老糊涂了，没准做得出，那我永无出头之日。我确实不想耽误你，让你跟着我受罪，我思来想去，你还是摆脱我这个废物为好！"

"又来了，又来了！"

"说心里话。"

她也坦诚地说："要走，还不如早走，事到如今，还说什么呢？"

他望着他妻子佼俏的身材，紧绷绷地、喂过两个孩子的奶，乳峰还保持健美的形态。尽管无限痛惜，还是劝导她："走吧，现在不走，将来更走不掉啦！"

她望着她丈夫那一副精瘦的排骨模样，心里不禁可怜他起来。有什么办法，并不是他的过错。人不可能八面玲珑在学术上又有建树的，更不可能在讨得上级领导的欢心的同时，学会四国外语的。系主任哪回出国参加国际学术会议，论文不是他在这小小厨房里没日没夜地赶出来的呢？可他，连海关的门在哪儿也不知道。她同情他了，想起一句成语："涸泽之鱼，相濡以沫"，便安慰他说："我想不会永远这样的。"

他摇头，"希望渺茫啊！"

"那就等待！"

尽管两口子深深地感到不幸福，然而，此时此刻，这小小的慰藉，也算是不幸福中的幸福。也许夕阳不愿看天这样热，两个搂得那样紧的精赤身子，便躲进西山里去了。

饭桌上，孩子突然想起什么，忙从幸福牌书写灯的后边取出两封信来："爸爸，妈妈，信，一人一封。"

一看，夫妻俩好不容易松弛一点的情绪，又变得恶劣了。

丈夫忍不住骂出了声："他妈的——"

妻子总是和柴米油盐打交道多些，对于钱袋自然要看得重，叹了口气："唉，又得破费！莫斯科餐厅，每位二十元，这些家伙真有兴趣！"她又心疼钱，又羡慕那些春风得意的同学，又嫉妒，又觉自惭形秽，一时间感情颇为复杂。她知道，此刻她脸色一定够好看。她丈夫，坐在她对面，如同一面镜子，他怎样的尴尬苦恼，为难窘迫，估计自己一准也是如此。

"我不去了！"她丈夫扔下了筷子。

"这不是校友会的活动，是咱们班的聚会。你记得不，那个到圣芭芭拉去攻读博士后，嫁了洋人当了经理太太的女同学，不还给你写过情书——"一看孩子竖起耳朵听得入神，连忙喝开他们，"吃饱了没有？下楼去玩吧！"

丈夫抱着头，一声不吭。

她知道她言重了，抓住他手，抚摸着："我不是有意的！"

半天，他才说话："我当然明白。"然后他又摇头，"我大概果真不会有出息，完蛋货，这辈子交待了。"

"又来了，又来这一套了！"她用力托起他那越来越低的脑袋，"干什么？干什么？弄得咱们连半点幽默感都没了，多没劲，简直无聊透了！咱们该谁欠谁了吗？你看看，让孩子瞧见成什么体统？大丈夫男子汉，一家之主，还掉眼泪，像话吗？"

"我对不起你……"说到这里，做丈夫的竟哽咽了。

她掏出手帕给他擦去脸颊上的汗水和泪水，虽然，那是块幸福牌的手帕，然而，两口子却实在不那么幸福。

"去吧！"妻子还是忍痛作了决定，"这顿会餐不吃也得吃！"

"四十块钱！"

"如果咱俩不去，分明是自己看不起自己，别人怎样想咱俩，是他们的事，咱们不能失去自尊心。"

"四十块钱哪！"他倒不是十分心疼钱，花上四十元去维系住一颗自尊心，是不是值得？

"你能不能谈点别的？求求你！"

"别的又有什么好谈的？"不幸福的人连话都少了。

"我又想起那辆急救车。我就不信，你们系主任会长命百岁？"她把话题转移到这个永远的家庭主旋律上。尽管系主任是她丈夫以及包括这一家四口人的不幸福的根源，然而，那老人家确也是可能带来幸福的希望。所以他们的情绪常要影响到两个上学的孩子。只要看见推门进屋的爸爸，脸上蒙着灰暗的阴影，他们便知道系主任，那可恶的老爷爷还活在这世界上。全家围绕这个主题，在饭桌上能谈许多许多，反正系主任老了，笑话也多，他活着一天，便要制造一些笑话，像一碟开胃的小菜，颇能增加全家人的食欲。

"甭提那老东西！"他站起来，抱着头，好像得了三叉神经痛似的满脸苦泪。

"你怎么啦？今天情绪这么坏，没准是要变天的缘故吧？"

"四十块钱——"又绕回到原处。

"够啦够啦！"妻子不耐烦了，他怎么能这样卑微委琐，一个人由于不幸福，连心灵、志趣、理想和谈吐都会变得庸俗和低下了吗？"真是让人不可理解，不就一点钱嘛，又不要你的命！"

"我怀疑有无必要花钱吃这顿饭，去阻止别人说长道短，我们那老头子，你们那老处女，议论还少吗？照样赖着不下台，其奈他何？"

"合适吗？"妻子觉得不去不妥。

"顶多让他们那些得意的人缺席审判好了，眼不见为净，更好，省得在场反

"又来了，又来这一套了！"她用力托起他那越来越低的脑袋，"你看看，让孩子瞧见成什么体统？"

而尴尬。"

　　妻子想想也在理。面子算老几？实惠才是第一。

　　他们虽然为自己从系主任和斯芬克斯那儿学到老脸皮，而感到这种认同多少有点难堪。但是用不着从钱袋里挖出四十块钱，两个人又不免轻松快慰了。在会心的一笑中，他俩又得出一致结论，人的脸皮厚度，大概是和年龄成正比例地增加着的。

　　那天夜里，他们夫妻俩由于这种顿悟，豁然开朗，连梦也十分香甜。窗外，雨淅淅沥沥地下着，像一支催眠曲。如果谁要看到他们甜熟的睡相，能相信他们是不幸福的人吗？

　　就在这天夜间，系主任真的出事了。

　　他妻子所见到的，朝大学方向开去的那辆急救车，也确确实实是拉突然发病的系主任的。

　　倒不是心肌梗死，而是由于那筷子好容易奋斗到嘴里的海参，使得他那衰老的肠胃承受不了，腹泻，脱水，休克，一连串的并发症。系主任白天还在谈罗马竞技场斗牛，和西西里岛的黑手党，到了晚间，便彻底垮了。

　　不过，感谢上帝，幸亏不是心肌梗死，那样，老人家说不定来不及交待系里的后事，便撒手西去。现在一息尚存，因此就有发言权。那两口子刚睁开眼，门便被人嘭嘭地敲响了。说来可悲，总去敲别人家门的人，自家的门保险不大会被谁敲的。两口子也好，孩子也好，竟惊愕得不知所以。他，可怜的丈夫，真以为黑手党光临他寒舍呢！等到门开以后，他才知道，老人家贪吃住院，经校党委研究，尊重系主任的意见，由他来接替主持全系工作。因为下雨，特地派车来接；而且那西班牙学者今天上午作学术报告，乘此机会，向全系宣布新的任命。

　　他呆呆地站在屋子中央，别人都以为他为恩师的不幸而心情沉重。其实，他脑子里考虑的却是，上午报告会结束后，肯定系里又要在小食堂宴请客人，记住，他告诫自己，千万别夹海参，这是一；其次，莫斯科餐厅当然是要去的了，四十块就四十块吧，西餐保险不上葱扒海参，可以放心大胆地吃。

　　那天，他简直像旋风似的，主持学术报告会，系党总支改选会。出席全校分房的第十二次方案讨论会，没开完就请假到医院看了看正在输液吸氧的老人家，仅仅一夜工夫，死神攫住他不撒手了。随后驱车到老人的家中，表示慰问。回校的途中，又草拟了万一马上会用的治丧委员会名单。好容易锁上系主任办公室的门，打算回家，在走廊里来了一对要闹离婚的年轻夫妇，拦住他要求新上任的领导干部裁决。肯定，冲那满脸晦气的小伙子，他知道，准是像他昨天一样，属于不那么幸福的家伙。不过，他替这年轻人寒心，何年何月他才能拿到这把系主任办公室的门钥匙呢？

回到家中，虽然晚了。挤公共汽车到展览馆，又耽误了时间。两人脸上都不高兴，不是因为四十块钱，也不是因为晚。钱，已不在考虑的问题之列，晚，也无所谓，名角一般最后才出场。恼火的原因却是为了西服领带，妻子认为系大三角结好，丈夫系不来又不虚心，好容易烫平的领带，被他扭来扭去，成了裤腰带。妻子越看越别扭，丈夫却认为她是一种莫名其妙的嫉妒心理，在变态发泄。因为圣处女不吃海参，不会住院，谜底永无揭晓之日。

"你无聊！"她认为他这种心理分析，和老头子对西班牙人大谈意大利一样，牛头不对马嘴。

"我不理解你这股无名火！"

"你吵吵什么！"

"那我们来吃饭，还是来顶嘴？"

"也不是我要来的，是你……"

"是我改变主意，不假，可为了你！"

"哼！为了我？还不如说为了给你写情书的那位经理夫人。可你也不拿镜子照照，你这根领带打成什么样子，也不怕你的老情人……"

"你给我住嘴！"

声音响得连展览馆的尖顶，都产生了回音。

雨还在淅淅浙浙地下个不断，他俩并肩合打着一把折叠伞，在雨中的广场马路旁立着，一动不动。

这伞是幸福牌的，但是，他俩真的幸福吗？

孤　独

她最近常常到观音巷去。

自从母亲在北方患了不治之症离开人世以后，她倒格外想念她了。那种怨忿的情绪，随着她的痛苦的死亡，终于淡了，或者竟消失了。

她到观音巷去，连她自己也捉摸不出，究竟为了什么。是追忆儿时那短短的甜蜜？是留恋那湿漉漉、滑腻腻的长满青苔的井台，和井台旁边那棵又大又高的皂荚树？是回想似乎再也得不到的宁静、平和、恬淡，只是钟摆在陪伴的永恒？

不管怎么说，顺路，经过观音巷，把自行车靠在那儿，站一会儿心里就舒展些了。于是能记起许多往事，包括她母亲，包括她父亲，包括她曾经认识的观音巷里的，和她父母共事的那些很好很好的人。尽管他们全不在这巷子里居住了。可在她记忆里的这条巷子，仍旧是这些熟悉的面孔。所以，她只是早晨早早地来，那时，巷子还没有醒来，睡得很香。即或碰见个把人，还带着残梦，挣扎着去上班，也不会破坏她记忆中这条巷子原来的氛围。静谧的、安详的、旧时的观音巷，除了牵牛花从墙头爬出来，各家各户谁也不去干预谁地生活着。甚至连吱吱喳喳的麻雀，都守着各自的院落，在檐头嬉戏，在院里跳蹦，似乎也不大到旁边别家的院子里去。

她记得，她就认得她家的麻雀，好像还有名字，一个一个给它们叫着的。

一直没来观音巷，她自己也纳闷，说不来就再不来。她爸说过她的性格，过分内向，孤僻，有点怪，不大合群，冷漠，什么事爱在心里藏着，你最好别问，那是不能侵犯的领地，而且惹火了，她什么都能豁得出。

"我是这样吗？"她问她爸。

她爸苦笑。

现在，她妈死了，似乎一切的结都打开了。原来她不来，因为她妈是在这条巷子里，抛弃了她爸和她走的。她记住她爸那无声的悲哀，记住追赶着她妈，拽住她的手而被她甩掉的，那绝情的场景。人死了，是在悔恨中死的。这一点她深信不疑，她妈后来的丈夫其实很乖戾的，脾气不好，性格粗鲁，这都可以容忍，主要是品格上的弱点，却是她妈始料未及的，相比之下，她爸的老实到懦弱的程度，也比虚伪得总在演戏要好些吧？

悔恨是剂毒药，并不比不治之症给她带来的痛苦少些，直到垂危阶段，她丈夫前妻的孩子拍来个电报。

她坐火车去了。她爸去替她请的假，她讨厌说许多话。

她原来打定主意不去，干吗去？她问自己。后来，她爸央告她去："芬，去看看你妈吧！求求你，拜托你了。"也怪，她冷冷地说："爸，你忘了你坐在那儿掉泪，可哭不出声！"

"还提那些干吗！还提那些干吗！"人老了，话就碎了。

他从不恨他离婚的妻子而且也没有续弦的意思。每年秋天女儿照例要咳嗽一阵，正好开学以后。于是他给女儿弄药吃，而且还总会说："你妈也这种体质，说实在的，都不是当教师的材料。"好像他们不曾有过离婚的事情，好像他妻子到教师进修学院是暂时离家似的。最使女儿不快的，每年夏天晒伏，她爸总把她妈没有带走的，还是五十年代穿的旗袍之类的旧衣服晾在晒台上，气得她什么似的抢着收回衣箱里去。而多少有点窘态的父亲，总是用另外的理由辩解："干吗干吗！晒晒不霉不生虫嘛！"

她在火车上想，她妈也未必不后悔，只是既已跨出那一步，决不肯回头罢了。"性格悲剧"，她爸的同事有时议论起来给她妈下这个评语。"是'性格悲剧'吗？"她总怀疑。

她记得，她妈，年轻又漂亮的妈妈，拉着她的小手，在观音巷里，井台旁，皂荚树下走过的情景，那些邻居们和善的温馨的眼光，她至今还存留着这种依稀的感觉，人们其实是很喜欢她，或是她妈的。观音巷好长一段房子，都属于她爸她妈教书的那个师范学院，所以，彼此间除了邻里关系外，还多一层同事友谊，那种亲切，也就自然而然地要表现在偶尔碰面在巷子里短短的交谈。她已记不清当时那些谈话的具体内容，但气氛，一种更多是温良的、融洽的气氛，却实实在在地在儿时脑海里留下了深刻的印象。

只是清晨，在这没有多少人走动的、静悄悄的巷子里，还可以稍稍体验一下那种曾经有过，现在倒成了一种憧憬的梦境。她相信那是梦，儿时的梦，有时，甚至怀疑自己的记忆是不是可信。如今这巷子着实的肮脏破烂，从巷口走出来的一个个人，满面浊气。所以她宁愿早点起床，尽可能少点接触到这些打量她的眼光，她讨厌种种骚扰。

妈妈死了。见了一面，什么话也说不出便离开了人世。

她总算在妈快闭上眼睛前，让她瞧一下被抛弃的，已经长大了的自己。她后悔也许不该来的，如果为了报复，她妈早已受到了惩罚。但坐到她妈身边越是想让那颗垂危的心得到一些安慰，偏偏却又使那颗心越发的破碎。

其实，完全是她妈妈的错吗？

未必。她在想。

现在，她在她妈妈曾经教过书的课室里，继续讲授也是她妈妈讲授过的语文课，她一字一句地解释给观音巷的孩子们听。这是她爸到学校来领工资时，踱步在教室外面，留下的深刻印象。等她放学回来，当件事地把这个发现告诉了她。"芬，我真的产生了一种幻觉。"

她说："可我记得，那时的孩子，不这样猴头猴脑！"她又觉得不够，添了一句，"一个个贼眉鼠眼！"

她觉得她爸不是一个会幻想的人，那样，也许不会离婚了。他习惯教科书式的循规蹈矩的生活，人是好人，但好人未必值得爱。她妈像她这种年纪分配到这个师院附中来教语文，她几乎不能摆脱地，而且无法选择地嫁给了她爸。"好人，绝对的好人！"每位同事都这样劝导着，"除非你有了朋友，有吗？要没有，你再找不到像徐老师这样心地好的好人啦！"

徐老师，就是她爸，一直也在教师院附中的数学，现在退休了，他对女儿说："我以为我回到了二十多岁，我以为课堂里是你妈，哎！……"他是规矩人，说到这里竟为自己的非非之想，而多少有点羞愧。

她压根也弄不明白，为什么有这么多的好奇心，无论在哪里，学校里这样，家里也这样，同她爸爸在一起，也挡不住这些她着实穷于应付的好奇心。你的一切一切，你的行动，你的举止，你的穿戴，你说的每句话，你做的每件事，都逃不脱别人好奇心的范围。哪怕坐在教研室里备课，大家把眼睛盯住教材；或者，有人埋头改学生作业，静悄悄地，外面传进来课室的朗读声，体育老师的口笛声，尽管这样，她一点也不是神经过敏，她总有一种感觉，别的老师们还会从书角边滑出一丝打量的眼光，或者，从小山似的学生作业后面，抬起头来瞅她一眼，几乎忍不住地要想了解她，知道她。

不是恶意的，她明白，至少，不完全是恶意的。

人大概有一种愿意和别人交流的本能，但在某些人身上，这种本能变得越发的强烈，恨不能穿透你的五脏六腑，于是，徐芬就有被人剥光了衣服的羞耻和苦痛。想躲又躲不了，而且你也找不到理由，不许别人对你产生好奇心。

因此，这绝早时刻尚未睡醒的观音巷，使她流连。尤其那似雾非雾的水汽，还未亮透的清晨时刻，那朦朦胧胧小巷里可见的幽深晦暝的景色，似乎把她团团裹住。她有了一种说来可笑的安全感，不用害怕那种莫名其妙的好奇心。

岂止好奇心呢！

还有许许多多的关心，过分的热心。她，一个已经到了结婚年龄（也可以按照那些好心人的说法，已错过了最佳婚龄的女教师），连对象、朋友也不曾有过的人，似乎成了师院附中的一块心病。你长得并不丑嘛！你好像也没有什么隐衷？你身体也看不出有什么病？你的精神状态也无异常表现？你为什么落落寡欢？你为什么不合群？你为什么话这样少？当然她估计得到，不出多久，又会有人议论，她干吗总去那条观音巷，而且还是大清早？

她终于想通了她妈妈到底为什么嫁给了她爸爸的原因，正如现在，有些生怕她安静的老教师，在想方设法把她和那位教体育的一米八〇的大个子结合在一起。

其实她对体育教员也并无什么恶感，但一听人们说："他多棒，那身体多壮实！"她就烦了，又不是配种！

她一般不大愿意和人谈太多的话，她爸知道，谈不上三五句，便没话了。然后就得你问她，而且问一句，答一句，问多了，连答话也没有，只是嗯嗯啊啊。终于，毫无反应，你不论讲多少，她耳朵里似乎塞了棉花。

她倒喜欢思索，倒也未必想得那样深邃，但她特别喜欢一个人在这悄没声的小巷里，自己对自己在心里交谈："难道因为体格健壮，就值得爱吗？而且，我弄不明白，为什么偏要去爱一个什么人不可？我不想谈恋爱，不照你们说的那样去爱谁，行不行？……"

她妈和她差不多年纪到附中来教书的。

她妈要比她更有魅力些，也比她开朗些，活泼些。这一点她记得清清楚楚，小时候，妈妈总爱领她去逛公园，划船。暑假还同其他老师一齐到离城很远的地方去野游。这样的活动，她爸一般不大愿意去。强拗了他去，也玩得别别扭扭，大家扫兴，妈妈也扫兴。徐芬觉得她身上更多的是她爸那种内向性格，不过还没枯燥乏味到像她爸那样罢了。既然去野游，自然当该玩到尽兴，又不是在学校里，长幼有序，她爸一辈子做人谨慎，还那样规行矩步，弄得他人也随着拘拘束束的。随便一件事情，他必得认真得要命，游玩嘛，那么多约束，还有什么劲？随手扔掉糖纸果皮，你嫌不讲文明卫生，捡起来得了，用不着一个劲地教诲。谁爬到山高处，累了，满头汗，迎着凉爽的山风，敞开胸襟，她爸又会循循善诱地告诫："小心感冒着凉！"

没意思，真的。干吗管那么多事？当老师的职业病？

有一段时期，她在家里，在爸爸目光底下，不知是站着好、坐着好，还是躺着好。他当然是好心，但好心多了成为负担。

她妈肯定在大家热心的关照下，嫁给了她爸。

有一位老教师，退休了，也来关心她："我看了，这体育老师可以，身体多棒！听说，人也可以，是个不错的小伙子！"

后来，她从这位老教师的嘴里，知道了她妈妈从外地分配到附中来，也已错过了最佳婚龄。全校当时只有她爸未婚，虽然年龄比她妈大得多，可他是骨干教师，而且老实，是个绝对的好人。不知道是她妈无可挑选，只好认命，还是错把对好人的同情怜悯，当做了爱，遂下嫁给她爸。但最后终于离婚，说明了她妈不完全是真正的爱。

她有点原谅她妈。

这老教师当年肯定也对她妈的婚姻热心过的，也许中国人有种喜好干预别人，不管对方接受与否，也要插手的习惯。从校长到书记，从教研组长到班主任，从老教师到看门的老大爷，都向你表示出一种过度的关心。传达室信插里有你一封信，你去取的时候，准有好几双眼睛盯着你。老大爷是一个，从老花眼镜上面跳出一双笑眯眯的浑浊的眼球，似乎在问：信里写什么？信里写什么？

没办法，上上下下，都在关心她，一种受不了的关心。

现在，整个附中也只有体育教员未婚。天哪！她岂但原谅她妈，甚至同情她妈了。

她从师范学院毕业以后，本可以留在附中的。她要求调得远一点，到人地生疏的地方去教书，免得熟人多，喋喋不休地要说许多话。有些话根本不想说，而且也无必要扯到天气的好赖，她从来不认为今天气温比昨天高一度或者低一度，有什么了不得。她更厌烦得要命的，熟人就仿佛有资格了解你心底里想些什么：你为什么不做声？你为什么闷闷不乐？你为什么跟大家隔着心？你为什么不敞开思想？……

说实在的，她认为自己很浅薄，有什么思想值得敞开？她只求不受干扰。况且也无这个必要，大家笑的时候，你脸上也挤出点笑，大家说话的时候，你得凑趣说上几句压根儿不是你的本心话，何苦？

大概去了不到两个学期，发现越是陌生的人，倒越要了解你。你为什么来这偏远的学校教书？你是不是想逃遁什么受刺激的因素？你不会是在爱情上受了什么挫折吧？你解释说没有，他们不信，你越是想替自己辩护，他们就确认你果然便这样了。那个中学靠近城郊，有一片鱼塘，不大，但很清净，她总爱到那去看傍晚时刻鱼儿浮在水面，张开圆圆的嘴喋水的情景。那份清幽便体现在她和鱼儿的互不干扰上，她挺自在，那些鱼也好像很自在，至少没有被惊吓，没有什么危险感。当然，她也同样，很是开心。

过不多久，便有渐渐熟的熟人告诉她："你肯定失恋得很痛苦，你……"对方欲言又止。

她懒得辩白，也懒得询问，她最懒得说许多没用的话，转身就要离开。

"听说，校长怕你轻生，寻短见呢！"

她这才悟到书记找她谈过一回话，说来说去，也不着头脑，平白无故检讨起来，说什么对新来的同志关心不够。敢情有几封同学寄来的信，贴的并非什么纪念邮票，始终也未能收到。原来，起因在这里。她想不通，难道一定偏要用打扑克、闲聊天、逛马路的方式去消磨时光，才算是标准的生活方式？为什么就不允许去看鱼？碍着谁了吗？

她记起来，校医一定要陪她去合同医院看病，一看挂的号，是精神病科，她火了。不过她发脾气也不是大吵大闹，暴跳如雷。很平心静气地跟校医说："你坐坐，我去去就来！"

这一去，再没回到原来的那中学，还是她爸去把行李搬回。他通过教育局的朋友帮助，她到底回到附中。她想，也许熟人多，并不坏，知道了还有什么好问的，何况还有爸爸在。可以省去许多话，许多绝对浪费唾液的话。

没想到又出来了一个未婚体育教员。

那位老教师还来劝说她爸："再合适没有！"

她爸也赞成："我看大刘够老实的。"

她真想火，干吗自己不安生，还要搅得别人不安生？是不是人人都有干预别人的权利，和接受别人干预的义务？我就不想恋爱，不想结婚，干吗偏老是和我提那位体育老师呢？我半点不喜欢这种撮合，俗气透了，难道还要我跳起来大声喊不同意吗？你们总问我为什么？其实我不为什么。我希望安生，我希望在人们的好奇心之外。你们越是非要我和大家一样，我还偏不愿意照你们教诲的那样去

「你最好不要穿裙子！」「你是教师，学生的榜样！」她爸门牙掉了，像瘪嘴老太婆似的叨叨。

做。

也许她想逃脱，这才常常到观音巷去寻觅片刻清净。

慢慢地，也越来越不记恨她妈了。原来她断然绝迹那湿漉漉的小巷，就因为那井台，那皂荚树，那斑驳的门扉，那断砖铺的坑坑洼洼的路，那瓦松，那古老影壁墙上的苍苔，都和她妈相联系的。她恨那抛弃了他们父女俩的妈，所以再也不愿看到这一切足以勾起回忆的东西。现在，那个或许是忘恩负义的女人死了，她也在最后晤面中似乎悟到了一些什么，也许这悲剧酿成的主犯，不仅仅是她妈吧？

当然，也因为顺路。

不过，若是为了那片刻的宁静，即使多拐点路也是值得的。

她现在才能体会，她妈挽着她在小巷里走来走去的情由了。从她蹒跚学步起，一直到扎起小辫进幼儿园，上小学，一直到她妈随那位被诅咒的音乐教员离开这座城市，她和她爸随即搬出观音巷为止。横竖这里冬天不算太冷，夏天又不十分炎热，她的小手捏在她妈的绵软的手心里，踩着那一块块像龟背似凸起，而又碎裂成几条细纹，细纹里又有些青苔悄悄生长的断砖。回想起来，她妈也许并不愉快，一个把爱化作教诲，化作无数的禁忌，化作唠叨，化作对生活进行无休无止教导的丈夫，这种蜕化了的爱，不是所有女人都能承受的。

"你最好不要穿裙子！"

"你是教师，学生的榜样！"

"你千万别总是面露笑容，要庄重些！"

"求求你，这件紧身衫外面再加件罩褂吧！"

"请你讲课时一定按教学大纲，不要离题。李清照的词当然是千古绝唱，可也有消极因素！"

"你干吗跟校党支部争用油印机，哎哎！"

每逢她爸用一种唯恐树叶儿掉下来打破头的恐惧心态，绘声绘色对她妈讲述的时候，她妈唯一可以逃脱的办法，就是靠她纠缠着妈妈出去溜达了。

这种令人痛苦的教诲，太多，太多。

后来，她当了教员，尽管是他的女儿，也觉得她爸那殉教士的神气，是对神经的一种可怕折磨。又是为了穿裙子，她爸门牙掉了，还未镶上，像瘪嘴老太婆似的叮咛："多少年来，我对你妈讲过──"然后，以这种人特有的惊人记忆力，告诉她一桩一桩事例，哪一年哪一位女老师穿了裙子，她的班发生男生给女生写情书的可怕现象。又是同样的原因，由于裙子，某个班男生闯进女生浴池。

还是和裙子有关联，女教员晾晒三角裤衩，正好是耻部的地方，被人用剪刀铰破。"啊啊！芬，你可是为人师表的人，你的一举一动影响着一代青年……"

她想，她妈领她出去散步，也许是为了不致被这些说教逼得精神分裂吧？

不仅仅是她爸那张诲人不倦的嘴巴。

观音巷很细很长，她年幼时期，几乎家家都是独门独院，不像今天一个院里塞进好几户。现在，白天去到那条肮脏的巷子，无论如何也想象不到这里曾有曲径通幽的诗情画意。近两年天气偏旱，青苔消退了，井水干涸了，皂荚树也不那样树叶婆娑了。但人丁却可怕的繁殖起来，挤得连麻雀也无法安生了。过去，巷子里人迹稀疏，脚步声能从影壁上撞出回音。现在，她从那里一过，像跌进人海，淹没她的是数不过来的嘴，不听便知在身后议论她些什么。什么老处女啦！苦恋啦！跳湖自杀未遂啦！精神受到刺激啦！想嫁给体育教员不成，害了单相思啦！……

中国人的嘴！她不禁打了个寒噤，它也会变相吃人。

所以她只有早早地去观音巷，在朦胧中，那影影绰绰的狭巷旧弄，还能找到昔日的韵味。没有讨厌的语调，没有厌恶的眼光，更没有窥探、盘查、审视、盯梢、告密、揭发等等干扰的幽静环境，你可以用你的心去感知生活的美，世界的美，和人，一个绝对是人的人，那种难以描绘的美。

她妈死了以后，那个打电报给她的女孩无意中说的，她妈并不爱那音乐教员，她相信是这样。还告诉她，她妈在高烧谵妄状态中只喊一个人的名字，那便是她。

"小芬，小芬！"她似乎听到她妈在呼唤。

其实是妈妈愿意跨过那一步的吗？起因在今天看来，简直是可笑的。只因为她和那位刚离婚的音乐教员，悄悄地在音乐教室里，用钢琴伴奏合唱了一支《秋水伊人》。就是这首今天到处在唱的歌，在那些大惊小怪的年头里，便被人告了密。那时还没有如今的新花样，什么第三者插足，干脆说是道德败坏，思想堕落。

她记不得她父母曾经有过别的离婚夫妇那种死去活来的争吵，要不然也不会有她爸追着，几乎差点跪下哀求，要她妈留下的场面了。观音巷又细又长，足可以有回心转意的时间。不，她妈还是义无反顾地和井台、和皂荚树分手，身影消失于巷外的人流里。

她，恨她妈的原因，也就在这一点。

观音巷来的次数多了，在那片刻的宁静，成为她幸福的享受——谁也不来干扰她那颗孤独的心——一刹那，她的心感知到如果是她，而不是她妈，或许走是正确的。

为什么不走呢？这么许许多多的嘴。她现在并没有发生什么事，就闹得她焦头烂额，躲都没处去躲，何况她妈那时犯了无罪之罪！

妈，你没有错！她突然肯定了她妈的行动。

她豁然开朗了，是这样，错的是不把人来当人尊重的人！

她已经来过观音巷许多次了，还没有像今天这样悟透过，她甚至想喊出声来：妈，你走得对，做一个终生忏悔自己无罪之罪的奴隶，还毋宁死去！你悔恨一辈子，付出了血和泪的代价，可你获得了自由！

"妈，你是对的！"她的声音果然在巷子里响了起来。

突然，她听到身后有人怯生生地招呼："芬……"

她一惊，站住，回身，雾很浓，是她爸在叫她，但憧憧的人影，又似乎不止他一人。她明白了，鱼塘的故事又要重演，这回怕不是精神病科，而是疯人院了吧？怪不得昨晚她爸忽然被学校请去，回来后脸上一副欲哭无泪的样子，想问问的，懒得张嘴，又怕他没完没了的絮叨，谁知却为这事。后来在临睡前，她爸哭丧着脸嘱咐："芬，别去那个观音巷，好不？那么大早……"

敢情这片刻的宁静，还有许多双眼睛？这世上有如此众多的特别关心别人的人，是幸福，但太多的幸福便成灾难。她觉得好笑，又有点想哭，太累人了，这世界！

她没有答应她爸，继续自己的路程，她想起了她妈，应该去寻找一块净土。

也许永远没有净土，但要找。

怅 惘

他还是去了，尽管他实在不想去拜访她。

当然，她也不可怕，离婚的妻子罢了，但他不愿意去见她。

分手以后，由于住得近，隔两条街，时不时狭路相逢，难免一番尴尬。仅仅是尴尬倒也罢了，还会产生除去难堪以外的滋味，他不晓得她是否这样？也许是。

他曾经很注意了一阵电线杆上贴的换房告示，希望搬得离她远些，也没有什么特殊的缘由。只是想搬到极少与她见面的远处去而已。但那和买彩票希图中奖一样，可能性是极渺茫的。后来也懒得去看这类启事了，认命了。他相信，人是不大可能拗过人以外的一切，除了适应。人，特别像他，是没有任何可能扭转什么局面的。

不知不觉中，岁月流逝了许多，女儿居然结婚了，而抱着她去注射出生后必定要打的卡介苗，却像是昨天的事。

去吧？不去？最终还是踩着城市里肮脏污秽的雪去了。雪水和着泥，粘住他的鞋，还发出噗叽噗叽的声音，真讨厌。可他又说不清究竟真正厌烦什么，搅不明白。他早参悟透了，一个人活着，必定有许多懵懵懂懂，以为自己清醒，其实未必清醒。他要去拜访的这位提琴手，他以前的妻子，就是个尤其清醒的女人。不过，她从幼年起，大概是五岁开始，一直到今天也没离开她的提琴，始终幻想着一个梦，这就算不得清醒。

但她决不认可，回答你的是琴弦上如泣如诉的悲鸣。他认为她拉得好，她也相信她会拉得更好，然后，梦永远是梦。他所以不想去，也许，不希望打碎她的梦。

谁活得也不容易。

不扰别人，当然也不扰自己，讨个心静。大家回避一点，免得烦恼。即使果然同挤在一辆公共汽车里上下班，也装出彼此不相识的样子，倒不是积怨，更不是仇恨，只是觉得点头以后无话好说，而比无话好说的，是那种勾起来的对自己的别扭，不如索性只当对方不存在更好些。

他想开了，懵懂些好。

这当然还是以后才慢慢悟过来的。

她大概尚未明白得那么彻底，使他钦敬，但也悲哀。

有一回，前些年的事了，她忘了带月票乘车，偏偏那天那个售票员不开心，一个劲地辱恼她，怪烦人的，那姑娘嘴挺厉害："还拎小提琴，五分钱车票都想揩油！"她脸气得煞白。他无法再不承认她的存在，连忙掏出钱来，可她拒绝，竟然说了句："谢谢你这位同志——""谢谢你"以后，加了"这位同志"，她显然仍旧把他看做别的乘客一样。紧接着，她把提琴押在那里下车了。以后，肯定是步行回家，找到月票，再去总站交涉。结果如何，不得而知，从那开始，她好像再不乘坐那路公共汽车了。

她就是这样一个人。

他和这位提琴手别别扭扭生活了五年，留下了一个现在快要结婚的女儿，和一段酸涩的回忆。

他并不记恨她。

她一定也是这样。

总算是好合好散。生活在一块别扭，无法在一个屋顶下共同过日子，他们便平心静气地分手了。

孩子归了他，并不是他执意的，因为她带不了，她太执着她的艺术，每天至少练琴六个小时。孩子是需要人爱的，他理解她的难处，好在研究所工作要正常一点，便这样定了。起初他够艰难的，不过，按他的话，懵懵懂懂地也过来了，而且女儿长大了，马上要结婚了。

他现在的妻子，却让他一定去送个信，孩子究竟是她生的，这样的大事情，不通知生母一声，说不过这个理去。

"有这个必要吗？"

"去一趟吧！"

"算喽，从来也不来往的。"

妻子坚持："告诉一下，总要好些！"

"下雪天！"

当然，这是借口，不过，去不去真是无所谓的。他知道女儿从不和她有什么联系，更谈不上亲子之情。提琴手后来嫁给她单位里的一个吹圆号的，另生了一个孩子，这样，便绝对疏远了与这个女儿的感情。

"爸，你甭去了！"

他现在的妻子嗔她："小孩子家，别管大人的事！"

"我马上结婚了，早就成年了，可不是孩子！"

"好了好了，忙你的嫁妆去吧！"

"我可不愿意在我大喜的日子里，把她给搅进来！"

他很替他从前的妻子悲伤，没想到在亲骨肉的心目里，她会是这样不受欢迎的人物。不过，他知道，提琴手未必稀罕，她不追求这些，她有琴，她有艺术，她有她的梦，她身上女性和母亲的色彩不那么浓。

他踌躇了半会儿，终于决心去了。雪还在下，不大，但很碎，很潮，而且很脏，好在只隔两条街，多少年绕开这里走，又是雪天，竟觉得有点面生了。

他突然想，若是早悟透，不那么清醒和理智，像别人，像大家一样地生活，没准继续能将就到今天，其实，细琢磨，有什么值得分手的了不起的缘由呢？

无非她太渴慕她的梦，那音乐会；

无非他丢不开他的研究，忙着要成功的遗传实验。

"文革"以后，他没有回到研究所，找了个教书的差使，图的是教生物不多的课时，和寒暑假能属于自己的时间。可以休息，可以侍弄君子兰，可以携妻女去逛逛海滨，视攒下的余款而定，到北戴河，或青岛旅游，在大海里才了解自己的渺小。

老朋友都说他变了。

他也不知道自己变懵懂，还是变明白了。

可当初，他在研究所，忙得连谈恋爱的工夫都挤不出来，虽然，他已经贻误了应该谈情说爱的年华。于是好心人把同样蹉跎了婚事的提琴手引到他的实验室里。他搞遗传研究，当然明白这是无法抗拒的雌株和雄株的结合。那时，他满脑袋装的是扁豆上结西红柿，西红柿里挤出牛奶之类的幻想，便把丑话说在前头："我的工作注定了我不可能有更多的时间去花前月下……"她接着也说："要是你能同样体谅我这一点，那就太好了，练琴是很苦的事情，我从五岁起……"

他记得她早年用的装小提琴的盒子是黑色的，可那次在公共汽车上忘带月票

「爸，你甭去了！」他现在的妻子嗔他：「小孩子家，别管大人的事！」「我马上结婚了，早就成年……」

和零钱那回，倒是绛红色的琴盒子。那黑色的琴盒，还有他写下的勉励她，也同是鼓舞自己的诗句："少小不努力，老大徒伤悲"。那时他们真努力，现在，怕怎么也鼓不起精神。是他自己懒了，还是中国人懒了，他说不清，但渐渐变得懵懂，倒是事实。

懵懂中不免伤悲，这大概也是事实。

看起来即便是琴盒这普通物件，也会衰老。不过，它幸运的是，没有生命，自然不会有记忆，没有记忆，怕也就不会有痛苦。

女儿都要结婚了，记得送她进托儿所头一天，哭闹得多凶啊！

"你是母亲！"

"为什么偏是当妈妈的职责？"

"我决不是什么偏见，要是我能放弃搞了好几年的研究，怎么能给你增加负担，没办法，总不会看着到手的成果，白白地扔掉！"

"你想想，我能为孩子放下琴吗？"

她还那样当回事的练琴吗？他想会的，要不然，她就不是她了。

那幢残破古老的楼房已经看见了，罩着积雪，软绵绵的白，显得浑厚，倒遮住了许多丑陋。他听到了从那幢楼里传出来的琴声，不由得脚步放慢了，任雪花讨厌地落在头发上、脸上和脖颈里，这是他整整听了五年，熟悉透了的一支小提琴协奏曲，那也是她为自己的独奏音乐会虔心准备的节目。

那乐声，像水流一样缓缓地透过雪花漫过来。

以后，每当在收音机里偶尔听到这支名曲，他总想起她来。可此刻，重又听到她在琴弦上奏出这熟悉的旋律，涌上心头的倒不是她，却是那曾经充满希望的日子。

她忙她的独奏音乐会，并不是所有拉提琴的人，都有可能登上这个台阶去敲成功的大门的。

他为他的实验室忙的程度，也不亚于她。在遗传学领域里，能迈出一小步，都是了不起的突破。数载心血浇注在实验室里长在盆钵中的植株上，一代一代地培育，几乎耗掉了他的青春。

这小楼，有琴声，有孩子的啼哭声，有两口子怎么也协调不了的不和谐声，一下子全泛了起来。

"看起来，我非走不可了！"

"你不走，我走！"

"其实，即使开成了独奏音乐会，又如何？"

"我从五岁拉琴起，就盼着这一天，你问如何，我不知道如何？同样，假若你黄瓜上结出苹果，请问，又如何？"

"可这是我们的家——"

"我明白。"

"还有女儿——"

"你别说了。你要求我的，我做不到！"

"难道我就应该做到吗？"

"我不是那意思，也许我根本不结婚就好了！"

"分吧？"

"大概只好如此了！"

"女儿呢？"他问。

她摇晃着头，这是一个做母亲的难以启口的话题。

离小楼不远有个公共汽车的停车站，多少年也不在这儿上下车，为了怕碰见她，宁可多走点路。有两个拎着提琴的女孩子在那儿等车，他便走拢了去，一面抖身上的雪，一面问："你们是跟楼上那位老师学琴吗？"

其中一个年龄大些的点了点头。

"她拉得真好！"

"早先拉得还要好！"

"谁说的？她自己？"

"乐团里的同志都这样看。"

那乐声在这寒冷的雪地里，似乎像勾魂摄魄地引着他回忆的河流，慢慢地泻淌下去。他从这座小楼里出来，他从他耗费了青春的研究所出来，他从白了双鬓的干校出来，大概再过不了几年，又该从那教生物的中学出来……

她呢？

他问那个女孩："你这位老师的独奏音乐会开过了吗？"

沉默。

另一个要小点的女孩多少惋惜地说："老师拉了一辈子，连乐队首席位置都没坐上。"

"还在练！"

"当然，还在练——"

"还在准备她的独奏音乐会？"

她俩没有回答，因为公共汽车进站了，赶快跳上车走了。车开走后，在雪地里压出两道泥浆的辙印。明天，或者后天，这雪化了以后，将不会留下任何痕迹。

公共汽车站有个塑料棚，他站在那儿听了一会儿。然后，他顺着来的路又往回走了。雪还在下。也许因为想起自己，心感到沉重，但想到那楼上的提琴手，沉重之外，更多了一层怅惘。他本来不打算去的，何苦又去扰她，惊醒她的梦呢？

"你去了吗？"

"去了。"

"你见到她了吗？"

"见到了。"

"她说什么？"

"她说她不来！"

紧 邻

王教授抓科研，王处长管行政。

两家比邻而居，王教授住五〇三，王处长住五〇四，无论大人，无论孩子，彼此来往都很亲切。王教授虚怀若谷，王处长平易近人，是构成两家友好的基础。处长家的孩子管教授叫王伯伯，教授家的孩子管处长叫王叔叔。称呼起来，非常亲热的，正过来写，反过来写，都是王，五百年前是一家嘛！

王处长管的事多，管的人也多，好像整个学院离开他这位吃喝拉撒睡的大总管，就玩儿不转。王教授只管一项科技攻关专题组，只领导两名助手，虽然也带几名研究生，上大课时阶梯教室坐满了学生，但并不归他管。王处长则不同了，从盖教学楼和家属楼的施工队，到教工食堂和学生食堂的炊事人员；从文书收发、教材印刷，到园艺绿化、门卫传达；从招待所到留学生宿舍，无不在他的管辖范围之下，很忙，非常忙。相比之下，王教授可算享清福了，如果他不用在水槽里洗瓶瓶罐罐的话，他还能轻松一些。

王处长当然很羡慕王教授，王教授也相当同情王处长。王处长不但在办公室里坐不住，回到五〇四号家里，也很少有清闲的时候。一顿饭不来上三两通电话，是饶不了他的。王教授家也有电话，那是亏了王处长的帮忙才装上的。外号却叫"沉默的人"，那是一部外国影片的片名，因为电话很少响铃。同样，两家安的音乐门铃，也是一个热闹，一个冷清。王处长家的门铃旋律，是贝多芬的《欢呼颂》，几乎一天到晚，欢乐不断。而教授家门铃乐声，是人人都熟悉的《祝你生日快乐》，但响得机会不多。细琢磨也有其道理，一个人一年只有一次生日，哪能天天过生日呢！所以教授家的门铃，基本上也是"沉默的人"，而且沉默得有道理，很有分寸。

　　不过，偶尔也有频繁响起《祝你生日快乐》的时候，那都是找错门的。于是王教授就得客客气气地对拎着礼品的来访者说明：我虽然也姓王，可不是你要找的王处长。你大概头一次来，你大概不认识王处长。那好，我告诉你，隔壁这一家，就是王处长家，你按那扇铁门上的电铃就可以了。于是，贝多芬的《欢呼颂》响了，王处长家又来客人，又不得安生了。教授实在有些替他累，既不能为他分忧，又不好意思挡驾。看到那些求职的、谋生的、要房子的、夫妻两地分居要求调到一起的、没有城市户口的，以及教授也认识的至今未能把上山下乡插队的儿女办回来的讲师，每一张都是可怜巴巴的面孔，他也心软了。

　　他知道，而且他也相信，王处长绝不是铁石心肠的人，能帮忙总是尽力帮忙。虽然，似乎他的口碑不算十分好，但教授跟他是近邻，能理解他，大有大的难处。本来就一碗粥，供一个和尚吃，大概勉强可以充饥。现在，有七个和尚，或者八个和尚张嘴等着，那怎么办？王处长诉过苦：教授，除非把我剁碎了，唉唉……

　　他叹气。

　　教授也陪着叹气，而且很快给自己找到了心理平衡的慰藉。虽然，王处长有权有势，日子过得很好，人人争着巴结他，讨好他。但他累得要死，忙得连喘气的功夫都没有。结果，背后还有人非议他。而且还有竞争者认为他的差使是个肥缺，构成对他的威胁，弄得他好紧张。这样，王教授觉得自己这一介书生、两袖清风的日子，倒有其难得清闲自在的优越性了。很少有人敲门，很少有人打电话，几乎没有任何人来求过他，托过他，甚至也不用担心他那还要在实验室里洗瓶瓶罐罐的项目被谁抢走，如果真有见义勇为之士，他恨不能立时三刻将这份工作拱手让人。

　　于是王教授就比王处长多一些闲情逸致：譬如养君子兰啊，这玩意儿如今行情一落千丈，过去价俏的时候，倒有人送给隔壁王处长家的，现在教授家阳台上也有了好几盆；譬如养小金鱼，虽然他很看重那些热带鱼，花花绿绿，煞是好看，但一次性投资太多了些，太太不批准预算，而且那些小生灵，娇生惯养，也太"布尔乔亚"了。结果，花数元人民币，购鱼缸一口，小金鱼数尾，放在书桌上，看那摇头摆尾、悠然自得的神态，教授便想起庄子《秋水》篇里有段有名的濠上对话：惠子曰："子非鱼，安知鱼之乐？"庄子曰："子非我，安知我不知鱼之乐？"也就很觉得怡神悦性的了。

　　王处长有时也来串串门，对教授的雅兴和闲心，面有羡色。但未谈上几句话，屁股还未坐热椅子，他家孩子就过来叫他回家，又有客人来找他了。教授真是打心里可怜他："为人莫当差，当差不自在呵！"教授夫人什么话也没说，只是一笑。猜不出她是赞成先生的看法呢，还是反对先生的看法。

不知什么时候开始的，或许去年，或许前年，教授的兴趣从花草虫鱼，发展到养猫上面来了。如果说，养花养鱼，还是属于教授个人自得其乐的事情。那么，一只大狸花猫和它下的几只小猫咪，几乎成为全家人的开心节目。第一，猫通人性；第二，猫有实用价值，可以灭鼠。

王处长后来才晓得教授喜欢养猫。你怎么不早说，他埋怨教授，我随便一张嘴，还愁搞不到纯种波斯猫？

他谢谢邻居的好意，连忙说，够了，够了，如果再养波斯猫的话，我这教授，就该越教越瘦，该破产了。他太了解这种名贵的猫了，和热带鱼一样，都不够"普罗"化。倒不是敝帚自珍，他挺钟爱他的猫。有一出戏，叫《狸猫换太子》，说明它谱系的久远。何况不挑食，给什么，吃什么，挺能跟主人同甘共苦。最让人满意的，是这只大狸花猫和它的儿女，非常尽责，为患已久的鼠灾，总算被它们靖平了。

教授家其实和处长家一样显得狭窄，不过，处长家是简直推却不了的礼品多才挤，教授家却是书籍多而造成的挤，这就是知识多带来的累赘了。王处长已经许诺了，等家属楼盖成了，两家搬过去，还是邻居，互相有个照应。所以，教授就把一时用不着的大部头精装书，暂时挪到阳台上堆放，横竖早早晚晚要搬家的。弄不清该死的耗子是出于对知识的仇恨呢，还是认为知识分子软弱可欺，竟在书堆里絮窝下崽，把好端端的书，咬啮得乱七八糟。教授下决心养猫，也是对鼠类如此荼毒文化的反抗。

终于有那么一天，教授发现他的狸花猫在阳台上，同它的儿女们，大嚼特嚼一只硕鼠，显然像享受一顿美餐那样喵喵地叫着、跳着、撕扯着、抢吃着。教授高兴极了，喊他老伴来看，喊他孩子来看。拍手的，叫好的，把阳台连阳台的王处长家也惊动了。连忙跑出来看，以为教授家出了什么惊天动地的事。

"猫抓耗子！"

"太棒了，多大？"

"尾巴有半尺长！"

"乖乖——"

"太可恶了，把书都咬了！"

"别提了，"王处长站在那边阳台上感触颇深地说，"我们家也是五鼠闹东京呢！"突然，他忽发奇想："教授，干脆，就像外国足球俱乐部租借运动员那样，弄一只猫到我们家来镇压镇压，怎么样？"

邻居开口，怎么好拒绝呢！好好，当下就应承了。

这里教授全家开了个会，决定把大狸猫的头生子，叫黄黄的二大猫派过隔壁去，它不但能爬墙上树，甚至有飞檐走壁的绝技，而且他一直有翻到那边阳台的企图。教授相信，王处长家阳台上的耗子，不但多，还要大，黄黄此去，保证不辱使命。

过了半个月，教授听到自家阳台上，又有咯吱咯吱咬骨头的响动，一看，大狸猫和剩下的两只小猫咪，正在分吃一只大耗子。因为抢食的黄黄出差不在了，这里一母二女细细咀嚼，吃得很斯文。

教授问看热闹的王处长："怎么样，黄黄立功没有？"

王处长摇头，一脸失望的样子，他告诉教授，有一天他亲眼见一只小耗子，从黄黄鼻子底下过去，它居然视而不见，听而不闻。哪怕扑一下，吓一下，让耗子魂飞胆丧也好。站着，连动也都不动。碍着教授面子，他不好再说下去。

这下，教授觉得挺丢人，这个不争气的黄黄。当天，就调防了，把大狸猫送去换回黄黄。这可是一枚重磅炸弹，教授对王处长保证，不出半月，静候佳音，肯定是一场歼灭战，不获全胜，决不会罢休的，大狸猫堪称灭鼠圣手。

黄黄回到教授家，也没什么觉得惭愧的样子，和小猫打成一团，开心得很。而且，没过几天，它居然在厨房碗柜下捉住一只小耗子，再小也是可以洗刷它无能名声的证据，教授从它口里将耗子抢出来，拎着尾巴，兴冲冲地到隔壁去请邻居看这份成果。

王处长半天没有反应，显然在思考一个什么问题。

"怎么回事？"

王处长当然不愿意让教授伤心，更不好意思说大狸猫的坏话，只是万分纳闷地说："不知为什么，在我们家，猫不拿耗子了呢？"

王教授随王处长走进客厅，那只大狸猫卧在沙发上，懒洋洋地，似睡非睡。它当然认识教授，只是把头略微抬了抬，算是打了招呼。几天不见，它显得丰满，肥硕，油光水滑，毛色也比在自己家里鲜亮多了。教授走近沙发，把小耗子在它脸前抖了抖，它看看，丝毫不感兴趣。要在过去，早鱼跃而起，得小心别让它把手抓破。他把这一口就可吞了的耗子，放在它嘴边，谁知它闻了闻以后，不但不吃，而且厌恶地跳下沙发，迈着四方步，走了。

真怪，猫不拿耗子！

应该说很有学问的王教授，百思不得其解。

逝　情

真快，一年去了大半。树叶儿纷纷坠落了。

人呢？同样，一眨眼工夫，垂垂老焉！谁也说不好自己，是从何年何月何日开始老的？说老，我们这几个当年通过封锁线跑到解放区去的一拨子人，好像约齐了似的，须发白了，寿眉有了，牙齿脱了，儿孙大了，追悼会上晤面的次数多了，一下子全都老了。像秋天里留恋在枝梢的黄叶，只待一阵风，便会扑棱棱地跌落了。

老梅打来个电话，建议老同学们聚聚。

"好，我赞成——"这位准部长大人有办法找到按内部收费的大饭店，"大家凑份子，打平伙好了！"

"用不着，"他从来有气派，"既然我起头，我付钞便是。"

"您破费啦！部长——"

"甭提部长这两个字，老兄！"

"没捞着？"

"根本我也没想，我还是当你们永远的班长吧！"

我们到了解放区，就进了联大，他当班长。老梅是天生的领导型人物，个子高高的，声音大大的，仪表堂堂的。似乎这班长非他莫属。果然也是如此，事实证明他是当时联大的一个挺能干、挺得力的班长，校方相当器重他。

"'牢骚'呢？"

"牢骚"是我们三个人结成一组去解放区的另一个，"牢骚"是外号，当然，这外号很适合他，要不然，近四十年，我们不会这样叫惯了的。我在电话里告诉老梅："他老人家还健在。"

"没有闹什么风流韵事？"

我笑了，"前些日子他差点脑血栓形成，已经心有余而力不足了。"

"牢骚"可以说是一辈子坎坷，但艳闻始终不断，也许女性容易同情身陷苦楚境地里的他，他总是得到这种异性的温馨、慰藉和爱。老梅骂他，讽刺他，也嫉妒他，说来也怪，我们这位班长，可以说得上是有魅力的男子汉，似乎从来没有这方面的记录。他命令地说："你一定把'牢骚'给搬来！"

"万一他犯倔……"

"一定，我要朝他打听个人。"他又叮嘱，"拖也把他拖来！"

"哪一家饭店？"

他报了好几家高级饭店的名字，让我挑选。我拣了家近些的，省得坐车麻烦。他说也罢，依了我。我问他订哪天哪顿？他说，当然今天晚上。我担心来不及安排，可这似乎是多余的，老梅把电话挂了。

我忘了他是一位准部长大人。

他就是这样一个天生指挥别人，而且也是一个天生有办法的强者。

我们是头一份到达这家四星半级饭店的，"牢骚"马上不满地嘟哝："他做东，倒先不来。"幸好饭店总服务台知道这回事，说梅主任才来电话关照，要稍稍耽搁一会儿，然后派服务员送我们到西餐厅。

"我不爱吃洋饭！"他站住不走了。

对这位"牢骚"，也真是没办法。如果是中餐的话，他准会说："老是这一套，就不能换换花样！"我拉他走，"算了算了，老梅赏饭，你挑挑拣拣什么，要不，你请——"

"牢骚"的小品文写得漂亮，可数量有限。那几个大子儿的稿费，是鼓不起肚子进这种阔绰饭店的。

"他干吗请客？"

"我知道？"并且白他一眼，吃就是了，多余这份迂腐。

"总得有个题目！"他见我没有反应，便说，"摆谱！他妈的，就是他这点能耐，什么办公厅主任，办吃厅主任罢了。"

"牢骚"这一病，比我们谁都老得邪乎，脸像核桃一样，满是皱纹，其实，他年龄倒是最年轻，六十才出点头吧？挂了根老气横秋的拐杖，说话时上下嘴唇竟有些不对榫了。

老同学陆续又来了几位，这些人一起，使我联想起伦敦的蜡人陈列馆，或者到琉璃厂去翻古旧图书的感觉。幸好老梅一阵风地进来了，他衣冠楚楚，精神焕发，那套绝非国货的猎装，那条必定名牌的领带，把在座的老朽之辈都比得没点颜色了，他抱歉，新部长突然光临他寒舍，脱不开身。

"干什么？"

"礼贤下士，做做姿态。再说，原来他是我手下的一个处长嘛！"

"爬得够快的。""牢骚"大摇其头。

"不谈他，不谈他——"这时，饭店经理、餐厅领班、女服务员都随着他的出现而出现了。老梅派头十足，仿佛他不是来揩油吃饭，从那些围绕着他转的饭店里的人眼神看，对于他肯赏光，甚至感到荣幸呢！法式大菜显然是早订妥的了，在商量着的是酒。老梅漫不经心地应付那位讨好地打着黑蝴蝶领结的年轻领班："随便吧，随便吧，醉翁之意不在酒啰！"尽管说是马马虎虎，又不是款待外宾，结果端上来的托盘里，竟有人头马。

"牢骚"忍不住愤慨："这狗世界——"

"少做文章，老弟。"他摇一个手指警告着。

"不像话，民脂民膏！""牢骚"摇头不已，还跺他的龙头拐杖。

"你好！'牢骚'，拿着共产党的工资，写千字文损共产党，算了吧！"

"挖苦一下你这样的好货，有何不可！"

老梅没兴趣争执，颇有气度地一笑，说："拉倒吧，'牢骚'老弟，还是留着这张嘴吃喝吧！"他举起酒杯为大家的健康一饮而尽。

"你这辈子的全部回忆，大概只有吃喝！""牢骚"决不示弱，过去这样，现在这样，噘嘴的骡子卖个驴价钱，这些年总是在运动的边缘上挣扎，始终没能发达。等到不搞运动，可以施展才华的今天，对不起，老了，连人头马也只敢抿抿而已。

在座的联大同学中，老梅年岁较长，偏又是他最不显老，酒量也数他最豪，喝得很多而不醉。满座之中，他那领袖群伦的风度，着实迷人。如果记忆不出什么误差的话，他这多年好像没有什么变化。当班长时，我们都是毛头小伙子，他各方面比较成熟，举止老练，言谈得体，考虑问题周全，遇事不慌不忙。此后，他好像定型了一样，多少年不变。而我们这些人却早不是当年那血气方刚的模样，相比之下，老梅倒神采奕奕。真可惜，没捞个部长当当，前半年，倒嚷嚷过一阵，大家还替他高兴来着。

也许因此，他眼神里多了一层迷茫，过去倒没见过的呢！

"怎么样？"老梅建议，"难得聚会，咱们唱一唱当年的联大校歌，如何？有谁还能记得?"

"雅兴不浅,我看你是马尿喝多了。"说实在的,老天拔地,谁也张不开这嘴,大家都不响应。

老梅笑着说:"我们这位新部长,在我手下这些年,竟不晓得他老家会是联大驻扎过的村子。细细想,也怪有趣。那时我们唱得正欢的年头,这位部长当时还在村口撒尿和泥玩吧?"大家笑了,老梅又朝我们,"来,我指挥,预备——唱!"

有的只能跟着哼哼,有的还记起只言片字,有的统统忘个精光。我属于最后一类。要不是歌声,那多沙的北风天,坐在马扎上听报告,一坐好几个钟点的情景,都淡忘得差不多了。还记得那时唱歌似乎是最大娱乐,只要聚会就互相拉歌子,照例,老梅这个活跃分子站起来指挥我们这个班,风头很足的。也怪,命运总成全他,一帆风顺,到了准部长这一级。在他那个部里,据说,知道他的人要比知道部长的人多得多,因为部长像走马灯似的换,他却总当这个谁也离不了的办公厅主任。

活见鬼,他准是喝多了,有点子醉意了。别人都把嘴闭上,或者索性对付蜗牛和人头马去了,他一本正经地唱,亏他记性好,把支校歌能有头有尾、有板有眼地唱到底。

"怎么啦?"邻座的同学议论,"他!"

"谁知道,该不会邀我们来听他演唱。"

"也许因为没当上部长。"

"其实多余,过着神仙般的日子,愿意受那个累!"

"年纪一把,去伺候原来自己的下级,这种心理障碍,不大容易克服。"

老梅眼光掠过来:"你们背后搞什么自由主义?"

"怕你醉了赖账,不肯付钞。"

"我倒希望今天能喝醉咧!"老梅一点也不是炫耀,相反,倒觉得怪异似的,"一辈子没醉过,越喝脑筋越清醒,酒精对我也许不起作用。"

"牢骚"嘲讽他:"所以你永远立于不败之地。不过,做一个人,总是清醒,总是要保持清醒,也够累的。"

他们两个,一个也许太顺,一个也许太不顺,只要碰在一起,准是针尖麦芒地顶嘴。这一回很例外地,老梅非但没反驳"牢骚",而且颇有感触地拍拍他肩膀表示首肯,接着又吆喝我们大家把杯子满上。

"你不唱了?"

"我不唱了。"

"换个题目？"

"好，换个题目！"老梅赞成了，"咱们言归正传……"

"牢骚"打断他，举起酒来："除去老梅，为我们享受离休待遇的人，平安至死而干杯！"

"为什么把我排除在外？"

"你会有希望当副部长，这不，新部长登门拜访，你和他又拉上了联大这份乡谊……"

老梅苦笑："别扯淡了！"

他是我们当中最幸运者，而且一直走运，甚至"文革"也没冲击了他什么。有一次我从干校回来，看他继续自在，不免眼红："你倒混得不赖，造反派没收拾你？"他笑笑说："谁当官能少了牵马扶蹬的。"当时，我羡慕他，可不佩服；事过若干年后，到了大家都该划句号的年头，对他这一辈子，我佩服，可并不羡慕了。

"我们这位新部长……"

"牢骚"不愿意听了："你这职业病又犯了，三句话不离上司。"

"你误会了，我是说，他能记起当时许多事，也许儿童时代留下的记忆最不容易抹杀，他居然谈到了咱们班的一位同学，教他们唱过歌。"

"谁？"

老梅说出个女性的名字，怪陌生的，在座的似乎都没有一点印象，互相瞅着，看谁能想出些由头来启发一下。

"老梅，这你升官有望，你和新部长共同语言挺多的嘛！恭喜您啦！"

"你真的忘了，'牢骚'？我才不信。"

"你不知道我脑血栓后遗症吗？"

"她对你还有过一段感情，你不会忘记的。"

"哦！我忘掉的东西太多。老梅，谈别的话题吧！"

老梅说："不，我正想问你，你后来去过她家乡了吗？"

"我已经跟你说过，好多事我已经记不起什么了。"

老梅忽然慨叹地说："你能有可忘的，也算一种幸福。"

谁也弄不懂他这句话，大概他是喝多了，便把杯子从他手上夺下来："出息，没当成部长，这份颓唐，真不像是班长你了。"

"真的，回过头去看看，没有可记的，才没有可忘的。我也想了好久好久，才想起她叫黑妮——"他在那无可记也无可忘的头脑里搜寻似的，"她是我们班最早离开人世的一个，而且是横死，忘了？"

"哦——"有人想起了什么，"是不是回家跳了崖的？"

"她好像没多久就离开联大了，对不，老梅？"

除去"牢骚"可能由于脑血栓形成，记忆力损害外，这黑妮的外号，使我们一点一滴地把这遗忘的形象回忆出来了。

"她的《燕燕下河洗衣裳》唱得蛮好的，晚会节目！"

"她就是本乡本土的人，说话有点山区的味。"

"对了，老梅，她家似乎是老区哪个县的开明士绅，相当进步的。"

"后来，我们下乡参加土改工作团，她没去，她回老家了，她不知为了什么自杀了。"

"老梅，有一年春节，你和她还一块演过秧歌剧《夫妻识字》，你忘了，头上扎羊肚子手巾……"

这位班长显然被蜇了一下，杯里的酒都泼了出来。他叹了口气："如果，我这一辈子有可以记、可以忘的，恐怕就是这最初，也是最后一次真正的爱。从那以后，我就好像不再属于我自己了。"

怪不得他邀我们来聚聚，大家都沉默了。

"'牢骚'，我想问一下，这也是你最早的一次罗曼史吧？"老梅拿酒杯去碰他一直擎在手中，光看不喝的酒杯。"我记得，你到底还是去了的。"

"我什么也想不出了！"

直到席终，我们也打不起多大兴致来，于是便在寂寥中散了。

我和"牢骚"慢慢地溜达回家，夜阑人静的马路上，踩着飘落的黄叶，脚下竟发出窸窸窣窣的脆裂声，清晰可闻。"牢骚"很有点诗人气质，他说："我几乎不敢举步，真不忍心踩碎他们最后的梦——"接着，他又没头没脑地冒出一句，"想想，老梅也挺悲哀，是不是？"

我停住脚，问他："这么说，你并没有忘记！"

"不能忘的事情，永远永远也不会忘的。"

"那你们俩，当时……"

"只能是一种朦胧的、淡淡的恋情吧。那时，我们都太年轻，她是个极富幻想的女孩子，她绝没想到斗争会那么残酷。破灭了，便从她家乡有名的舍身崖跳了下去。"

"彻底绝望的必然结果。"

"死前，曾经来过一封信，他是班长，他去，也许能得到这份爱情，也许她会觉得还可能活下来。"

"他没有去？"

"当然，而且还不让我去。"

"你也没有去？"

"去了，可晚了。"

"那他今天往事重提，为了什么？追悔？"

"也许是这样。"

我问"牢骚"："你说你忘了，又为了什么？"

"怕追悔——"

我们继续往前行进，他踩着落叶，仿佛自语地："一个人从来没有痛苦，没准也会成为一种痛苦。你说，老梅一生，除去这一个淡淡的梦以外，还有什么？"

黄叶仍在纷纷坠落，虽然是生机的终极，但每片叶子，都有过它自己的春天。

好 人

每年冬季，她妈妈的气喘病就犯。

她替她妈妈难受，当然，教了一辈子中学的妈妈，为吞进肺里的粉笔尘末付出代价，要更痛苦。

常常整夜地哮喘，也常常整夜整夜地无法平躺下来，只能靠在床头，和衣而卧。

"你又守了一整夜！"

这几乎是方洁从冬天到夏天，每天早晨一睁开眼，常常会说的头一句话。她也不知哪来这么多觉，说不睡说不睡要陪妈妈，还讲着她学校里的什么事，她带的初三甲班什么事呢，眼皮就粘上了，连同睡意挣扎的工夫也没有，囫囵地进了黑甜乡，而且一觉死沉死沉地非到她妈叫她三次，推她三次，才好不容易睁开眼。

"你又守了一整夜！妈，你……"

"看你躺在我身边，睡得这样香甜，我倒没觉着坐在这儿有什么不舒服。"

"妈，我再躺五分钟！"她赖着，也不知怎么这样困。

"快起床吧，方洁，别误了孩子们的早自习！"

她妈妈是位有三十多年教龄的老教师，已经退休了，方洁和她妈妈一样，也是一位中学教师，不过，教龄只有她妈妈的十分之一。所以，她的生活节奏还未能完全适应学校那一套作息时间。她妈妈，按她的话说，一位可怜的妈妈，一位被丈夫抛弃了的妈妈，则成了一张绝对准确执行的课程表，甚至喘咳起来，也是一节课时。方洁不忍心她妈妈喘不过气而憋得脖筋涨起的苦痛，总是放下拿回家来待批改的学生作业，过床边来为她捶背抚胸，她准会推开方洁："忙你的去，没事，过一会儿就好了！"

起初，方洁不怎么相信，后来，好几次握着她妈胳膊，看着那块老掉牙的手表，还是区教育局工会六十年代奖给模范教员的黑盘上海牌表，果然，四十五分钟，或者五十分钟，好像隐隐约约下课铃声响了似的，她妈的气喘平息下来，可以均匀地呼吸了。

"妈——"

她妈那对眼睛明亮了，似乎为印证了这一点而流露出喜悦。而方洁，却感到苦恼。倒不是因为她妈妈，而是想到了自己，"妈，我可不愿意成为一台教育机器——"

她妈不以为然地摇头，这也就够了。方洁知道她妈不赞同，便也不想争辩。她们母女俩就这样融洽地相处，没办法，十几年前丈夫把她和女儿撇下，使得她们俩必须这样相依为命地生活过来。有时候，方洁疯起来，搂住她妈，竟然没大没小地叫："我的老姐姐哎……"方洁这种奔放的、无拘无束的感情，倒可能继承了她爸爸那种很外在的，被她妈说作是表现派的禀赋。

"像话嘛！方洁！长幼有序，疯过头啦！"

"妈，真的，没有男人的家，就像女生宿舍。"

她妈笑了。方洁觉得，她妈笑的时候，有一种凄婉的美。她弄不懂她爸——现在在招生办工作，按说很有权势，其实却必须规规矩矩，并没有什么大油水的部门——为什么和她妈离婚，然后讨了个高头大马的早年的国家球员做老婆？她叫她阿姨，每次去她爸家，这位阿姨总要给她沏茶。方洁是纯客观地评价她妈和这位阿姨，不带任何偏见。如果她是她爸，她想，她的选择和她爸相反。她和她妈探讨过，她妈的回答就像教书口气一样平静："因为你是女人，而不是男人。"

"你不恨爸爸？"这问题自方洁懂事以后，也不知问过多少遍了。

她妈也多少遍地回答她不，或者索性摇头。慢慢地，方洁大了，不再孩子气地希望她妈恨，或者一直以为她妈不过是压抑住这份感情罢了，而终于明白她妈是真诚地表白。她明白，她妈教了一辈子初中，因而也被孩子们的天真，熏陶得像一个初中女生那样单纯。她甚至不允许方洁谴责她爸的背叛，直到今天，还让女儿姓着她离婚丈夫的姓。一再地跟方洁讲：他永远是你的爸爸，到他老到动弹不得的时候，你要去服侍他。他和我离婚了，但你们父女关系，血缘上的纽带是谁也分裂不了的。去吧，去吧，去看望看望他，他是你爸！

方洁读中学的时候，倒常常去她爸家，顺路也是一个原因，考进师范以后，就去得少了。反正每次去，那位阿姨总给她沏茶。等到毕业了分配工作，就难得迈进她爸家的门了。他们搬到新建成的居民小区去了，分到了三间新房，方洁只去过一次，好像半年前的事了。是为了自己工作，希望从郊区中学调回城区来教书，确实是由于妈妈冬天犯病能够照顾。她爸痛痛快快地答允了，没问题，说是要去找一位老局长，这点忙总是肯帮的。其实这位局长，她妈也认识，最早最早的时候，老局长在中学当校长的那阵，她妈和她爸都在他领导下当教员，也算是老领导。不过，她妈一碰上去求人为自己做些什么，简直地没有能耐，磨不开脸，张不开嘴。她爸显然不会忘记以前妻子这种说来窝囊，其实也许不是窝囊，没准倒应算是好的品性，点点头，体谅地说："我这就去找局长，趁他还没下野！"

她望着她爸，在新居里踱着步，讲他和能决定她命运的老局长的过从甚密的情景。她第一次到这新居来，突然产生了一种感受，房子虽然是新的，而且确实是刚刚搬进来，但不知为什么，搬来了家具，连原来屋里的情调、氛围，甚至气味也顺便全带过来了。一股股从橡胶运动鞋里弥散出来的脚汗臭，仍同他们早先的家一样，阵阵袭来。她妈常说她爸年轻时很帅，还用了风度翩翩这样一个至少在中国男人身上，很难用得上的词儿。方洁不是眼高，她认为一个人的风度是由内在的潜质决定的，这样的男人她不敢说没有，反正她没见到。她和她妈辩论说，老姐姐，就冲他家那股气味，他能习惯，风度没法翩翩。她妈摇头，分明全了解丈夫的弱点，可是宽容；不但宽容，还尽量往好处想。她莫名其妙，已经离了婚，而且分开这么多年，这种感情算什么呢？也许只能认为是，她妈太善良了。

她爸见她沉默，便不谈老局长了，问她："你怎么样？"

"挺好！"

"你妈呢？"

"也挺好！"

那位阿姨又过来给她沏茶。

方洁始终也弄不懂她父母离婚的主要原因是什么。那时她太小，只记得她爸搬走再也没回她们现在还住着的房子。如今，这屋子里唯一留下来的她爸的痕迹，就是那张压在五斗橱玻璃板下的一张她父母的合影。弄不清她妈为什么偏偏保留这张发黄的照片，也许还期待着她爸爸重新推门进来？也许只是为了提醒方洁，记住，孩子，他是你爸爸？

总而言之，逐渐了解人生的方洁，只能从她的只言片语中，去猜想他们夫妻为什么离异。

父亲早年也是多才多艺，后来学乖了走上仕途，显然很满意目前这区招生办副主任的职务。每年暑假他忙得要死，而她去的这一天，又正是发高校录取通知的关键时刻。她感觉她爸爸多少有点炫耀地送走一拨拨来访的学生家长，还做出一副穷于应付的苦恼相，尤其对人家执意留下的礼物，那种摇头和无可奈何的样子，仿佛被陷害了的义愤，她——她妈总说她八十年代——总以为不大自然。他不可能和女儿多谈了。又有人敲门了，他说："这件事让你妈放心，你也给学校打个报告，说明家里确有困难，这形式总是要走，老局长我去说，局里的工作我去做。"

"那就谢谢您了！"

也许她尊称他为您，她爸哈哈大笑起来。这时，也许因为他身上招生办主任的味道淡了点，那种血缘上的认同感多了些，倒觉得他亲切得多。

回到自己的家，她妈正趴在桌子上帮她改学生作业，只要过了冬末春初，哮喘病便会消停下来，她对她妈那双期待着回答的眼睛说："答应了，挺痛快！"

"你爸爸？"

"你不是让我去找他帮忙？"

"我知道他不会拒绝的。"她似乎是要灌给女儿这个印象，"他是好人！"

"妈——"方洁又回到一个并不经常提起的老问题上，"你是不是还爱着他？"

"行啦行啦！快擦洗擦洗吧，一头的汗！"

每逢谈到这类话题，她妈不是回避，便是打岔，或者支吾着遮掩过去。

反正她爸够神的，她办回来了，而且不等学期结束，阳历年元旦可以在城里过了。新分配去的中学，不但离家近，还是个区重点，方洁高兴得要命。她本想马上回家把这个好消息告诉她妈，她觉得她那心地善良的妈妈，一辈子几乎没有什么值得振奋的事，除了那块黑盘上海表，曾经使她风光过一阵外，好像再找不到特别令人高兴的记录。所以，直到今天，她妈还戴那块老表，并不是经济不宽裕到连表都买不起；她妈也不吝啬，甚至离了婚后连她的抚养费也不要她爸付过一个子儿。她还劝过几次换块表戴，后来方洁决计不再啰嗦了，那已经不是一块表，而是一段她妈一生中唯一值得记忆的记忆。罢了，她反转来倒同情她这兢兢业业教了一辈子书的妈了，一个人终身连和人高声嚷嚷几句都没有过，方洁替她妈窝囊。所以，她把一切一切调转工作的手续全办妥了，连行李铺盖卷儿，连在山村买的红果（因为能软化血管，降低胆固醇，在城里成了尊贵物了），悄没声地推门进屋，给老姐姐来个绝对的惊奇。

"妈——"

她有钥匙，连门也没敲，冲进来就喊。

她妈却不在家，兴冲冲的她扑了个空，气得方洁直擂桌子，她知道她妈干什么去了，果然，不大一会儿，老太太气喘吁吁地夹着教科书回来了。

"你又去给人家补课！"

声音响得吓她妈一跳，她妈赔笑地解释："我哪晓得你突然回来，在家里待着没事，这孩子两次考大学都差几分，不够分数线，怪难受的。"

"有钱吗？"

"你就想到钱。"她妈摇头。

"我不像你有这种白劳动的瘾，冷空气一刺激，又该整夜不合眼啦！"

"麻黄素！"

"你就知道麻黄素，考不上大学活该，你犯不着……"她没有再往下说。她妈不会像她这样做人，同样，她也决不会像她妈那样处世。如果说这相濡以沫的母女俩，有些什么矛盾，分歧点也就在这里了。她若是她妈，才不肯那样轻轻易易地离婚，凭什么，到百货公司买样东西，不合适去退，还得费点口舌呢！说离就离了，没有什么特别的理由。她爸那时很受老局长器重，属于前途灿烂，一步步要往上发达的人，对她妈说："也许，我们还是分开的好！"她妈便答应了。笑话！如同儿戏一般！方洁追问过总有分开的理由，她妈不说，逼急了，她妈想想，久远的事，竟觉得淡了。或者也似乎在宽容，在忍受中不成什么值得说的了。气得她直擂她妈，"要我，破釜沉舟，豁出命去大闹一场！"她妈笑了："那样有什么好，伤了别人，伤了自己，也不解决问题！"每谈到这种程度，她只能叹息："天哪！老姐姐，你呀你……"

她妈这才发现红果，发现捆得整整齐齐的被褥（不像拿回来拆洗的样子），"这，这……"

方洁已没有兴致了，便随便地说："同意了，放我走，就这样，回家来。"

她妈声音都变了："成了？"

她把调转介绍信、工资证明、团关系，摊在她妈面前，"还闹了个区重点中学，够让人眼红的了！"她故意说得轻松，其实压抑不住心头的激奋。可她妈，簌簌地直掉眼泪，一点也不掩饰地像小女孩似的哭了。"妈，妈……"

"我知道你爸爸会帮忙的，没想到老局长也肯这样使劲，这世界上还是心肠好的人多啊！到底调回城里来了。"幸福的泪水一个劲地滚落下来，今年冬天有女儿在身边，病犯得再厉害，心里也踏实了。"我知道，老局长对我印象不大好，我不像你爸，事事走在前面。其实，我并不落后，该做的全做了，不知为什么，老局长，那时是校长，总觉得我政治上不开展。他人是好人，我明白，他也是恨铁不成钢！那时你爸拿今天的话来说，就是接班人了，我怎么能影响他的进步。"

"哦！"方洁听明白了一点，"敢情你和爸离婚……"

她妈连忙辩解："这可跟老局长扯不上，印象不好也不至于调唆你爸和我离婚。他是好人，真的，要不他肯帮忙把你调进城里来？不过，那时争取入党可太难了，你爸又是个积极分子——"说到这里，她妈倒微微笑了，"当然，一方面，他积极得过头点，另一方面，我呢，也实在跟不上趟，使劲也不行。没办法，你想，我连对一个调皮捣蛋的学生，也从来没大声斥责过，要我一下子在会上去批判揭发，昨天还在一起备课的哪位同事，我怎么也张不开嘴。不是不想说，只是觉得一有了不是就全错，硬是拐不过弯来，再说究竟谁对谁错呢？那年头这种事三天两头有，一开这样的会，我就打憷——"她妈脸上那凄婉的笑，让她看着心酸。

"就这样，我爸提出和你分手？"

"不能怪你爸，他实际上心并不坏，人往高处走，可以理解。他提出离婚，可一半主意还是我拿的。"

"哼！"

"你哼什么？"

"我哼他们两个人！"

"方洁，要不是他俩你能这样痛痛快快办成功，还真得去谢谢，尤其是老局长……"

"那有什么，妈，那是你多少年痛苦换来的，他们不该帮忙？"她知道她妈不赞成她这样说，又是八十年代论调。不过，她还是忍不住："我替他们心里有愧，你感激他们个屁！"

她妈不想和她吵，对方嗓门一高，马上退让惯了，便用商量的口吻对她说："礼拜天，你还是抽空去告诉一下你爸，好吗？"

"我不去！"她回答得干脆利落。

到底也没有去，她妈后来催过两次，她急了："老姐姐，你要去自己去好了。"她还是下定决心不再麻烦那位阿姨给她沏茶了。

她说再睡五分钟，她妈还是让她足足睡了十分钟，才推醒她。"起来！乖！

这下可当真的要误事了，快！快！"

"哎，哎，教学机器，没办法！"方洁翻身下床，一阵风似的穿洗梳戴就推门出去了，后面她妈在叫，她停住脚，又是到老局长家去面谢的事，"红果都不那么新鲜了，再拖几天连这点送礼的借口也找不到了。"她心里反感地说："烦死了，烦死了，这老姐姐天天唠叨！"她仿佛听到她的初三甲班学生在教室里闹翻了天，"小方老师不来了，咱们还是侃大山吧！"方洁没奈何，答应她妈："好了，好了，我去！"只好硬着头皮去受这番罪了，横竖逃不脱的。

当然，她为她妈难过，对这个只知道教书，只知道学生的老师来说，求人难，倒也罢了，送礼也难，就不免太怯懦与无能了。竟不敢把这份厚礼，好酒洋烟送到老局长家，其实倒是诚心诚意的感谢，怎么进门？怎么启口？怎么把礼品拿出来？她妈不知和她探讨过多少回。有一次，她妈说："干脆你一人去得了！"

"我？"

"是给你帮忙的嘛，方洁！"

"实话，老姐姐，他认识我老几？不一脚踢出来才怪！"

"我真怵啊，从来没办过这为难的事！"

她由不得同情她妈，善良的人总知恩图报，可善良的人又总和忠厚懦弱联系在一起。送红果这由子还是她想起来的呢！"只要老局长不拒绝我打山里带来的这保健食品，妈妈，你就从提兜里拎出那两条烟，两瓶酒……"

"你先说啊！方洁！"

"妈，你开头——"

"万一他不肯收呢？"

"最好老局长不在家，交给他老伴——"

母女俩讨论到红果已经蔫了，才不得不去敲老局长家门。临行前，她妈多服了两粒麻黄素，怕万一呛着冷风哮喘起来。结果，事情出乎意外地顺利，从开始到结束，统共也不过一刻钟，还包括寒暄，叙旧，老局长抨击新潮（因为这时电视正演外国舞蹈，衣衫穿得薄了点），她妈讲了讲学生作业负担过重。局长的老伴赞美了一通不怎么光鲜的红果，好酒洋烟倒成了不屑一顾的破烂货。她妈和她便告辞了，老局长和老伴送出门，还执意要送下楼，她妈谢绝了，于是在老两口"不送，不送"声中，母女俩如释重负地离开了。

她妈长出了一口气，这才想起："方洁，你怎么没讲感谢老局长帮忙调回城里来的事呀？"

"说好了你讲的嘛！当然，你谢他是正理。"

"一进屋我就像腾云驾雾，鬼知道我讲了些什么？"

"你提到学生没完没了地做题——"

"嗐！"她妈埋怨自己，"我说那些干吗，忘了正经来由！"

她坦然自若："不说他也能明白的。"

她妈自我安慰："只好心到神知，也了了这份情！再说，点明了，没准倒叫老局长那样好人难为呀！"

"也未必——"

"我不喜欢你总把人往坏处想，你不是调回来了？你能说不是有人在关心你，在关心我吗？"

她可怜她妈，又疼爱她妈："好了好了，老姐姐，快回家吧！"

这时，老局长鉴定了酒不是假的，烟不是霉的以后，疑问地瞅着老伴，似乎希望从她那儿得到解答。这类人家，老伴通常很有板眼，便说："给小方打个电话问问，不就结了？"

小方，就是方洁的爸爸，招生办的副主任。

"他哪有电话！"

"他主任家有，紧隔壁，叫一声就是。"

夜晚电话好打，一拨就通，很快找来了久不联系的老部下。立刻，传过热烘烘的问好声，紧接着便说："老局长，我正想求您呢！您知道，我有个女儿，在郊区中学教书。您也知道，我离了的那位，一到冬天就犯病，身边没个人。能不能求您帮个忙，哪怕调到近郊呢……"

"恐怕难咧！小方……"他放下电话那刻，送礼的母女俩已经心情轻松地回到家，夜深人静，屋里暖融融催人欲睡，方洁早困得睁不开眼了。她妈像解几何题似的，因为什么，所以什么，仍在向她证明："你说，还是好人多吧？对不对？"

她女儿似睡非睡，没有回答。

微　澜

后来，你就离开H市了。

离开那天下雨，雨并不大，他没有到码头来送你。

你后来想，如果他那时来了，也许倒不可收拾，也许会使你做许多白日梦，也许，结局没准很糟。

可是继而一想，若能寻求到真正意义的幸福，又有什么值得在乎的呢？

你也诧异自己，到底还是去了，鼓起多大的勇气啊！天晓得，简直是破釜沉舟。你长这么大，还是绝无仅有的一次大胆行为。此后，你相信，你再不会有这份豪气。

你为什么去，他再清楚不过，这还用得着说吗？若是能用语言来表达这微妙曲折的感情，恐怕倒索然无味了。他没有来送你，雨并不大。

每个人的性格，也许像模铸似的，形成以后再难改变。他不会来的，肯定不敢来的，果然也就没有来。你没法了，只得任这艘江轮载你走了。

你倒并不悔，因为你虽然纤弱，但还是有一点勇敢的潜质，不是终于有这次冒失的旅行？

起锚的江轮折腾了好一会儿，终于慢悠悠地在浊黄的江水中移动。在你的视线里，不像是这艘船在走，而是H市在离开你，这座小城似乎有些愧对你似的后退。这时，你才发现沿岸的垂柳软了，绿了，在蒙蒙春雨里低挂着。

你多么希望在岸边初绿的柳丛中，看到他的面孔。

人哪！也真怪！还希望个什么呢？

别了，H市，也许你不大可能再到这里来了。

你不怨他，虽然他不来送你。也许，应该来，雨并不大。

你又回到省城，你又赶往机关上班。似乎还是昨天的雨，飘飘洒洒，马路上张开了许多伞。现在，你挤在一辆无轨电车里，礼拜一，照例是格外地挤才对，加上春雨缠绵，你打叠精神准备挤的，怪异地倒松快得很，可以看到车外边马路两旁商店橱窗里摆些什么。但是，你并不看。橱窗里的商品，今天，昨天，甚至前天，大前天，好像永远是这个样子。你看那些浮动的伞，飘张的伞，看了一回，又好像以前的雨天。再以前的雨天，也是这个样子的，于是，你像别的乘客一样，毫无表情地干站着。

他不来送是对的，你原谅了他。

每个人都有只属于自己的处境，要想摆脱掉已经形成的人生格局，大概也难。

无轨电车行行停停，马路狭窄，又赶上高峰。这路车你乘坐快两年了吧？自从大学毕业分配到机关，挤车便是每天的必修课。也许因为这个时间，这条线路赶着上班的不止是你一个，某站哪几张面孔下车，某站哪几张面孔挤上来，似乎依稀相识。车子要不是十分拥挤，你甚至会猜测谁该上，谁会下，来做消磨时间的游戏。譬如在白果巷，准跳上一个穿皮夹克的潇洒男子，他有时打量你一眼。譬如在三圣祠，那个长得和你一样文静的姑娘，就要下车。这一站，必然又有两个中学女生叽叽喳喳地拉扯着上来，一直说到下车为止。大概是一对好朋友，像你跟奚如那样亲密。譬如在贤良桥，那个带蒜臭的"诗人"准出现，诗人这称号是你暗中命名的，因他拿过波特莱尔的《恶之花》在看。这曾使你感慨命运对于自己的不厚道，诗离你那么远，远不可及了。

想不到的，他倒受到缪斯女神的赏识，对此，你除了叹息，还能怎样呢？

昨夜江轮抵达省城，已经很晚很晚，雨还在纷纷地落，不紧不慢，只是在路灯的光晕里，雨丝像飞线似的乱舞，倒多少像你那时的心境，于是你有些失悔，要么不去，要么就不必急着回返。母亲想不到半夜敲门的是你，浑身精湿。那神态休用得问，便猜出了八八九九。不过当妈的还是不放心，绕了半天弯子，总是希望知道H市之行的结果。但你觉得乏味，懒怠讲。"真的，妈，我累了！"船上吹了风，回家路上又淋了雨，你体质不算怎么健壮，现在，在电车里只能怔忡地站着。你没有做猜测谁上谁下那种游戏的精神，甚至在三牌楼，一位久不露面的老先生登上车来，也未引起你的惊讶，你以为他可能已离开人世。没想到他还健在，继续每天挤车，看样子，他病得不轻，身体愈加弱了。过去，你替他累，今天却是从他看到了自己，想到你日复一日，年复一年，挤车挤到他那把子岁数，真有点不寒而栗。

雨似乎止住了，风却很硬。

许多张开的伞收拢了，敢情连省城也绿意盎然。

不成功的礼拜天，对他，对你，都像梦一样地过去算了。

H市很小，这你能理解，一张陌生的面孔会使人惊奇，他是土生土长的本地人，因此才有那份尴尬吧？怪人，你在心里嘲笑，连一点男子汉的勇气都没有，那份紧张，多余！一个衣着光鲜、面孔佼俏的女同学来看看，也不至像做贼被捉住似的难看窘迫吧？

没想到他也只是笔下的风流，你读过他的作品，你并不觉得他多么有才气。

工间操的时候，你到底忍不住，给奚如打了个电话。她和你一样，分配在与文学毫不相干的单位工作；她也和你一样，不停地奋斗了好一阵，能挨文学近些。但她早屈从于命运的安排，包括婚姻。她管自己叫老太婆，一张嘴"我完蛋了"，每隔三两个月和丈夫歇斯底里地闹一通，她丈夫总原谅她，买许多东西哄她开心。然后又对你说："细想想，老汉也可怜见的。"两分钟后，她又变了腔调："活该，谁教他娶我。"她想不到你回来得这么快，甚至怀疑你变了卦，未曾到了H市。

"你去了吗？"

"去了。"

她给你出谋划策过，去了，就多住几天。"他是你的，他原来是你的。让他知道，让他的她知道，让所有的人知道。"奚如总说："我什么事都做得出来。"其实，你太了解，她什么事也不会做，她太女人气了。"怎么当天就返回来了？"她声音里透出点诧异。她说过："我完蛋了，可我不愿意你完蛋，韵韵，我要在你身上重新设计我。"去H市，就是她的主意。

"我琢磨还是回来的好！"你早估计到会是这样的结局。

"我说过的——"

"你说过什么？奚如！"

她说过的话太多。你的知己，你的密友，你的这位被生活彻底战败了的老同学，为了拯救你，不蹈她的覆辙，不知作出过多少教导。你弄不清她曾预知些什么？这巫婆，你不十分相信她，是事实，但你迷恋她，也是事实，奚如，活见鬼，和她先生，也就是那老汉闹起来，披头散发，大叫大嚷，那可怜的丈夫又相当地顾体面，只是嗫嚅地求她："别，别！"她推开窗户拼命吼，让全世界都知道她在和她丈夫吵架。"记住，韵韵，没有爱情的婚姻，等于肉体的长期租赁。

你不要太善良，我就是吃了善良的亏——"

"我说过的，你别太善良，你别忘了，你给他一切一切，你……"她在电话里咆哮，震得你耳鼓咚咚响。

这时，办公室的同事都进屋了，便把电话挂了。

也许春天果真来了，坐了半辈子或一辈子机关的工作人员，喜滋滋的黄脸皮里透出一点春色。话多了一点，不过也是重复说过的话，和昨天以前的任何一天，没有什么不同。你刚从学校分配来的时候，怎么也不习惯这像张重放的唱片似的无限反复的话题。你并不多么清高，只是考虑到自己也要在这类机关的话题中谈掉青春，谈掉盛年，谈到老，谈到死，不禁骇怕，便闹腾着调动工作，总觉得抛弃文学，或被文学抛弃，有些不甘心。奚如也不喜欢她去的单位，但她的诗从来没变成铅字，闹了一阵便死心塌地了。"韵韵，跳出来，否则你的才华便会被这平庸的生活吞噬了！"你打过报告，找首长谈话，联系接受单位，你妈为你求人，结局和开始一样，也许这就是生活的真谛。你还得挤这路无轨电车，到这个机关来上班，天天听那些人在谈那些古老的话题。

奚如不再提工作调动了。她说她认命了。

你也不再提缪斯疏远了你。毁灭的天才不止你一个。

可他，H市的他，却戴上了青年作家的桂冠。在H市，他说："韵韵，我以为不配你的。"这也是实情。你想，在大学里，文学社领衔人物是你，省里的刊物，省作协，省里有点名气的诗人，都知道你。他那时，可怜，只有退稿。他说："我要留在省里，怕混得连你都不如。"他回到H市，在文联工作，编一本文学刊物，娶了市委一位领导的女儿。他向奚如承认："为了文学，我什么都牺牲了。"昨天在H市，你没能见到他妻子，说是到上海搞录像带去了。他正在为出版社写一部长篇小说，大学的爱情生活。他说这本小说中会有你，或者，你的影子。你说谢谢，他说他除了这，什么也不能做，你说你完全能理解，谁也拗不过生活。

他希望你能寻找到幸福。

你记住奚如的教诲，问他："你幸福吗？"

他说："这要看怎么个要求法了，我比较现实些。"

还是奚如的指导，一定要你问他："你有真正意义的爱吗？"

他没有回答这个问题，他却说："韵韵，你要写诗，别处发不出，拿我这儿来。"说这话的时候，他把脸别过去。

你说："别处发不出的诗，我更不好意思麻烦你了。"

话题完全未能循着奚如所设计的路线进行，你本来在电话里想告诉她的，就是这一点。悲剧正在这儿，她未必多么幸福，却满有信心和把握教导你幸福。"不要走我的路，韵韵，一定要自己去寻找爱，不能像一头母牛似的，被人牵到牲口市场上，任人相看。"

先是奚如轮上的，如今是你。

慢慢地，你深感无聊而又好笑，每一次硬捏在一起，和可能成为未婚夫的人见面，那套程式也刻板似的相同。于是，产生一种错觉，这一位和那一位，前一位和后一位，几乎没有差别。要说可以，谁都可以，介绍人总要衡量再三，差别谅不太大。要说不可以，拿奚如的话说："这种买卖牲口式的婚姻，绝对的、绝对的不能忍受！"这话是她跳蹦起来，激昂慷慨地讲的。结果她还是按照这样的方式，嫁给了比她大八九岁的死了妻子再娶的这位先生，他很能疼她，她也需要疼，不过，她大概还需要别的什么，也许因为这个缘故，便隔些日子发一通火，形成周期性的病态反应。你可怜那老汉，"奚如，也别太过分了！"她说："你不懂。"你劝她："现实些吧！"她说："听着，韵韵，金玉良言，一个女人，要没有如火如荼的爱情，白活，还不如死——"

她不会死的，这你知道，甚至离婚也不会。

你还记得，你和她一齐下乡那些年里，她是怎样偷偷地走好几里夜路，和在另外一个村子插队的男同学见面，拦也拦不住。这份秘密进行的爱情，天底下只有你，她，和那个负心的人知道。你泼过冷水："奚如，那个猴里猴气的家伙，不会和你过一辈子的。"然而她没命地爱他，明知他年龄小，明知他不成材，明知他只不过玩玩而已，可还是把自己给了他，而且死也不悔。后来，那混账东西一拍屁股走了，奚如死去活来，好几次向你表示："失去了他简直不想活了。"

你还防过她，怕寻了短见。那时，她做得出，现在，你至多耸耸肩，她了不起在嘴上说说，决不会有所作为。你弄不懂，现实生活磨炼得使她、使你，每迈出一步，都煞费踌躇，举措艰难。

"为什么？奚如！"你和她探讨。

她像演员那样拊膺长叹："悲剧，悲剧啊！"只要她先生出差，她就把你找去做伴。那是一位外贸工作者，经常要到国外去，一个挺好的老汉，把他和她的家，装点得像开外国商品展销会那样琳琅满目。剩下她和你，她又变成早年的她，赤脚在地毯上蹦跳，裸着身子在席梦思床上打滚，朗读波特莱尔的诗，快活得要死。但你不能提起她先生，也别夸赞这屋里的一切，要不奚如会马上泄气，又会悲剧悲剧地长吁短叹。

有一次，你问她："到底那混账有什么吸引你的，至今念念不忘？"

"韵韵，没法子，我一见了他，心就瘫了！"

"假如……"

"假如什么？"

"假如此时此刻在屋里的，不是我，而是那混账呢？"

"不可能。"

"万一……"

她从床上一弹而起："那我情愿和他私奔，直至天涯海角。"

"得了吧！"你根本不相信她会有勇气，"即使是非常值得为之抛弃一切的情人，也未必能跨出门槛一步。奚如，我们都渐渐地有了许多约束，你信不信？"

"也许吧！"她躺倒了。

你问她："谁说来着，每个人都是他自己的敌人？"她兴致全无，话也没了。瞪着眼睛朝天花板发愣，你也随着她看天花板上的光影。"还记得不，有一回咱俩看场，秋天的夜晚，有点凉，稻草还残留着白天的余温，咱俩钻得深深的，紧挨着，数天上的星星——"

"你又作诗？"

"不，奚如，那时候我们觉得有许多许多将来，好像浩瀚的星空，宽阔无边。现在，真有一种提线木偶的感觉，一投手，一举足，都被牵制着。我大概终于也只好随便捡一个，嫁了算了。"

"No! No……"她一连说了好几声。"我不相信，我不走运，你也会事事不成功！"

马上就三十三了，奚如就是你的镜子。

你无法想象下去，介绍，相识，根本谈不上了解，三个月，也许半年，一年，不管你有没有爱，就必得强迫自己钻进别人体臭的被窝里去。到了这个年纪，据说都是速战速决，三下五除二解决问题的。缠绵的爱情，那是二十多岁年轻姑娘的事。您，早过了豆蔻年华，还挑挑拣拣什么？决定了吧，决定了就登记，然后就……你不敢接着追寻下去，好像有只毛茸茸的手，粗暴地探进你怀里。

奚如掉过身来盯住你——

说良心话，她真关心你，像姐姐似的希望你幸福。某种程度上说，她无法倾泻的爱，变换了形式凝注在你身上。"女人乞求得到如火如荼的爱，不属罪过，我从老汉那儿得不到这些。他以为物质上满足就够了，他老叹气，还有什么没给你买到的呢？总不称心。他哪里知道，即使他把外国买来，能填补心底的空虚吗？"

"爱情，也许可遇而不可求。我大概非走你的路不可。"

"我是后悔不已，你还来得及。韵韵，我忽然想起来，你为什么不可以再考虑他？"

"哪个他？"

"H市的他呀！"

你当然不会忘记这段旧情。

"去年秋天，他路过省城去北方参加笔会，回来时给你带来过一篓红玉苹果。"

"那又怎么样？"

"为什么送你苹果而不送我，都是同学。"

你告诉他，因为你替他买的火车票。

她摇摇头："不尽然，韵韵，其实，我没猜错，他的心还始终牵系着你。"随着微微一笑，"你给过他一切一切！"

"别瞎说了。"

曾经相爱过，是事实。别人以为能结鸾凤，也是事实。但结果分手了，他回H市，她留在省城，断了，淡了，便是这样一个很自然的局面。也好，也不好，难说好或不好。

"你以为他快活吗？"

"至少，他在干他想干的事！"你对他的成就，并不服气。在校期间，你不但最早发表作品，两首诗还被选进《大学生诗选》，全系侧目而视。可他走运，他是H市人，在那里人头必然很熟，在文联获得一份美差，名为编辑，大部分时间属于自己，多美，这是你羡慕的。作品，对不起，你不想太贬低他，性格往往决定一个人的走向，创作上的缺乏主见而常常追踪潮流，怕和他太注重现实不无关系，至少，与成熟还有一段距离。

那次去参加黄海笔会，你尽管眼馋，并不认为他在创作上有多大苗头。连他也承认，假如你具备这优越条件，肯定比他好。

现在检讨起来，你也不能不自责的，系里女才子这桂冠，使你有些不切实际的想法。奚如帮你参谋过，在全系男同学中筛选个遍，似乎唯有他值得作一番感情投资。他虽不十分吸引你，可也不让你讨厌。你明白，也许天底下够格的追求者很多，但你碰不上，哪怕面对面站着，也像太空里的星与星，距离遥远。你只能在你这一圈里排列组合，而在人际中，你这一圈则是无数孤岛中的一个。那个穿皮夹克的青年，那个蒜臭诗人，也许没准是合格候选人，但同挤在一辆车里，却无沟通的桥梁。

你和他便这样地亲密了。

校园中的时尚，到了快毕业的那一阵，人们便焦急地择偶匹配，你和他倒疏远了。你自负了一点是有的，他，似乎比你还早地屈从于命运。似乎必须回H市，拗不过的。你不知道他回去很快就结了婚，若不是你还算对他理解，他不是那种轻薄性格，听到这喜讯，准会以为他以前在玩弄你的感情。

"他没对你倾吐过内心的话？他说他付出了爱情的代价，换来了事业上的成就？"奚如俯身过来，"他丝毫也没向你透露，他妻子对他不忠实，背叛了他，他后悔这匆匆忙忙的结婚？"

你问奚如这番问话是什么意思？

那天，你送他去火车站北上，还在车站广场一家咖啡厅吃了冷点。他掏的钱，当然他请客，他有稿费嘛；他问你："你还写点什么吗？"

你摇头。

"你工作还算顺心吗？"

你仍旧摇头。

接着他问："韵韵，你的白马王子呢？"

你不想在这旧日的恋人面前彻底认输，莞尔一笑，似答非答。这时，你才悟到，女人常沉浸在一半是梦，一半是真的境界里，最怕梦碎以后，真实也存在着裂纹与罅隙，那失望才会令人懊丧。

"你三十三岁了，韵韵！"奚如戳你的额头，"让我数数你的抬头纹！"

"得啦，得啦！"你推开她。

"你应该去H市一次。"

"干吗？"

"也许还是你俩结合在一起好！"

"胡说，要我去做讨厌的第三者？"

"是那位副市长的女儿，夺走了你的幸福，你收回本来属于你的一切，理直气壮。"她说着说着来劲了，每逢这样的时刻，她总是一名勇敢分子。"韵韵，你一定去——"

"不行！"

"活见鬼，我没见过你这样的孱头，难道你甘心情愿嫁给一个随便拉来的男人吗？你愿意把你奉献给一个你并不爱的丈夫吗？像我这样，稀里糊涂地混日子？我是完蛋了，你为什么不挣扎？为什么向生活、向命运低头？"

"No！No！"这回轮到你说不了。

她又开始蹦跳，给你出许多主意，这也许是她挂在口头上的所谓悲剧，对于自己，她比女人还女人，方寸全乱，半步也迈不出去。她甚至央求你去，这位工于给别人出谋划策的参谋说："你一针见血，就问他幸福不？有真正的爱情不？其实，在毕业前夕，韵韵，你不端架子的话……"

你是当事人，当然比她更清楚他。即使真的以身相许他也要回H市，没办法的。他那种成熟中的世俗成分，使你戒惧，也许男人比女人少些浪漫，都那样现实。慢慢地，你也后悔当初的计较，两三年蹉跎过去，你不禁觉得他要比任何介绍认识的候选未婚夫强得多。

奚如的煽动，使你不禁怦然心动。

你开始回想自己并不太长的一生，实在是太过于安分。有过什么大胆的行动？有过什么哪怕是出半点格的想法？细细琢磨过去，竟规矩到近乎怯懦的程度。你连奚如都不及，她至少有过一段豁出生命的爱，且不论那爱值得与否，但那爱的自身，必定是充实的。否则，决不敢在深夜通过那条白天走过也够吓人的、满是白骨孤坟的小路。

你妈妈也看出你犹豫了。咬啮着你的心的，不是寻求爱情的前景后果，而是遗憾自己大好年华里，像平静的小溪流，连个小小的涟漪都不曾出现过。真的，你问自己，我难道不能扑腾一阵？你估计你谨小慎微的守寡多年的母亲，准害怕你越轨的行为。没料到错了，许是奚如对她讲了什么，你妈妈有一天忽然说："你愿意怎么做就怎么做吧，省得后悔终生。"她就只有你这么一个女儿，她希望你幸福。

去了，到底还是去了H市。

到H市陆路水路都通，你如同被劫持地被奚如裹胁着，拿着她买好的火车票，容不得挣脱，更不许辩解，给硬塞进车厢里，怕你逃下来——你真的不想去冒险了——守在车门口，直到列车开动才祝你此行成功，并说礼拜一到机关去替你请三天假，没有确切的承诺，不要急着回来。

你还在说不，恨不能从车窗跳到月台上。

但也从心里感激姐姐似的奚如，也许她把你当成她自己，她认命但不愿你认命，就把她对未来的憧憬和美好的向往，一股脑儿都寄托在你身上。这怪女人哪！一边高兴地笑着，一边簌簌地滚下泪珠，那种终于迈出去的挣脱掉什么的欣慰，在她脸上强烈地流露着，其实果真赢得爱和幸福，又与她何干？然而她愿意，她得不到，但愿别人得到。所以，后来，她的失望情绪超过了你，你觉得对不住她。

"她是好人，不过，她把生活理解得过于一厢情愿。"

在H市雨中的狭街上，他这样评论奚如。你听了当时很不受用，也许天气的关系。上火车同奚如分手的时候，还有薄薄的阳光，沿途菜花黄灿灿的，倒也心旷神怡了一番。但到了H市，便渐渐沥沥地飘洒起恼人的春雨来了。天一下子压得那样低，好像在头顶上不远处。你那露出薄花呢裙外的腿，顿觉凉飕飕地不快。奚如安排好他来接你，可迟迟不见他的影子。等了好一会儿来了，又缺乏那种最起码的热情，更甭说他知道你来的目的，所应该有的激动了。

按说你不坦然才对，因为你终究事属越轨。但他却先同做了被告一样，连点潇洒也似乎被雨水冲掉了。

你不喜欢他议论奚如的腔调。

你也不喜欢他给你找来的那把俗气透了的花伞，可能是他妻子的，你从生理上感到厌恶。

你更不喜欢他领你走一条正街背后的小路，莫名其妙，尽和那些挑着担子的菜农磕磕碰碰。

他一个劲地劝你撑着伞，你恼了："你是怕我被人注意吗？"他倒也坦诚，苦着一副脸子："我是怕人看见我，韵韵，原谅我。"他承认这里人并不知他是作家，但知是某人女婿。

你渐渐地减了兴致，你已经听不进他的解释，他的难处，他不得不这样子的理由。他还说：人必须适应环境，而且人也的确在各种各样的环境中生活，还能活得不错。

"那你幸福吗？"

他回答说："幸福的理解，每个人不尽相同。"

接着你问："你有真正意义的爱吗？"

他在迷迷茫茫的雨中说："韵韵，你要写诗，别处发不出，拿我这儿来。"然后他毫无劝喻口气，只是平直地叙述着自己的经验："不自寻烦恼的唯一办法就是承认现实。我既不觉得这样很好，也不觉得这样不好。你不买葫芦吗？"他停在一间门脸极小的店铺前。"H市的特产，也许只有这依样葫芦的葫芦了！"他淡淡一笑，你又不禁同情起他来。

你要了两只，他抢着付了钱。

你那露出薄花呢裙外的腿，顿觉凉飕飕地不快。吴妈安排好他来接你，可迟迟不见他的影子。

后来，你就离开了H市。

后来，你也并不怎么怨恨他。虽然那天雨并不大，他是该到码头上来送送你的。

后来，你终于还是走了奚如的路，没办法……

你妈在外间屋招呼你吃点泡粥，快上班去，礼拜一车挤，她说。你在里屋给你儿子穿衣服，好让他爸顺路送到幼儿园去。孩子玩那两只葫芦，心不在焉，你就急，于是你丈夫过来帮忙，顺便还告诉你："奚如两口子又吵了个不亦乐乎，老头子临上飞机前，她大哭大闹。"

你听出你丈夫口气里的幸灾乐祸意味，好像你们俩不吵就多么幸福似的。

"还有什么？"你有些不耐烦。

"哦！有人给你寄来一部长篇小说，妈没跟你讲？"

你又挤那路无轨电车，到你那机关上班去，像过去了的许多年的每一天一样。天没有落雨，可也不晴。雨季还未过去，铅灰色的云压下来，很暗。

你什么也没想，任凭这车载你而去。

变 异

齐克是我老上级，病了，我去看他。

早就应该去的，同住在一个城市里。由于他们那儿门禁森严，由于他太太对我一些误会，以致拖到现在。

齐克是个传奇人物，本身就是一本书。可现在知道他这历史的人不多，只晓得他是位级别较高的领导干部。前不久，生了一场大病，差点去见马克思。于是我这旧日的部下，便去探望他。

他气色很好，正在看小人书，见我进病房里来，放下书，看着我。

"齐老！"我趋前问候。

他显然忘记我曾和他一起工作过，木呆呆地打量着。尽管他太太再三像舞台提词般启发他，谁，是谁。可我这位老上级，圆张着嘴，憨态可掬地点头，表示明白了。其实他根本记不得我，只不过虚应故事。

他太太对我的不愉快，还是进城不久的事。

那时，他太太是文化教员，专门给老区来的文化程度低的干部补课。当时招来一批像她这样的未婚女性，我不知道组织部门的初衷，是否想当月下老人，反正后来她们都有了归宿。我反对过齐老婆这位马老师——现在，我依旧叫她马老师，她恨我，恨得要命。婚后，她到底撺掇齐克，把我从他身边调走。齐克没法，拗不过年轻太太，请我吃了顿馆子，他喝得比我还多，连说了三声妈的，没有下文，我明白了，便到基层工作去了。

这就是我和马老师的一点芥蒂。

一晃三十多年过去了，齐克变了许多，马老师似乎还是老样子，严厉的、令人敬畏的凛然神气，还同她当年给干部们补课，讲什么鸡兔同笼整数四则题一样，神圣不可侵犯。我总觉得（也怪我那时年轻幼稚），和这样过于严肃的人在一起，够紧张和乏味的。齐老征求过我意见，怎么样？这位马老师？我说（现在打死我也不会说），就那副中药面孔？你愿意娶一个政委当老婆啊？齐克当游击队司令的时候，曾经用粪权赶走上级派给他的一位政委，为此他受过处分。"妈的!"他给了我一巴掌，这动作意味着他十分赞同并欣赏我的观点。

我给他当秘书，当然能了解他的一切。

齐克怕上文化课，尤其怕马老师的鸡兔同笼，他是揭竿而起的庄稼人，是大地的儿子，他无论如何没法使脑海里活蹦乱跳的鸡啊兔啊，变成一种抽象的数学概念。他纠缠不清，为什么这位马老师偏要把鸡兔关在一个笼子里？于是一上文化课，他便带我下基层逃学。

他转业时是师级干部，有匹坐骑，大洋马，威武极了，他不交，带来了，连同警卫员。城市里骑马代步绝不可能，他有点后悔，可这马是他很发了一阵威，别人无奈才随他的便。齐克不大肯认输，不能骑也养在机关院子里，警卫员改行当马夫。我们工业局里总弥漫着一股腥乎乎的马臊气，和热烘烘的马粪味。

马老师对这匹马的厌恶，不下于对我的憎恨。对我的这位上级来说，这两匹马他只能选择其一。那匹大洋马比我离开齐克还早，牵它走的时候，这位在我眼里是顶天立地的汉子，直撅撅地跪在地下，向那马磕了三个响头，它救过他命，而且不止一次。

那匹马不久就恹恹地死去了，这也许是我离开后，不去登门的原因之一。我始终记得那匹马，它比人有感情些。它记住我，不光因为我爱抓把黑豆喂它，而是我愿意坐在马棚里跟它聊天，因为这本是齐克的事，但是他要对付那条教他识字的母马，便把这任务交给了我。我问："跟它聊什么？"

"你想聊什么，就聊什么，你聊什么，它就听什么。"

按规定，局里给他配备一辆接收的别克牌美国轿车，他受不了汽油味，他说。其实，我知道他，进城以后学会了骑自行车，正上瘾，从这个工厂骑到那个工厂。饿了，下馆子，他能吃，更能喝，从来不见他醉过。饭钱当然他掏，也算是我替他完成鸡兔同笼算术作业的犒劳。

就这样，一来二去，那些招来的夫人预备队，一个个名花有主。有些被叫做"改组派"的老干部，甚至休了老家的发妻，号上这些"剪发头"，一时间离婚成风。等齐克骑腻了自行车，才发现只剩下一位马老师，已经在讲分数了。该分的全分了，独他没有份。

他对我说："妈的，看样子我真得去上课了！"

我同情他，因为组织部门不打算再招新的女工作人员了。麻烦够多的了，那些山区来的婆姨死也不肯离婚，一边哭着闹着诉苦，一边敞开大襟裉子喂娃儿奶，都赖在机关里，求领导做主。马老师不动声色，她说："齐局长，你功课落下太多，赶明儿还是我来单独辅导吧！"

齐克没法，只好"妈的"。

他终于认了："你是学生娃没种过庄稼，你不懂，误了节气，颗粒无收，趁着还来得及的茬口，种一点收一点吧！"他抽了足有两包烟，很明显的尼古丁中毒，脸色铁青，又征求我这个秘书的意见："你说说，这马老师，到底怎样？"

回想起来，那时我好不懂事，也难怪马老师记我仇。我说："分明挑剩下的，要好，早落不到你手！"

他没反应，也没赏我一拳，我知道，我们这位游击队司令自由自在的日子，快要结束了。

我替他唱挽歌。

马老师和我谈了谈她老伴的病情，齐克接着看他的小人书，我瞟了一眼封面，是《霍元甲》。那津津有味的样子，使我怀疑，他还是不是当年的齐司令？那时他一跺脚，保定府的鬼子汉奸就哆嗦。他进城买烧鸡，火车站的二鬼子给他拎着，护送到扬旗外还要九十度鞠躬。就这么一个有声有色的传奇人物，现在，竟痴痴呆呆的。也许，大智若愚吧？我这样想。

他从小人书上抬起头来，似乎想起来了："你是……"

马老师马上正色地说："我不是告诉了你，看你记性，刚进城那阵，他给你当过秘书——"

"哦！哦！"

我记起了头一次到工业局去报到。

人家已经指点给我，哪院里有马骚气，就是他办公室。后来，我才懂得古人造字，骚字的部首为马，是有道理的。马的骚气特别具有穿透力，充斥整个工业局，好容易才找到局长办公室。

那时还保留解放区的作风，办公室，同时也是卧室，一张木板床，一张三屉桌，一副洗脸盆架，其余便是马鞍、笼辔、和马吃的料豆儿。床上挂有帐子，帐子上留有斑斑点点拍死蚊子的血迹。他在床上仰面躺着，我进屋，喊了声"报告"，他跳起来。那时，当官的架子不像现在这样大，也许初学乍练，还不成熟。

啊！好一个身材魁伟的汉子。

我进屋喊了声「报告」，他跳起来，「啊！好一个身材魁伟的汉子。」

现在，斜靠在病床上，却是胖得臃肿的老头。那时，他精明强干，透着英武。

齐克知道了我是谁，我来干什么的以后，高兴地握住我手，使劲地晃，他力气真大，放开了我以后，好半天，血脉不流通，我的手还麻木着。

据说，就这双手，在娘子关打游击的时候，单枪匹马进了阳泉，掐死矿上的鬼子队长渡边；警备队的专抓劳工的大金牙，脖子被他转了个够。"文革"期间，作兴内查外调，才知道我这位上级，双手拧开过闷罐车上的铁锁，放出了一百多准备押往满洲的劳工。这些人有不少马上参加了八路军，解放后成了地县干部，一提起齐司令，都肃然起敬。

他不大愿意讲自己，除非喝够了酒，来了情绪，而且有战友在场，通常都是从彼此揭短取笑开始，然后听到他们令人胆战心惊的战绩。

慢慢地我了解他们走过来的路，甚至那匹战马，我都敬重。多少次，深更半夜，我发现齐克在院里抚摩他的坐骑，绝不仅仅因为这马和他生死与共的感情，而是那段有声有色的生活，是多么值得回忆。当他跟马聊天的时候，那马就舔他的手，踢着蹄子，晃着尾巴。

他帮我解下背包，给我倒了洗脸水，这是当时的礼节，我考证怕和农村的生活习惯有关，至今，服务员给主席首长送热毛巾，擦脸部和额头的油汗，也可能是这种古风的残迹吧？

我认真地一洗，脸盆里的水立刻浑了。他是上级，倒没有上级的架子，抢过去便朝后窗泼了，接着，又招呼那位由警卫员改行养马的战士去打水。这时，后院有人抗议，"谁乱倒脏水？"他说了声："是我！"那大概也是位够级别的干部，骂了句："又是他妈的你，齐克，马作践，你还跟着祸害！"他笑笑，外边的人也笑了，便拉倒了。

那时的人，豁达些，不像后来，动不动鸡争鹅斗。

他看了组织部门的介绍信，招呼我坐下，我以为一定要交待我工作任务，连忙从背包里掏出笔和本子，准备恭录。他笑了，说："不用那么一套，随便谈谈！"然后问我，"你有老婆了吗？"

我吓一跳，原以为他会问问参加革命的动机，和对全国解放形势的看法呢！或者大家都在学的社会发展史，什么猴子变人之类的话题。只好说："我才二十一——"

"啊哈，还害臊咧！"他哈哈大笑。我从来没见过一位领导干部，能像他笑得那样放肆，那样开心。这种极富感染力的笑声，一下子缩短我与他的距离。他说："我十八岁就抱了个大胖小子，你猜我结婚时多大年纪？十四岁！小女婿，当真还尿炕哪。我老婆比我大八岁，女大三，抱金砖，女大八，全家发。"他又问我："洋学生兴恋爱的，你呢？"

我摇头。

"真的？"

"我没想过。"

他拍拍我的肩膀，表示出他的高兴。不过，他手太重，差点把我从凳子上拍下来。他说："好极了，咱俩比一下吧，看谁先找到老婆——"然后一阵大笑。

我以为，能笑得这样惊天动地，简直像滚雷一样，声震屋瓦，还不仅表示他有宽阔的心胸，恐怕更多的是显示他胆量和豪气。

他成了出了名的大校，大校者，大笑也！

而最让马老师伤脑筋的，却正是这笑。她不喜欢这样大笑，也不习惯这样大笑。也许她严肃惯了，也许她压根儿不会笑，或者不懂得笑，我记不得我曾经见过她莞尔一笑，甚至连和颜悦色也很少在她脸上出现。

可能以后运动多了，几乎一个接着一个，她这副面孔很适宜，大家也就习以为常了。

我报到那阵，这位马老师还没招来，我和这位司令，或者大校，或者老齐，或者齐老哥——他允许我们随便叫他，只是不要叫什么局长——着实快活了一阵。那时大军南下，要造枪造炮，工业局担子够重的。他干起工作来，一阵风，一把火，一串霹雳，不知道休息，不知道饥渴，不知道日夜和钟点，一直到紧急任务完成，这才人仰马翻，大吃大喝大睡。干得痛快，累得痛快，然后，歇得也痛快。现在回想起来，这种作坊式的生产方式，打游击式的领导作风，固然不可取，但那种洋溢于人们之间的平等、融洽、亲昵、炽热的情绪，绝非今天这种公事公办，冷冰冰的人际关系所能比拟的。同样，他会用绝对是铁匠的语言，痛骂未能完成他布置的任务指标，而垂头丧气的部下，"我操——""我日——"这类脏字眼，听得我这个小秘书头皮发麻。

我受不了，因为他急了也骂我。

他见我抗议，便蹦得更高，幸亏他不带手枪，要带着，真敢掏出来对准我："你打过仗吗？你上过火线吗？操他妈的，弹药要晚了一分钟两分钟送上来，你知道多少人会送命吗？"

不过，他火来得快，去得也快。半夜，从帐子里探出头来，问我："睡着了吗？"

我拒绝回答他。

"还生我的气？真他妈的，你们这些个知识分子！"

我继续不理会他。

"我知道你没睡着，小子，算了。我当过铁匠，没办法，火气大，睡吧睡吧！"

只要我一搭讪，放心，他准会从床上跳下来，打床底掏出酒瓶和我对饮。我喝酒，就是他培养出来的。后来，他娶了马老师，喝不那么痛快了，就跑我这儿来痛饮黄龙。马老师并不绝对禁止他饮酒，只是限制在一个很低的水平上，半盅或者一盅。如同马老师并不反对他笑的道理一样，笑一笑未尝不可，作为领导干部，就得注意身份举止，要笑得适度，笑出水平，笑出风度，真难死我这位上级了。

我也不得不承认，马老师够伟大的。

我不停地给他上满酒，同情地："喝吧！喝吧！"

"你不要可怜我，混蛋小子！"

"我替你悲哀，老领导——"

"不提这个，不提这个，妈的。"

每当这个时刻，他就怀念他第一个妻子，那个比他大八岁，在冀中五一大扫荡中被鬼子用刺刀捅死的村党支部的女支书。

其实，齐克进城以后，要不是心里始终装着对死去的妻子那种真诚的深沉的感怀之情，那班招来的女孩子，他是最有权优先选择的。

他的第一个妻子，几乎什么都依顺他，拿齐克的话说：盼他成为一个真正的男子汉大丈夫。是她送他去打铁的，是她送他去当八路的。"这才是男人应该干的营生，我姐老说（他管她叫姐），我就怕软鸡巴捏的，连屁都放不响的主！"

我笑了。

"笑什么，那才叫疼你的女人，你懂个屁！那时候小，还喝不来酒，她用嘴噙着喂我。喝吧，弟，男人不喝酒，就像阉过的公鸡，废物一个。"

她给他生了一个儿子，叫地瓜，当然是奶名。

地瓜简直像他弟弟一样，也是五大三粗的汉子。每年挂锄以后，总带些庄稼地里的新鲜物儿来城里看望他。大概父子俩很少一块生活，彼此生疏，话不多。自从马老师填补了地瓜母亲的空缺后，就来得更少了。

不过，我始终记得父子俩默默对坐的情景，都是好半天才蹦出一句，看得出，他们俩都惦着一个人，那便是牺牲的女支书。所以，总会有几句话：

"到你妈坟上去了吗？"

"去了！"

"接骨木长粗了吗？"

"长粗了！"

"还有乡亲们去烧纸吗？"

"还有——"

"回去对你妈说，我挺好！"

……

"回去对你妈说，我没辜负她！"

……

这时，我总以为救了全村的女支书没有死，因此，齐克心里才牵系那片与他血肉相连的土地。所以，我相信，我这位上级一切一切的奋斗、拼命，乃至于像一个真正男人那样高兴、生气、狂笑、大怒，跳起脚来骂祖宗，没明没夜地造枪造炮支援前方，倒应该承认那女支书在他心里活着，他才成为他，成为一个传奇人物。

就是来我这儿喝酒的那回，我问他。

"地瓜哥好吗？"

他愣了一下。

"他没有来看你？"

他又愣了一下。

我后悔我多嘴了。那天是我头一回看他喝醉了。一个从来不醉的人醉了，必是大醉，他不发酒疯，一声不吭，只是那双有力的手，硬把酒瓶捏碎，扎得满手是血。从那以后，他再也不来我这儿喝酒了。

马老师让他戒了酒。

马老师让他戒了笑。

马老师让他坐在主席台上，更像领导干部。女服务员送上毛巾，他擦得很仔细，从脑门一直到脖根，然后一副通体舒坦的样子。

他不再到砧子前挥舞铁锤子，不过，以后这多年来，政绩平平。当然，他也不会口出不逊，只是听他讲话的人都抱怨，很难抓住他报告的主旨。而且，最让我们敬佩马老师的，决不是齐克有一点与众不同之处，甚至生病，就是这次住院，也是和许多像他这类老干部总爱害的病一样，我看病床前的牌子上写着：齐克，冠状动脉粥样硬化症。

我告辞出来，马老师送到门口，谢谢我来看老齐。接着，她犹豫了一下以后对我说，医生讲，最好不要让老齐兴奋激动，这样对他不利。

　　这意思我当然明白。

　　可是，真令人怀疑，那个看小人书的胖老头，还会像当年那样大喜大怒吗？

　　如果说，上帝创造了人；那么，马老师创造出一个她的齐克。但是，马老师又是谁创造出来的呢？

　　走出医院，我不禁叹息，也许，永别了，我的第一个上级！

丑 事

我绝对没有想到毛妹会做出这样丢人现眼的丑事。

她怀孕了，而且怀疑是怪胎。可她不但没有结婚，连一位似乎明确的男朋友也说不上。

"这就更成问题！老李，你呀，你呀！"

我还是向涂副局长申述，我不相信。"涂大姐，虽然从表面上看，毛妹似乎很浪漫，或者很风流，或者也可以说似乎随随便便，好几个人在追她也是事实，她有时随这一位去跳舞，有时随那一位去吃饭，她长得漂亮，人家愿意请她去跳去吃。可她，我觉得她对于爱情、婚姻、家庭的看法，并没有出格。她和我们处里那些女孩子一样，基本上很规矩的，我这样看的。所以，毛妹出这样的事，简直不可能。"

"啊呀，啊呀，天哪！老李，你绝对的书生气十足，医院妇产科检查出来的嘛！"

我无话可说。但我觉得毛妹甚至应该说是严肃的、有思想的女孩。她喜欢穿戴打扮，喜欢标新立异，喜欢热闹和快活，还不妨说她喜欢放纵自己，喜欢寻求刺激。但不等于她没有头脑，她其实是清醒的。可在涂副局长面前，我张不了嘴为我这位能干的行政秘书辩护。

鬼知道，她怀孕了，而且是怪胎！

"现在我也不想证明我多么正确，多么料事如神。老李，我早说过的吧，要抓紧。我在当你们处的处长时，我要求就严格些，你大概会感觉出来。毛妹是干部子弟，剋得更紧，要不怎么向老部长交待？那时就没有什么请吃饭、请跳舞的事……"

我自然不好说：她不过不愿意告诉你，而愿意对我讲罢了。你在处里的时候，毛妹跳得最欢，那高跟鞋，脚都起了趼子的。

涂副局长当处长那阵，够严肃的；当上局长，越发严肃。现在谈到道德败坏这类问题，严肃之外多层忧虑。怪胎是个信号，我们处那么多年轻女孩，会不会出现多米诺骨牌反应，一个个都会被毛妹带坏？

毛妹实际上是我们统计处年轻人的领袖。

没办法，我不知道她是凭她的美貌，凭她的活动能量，凭她的领袖群伦的风度气势，还是凭她是老部长儿媳的胞妹身份，把大家征服了的。

我起初对这种风头人物，并不感兴趣。那时，我是科室的负责人，给招来的高中生上业务课，毛妹也来听。我知道她直率，便说：你何苦来受罪，你有保票！她说，保票有失效的时候。冲她不伪饰这一点，我欣赏，笑了，她也笑了。她笑起来很好看，有股子魅力。

涂大姐那时提毛妹为行政秘书，别人分析是在讨老部长的好。她五十五岁了，再不更上一层楼，就该回家抱孙子去了。很难想象涂大姐不当领导，不指挥别人，不严肃从事革命的模样。虽然我们这位老部长并不领她情，认为她连个处长也当不好，可讨论她提升时，还是念她在扭秧歌舞那阵就参加工作，大家都觉得哪怕安慰赛呢，多少提一提吧，虽说毫无政绩，但也并没有大的纰漏，老部长心一软（毛妹告诉我），该涂就跨上一级台阶，脸色便严肃得沉重。

我知道，涂副局长其实并不真敢把毛妹如何如何。讲是要讲的，做是另一码事。趁此收拾修理我一下，才是题中之意。

"我不怪你，老李，毛妹这样的丑事，大姑娘怀私孩子，还是个怪胎，堂堂干部，像什么样子？你也不必讳言，你过分放任年轻人是事实，我说了，我不怪你，这是一种时髦，整个社会风气就是这样。说实在的，我提名你接替我的职务，主要担心的一点，就是这个软弱啊！"

"毛妹真的怀孕了吗？"

涂大姐难得地一笑：

"你还不信？"

"她并没有任何怀孕的症状啊！"

她又笑了一笑，这是一种女人的笑："这你们男同志就不怎么在行了。"

我了解涂大姐，不大笑的。能笑，说明心情好，健谈便是表现。老部长每当她这个部门汇报工作时，用一些也许啊、可能啊这类不准确的词语，皱皱眉头，她会好几天连句话都不说。尤其此刻，证明了她英明的预见性如何准确，怕是不肯马上收场的。

毛妹，毛妹，你哪怕露一丝口风，我也好有个心理准备。但我想，有那样一双澄澈如水的眼睛，能对人隐瞒住什么吗？

我说："涂大姐，如果没有其他的事，我想，先回处里去——"

"研究一下毛妹的工作吧！"

这回，我可怔住了。"什么？"

"行政秘书的职务啊！"

"先慢作出这样的决定，涂大姐，让我先和她谈一次！"

"已经和局长商量过了，局长也和新部长打了个招呼，再说，毛妹也已经请假走了，和她姐姐到她们姥姥家去了。她姐姐是医生，她姥爷是医学院党委书记。"

我开始怀疑昨晚多吃了点，积食，一夜净做噩梦，是不是现在还没醒？昨天我到市里开了一天会，部里竟出现了这么多变化？

怪不得今天上班，传达室老头多看我一眼，开电梯小姐打量着我，楼厅和走廊里的同事碰见了都诧异地看我，涂大姐显然在等我，拦到她的办公室，头句话："知道吗？"

"知道什么？"我有点懵懂。

"出事了！"她唉声叹气。

"出什么事？"

她喷喷着难以吐口，因为她是正经得要命的人。虽然，据说早年扭秧歌那阵，她也经常扭到高粱地里去，大概是去逮蝈蝈——这样的丑事怎么讲得出来。

直到她要考虑毛妹这行政秘书职务时，我仍旧不能相信毛妹是道德败坏的典型。"她即或真的怀孕，也构不成撤职的理由。"涂副局长声严色厉地问："你究竟要把年轻人带领到哪里去哦？"看这不依不饶的架势，我看毛妹说过的保票不会永久有效的话，倒是再准不过的应验了。

后来我才知道，昨天，宣布了新部长的任命。

偏偏昨天给女职工妇科普查。涂大姐终于觉得自己有点失态，到底怀了怪胎的主角不是我，而且我终究是一级组织的负责人。甭说商量，连招呼也不打一个，就把我们处行政秘书免掉了，未免过分了点。她说："这样对毛妹好，对老部长好，我们先不说撤，找个人暂时代理着。横竖她这回做人工流产，总得休息，她姥爷是医学院党委书记，假条谅不困难。"

"做人工流产？"

我思想简直跟不上情势的发展，说得有鼻子有眼。可我记得毛妹要请假到她姥姥家去，已非一日。统计报表，检查总结，照例在月底、季末、年终忙得要命，她这个行政秘书又是绝对干练的综合能手，文字表达能力也强，是我教过的学生当中，她怕是最出息的。我答应过，半年总表弄完了放她走，现在七月初，她走也是应该的呀！

"为什么昨天查出来今天走？还是当医生的姐姐陪着？又是到医学院党委书记的姥爷家去？唉唉，一时荒唐，现在就要付出代价了。我早说过……"

"涂大姐，我先走一步！"

我一听她这口头禅"我早说过"，更坐不下去了。说实在的，我和涂大姐共事多年，竟没有觉察到她这用词习惯。

"我早说过，防微杜渐。我提拔了毛妹，并不因为老部长而放松严格的要求。你对她工作上绝对放手，在行动上绝对放心，在思想上绝对放任。你别着急辩解，你别……"她硬不让我解释根本不存在她说的这一套政策，真是他妈的，昨天去开了个会，出了怪胎，连我领导方法也总结出三条反面经验。"我问你，老李，啊呀，啊呀，你这人一急起来就沉不住气，回头足有你讲话的机会，局长正在你们处和大家开会，恐怕还要和你交换意见……"

我使劲掐了一下大腿，确有痛感，说明我并不是在梦中。然而，这边隔离审查，那边发动群众，真有"文革"卷土重来的意味。我深信，酷暑尚未来临，有人便发热昏了。我真想朝她吼："你负他妈的屁责！连亲爹妈也管不住儿女，与我何干？"也许三十年来修炼，道行到了家；也许胆量和酒量一样，随着年龄增长而渐渐地减弱。火气还未酿成，先在肚中化了。于是重新入定听她讲。回处里干什么，参加批斗会，乖乖，局长都出动了，中国人最善小题大做。

看来是应该精简机构。若不由于人浮于事，大家闲得发慌，才不会如此兴师动众呢！

按照毛妹的评论，越是没业务能力的领导，也越是善于搅是非。我很怀疑，这未必是她的见解，老部长时常抛出一些精辟独到的看法，可能毛妹在她姐姐家听到的议论，也未可知。但毛妹半只眼睛瞧不上涂大姐，也是事实。她被老太太提拔，不仅无感恩之意，还说这手法太拙劣，弄得涂大姐既恼火又伤心。

她把毛妹作遗产留给我，无非想教我不得安宁。谁知我并不像她事必躬亲，把权抓得很紧。毛妹挺能干，又年轻，而且洒脱爽利，头脑清晰，干吗不让她锻炼锻炼呢？她工作得很开心顺手，大家，尤其是年轻人挺赞成她。除此以外，她活动能量也大得吓人，对于舶来品，有她们那样人家子弟形成的网络系统，可以提供。她经常在办公室里给大家带来喜悦和惊讶，半打装的连裤袜，才八块钱，意大利产品。香港最新潮泳装，用不着付外汇券。去年冬天，她给我买到一顶芬兰老头帽，果然暖和异常。初戴的那些日子，处里时有开心笑声，大家都感到处里气氛融洽多了，活跃多了，效率高了些，差错少了些。毛妹非但不是麻烦，而是举足轻重的骨干。涂大姐当处长多年，也许这是唯一值得称道的德政——用毛妹做行政秘书。

现在终于把她免了。

似乎还不仅仅要免掉她。

"我？"我觉得我再不幽默一下，我似乎要爆炸了，"涂大姐，昨天我可没去作妇科检查！"

涂副局长不以为然地摇头："我问你，你是不是讲过，毛妹将来是块当处长的材料？"她说着打开了笔记本。

哦！天，这随便说说的话，竟记录在册了！

"昨天下班后，我找咱们处一些老同志碰碰头。事情发生了，总得找找原因吧！"

真是搞运动惯了，雷厉风行，够迅速的。

其实，那天说了这话，毛妹竟然用冷淡的口气回敬我一句："李老师，我以为你不应该这样看重职务，处长怎样，用扫帚扫，用畚箕撮！"碰了个软钉子。她这种内里冷和外表的热，构成令人捉摸不透的性格。所以我难相信她会做出那等愚蠢的行为。毛妹的精明，会算不清这份账？然而，涂大姐在等着我的答复，我只好说："记不得我曾经说过——"然后我也不客气地反击："即便说过，也没有什么了不起，人总处于发展过程中，没准毛妹将来是当部长的料。"我补充一句："她姐姐的公公，我们部的领导，也不是一开始就当上部长的。"

她面无表情地说：

"何必再提他，已经下台了。"

她是最怕老部长向她要数字，每当这时候，总客气地叫我李工，让我去应付。

"老李，你是不该这样封官许愿的。多不好，助长了年轻人不健康的情绪，我早说过——"

又来了，"我早说过！"

我看了看表，局长召开的会还未了结，矛头肯定不是毛妹，而是指向着我。

她经常在办公室里给大家带来喜悦和惊讶，半打连裤袜才八块钱，意大利产品。

涂大姐又在翻笔记本，很像"文革"期间抛材料整人的样子。虽是老一套，熟门熟路，整和被整的，彼此心里有数。但一个尽量占得眼前上风，一个尽量避免吃眼前亏地僵持着，因为无数事实证明，没有永远的胜利者和失败者。我心想，毛妹到底道行浅些，跑了。其实她应该算是有胆识的姑娘，即使真丢了丑，也用不着被人缺席审判。

我始终记得前不久微机故障，几千份文件调不出来，备份也丢了，眼看着上级等着要资料数字，她反过来安慰我："李老师，责任在我，我到哪儿也不赖账。资料，你放心，我们连轴转苦战几天几夜，也要赶出来！"后来，查清了是计算机终端出了毛病，责任在厂家，来了计算机专家，起死回生，算把她解脱了。涂大姐像消防车跑来灭火了，一进统计处，见毛妹穿了件阿迪达斯牌运动短裙，她先火冒三丈，"在机关里穿这种短裙是不合适的，把心思全用在这上头，工作能不出差错吗？"

毛妹说："涂局长，至于我穿什么衣服，与这件事无关。我这算不算超短裙，您最好还是问问你们家小四、小五！"

涂大姐生了一系列女儿，那时不讲计划生育，要讲，我们处决不会成为计划生育先进单位。她哼了一声，问我："看怎么办吧？"

毛妹的那张脸更白了："微机是我主操作的，若够枪毙的罪名，我脑袋绝不缩回去。"

涂大姐年轻时也挺注意仪表，公家发下来的制服，她必改得合体才穿，这是她讲给外人听的，对本单位的女性绝不会说的。所以特别正经的她，一见毛妹时髦穿戴就皱眉头，"哼，还洒法国香水，我们那时只用维尔肤和44776香皂！"最不满意毛妹经常带头穿新潮服装，后来才得知内情，她家的小四、小五，加上没考上大学的小六，都以毛妹为样板，朝涂大姐要穿要戴。

"那么，老李，你也许能知道一些情况，蛛丝马迹总会有的，她和谁，按你设想。将来帮助毛妹，也好对症下药。处里人讲（又看了一眼笔记本），毛妹说过多次，你是个值得信赖的人，我不知道信赖比信任，是不是更进一步？"

这绝对是专案组的手法。

托夫勒的第三次浪潮写完了，又在写第四次浪潮。可是这一套手眼身步法，竟原封不动。我也谨遵旧章，老规矩：沉默。

"那她也许会告诉你，对谁比较有感情？听说她身后有好几个追求者，情书不断，她还念给人听。是不是说过，我还没玩够呢，才不急着嫁人把自己拴住？假如她并不想爱谁，怎么能怀孕？而且还是怪胎？莫名其妙啊！唉！我早说过，防微杜渐——"突然，她提了个问题，"老李，也许我不该说，我在当处长那阵，小办公室里长期只有我一个人。后来提拔了毛妹，她桌子就搬进来了。我到局里工作，你自然进了小办公室，这就是说，一年多快两年，那小办公室里只有你和毛妹——"

如果不是局长这时推门进来，我不知道将会发生什么事。当然，也可能甚至微微地一笑，因为我究竟在部里若干年，是个有修养的人。但从局长惊吓的眼神，可以想象我的脸色，不是近乎心绞痛发作，就是快发羊痫风了！"老李，你怎么、怎么啦？"

涂大姐仍旧那句话："我早说过，防微杜渐——"

局长是新提拔的年轻干部，很会当官，他拍拍我的肩膀，好像既没有昨天，也没有今天，没头没脑地说："你们处今年忙得连春游都顾不上，一定要补，一定要补——"

涂大姐和我一样懵懵懂懂："那毛妹的事情呢？"

他做出一副生气的样子："简直乱弹琴，岂有此理。医院忙着分发防暑饮料，把病历袋给装混了，我还没找他们算账呢！"

我一下子跌坐在那里。两眼发黑。

"老李，你说春游，其实该是夏游，十渡好呢？还是更远点，慕田峪怎样？要不，南戴河？"

我只能听到他的讲话声，眼前迷迷蒙蒙。无论如何，我们计划生育先进单位的称号，算是保住了。毛妹既然没怀孕，当然也就没有怪胎说，那就更用不着人工流产了。我估计，干吗估计呀，如果真去南戴河，这个毛妹肯定穿着比基尼泳装，第一个冲到大海里去。

局长接着对涂大姐讲，他叫她老涂，告诉她，正式文件里写着的，老部长是顾问。"据说，要让他抓一抓我们这些配合部门啊！他打报告辞过，上头不准。"

"啊！"涂大姐似乎曾经预料到的，"我早说过，老部长还可以再干几年的。"

我眼神渐渐清晰，终于看见了涂大姐，她还和以前一样严肃得沉重。

于是，一切复归于平静。以后骑车上班，再没人瞟我，盯我，打量我了。我想，也许这世界上偶尔有点子怪胎也好，要不，这平淡的生活，岂不太平淡了吗？

小 事

"小事一桩!"哥哥说。

"真没什么大不了的。"弟弟说。

"犯不着的,弟兄们,你说呢?"做哥哥的又说。

弟弟回答说:"那是自然,本来嘛,区区小事!"

这两兄弟我都认识,而且熟悉。老大叫若恺,老二叫若悌。我和若悌在大学同班,常到他家去。若恺那时正在热烈追求现在的妻子。恋爱状态中的人,往往有一种倾吐欲,总想着把自己成功的踌躇满志和挫折失败的哀伤欲绝的心情,讲给人听。我和若悌便是他忠实的听众兼不高明的参谋。若悌的这位嫂子从那时起,就表现得精明。她不是恋爱,而是练爱,非把若恺练得一点脾性都不敢有,练到俯伏在地,举手投降为止。所以,横生枝节,险象丛生,我们出的主意,总敌不过她的刁钻古怪,弄得若恺体重掉了十六磅,差点自杀,吓得若悌把安眠药、来苏水都藏起来。这样,若恺对我不见外,如今我们又在一块教书,自然便更熟了。

若悌比他哥哥能干些,聪明些。

弟兄俩很和睦。

他们家应算是书香门第,到他们父亲这一辈便式微了。解放后安排文史馆当馆员,月领干薪一百,加上有点老底子,贴补着用,也可以了。菊花开时去诌几句旧体诗。郊区粮食卫星上天,也用车载了去走马观花,回来后填词也用《贺新郎》、《永遇乐》等吉庆词牌,很快活自在的。"文革"便遭了殃,斗、羞、气、病,还未实行"革命的大联合"呢,就撒手西去了。临终只说了三个字,"我的书!"眼睛闭上，不知下文。

当时谁也顾不上，只觉得老爷子愚得可笑，生不带来，死不带走，自身命都保不了，还留恋身外之物。弟兄两个更加愚得可笑，因为派性观点不同，参加革命群众组织不同，其实并非一单位抬头不见低头见，完全用不着那样高的路线觉悟，竟至于不能见面。老爷子住院期间，若恺去时，若悌准不在；而若悌到了，若恺回避，像走马灯似的。老人以为两兄弟轮流当值，深感欣慰呢！直到死也不知道弟兄俩形同水火。妯娌俩瞒着，作为中间人的我也瞒着。这样也罢，何必让老人更添一层焦虑，兄弟阋于墙，死了在九泉下也不安啊！看来瞒对了，否则，也无法给阴间打电话报告弟兄俩又和好如初了。

不久，走"五七"道路，打背包各去各的干校，凑巧，火车站，我和若恺南下，若悌北上，月台铃响，两个人相视一笑，先不免有点窘，讪讪地，做哥哥的先撤防了："小事一桩！"做弟弟的也承认："真没有什么大不了的。"若恺叹了一口气："犯不着的，弟兄们，你说呢？"若悌已经跳上车。他们的列车先开。"那是自然，本来嘛，区区小事。"

我没有插嘴，让他们兄弟俩讲和去。

车开走了，若恺摇头，我笑了。

"你笑什么？"

"我想起《三国演义》！"

"小心四旧！"若恺是个绝对信奉一切的老实君子。我笑道："开头第一句话，天下大事，分久必合，合久必分，应得上你们哥儿俩！"

后来，干校也名存实亡了，我们便大自在，过着不劳而获，不获而食的神仙日子。有一天，若恺读他妻子来信，神色有异地问我："我父亲咽气时你在场？"

我莫名其妙。老先生归天实属正常死亡，决无蹊跷可言。不过，那时稀奇事很多，活着的人死去，死去的人活着。难道老先生又活转来，或竟没有死，或死的并非本人？

"我老婆在信里说，她记得清清楚楚，爸爸临死时说过一句话，三个字，'我的书'。你在场，你还记得不？"

我表示确有其事。

"什么意思？"

我耸耸肩。我在训诂考证校注详解方面，读大学时，就不是好学生。

"这是个谜——"

"斯芬克斯式的，那是三句话，你父亲用三个字。"

没意思的故事

100

"别胡扯——"若恺到底心实。在家庭弟兄行中，通常是老大憨厚，老二精明。若恺在干校干打垒时，一顿吃八个馒头，能吃能睡能胖。若悌精瘦精瘦，两眼炯炯，怎么吃也发不了福。据他嫂子讲："哼！都长心眼了！"是否确实如此，作为他们哥儿俩的共同朋友，不敢妄评。但若恺一五一十把老婆信的内容都讲了，大意是街道居民委员会和另一个我已记不清楚的，大概叫清查抄家物资办公室的单位，通知他们家；要他们开列抄家次数，抄家单位，被抄物品名单和"革命组织"所开的收据。如无收据则必须提供有关证明材料。他讲了半天，我也不明白究竟是什么意思。此公难怪恋爱时被他妻子作弄，买好电影票，她要看话剧；真到了剧场，她觉得还不如到冷饮店。他每天写一封情书。礼拜天，六封信保证一起退回来。估计若恺哭得眼泡红肿，她翩翩来临丢给他一个妩媚的笑，于是他再从绝望的悬崖尽头折回来。若悌可比乃兄手段高明多了，他去办理结婚登记的时候，他的儿子已经在他妻子的肚皮里三个月了。若恺见我不明白，索性把信给我："你看，你看，我也绕不明白。"

　　原来他妻子，绝顶精明的人慌了手脚，不但没有收据（当时对那些来势汹汹的革命小将，谁也想不到，谁也没胆量，张嘴讨一张收据），连抄走的线装书，还有拓片，还有一些字画的目录名单也凑不出来。但老先生临终遗言"我的书"，饮恨之声犹闻。有她，还有若悌的妻子；还有，就是本人，我在场清清楚楚听到的。现在能提出最有力证言的，非我莫属。凭老人死时这句话，至少可以去认领。因为是书香门第，总会有藏书钤印的。接着她写了一段理应在枕头旁边讲的话："能弄回多少是多少，不要也白不要，本来是我们家的祖产，也许有朝一日还能值个把钱呢！"女人的远见真教人钦佩，后来果然应了。她说："爸死时那句话，我敢肯定，必定有宋版书、明版书无疑，否则他不能在弥留期拼最后一口气说那三个字的。顺便告诉你一句，老二到底弄病假条回城了，带到家好几立方木材，在张罗打家具呢！他把上上下下，拍得滚瓜溜圆，你呀，纯粹一个梁山军师，罢了罢了！"看到这里我笑起来，若恺这才意识到书信里有私房话的。我写了个证言交给若恺。

　　没过几天，收到若悌写给我亲启的信，拆开来一看，也是这件事。不过，他很策略，讲了一篇大道理，感谢党落实政策，要发还抄家物资，为了亡父九泉下瞑目安寝，遗物不敢散失，还希望我写个证言，证明他父亲临死时对我交待过，有一大批珍善本籍被抄走了，还有拓片，还有字画，信末特地注明，看在老同学面上，千万对家兄保密。

　　我给若悌去信解释，老先生是我送去住院的，当时他和他哥正在打派仗，都怕见到对方，都委托我替他们尽人子之责。医院病例写得清楚，老先生脑血管栓塞，语言有障碍，失去表达能力，能讲什么？如果他真是头脑清醒，口齿利落，也一定和我谈他作的诗和词。老先生还抄送给我几首作品的，有一首《浣溪沙》小注，步主席原韵咏柳，后来被批判成反动本性的流露。小将责问他为什么不歌颂傲霜斗雪的冬梅，偏去咏叹随风摇摆的杨柳。老先生吓得只有筛糠的份，哪敢有片言只语的辩解。从那以后，再加上一次游斗，遂一病至死。病危之时怎可能给我开书目呢？我表示实难从命。

若悌是不达目的，誓不休止的人，又来了封亲启信，至少要我在证言里，写出老人讲过"我有一批书"这话不可。否则，几十年交往就算掰了。

我绝不能制造两种版本的证言，难道档案袋里这类东西还嫌少嘛，添什么乱？我照抄了上回写的，给若悌寄去。若恺问我，"老二找你干什么？总来信？"我说："他要打家具，征求我意见，什么式样较好？"若恺很容易哄的，这人确实厚道，他信了，只是有些不明白，我并非家具商店经理，或研究过室内装潢设计，老二为什么千里迢迢打封信来请教。"莫名其妙！"他说。

我表示同意："你家老二是有点莫名其妙的。"

后来，我们都告别了昨天，一切重新开始。岁月变得那样光明灿烂，生活也愈来愈见希望，虽然须发添了几缕白丝，但都兴致勃勃地治学、教书。我和若恺仍住在校园里，筒子楼比邻而居，套一句古文，就是"撒尿之声相闻，几乎天天往来"。若恺身躯日渐膨胀，我真害怕未来狭窄的走廊，两边鳞次栉比排开的煤气灶和罐，总有一天他会挤不过去的。他老弟仍那样瘦，在他们那个研究所，居然混进了高知楼，四室一厅。据去过他家的若恺的胖儿子回家来讲的情况判断，显然已经现代化了。

若恺妻子哼了一声，臧否全在其中了。

慢慢地，我察觉出来，弟兄两家似乎又生嫌隙。

楼道里有一台公用电话，铃一响，谁在旁边谁接，然后长啸一声，几号几号，便有人趿着拖鞋去接。我电话向来少，因为这电话号码我秘不示人。一天，啸到我名下，赶忙去接，却是若悌。我问："找你哥？"

"不，找你！"

"什么事，这么猴急猴急的？"

"我想用我哥家存放着的那套扫雪山房的文集。"

这可奇怪。"你自己没长嘴？"

"求你啦！拜托啦！"

我当时琢磨，这个老二实在的莫名其妙。于是，敲开了若恺家的门。天热，他胖得受不了，穿了件该叫犊鼻裙的大裤衩子，袒腹大睡。我推醒了他，告诉他若悌要用书的事情。他大吼一声，吓我一跳，这是个从来不发脾气的好好先生，到底发生了什么变故？"甭提他，这小市侩！滚他的蛋去，要不是看在一奶同胞的分上，我恨不能宰了他。"

从来不发火，或不会发火，突然间大发雷霆，其实是很滑稽的。"我错把他当好人，没想到他卑鄙到这种程度！贪婪得不知羞耻，亏他好意思来要书！他发得还不够？肥得快流油了！别当我不知道，不明白，得了便宜还卖乖。惹急了我，全兜出来，我忍让是有限度的，他要是再无理取闹，我就和他打官司，法院见，反正一切都有根有据。"

我没有马上悟到在被发还的抄家物品上，弟兄俩竟反目成仇。趁他们出去乘凉，我给若悌拨了电话："怎么回事？你们家老大差点向我撂原子弹，几本书值得这样大动干戈吗？"

没想到若悌也在电话里吼："这世界上要是一个人被老婆控制得像手里牵的叭儿狗，那最无聊，最没出息。这胖猪，还有一点书香气不？浑身铜臭。全是他那小农经济老婆调教，恨不得钻进钱眼里去。肥肉他们抢先叼走了，我连骨头也没捞着。我知道，越富越不敢露富，装穷，哭穷，老念叨字画，拓片，他们还嫌不够哇？现在我总算理解，美国有位百万富翁穿得像叫花子一样，感恩节还去吃施舍的免费午餐。你告诉那肥贼，吃独食要长癌的！我把状纸已经写好了，律师我也请了，现在就是官了私了，任他选择的问题。要几本书，只不过给他发出一个信号。"

他一口气讲完，不容我插嘴，这时，我问电话里的若悌："老同学——"

马上我耳朵像中了弹似的，他爆炸了："别提老同学，都是你干的好事——"

"怎么啦？"

"你给我写证言前，先给他写了证言！"

"你让我保密！"

"我让你保我的密，没让你保他的密。结果他老婆把价值连城的珍善本书，宋版的，明版的，席卷一空。我去晚了一步，只弄到根本不值钱的破字画和擦屁股嫌脏的破拓片……"说到这儿，基本上是哭腔了。

老先生临终时，并不曾向我托孤，按我年龄，他即使想托也不会托我，在他眼里，毛孩子一个。不过我略懂平仄，对仗联句，还算工整，谈诗论词，我和老先生算是忘年交，因此我觉得我有义务不能不过问。

我不得不先向若恺两口子摊牌，若悌可是什么事情都做得出来的。"胖兄，你只不过逞匹夫之勇罢了，真的用刀捅了他，公安局会发你荣誉勋章？而你对令弟肚子里的坏水，似乎估计过低。再说，家丑不可外扬，弟兄俩打得头破血流，对得起在阴间的老太爷吗？"

　　若恺有他老婆在场，像相扑武士那样趄趄有力："打官司我也不怕，奉陪到底！"

　　"算了！"我其实说给那精明女人听："现在不兴长子继承权，既是遗产，若悌也有二分之一。独吞，无论如何说不过去的。如今一部宋版书，要是进入文物地下市场，会肯出大价钱的。凡·高一幅画拍卖值多少钱？他是什么时代的？"

　　两口子哈哈大笑："老二说的？"

　　"明摆着的事实嘛！"

　　若恺的妻子苦笑说："我们找图书馆古籍部的同志来鉴别过，是我娘家表叔，涵芬楼，天一阁，他都经过手，绝对的行家。他说什么，能比论斤称多卖几个钱，还是留着吧！将来省得往图书馆去跑、去借，不好？"

　　"有鉴别证明书吗？"

　　她说："我们提防着老二咬，当然准备的。"

　　大热天，我又去了一趟若悌家，一见我掏出那张证明书，这瘦猴竟笑得前仰后合："到底是亲兄弟，心灵感应，我也找人鉴定过，我爹净是假古董。"

　　"全是假的？"

　　"基本如此。"

　　我想起老先生临终时说出"我的书——"那痛苦的神色。也许他完全明白这些是假古董，而且以假当真，哄了自己一生，还哄了别人，所以最后才想讲出一句真话吧？

　　这也比永远的伪好！

　　我打电话到筒子楼，把若恺两口子召来，双方把证明书验讫，都不自然地讪讪一笑。

　　哥哥说："小事一桩！"

　　弟弟说："真没有什么大不了的。"

　　哥哥又说："犯不着的，弟兄们，你说呢？"

　　弟弟回答说："那是自然，本来嘛！区区小事！"

　　兄弟俩和好如初。

"小事一桩！"哥哥说。"真没有什么大不了的。"弟弟说。

"犯不着的，弟兄们，你说呢？"做哥哥的又说。弟弟回答说："那是自然，本来嘛！"

"区区小事！"

四 季

　　我朋友老牛，蛮好的人，就是有点"那个"。

　　"那个"是很难说得准确的词。因为你无法用什么不安于位、官瘾很足之类词句来贬损他。老实讲，远不如他的人都爬得更高，阿猫阿狗不是当了这长，便是那长。他有这方面欲望、要求和不满，也属正常。当然，没有这些修养上的不足，算是至德至贤。他做不到这点，便有点"那个"。

　　老牛是我朋友，颇不见外的朋友，经常在电话里向我宣泄这方面的欲望、要求和不满，这些话在他所工作的那个部门又不好随便讲的。据他讲，他们那个部犬牙交错，人际关系紧张。对我讲了，一是泻了火；二是不害怕我打小报告什么的。我虽然觉得他"那个"，其实我同情他，圣人终究不多。

　　他说，当然是电话里说，你看，我姓牛，生来是拉车的命，偏不叫我去拉，猫拉狗拉，我歇着。

　　歇着不好？我是懒散惯了的人嘛！

　　唉唉唉，你是写小说的人嘛！我是做工作的，我是有劲使不上，使不出哇！

　　我说，老牛，你们那位新上台的部长，不是也安排了你嘛！并没有让你赋闲嘛！

　　得啦得啦！不提还好，一提他在电话里声音高起来，我现在是爱国卫生委员会的副主任，绿化委员会的理事，计划生育委员会的总干事，幸亏没成立门前三包委员会，否则，怕也会给个常委当当。

　　这不很好？我以为。

　　唉唉唉，你根本不懂。大有夏虫不可语冰之势，不愿意和我谈论下去。似乎为了证明他目前这样安排，无论如何怎么说，也不尽合理。他告诉我说，老枪讲了——这位老枪是前任部长，他是从来不赞成一朝天子一朝臣的。

不过，我明白，一到台下，讲风凉话就比较容易。

今年，老牛的日子好过些了。一旦"那个"了，最怕冷落了。他不怎么来电话了，这表明他心情舒畅。

按说，五十出头年岁，正是当官好季节。本来嘛，写小说谁不想往好里写，当官谁不想往大里当。虽然类比得有点不伦不类，但拿破仑不说过嘛，不想当元帅的士兵，不是好士兵，老牛这样也不算太"那个"。不过，他急切了些也是真的，由急而不耐烦，由不耐烦而对新部长怨艾，由对新部长怨艾而益发靠近老枪。我劝过他，那是一条沉船。他不信，他说我无法了解老枪在部里的实力，何况上头根子特硬。那么，也许可算一艘潜水艇，这就敢情好了，老牛信心十足，兴致勃勃。

作为朋友，大可不必杞人忧天。

果然，潜水艇出动了。

那是春天，对了，春天。

"在家吗？"

"当然在家。"

"写小说？"

"你说得没错。"

"看电视吗？"

"偶尔打开瞅上一眼半眼的。"

"见到老枪了吗？"

"他怎么啦？"

"他露面了，灰了好一阵以后——"老牛比他上级还兴奋。

"什么时候的事？"

"刚才……"

偏是刚才我们全家围桌大啖水萝卜，也怪，今年不知由于春旱，还是其他什么原因，这些外貌看来似乎可以的心里美萝卜，吃一个糠一个，令人败兴，竟忘了打开电视机，错过了一睹风采的机会。

因为老牛时不时提到，我也似乎熟悉这位老枪。这绰号我到底也没弄清来由，因为他喜欢打猎？因为他老叼着板烟斗？因为他老资格？因为他总会在适宜的气候露面，表明他的正确，而在相反的情况下住院（枪老了，难免出点毛病）？

我有点好奇。

"怎么，他又正确啦？"

"这传递出一个信息！"

"是吗？"

"当然啰！他们那样冷落老枪和我们这些人是不对的，借此来弥补一二，其实我并不赞成老枪赏这个脸，他还是去参加会议了，也好，让人们知道老枪和我们的存在。"

"那又怎么样呢？"我想，老枪该不会卷土重来？这可能性似乎不大。

老牛这就太"那个"了："上头对他们挺不满意，剋了个结实，那零号工程搞得他们好狼狈，活该！"

"老枪有复出的希望？"世间事情本也多变，倒不足为奇。

"年龄不是绝对的杠杠。"他信心百倍。

"你呢？老牛！"我从他话音里，感到那跃跃欲试之心。

"我也并不留恋零号工程，只是他们太过分，滴水不漏，肥缺全部囊括。"

好啦好啦，我劝他消消气，息事宁人。我怕他会不会受老枪影响至深，形成偏见。当然，可以谅解，他追随老枪多年，可以上溯到五十年代末期。而且他还是老枪的猎友，他的枪法加上老枪的猎兴，使他们俩关系密切。听说，部里据此对老牛颇有微词，我也觉得有点"那个"，但岂止他一人呢？蔚然成风的事，也不好去苛责他。

他振振有辞："只是一块打打猎，有什么？"

他总后悔走错一步棋，不该从零号工程离开，把位置腾出来。老枪估计错误，不瞒你讲，老朋友，本来老枪把我弄回部里，是准备提名我为副部长的。不说了，不说了。电话里我看不出他脸色，不知该多懊丧。新上来的这位年轻部长，不但不需要老枪扶上马再送一程，而且颇不客气把一些老臣从掣肘的岗位上请开，老牛是一位。趁他陪老枪去打猎的时候，撤销了他的零号工程指挥部总指挥职务，而委任他管"不准随地吐痰"一类属于精神文明领域的事情。做得也够绝的。

转氨酶一下子到了五百，住了医院，我去看他。

他瘦了许多，我劝他想开些，吐痰好管，罚款五角，多轻松。但他宁肯不轻松，有什么法子？说来说去怪老枪，偏在关键时刻去打猎。对这位前部长嗜杀成性，我深不以为然，他好像过多久不扳动枪机便心痒手痒。所以，一当他显得正确了，便有收拾谁的习惯，怕是这种嗜好的延续。

"会翻过来的。"老牛在电话里强调。

他这一说，我倒替追随现任部长的人捏把汗。

"老牛，"我提醒他还是少安毋躁，别忘了十年"文革"期间，他也有点"那个"。

他自然不听我劝。"老枪早预料到，他会东山再起！唉，回头九频道还要重播，你看一看。"

因为糠萝卜烧心，也没有再开电视，睡了。

我这老朋友怪有意思，聪明能干，其实完全用不着"那个"，那是很辛苦的事情，需要聚精会神，需要察言观色，需要曲意逢迎，当然还需要违心地去做什么，去说什么。老牛，你何苦来，那都是没本事没能耐的人才必得投靠谁的，你用不着！他讽刺我是外星来的，孤陋寡闻，如今（这是他的原话）当官还用得着本事和能耐吗？笑话，所以你只能写小说。我仍旧提醒老牛，潜水艇也不是不可击沉的。新部长绝非无根的浮萍，老朋友你可要注意哦！

他认为我根本不懂老枪背后撑腰者多硬，新上来的目前日子难过，零号工程砸锅了，上头已明确说了，这是盲目引进的典型。

我马上糊涂了，这不是老枪任上的德政吗？我试探地问，如果追究责任，你老牛也脱不了干系，陪着老枪飞越重洋考察，而且你一直担任总指挥长职务。

他不理会，却意识流地转变话题。他说，他在红都新近定做了一套西服。

"怎么？要出国？"

"不出国就不兴穿哇？"

"春天快过去了，有钱不买半年闲！"

"哈哈哈，你真迂腐。"

我想象我朋友穿上西服的样子，一定很神气。人嘛，究竟是人，虽然有点"那个"，但陪着老枪灰了一阵，现在光鲜些似不为过。

夏天来了，西瓜开始上市，也不知今年雨水大，还是我不走运，竟碰不上一个好瓜。

电话铃响。

"在家吗？"

"当然在家。"

"写小说？"

"你说得没错。"

"看报了吗？"

"报?"

"老枪的名字出现在头版,注意到没有?"

"哪天?"

"就是今天——"

偏偏当天的报纸,包西瓜皮扔垃圾桶里了。

"这意味着什么呢?"

"风向变了,明白吗?你太不敏感了,这说明很多问题,第一,零号工程本不应该上;第二,既然到了欲罢不能的程度,为什么不当机立断压缩下去;第三,没完没了的擦屁股,成了久治不愈的慢性溃疡,拿不出对策。老枪说,这回你明白我调离你的苦心了吧?你不干,你便对干的人,拥有永远的批评权。

我固然对新上来的部长了无好感,他所行的事,正确方面老牛向无报道,错谬方面倒时常听到。譬如接任零号工程的总指挥,竟是这位新部长内助的一位堂弟之类,这假如是真的,也给我留下不怎么样的印象。不过,老牛一条一条地指摘人家,使我反感:"至少大家都有错,应该公平,我就不信,老枪会是无罪的羔羊!"

这回他没有意识流,振振有辞地回答我:"那时,存在个认识水平高低的问题,我们对世界了解甚少嘛!至于现在,就是工作的严重失误了,该下不下,决策错了嘛!我早说过,肥缺全让他们瓜分了,没想到这是个苦果子,咽不下,吐不出,噎得直翻白眼。"

我居然生气:"老枪倒轻松!"

"不在其位,不谋其政嘛!"老牛在电话里问我,"你吃不吃山鸡?这季节不太肥!"

"打猎去了吗?"

"当然。"

"和你的猎友?"

老牛或许没听出我的讽喻:"只怕不久的将来,重新要我去拉车,就怕难有这偷得浮生半日闲的机会啰!"

"高升有望?你!"

"老枪说,将来收拾零号工程烂摊子,非倚重我不可的。我领会他的意思,不干出点名堂,他推荐我当副部长似乎不硬气。"

这就太有点"那个"了。我知道,人只要一"那个"了,便容易利令智昏。"你当真有把握?"

"报纸上出现老枪名字，这是挺鼓舞人的。"

我想到垃圾桶里去找回那报纸，但桶里气味令人却步，去去又回。

随后，秋高气爽的季节，我应邀去外地参加笔会，回来后倒是我给老牛打了个电话，估计他该拉上他想拉的车了。

"怎么样？"

他反问："什么怎么样？"

"你们和他们！"

他好像糊涂了："什么他们和我们？"

我笑了："老枪和新枪啊！"

"啊！"老牛好一会儿才出现声音，"现在还很难说鹿死谁手，你老兄估计对了，他也不是无根的浮萍。"

"那项工程呢？"

"还不就那样！"

"上了？"

"没上。"

"下了？"

"也没下。"

这倒和许多胡子工程的命运差不多，反正这缺那缺，时间不会缺，慢慢拖着吧！"不是说老枪要委你去收拾残局，立功升官吗？"

"你听谁说的？"

"你自己讲的嘛！"

"是我讲了吗？不可能——"

这人，怎么回事？

"哎，我写了几首赞新气象的旧体诗，你给指正指正，找个刊物给发一下，行不？"

"你写诗？"

"为什么你写小说，就不兴我写诗呢？"

"你那位猎友呢？"

"他迷上了气功。"

看来，潜水艇浮出海面。"我早说过的，老牛！"

他干笑着，估计脸色尴尬。忽然，他来了精神："你刚才说什么来着？对了，老枪，新枪。我忘了告诉你，这好像是我们部的传统，部长都是呱呱叫的猎手。这位新部长似乎是行家里手，他当然知道我弹无虚发的本领。我有一回讲，能领略打猎真正的情趣，还是冬天，在冰雪森林里。我们这位新贵说：牛司令，咱们今年冬季在那里安排个会，会后比试一下，行不？"

"哦？"

"你帮我分析分析，他叫我司令，又要与我比试，是不是话里有话？会不会对我这半年的表现，有些什么看法？"

"你当时怎么回答这位新领导？"

"一时我想不到那么多，就说我当然要奉陪的。哎，你认为奉陪这两个字，有没有反挑战、不把他放在眼里的意味？"

"到时你真奉陪？"

"我总不能厚此薄彼嘛！都是上级呀！"

不知应该替他高兴，还是为他悲哀。"老牛，这回笔会，我买回些苹果，今年果子不太好，有点酸，有点涩，让孩子给你送点去？"

他不说要，也不说不要。

秋天便这样过去了。

老牛很少来电话，似乎很忙，我给他打去，通常都不在家。他太太，我不怎么熟，竟然向我埋怨，那意思也认为他太"那个"了，何苦？干什么？简直地让人没法说。我答应开导开导他。他太太说，你找都找不到的，他泡在西郊射击场呢！好远好远。

我能体谅老牛一片苦心。他太太说，他们在大学同学时，他除了读过屠格涅夫的《猎人日记》，对于打猎原本一窍不通的。听到这些，我不禁哑然无语。她以为我已挂了电话，就叹了口气放下听筒，吧哒一声断线了。

再比不上今年冬天更冷的了。

冷好，我替我老朋友高兴。因为越是气候寒冷，在大森林的冰天雪地里，才越能体会到新任部长所说的情趣。这对老牛简直是再好不过的机会，他太需要了。事实证明，零号工程并不是要了人家命的苦果子。偶尔翻报纸，一条小消息，××部节约成效突出，举的例子就是零号工程，应该全部付之东流的，经过努力，化废为利，可以收回一部分成本。还间接提了一句，不点名地批了原来搞这工程，是头脑发热的结果。把球又踢回来了。老牛一定会读到的，他最注意这些动向。惟其如此，他此刻肯定在大森林里，肯定很卖力气，没准正踩着尺多厚的积雪，跌跌撞撞地奔跑。可以想象到的画面，老牛冲在前头，咻咻的一串猎狗撒出去，锃亮的猎枪端在手中瞄准，围猎的吆喝声此起彼应。然后一扣枪机，一头狍子或一头麋子应声而倒。老牛必然认定是部长的好枪法，这位新枪我想要比前任谦虚些，准拍着他肩膀：牛司令，你真行。然后掏出酒瓶，一定是洋酒，喝一口，老牛，这是法国白兰地。

如果真是这样，我的老朋友一定很开心的。

我不给他打电话了，估计他此刻很可能在白桦林的怀抱里，一堆篝火，三脚叉上，烤着的野猪肉正吱吱冒油呢！没想到，电话铃响。会是他吗？我有点怀疑，拿起听筒，竟是熟悉的"在家吗"。

"当然在家。老牛，你肯定满载猎物而归了吧？"

他居然一点幽默也不懂："什么？"

"你不是陪你们部长去了大森林吗？"

老牛显然像噎住似的，良久没言语，然后酸苦地说："嗐！陪着打猎的人还愁找不到？"

"你没去？"

他不回答，反问："在写小说？"

"你说得没错！"

他好像失去了谈话的兴趣，敷衍地："写吧，你写吧！"说着，把电话挂了。

在我桌子玻璃板上，放着枚刚从窗外拿进来的冻柿子。接完电话以后，我发现，柿子已经化成一摊稀汤。

老牛冲在前头，咻咻地一串猎狗撒出去，锃亮的猎枪端在手中瞄准，然后一扣枪机……

膏 药

老陈一定要我试贴一下，挺灵的，他说。

他已经诚恳而热情地一再建议我，你得贴这块狗皮膏药，整整一个上午，看来我非贴不可。

这世界上，比老陈还热心肠的人，大概不多。

他是个好同事，大家公认的。他发现我腰疼，他找来祖传秘方的狗皮膏药，他坚持要我贴上。别人，也就是同一办公室的其他同事，都觉得我没有理由拒绝。

我没有请他找膏药，任何这方面的暗示也未流露一点。这位总愿意关心人、帮助人的老陈，给我拿来了这副狗皮膏药，盛情难却，前提是为了我好，这使我张不开嘴说不。

说实在的，我不信膏药，我害怕贴膏药。

老陈做好事是出了名的，出名的人必然挟带着一种声势。假如别人，我可以一挥手，去去去，置之不理。对于老陈，没办法，尽管满心不愿意，也不太好意思拂逆他，还得连声道谢："难为你惦着，老陈，你真好！"

好人虽不稀罕感激，但你这样向他表示，他也不会太反对的。他说："应该的，应该的，看你说到哪里去了！"然后摆摆手，表示没什么，和不值一提的意思。

我对他说："老陈，真的，已经不太疼了！你看——"我转动我的腰，那自如的样子，希望他能相信，或可免去贴膏药。

"不行，不行！"老陈说，"不是不太疼，而是你习惯了，麻木了。腰疼，万万不可小视，它是给你发出的一个信号。我查过医学方面的书，这种症状很可能和外科、内科、神经科方面的疾病有关，照祖国医学的理论，通常认为和肾联系的。"他讲了一大通医道以后，九九归一，还是要给我贴上这副狗皮膏药。

我算摆脱不了老陈和这副膏药了。

其实一开始，我就意识到他的好意，必定驱使他弄什么虎骨酒，活络丹。他会的，老陈对于这种能够帮助你，属于治病救人的善举，总是有很大的积极性。冲他对于医学书籍的钻研精神，可以称得上乐此不疲。所以未等他开口就先堵住他嘴："千万，千万，小事一桩，腰稍微闪一下，可不敢麻烦你——"但老陈要做起好事来，谁也拦挡不住的，因为他知道他是同事们眼中一致承认的好人，仅这一点就足以使他既然要做好事，则不能罢手，哪怕千山万水阻隔着，也必做到底。

我想不到他搞来一副狗皮膏药，真可怕。

"绝对的管用，老兄，主要是对症，保险一贴就好。算你走运，好不容易才找到这祖传秘方的膏药，膏子里全是地道药材，别看他不起眼，治好你内里的病是根本。中医讲辨证治疗，讲调，这几味药能使你气血渐渐强壮起来的，我查了《本草纲目》，没错。"

我知道我的病，远不到贴这膏药的时候。

前天上班，挤公共汽车，闪了腰，就这么回事，很简单。当时根本没注意，下了车也无所谓，只是到了机关上楼的时候，腰稍微有点别扭。我以为过上一天，摆平了躺一夜该太平无事的，谁知二十四小时以后，竟稍稍疼了。

亲爱的老陈发现了我的不自在，马上关心地问："怎么啦？"这种喜欢做好事的人，总不停地注意周围的一切。

我对他是有所提防的，也立刻做出若无其事的样子，"什么怎么啦？"

"老兄，别瞒人了，走路总端个架势，一本正经，坦白交代，腰不灵了吧？"

我轻描淡写："扭了一下，没事！"说心里话，我不愿意惹起他的一番关切。老陈是好人，不错，但他有做好人的瘾。特别喜欢大张旗鼓，大造声势，所以我努力不使他搭碴儿。

被老陈盯上了，便没法跑，这是命运，我知道。他特别和颜悦色地问："疼得厉害吧？"

我连忙否认。

他当然不相信，他希望我疼得叫爹叫妈才好，那样，他才得以施展他的抱负。"我看你疼些日子了！"

"昨天早晨扭的。"

他好像理解我努力减轻事态的内情似的，"明白了，明白了！"

我猛地未能猜出他明白些什么，顺水推舟地想使他别再表示热心，一切归结到上了岁数的缘故，劳驾你就甭操心了。"唉，老了，机件设备都过了保修期，不灵光了！"

"那是当然，老兄，到咱们这个年纪上——"他把声音降低，靠近过来说，那意思是不想让别人听见，但整个办公室清晰可闻，"就该讲究养生之道，那种事情不宜过度，你可能太放肆了吧。老兄，精血一亏，则百病丛生啊！虽然报上讲外国男人七八十岁还能干那勾当，可人家吃什么？咱们吃什么？要懂得节制，清心寡欲啊！"

敢情他这样明白的，天知道，他把我的腰疼和纵欲联系起来想，太可笑了。"老陈，看你想到哪里去了！"我不得不复述一遍挤车扭腰的过程，而且提高嗓门，向全办公室讲，以正视听。

他笑笑，点头认可我确实是在车上扭的。"不管怎么样，要治！"

我又挡驾："不需要的，老陈，不那么严重！"

"我陪你上医院？"

"用不着。"

"我给你按摩按摩？"

"无需乎了吧！"

老陈这种关心同志的天性，着实让人感动，因为既不肯接受治疗，又非揉揉就可舒展的腰疼，而且我越回避他，他对他的判断越是坚信，也越发遏制不住要帮助帮助我，他马上就义不容辞了："老兄，我有法子的。"

"你就忙你的去吧！"我把他推回他的办公室。

没过一分钟，他又走过来，义正辞严地："老兄，听我一句忠告，腰疼这病，弄不好会坏大事的。"

我眼前好一阵发黑，半天，才缓转过来。我知道，全办公室的人在看着他怎样热心地关切我，我怎样接受这个热心人的帮助，在这种情况下，我要拒绝他的好意，就等于向大家承认我不可救药。扮演这个角色，无疑比自暴自弃还可悲，等于自绝于这个集体。因此，只好在眼睛不再发黑的时候，对这张充满善意的面孔说："不至于的，老陈，你放宽心好了。"

"那恐怕只有贴膏药了，当然要对症下药！"

"别，别……"我声音里已经透出一股恐惧。

"怕不见得能弄到手，试试看，我去托托医生朋友。"

"你不必为我受累了！"我在哀求他。

"啊呀，你这人，我总不能不管吧！"

"我不疼了，真的，我不疼了！"我忍住痛给他表演了三百六十度转腰动作。

"算了，算了，疼得你都直咧嘴！早知如此，何必当初，你要量力而行的话，哪至于——"他见我有点按捺不住，便赶紧声明："好好，不说不说，孔夫子讲过，食色性也，我绝无怪罪你老兄的意思！"

整个办公室的同事在瞧着我。

根据历史经验，老陈是并不在乎你怎样辞谢婉拒的，他在这机关三十多年，被他关注过的人多得很，无论你愿意与否，他不会丢开手不管你的。我给我算了命，在劫难逃。他说他找医生朋友，准去找；他说他配对症的药膏，准去配；他说他明天给我带来，果然明天，也就是今天一上班就带来了。现在，他说要我撩起衬衫背心给我贴上，无论我怎样磨蹭、挣扎，甚至抗拒，这副膏药非贴在我腰间不可。

但为什么我非要贴这膏药呢？真太滑稽了。

整个办公室里，飘散着这副膏药的一种怪异的香味，大家把手头的工作放下来，注视着老陈慢条斯理的动作，把膏药靠在温暖的水杯上，慢慢熨烫着使那黑稠的膏子变软，也许当真是狗皮的，在药香里可以嗅到一股膻臊之气。幸好办公室的头儿不在，否则又要弹压大家了。

怪就怪在大家并不觉得有什么不妥，好像他是好人，他是好心，自然所做的定是好事，好事是不能拒绝的。你是病人，你应该治病，理所当然要贴这副膏药，你不贴说明你心里有鬼。天哪！我甚至从人们脸上分明看出这样的言语：你这个人敢情老不正经，亏你编造出一个在公共汽车上闪腰的谎言，来掩饰自己到这年纪上还不检点的真相。

老陈，神圣地走来，捧着那副膏药。

我闪退到办公室的一个角落里，这该是垂死挣扎的最后机会，我坦白承认："老陈，其实贴也无可无不可，病在我身上，我知道深浅高低，只不过是普通的扭了一下，既没伤筋，也没动骨，贴这膏药有点过于大惊小怪了！"

"过去你闪过腰吗？"

"没有。"

"那就对啦，按中医说法，叫肾亏。"

我吓一跳，这膏药不是治跌打损伤的？拿来膏药一看，狗皮光板上印着"壮

没意思的故事

阳固精，补气生津"八字，下面还有一排说明，不够清晰，但能认出专治什么"阴虚阳亢，气血不和，肾亏腰痛，遗精早泄"等字样。看到这里，我推开膏药，连连摆手，"不行的，不行的，老陈，你怎么开玩笑当起真来了……"我不知是第几次又对他，并再度对大家讲在车上扭了腰，绝对是极其一般化的小毛病，不足挂齿。老陈太小题大做，没病找病。我心想，我要贴上这副膏药，无疑宣布我是个笑柄，这大年纪，居然还兴致勃勃于床戏，那不成色鬼？因此，我沉住气，对这位好心肠挽救我的人说："亲爱的老陈，我绝非肾亏！"

"那你腰疼……"

"腰疼是由于偶尔的情况下造成的，并不重。"

"正因为肾亏，你才闪了腰，这是给你一个信号。不重，则说明你没太过度，赶紧治还不至于酿成大病。"

我眼前又一阵发黑。

没准这倒是真病。我血压偏高，可不敢表现出来，真害怕这位善人会不会讨来治花柳梅毒的膏药！

这时，办公室里的其他同事也纷纷劝我，中国人喜欢一边倒惯了，几乎胁持似的要我就范。贴上吧，贴上好！不要辜负老陈一片心嘛！有人帮我解扣子、撩衬衫，有人把那治阳痿早泄的膏药，重新烫软了要朝我腰上贴。我像孤军突围似的冲出那角落，尽管我愤怒，可还是脸上装作和颜悦色的样子。"诸位，诸位，说良心话，要我真的是贪恋房事，落下个腰酸背疼，有这种灵丹妙药，我还求之不得呢！可我这一回，千真万确是跟肾亏毫无一点点联系。"

老陈一副痛心的样子，没想到我这样冥顽不灵，叹惜地对人们说："干吗讳疾忌医到如此程度，得了艾滋病，你怎么办？"

我理直气壮："是什么病，就怎么治！我再说一遍，是使劲把腰扭了，绝对不是什么肾亏！"我扭身朝室外去，想溜。

好人哪！真是好到了家的好人，老陈一把抓住我，苦口婆心，"老兄，我为你好，你别瞒我，其实你实际上还是疼着的。你说你绝非肾亏，那么，我们办公室里倒有一大半人天天挤车，怎么，他们谁都不扭腰呢？"

我一时语塞，在场的同事，每人都做出毫不肾亏的正人君子模样。我在那一瞬间，果真动摇了，也许腰和肾有某种联系吧？

这时，我们办公室的头儿推门进来，正好面对面碰上，他见老陈和我拉拉扯扯，便问怎么回事。众人七嘴八舌，归拢起来一个意见，我不知好歹。这模模糊糊的词句里蕴藏着我既不懂领老陈这样好人的情，还有老都老了竟自不量力，雅兴不浅的讽喻之意。

头儿很干脆，问老陈："这膏药贴了有没有坏处？"

老陈很生气，好人最怕被人误解他绝对良善的动机，反问他："我不明白。"

"你就说有没有吧？"

"治病的，哪谈得到坏处。"

"那好——"头儿转向我："这不就结了吗？贴上就是，对症，治你的病；不对症，揭下来就是。第一，贴不死人；第二，也不是贴着就永远焊在你身上。来，趁热——"大家笑了，在笑声中，那块终于推不掉的膏药，啪地贴在了腰间。老陈拍着我肩，一再说，挺灵的，你试试就知道。

这天夜间，贴膏药的地方有点火辣辣的烧灼感，忍到半夜，竟越发嘶啦嘶啦地疼，只好打开灯，将那狗皮膏药剥下来。天哪！腰间红肿了一大片，生出许多渗水的燎泡，只能侧卧着睡，而这个姿势又是我扭伤的腰，最感不舒服的；辗转反侧，好久好久无法入睡。

最后，我还是困得顶不住进入梦乡。说也奇怪，我这个平素懦弱的人，竟然在梦中用一把极其锐利的尖刀，把膏药似的好人老陈给放了血。

我从血泊中惊醒，浑身冷汗。

我不知为何做了这个可怕的梦。

我更不知这梦给我兆示着什么？

天 问

他晓得的，鬼打墙，迷路了。

想到自己当过兵，早年在这一带打过游击，竟怎么找不到要找的村子，转了小半夜，又绕回到古庙的废墟上了，不禁哑然失笑。

好清亮的月夜，按理说，他不应该。

太熟谙的山路啊！会在脚下走失吗？

他分明感到王庄不远，似乎那棵古槐，古槐下那间旧屋，那旧屋的漆门，漆门上的环，都已经在眼前了。谁知翻过山去，在庄稼地里迷失了方向。高粱正红，路都埋藏在青纱帐里，草长露重，曾经是游击队长的双腿，已非神出鬼没的突击奔袭的当年，走着走着竟滞重起来，以为该到王庄的时候，不料却是古庙的废墟，出现在眼前。

那残存的石拱门，在月光下，兀立着。

他记得，他应该如约来这里接她一块儿走的，他没有来，他随队开拔了，他不知她那晚上等了多久？他不知她第二天、第三天晚上还来这古庙废墟没有？汉白玉雕成的菩提花基座的石拱门，像水洗过似的洁净，还是当年那落寞的样子，时间在这里似乎凝固了。他叮嘱过她的，不见不散，但他爽约了。三十多年以后，快四十年的漫长岁月过去，他又来到这古庙废墟、断垣残壁的瓦砾场中，这座石拱门居然还存留着。那兴高采烈的女画家，非要在这里露宿，过一个再诗意不过的明月之夜。他想到了背约的往事，时光虽逝，记忆犹存，石拱门总是似乎在提醒什么，于是，便告辞了那对旅伴，趁大月亮天往王庄去。

古庙到王庄其实并不远，只不过翻山稍稍费点力气，耽误时间。他年轻那阵，对这不高的山压根儿不当回事，脚步矫健，如履平地，走起来飒飒生风的。到底如今六十五岁的老者了，年岁不饶人，就不免走走停停，停停走走，又糊里糊涂绕回原地。顿时，他呆住了，一身冷汗，是枉走了一遭？还是压根儿没走或竟是梦，是梦游？

他笑自己，会碰上鬼打墙？

他更觉得可笑，好端端地从家里跑这么远的路，在这深更半夜的荒野里，干巴巴地愣神，究竟为了什么？他想，要是告诉谁，只不过因为和老伴怄了点气，而且也没有什么大不了的事出走的，人家会相信吗？

假如在火车站，没有碰上这张退票；假如在列车上，没有遇到这对年轻旅伴，也许此刻还在家里高枕无忧地躺着。

月光如水，山影幢幢，抬脸仰望星空，离天亮还早，也许应该先回到旅伴那儿去。

那位女画家，很讨他的喜欢，甜甜的面孔，和亲热依恋的表情，对他很有些吸引力。至少这多年来，他不曾在他妻子、女儿的脸上见到过。或许因为这个隐隐约约的缘故，他陪他们来到了他打过游击的地方。

他听说过的，如今有这种新潮女性。那么，他头一眼就留下这个印象，毫无疑问，这个穿得太大胆的女人便是。

她是从硬席车加钱补票坐到软卧包房里来的，带来了她的画具、行囊，和一个他无法判断是丈夫、情人，还是模特儿的小伙子。

"对不起，打扰您的清静。"她伸出手，像男人似的使劲握手，接着自我介绍："我叫蒋卉，他嘛，你就叫他戎戎好了。您呢？"

眼前的这个女人，他并不认为有多么漂亮，但那通体裹不住的青春气息，倒使得刘磊心动。也许，许多年以来，还不曾和一个年轻的、有魅力的女性，在这样狭窄的空间里紧挨着过，破例地笑着请她坐下，"叫我老刘好了！"

她说："也许该称呼您刘老？"

"不必了，不必了！"他表示他不喜欢老气横秋。

她高兴地笑了："那说明您还青春常在。戎戎，你能不能为我们助兴，献给老刘一支歌子呢！"

戎戎懒洋洋地站起，从上铺拿下来吉他，轻轻拨弄起来。看得出，这是个精神恍惚、注意力不集中、毫无主见、绝对受蒋卉辖制和支配的青年人。调了一阵琴弦，才想起问："唱什么呢？"

蒋卉已经打开她的速写本，开始勾勒他的轮廓。"那么，就唱与我们一路同行吧!"

这时,戎戎才无精打采地唱起来,唱得既不动听也不难听,和他人一样,唱得有板有眼,但缺乏精神劲。蒋卉问道:"您觉得他唱得好吗?"他点点头,没说什么,其实,刘磊心里好笑,听戎戎的歌,不知为什么联想起冬天南墙根晒太阳的狗。一路上,他的任务除了唱歌助兴外,戎戎还得按她的摆布,做出各种姿势,让她画速写。刘磊翻阅过,整整一厚本,几乎全是这个木偶似的漂亮人。戎戎放下吉他,就没事可干,常常盯住一处凝注地看。那神气,听蒋卉讲,最让她心醉。也许,他沉默的时候,确实有可爱的地方。不过,刘磊想,最好别唱歌,别讲话,只要开口,这年轻人总是没头没脑的。

最初,他捏着那张火车票进站,多少有些后悔。这一辈子,出格的事,越轨的事,稍稍与理相悖、与众不同的事,简直屈指可数。有为这点子拿不到台面上的理由斗气出走的吗?等到列车开出了城市,驶进满眼金秋的原野,悔意渐渐淡了,天好大,天好亮,天其实是属于人的,但人却愿意头顶上有块天花板,敢情洋人旅游兴浓,原来找寻到真正的天,没想到还有这等乐趣。

这时想得远了,明知是邪念,忍不住由它思索下去。难道,你营造了这个家庭的同时不也为自己营造了一座牢笼吗?难道,你苦心孤诣领导的那个机关,不也成了自己精神上的樊篱吗?也许是这样,人一旦成为生活的主人,自以为掌握了生活,在某种程度上说你又必须就范它的束缚……他甚至为自己敢于迈出这一步而开心了。

那时,刘磊还未想到王庄。生活就这样使人成为自己的奴隶,大概因此在求生的同时,你就得努力忘掉什么,而拼命记住些什么。等到包房里多了这对旅伴,特别是一下子就赢得他好感的蒋卉,她一笑那甜甜的酒窝,倒真愿那首流行歌曲唱的,让我们一路同行了。

"你们似乎不太像蜜月旅行咧!"

她笑了,戎戎漠然地看着她,脸部了无反应,但笑弯了腰的蒋卉反问:"难道一定只有蜜月才旅行吗?中国人的俗气透顶的俗气。您呢?"

"我只是出来透透新鲜空气,并没有明确的目的性。"

她拍手:"戎戎,你听,这世界上不光咱们俩这样,走到哪算哪,还有这位老先生。哦,对不起,您并不老,您这行动,更证明了这点。"

王庄那古老的槐树,槐树下破旧的房屋,突然浮现在脑际。也许应该在离开这个世界之前,了却一项心愿。无论你有多么冠冕堂皇的理由,刘磊不得不承认自己是食言的负情人。你让人家在古庙的石拱门下等你,然后带着她到天涯海角的嘛！他没对蒋卉讲这段最早的罗曼史，天底下知道这件往事的只有他和那漆门里的女人。但他提起他打过游击的偏僻山区，那里的风土人情，女画家马上神往了，"真的吗？真的吗？那山里的女人以为自己相好的男人越多越荣耀吗？戎戎，戎戎，咱们进深山去，好吗？"

戎戎无可无不可，他听着，可似乎什么都不往耳朵里去，但说他根本没听，只言片语讲出来又沾点边。他冒出一句："那里该有狼的！"

"鬼——"蒋卉蹦了起来，差点碰了头，笑着说："你胆小的要死，我就盼着杰克·伦敦那样，遇上一群狼，把你吃掉，不留给任何人，然后把我撕个粉碎！"接着，冲到对面铺位上，双手捧着戎戎的脑袋，狂热地吻着。

在包房里，他无处躲，只得闭上眼睛。这蒋卉，够放浪的，不过，他想，这也许是新潮。刘磊是过来人了，他最早的罗曼史中那位情人，并不比她逊色些，那是他一生中最美好的回忆了。他站起身，准备到车厢过道里去吸口烟。那鳗鱼般女人身子立刻松开戎戎，拦住了他，并且攀附着拉他回座位上去，"真是没办法，我太爱这个大玩具娃娃了。"

戎戎的思路离强烈的爱很有些距离："早知道，我该把气枪带来。"

"气枪？对付不了狼的。"他告诉这位大玩具。

"有登山鞋就好了！"戎戎尽是些莫名其妙的想法。

刘磊怕他动摇，"那里，山都矮趴趴，圆嘟嘟的。"顺便掠了一眼蒋卉发达丰满的胸部，把到嘴的譬喻词句压在舌头底下。每当游击队长神不知鬼不觉地奔向王庄，只要看见那从地面隆起的山丘总使他联想起槐树下旧房里那个女人，她，还记得门环轻轻的三叩吗？

戎戎又开始百无聊赖地重复拨弄着同一琴弦，这使他想起弹棉花的弓子，嘣嘣作响。刘磊简直弄不懂这个小伙子，有什么地方值得女画家这样钟情？她把速写本摊在膝部，开始画起来。每当画一笔后抬头再端详戎戎的时候，刘磊观察到，被看的这个在他眼中是绝对愚蠢的家伙，根本无动于衷。她烧灼着的情不自禁的神态，画家的冷静让位于沉醉在爱情中的狂热，是很令人心旌动摇的，可三流歌手（蒋卉怕伤她所爱的人那无聊的自尊心，悄悄告诉他，并希望他包涵，尽量做出欣赏的样子）却丝毫无所谓。她是真爱，但被爱的一方却没有什么反应，刘磊不禁十分地讨厌这个麻木的年轻人了。

最怕的是生生死死的爱，结果扑了空。

刘磊替这位多情的画家犯愁，无论如何，那棵槐树下旧屋里的女人，得到过他热烈的回报。虽然，终究她在石拱门下绝望地等待过，他不知道她最后怎样使

她把煮熟的鸡蛋，剥得干干净净，递在他手心里。「你吃！」

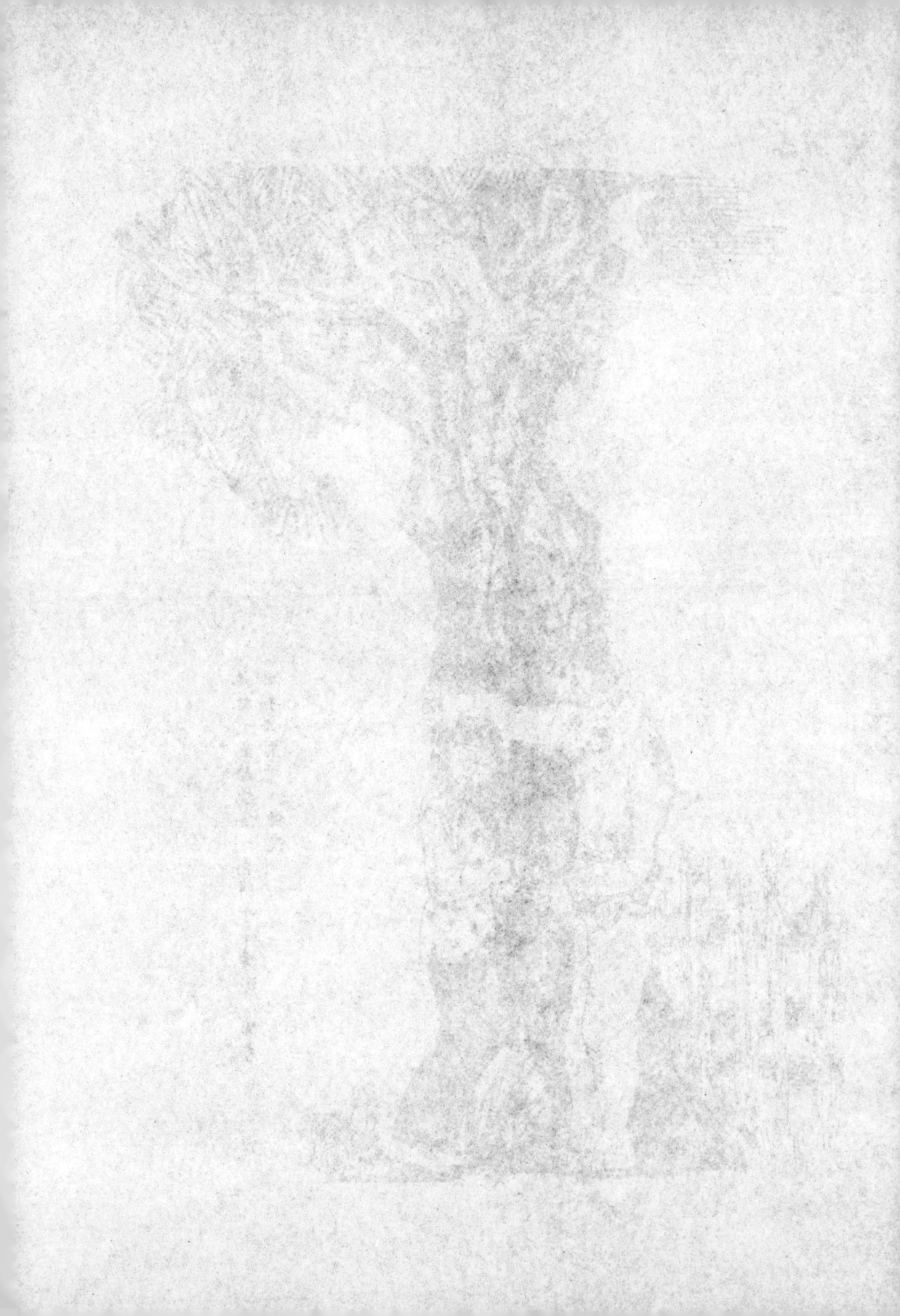

自己死了心，了结这场春梦？但是，他良心上稍稍能够平静一点的，只要能有去王庄的机会，不管路途多远，多难，多险——有时候，要通过好几道哨卡和敌人的封锁沟，也挡不住他，这些只属于他和她两个人知道的秘密，越来越具体入微地回想出来。看来，拼命记住的倒未必记得住，拼命忘掉的却永远忘不掉，只不过埋藏在脑子里更深些罢了。

当然，他给过她炽热的爱，门环轻轻地叩响三下，那是约定的信号，无论深更半夜，无论刮风下雨，总会咿呀一声，漆门闪开条缝，一张笑着的脸，一种热烘烘地散发出只有他熟悉的气味，立刻透过来。这个永远等待，时刻等待着游击队长的女人，总是把那年月里最珍贵的一切，从满腔的爱到藏在炕洞里的鸡蛋，都贡献出来。

她曾经对他有过什么过分的奢望吗？结亲，成家，留下来，不打游击？刘磊记不得了，也许压根儿她不指望，她像山里女人一样，把他当做一个真心的相好。露水夫妻不久长，她说过的。好一场大家丢手，各过各的日子，也是那里相沿成习的古风民俗。但她有了他以后，就专注地心里只有他，而他，也好像把魂丢在了王庄，想方设法地找机会朝那老槐树目标接近。他们是一支不怎么成气候的小队伍，局面打不开。因此，小组的乃至单枪匹马的活动是主要的，也就成全了刘磊。

夜里，总是夜里去叩那门环，而且夜又那么短。青纱帐长起就好了，她可以到约定的地点来相聚。庄上的人都会以为她去给死鬼丈夫上坟了。其实篮子里的供品，倒是让他果腹的。后来，隔了好久，他才知道她那当伪军的男人，倒是他们游击队干掉的。"你为啥不早说？"

"说了你就该走了！"

"你不恨我？"

她摇头。

"他待你不好？"

"不如你懂得疼我！"她把煮熟的鸡蛋，剥得干干净净，递在他手心里。那年头，兵荒马乱，能吃饱饭的人极少。

"你吃！"

"你吃吧！"

"咱俩一块吃！"

她只咬一口蛋白，然后全塞进他嘴。

刘磊想起来，那女人的眼神，和对面卧铺上作画的蒋卉，大概差不多的。事隔几十年，他还记得那熠熠发亮的眼仁，一汪水，恨不能吞了你。

"你不再嫁人？"

"嫁谁？"

"你不丑！"

"我男人是凶死的，都说我命硬克夫，谁敢？"

是他下决心要把她带着，随大队伍走的。他记不得这个付出了全部的爱，以及所有一切的女人，为此而要他怎样报答。她当然不愿意他走掉，但山里人有她纯朴的天然本性，真要一走了之，她也没有办法。那是很穷的山区，男人差不多不是当土匪，就是当兵，或远远地到矿上去当苦力，留不住的，所以这里的女人对贞操不怎么看重。他就是很偶然地在高粱地里埋伏，准备赤手空拳夺枪时，结识了这个正在耪地的年轻寡妇。她当然知道他是什么队伍，要干什么事情，她劝他："不会有落单的兔子让你逮着的！"他轰她走："你要害怕溅上血，你快耪完回你的家！"她说："你这个当兵的，呆着也是呆着，不能帮把手？"刘磊拗不过她，接过小锄铲趟："你倒挺会使唤人！"她笑着回答："我又不白用你！"一大块麦面馍放在他脚下。亏了这点顶饥的粮食，到底等到傍晚，一个喝得醉醺醺，可力大无比的，挎着盒子炮的二鬼子，被他收拾了，那地里好大一片庄稼被这场恶斗给滚平了。她衷心赞叹着："你劲真大！"埋完死尸后气喘吁吁的他，感谢她那块麦面馍，要不然，非吃亏不可。她告诉他："家里还有咧！"他婉谢了："不吃了，我该找队伍去了！"她一把拉住他，"你这浑身血，走不出几里路就会教人抓了。我先回村去，找两件我死鬼男人的衣服，天全黑了，你来，大槐树底下，那旧屋，你在门上轻轻敲三下。"

该带她走的，也许生活会是另外一个样子。但话说回来，刘磊想，现在这种日子就能说完美吗？和他怄气的妻子，自然是要白首偕老的了。但是他试着把思路延伸开去，他会冒着生命危险翻封锁沟，去会他现在的老伴吗？即使刚结婚不久，他记不得他有过这种激情。同样，又怎能预卜他果真在石拱门下接了她走，是幸，或不幸呢？

鬼打墙，他知道，迷路了。

石拱门像水洗过似的皎洁，泛出冷冷的荧光，那对年轻的情侣，正在大自然的怀抱里熟睡，他有点羡慕他们，羡慕他们好快活，好自在，好无拘无束。肯定的，十有八九，戎戎怕不是蒋卉的合法丈夫，她比他要大些。正如那棵老槐树下守着寡的女人，一口一声好兄弟，你别忘了你姐一样，那爱抚中又多一层母性的色彩。每次到王庄，天麻麻亮前必须出庄，那里距伪军据点太近，炮楼里推牌九赌钱的吆喝声依稀可闻。她从来不敢约定他下次什么时候来，也许太爱他，怕自己的克夫命给他带来什么不幸，万一她真的约定哪一天，她说害怕没准那天要出事。所以，只求他别把王庄的姐忘了。幸运的是，始终平平安安，假如那时，他的上级，他的部下，要是知道他在这样的地方，这样的女人家，不毙了他也要剥层皮的。所以，他做好一切心理准备，既然已经如此，只好带她随队伍撤，留得下，是罚是打，心甘情愿领受，留不下，他就和她远走他乡。商量好了的，她也认可了，山里的女人倒有股烈性子，只要你跪下来求她，无不应的，哪怕是苦海，她也会跟着你跳。刘磊在炕前屈了双膝，那女人搂着他头："好兄弟，只要不因为我而难为了你，我跟你走。"

"明天，在古庙那儿等我。"

"你们队伍上规矩多，行吗？"她有些不放心。

"你等我吧，不见不散！"

到底没有去古庙那石拱门接她，在最后一刻刘磊动摇了。于是，这场春梦，便是他心底永远的秘密了。石拱门当然记得那个茕茕孑立着翘首企盼的女人，这使他有点羞惭。所以，蒋卉坚决邀他同在一起露宿，"您怎么这样见外呢？挤得下的！挤挤还暖和咧！"他拒绝了，这大好的月亮天，他好像多半辈子没见过了，又不是不认识路，游击队长呢！刘磊向她挥挥手走了。

如今年轻人端的了不得，行囊里能容下一顶尼龙帐篷，三下两下铺张开来，并不比看秋守园的窝棚小多少。刘磊也算是领导干部，不得不承认赶不上时代，他告诫说山里的夜晚凉，鸭绒睡袋放在吹气膨胀起来的垫子上。戎戎把野炊的炉子点起火来，准备弄晚餐。这混蛋（他在心里骂）想不到说句客气话，他更得走了。尽管如此，他边走还是边替他们高兴，尤其为蒋卉这个笑语解人的画家高兴。他们不会受到什么难为，也无所谓许多规矩，能够愿意走到哪算哪，多好，多美？人不成为自己的奴隶，偏不他妈的循规蹈矩，这种解脱未尝不是一种幸福。

他后悔他出走得晚。

他后悔他撇下那个他真心爱的女人。

也怪了，他总把蒋卉同她比，而把自己同那个三流歌手比。那个穿得过薄的女画家，在车窗西射来的光线映照下，简直透明，那纤毫毕露的肌体，总使他想起在烧得滚热的火炕上，因为穷，舍不得炕席磨衣服而穿得很少的山里女人。她们两个，当然无法相比，但豁出命去爱这点上，却是一样的强烈。遗憾的是他回报了这种爱，而最终丧失了她；可戎戎呢，并不把蒋卉的爱多么当回事来珍重，这混蛋却轻而易举地获得一切。

那山里女人，只要能见到便紧紧搂住不放。而这个弹棉花似的吉他演奏家，竟爬到上铺去呼呼大睡，蒋卉向刘磊解释："他有点孩子气，不是吗？"

唉！所有女人，都存在这种原谅她所爱的人的天性。他很想把那个智商不高的家伙揪下来，陪陪这个太爱你的女人吧！如果你认为吃了饭睡觉绝顶重要，又何必做漫长的旅行呢！他也想对画家讲，这白痴式的小伙子，值得你神魂颠倒吗？

蒋卉有她的灵气，似乎能感应到他心中的询问，笑了笑，说："爱，是不由人的事！"

也许他思前想后的缘故，路在他脚下走迷失了，绕了一圈，又转回到原地。人生本是环形道，他记不得谁说的，细琢磨似乎不无道理。

露水越下越重，凉意越来越浓，他觉得寒浸浸的，大概只有去扰那对年轻人的好梦了。刘磊穿过石拱门，向支撑着尼龙帐篷的早先是大雄宝殿的空地走去，为了怕吓着或惊着他俩，一边踩着瓦砾，使其有些响动，一边捂住嘴轻轻咳嗽，意在提醒有人来了。

他听见蒋卉在问："谁？"

"我！"

"老刘吗？"

"是！"

"哇"的一声，那画家哭着从矮帐篷里钻出，跑过来扑在他怀里。

"怎么回事？"

"戎戎走了！"

"走了！不是说你们愿意到哪就到哪，一直走下去的吗？"

她啜泣地说："他变卦了，他说他离不开他爸，他妈，他那个和他一样的三流剧团，他需要的三流观众，和他觉得怪不错的三流前程……"

"那你们之间的爱呢？"

蒋卉索性哭出声了。

他记得她说过，爱是不由人的事，那么，这该怎样解释呢？当然，这个哭得像泪人儿的蒋卉，是不好张口问的了。刘磊抬脸看天，倒希望那儿获得满意回答似的。

但是，他觉得好像那点缀着繁星的天，在反问他："你说呢？为什么？游击队长，你会不明白吗？"

石拱门似乎在冷冷地笑。

钥　匙

　　只要谈到老王，我就不得不远溯到如今不提倡写的那个年代里去。

　　真抱歉，我尽量避讳，实在不得已，用虚词代替。

　　老王，这是位极好心的人，所求无不应。大家都说，若是全社会都像老王这样，走向极乐世界的日子，谅不太远。

　　但那个年代刚刚来临，他却比谁都早地进到他们机关的"那里面"去了。

　　半夜里来弄走的，整个楼里的邻居，心都瑟缩着。因为若是像他这等良民，尚且不肯放过，岂不人人自危？虽然随后好多人陆陆续续都到各自单位的"那里面"去过，饱受从灵魂到皮肉的煎熬，但是时间长短不等地都出来了，老王还留在"那里面"。

　　他自己也莫名其妙，不知犯了什么天条。

　　接着，当然不完全受他牵累，他妻子到"那种"学校栽水稻去了，他儿子走"那条道路"到广阔天地去了。等老王被放出来，只有锁得紧紧的大门在迎接他。

　　你肯定认为他冤哉枉也，白遭一程子罪。其实，咎由自取，也怪他，谁教他好心来着？老王也是快要放出来前，才晓得自己获罪的原因，千不该，万不该受人之托，为一个他毫不相识的，算是朋友的朋友，组装过一台晶体管便携式收音机。此事放在今天，不值一哂，那时候，半导体在国内出现，尚属新奇，未免少见多怪。加上这位朋友的朋友，喜欢听不该听的电台播音，喜欢炫示他知道而别人不知道或不该知道的消息，可以肯定，他不会快活很久，而且会把老王这位制造者供认在案。

　　那个时代，想象力极其丰富，老王自然是条大鱼，惊动上上下下。反正我们邻居都亲眼目睹，老王家哪怕连蚂蚁能爬进去的缝隙，都放不过。所以，他终于明白为了什么以后，顿足叹息：早知道我何必现买参考书，现学，还赔工搭钱装这玩意儿呢？

后来我们责问他："你疯了吗？你也不会，干吗揽这倒霉的差使？"

他无言以答，大家也原谅了他，谁让他是好人咧！接着，那种好人无可奈何的苦笑，让你看着揪心。

他给放回来了，从"那里面"放出来的，自然不会敲锣打鼓。老婆孩子不在家，无人接他，老王挟着铺盖，形单影只地在久违的家门口徘徊，思量着怎么进屋。

我和他住对门，听到动静，出来一看，竟是他，喜出望外，顿时向全楼邻居呐喊："老王回来啦！老王回来啦！"说实在的，老王挺有人缘，终究是个肯帮忙的人嘛！楼上楼下，男女老幼，都朝我们这层楼集中。

老王拦阻我："你别招呼大家，我还进不去屋咧！"

"钥匙呢？"

他拍拍口袋："丢了！"

看来，即使马上给他妻子孩子分别发去电报，也得一个礼拜后才能收到钥匙。而且，老王担心得有道理，吃一堑长一智，此话不假，他认为会不会使神经过敏者，看到明码电报上"速将钥匙寄来"的字样，百分百地会以为是密谋暴乱的联络暗号之类，大家听了也觉有理，那是个正常人都不正常，不正常人更不正常的年代，千里迢迢拍来电报索要钥匙，即使不往政治上猜疑，至少也要和财物联系起来，日子又休想太平。何况远水不解近火，有人建议："干脆撬开算了！"

老王大惊失色："那怎么敢？可别，可别……"

邻居们发现，老王在"那里面"，倒没有像传说的那样，被"那个"得厉害，至少未用担架抬回来，但他那诚惶诚恐的神态，可见受教育之深，触灵魂之深，要比皮肉的痛苦，更刻骨铭心。大家也就只好由他，那时候，出来又进去是家常便饭，也不想使好人为难，随他便了。

整整半天，在那里研究这门锁，其实这极普通的暗锁，使劲一撞，锁舌就断裂，小偷几乎都这样破门而入。我哪敢劝他，借给他胆也决不会干。直到我请他在我家随便吃点晚饭，发现他到底把门打开了。因为久不住人，屋里一股潮湿的霉味直呛鼻子。

"哦！我的天！"

一个好端端的人家，竟折腾散了架，真惨不忍睹。

老王喜欢助人为乐，他妻子、儿子也都有这样的优点，所以，这个家曾经是全楼的中心，经常高朋满座，串门的客人不断。此人又极聪明，极钻研，虽是一个机关的文职人员，但却是大家公认的能工巧匠，修理钟表，无线电，各种家用电器，可以说是他的拿手戏，而且他并不像某些帮忙的人那样，需要向被帮忙者索取报酬的，老王从来是无偿服务，他那圆圆的面孔，堆着笑，透出他那良善的天性。只要你登门求他："老王，我这事怎么办呢？"哪怕他正在吃饭，马上放下饭碗招呼，"别急，别急，让我看看！"有人开玩笑说，哪怕你抱只母鸡去求教他为什么不下蛋，他绝不拒之门外，会跑到新华书店买来有关养鸡的书研究，然后给你答复。

因此，可以想象他家必然门庭若市的热闹景象。

现在，这个家好像刚经历过一场强烈地震，整个屋子里的物体，都不在它原先应在的位置上。我能理解我这位邻居此时此刻的心情，估计这余震还在他心头不停颤动，因为失去应变能力，只好这样呆呆木木的了。我连忙稍稍清理出一块可放把椅子的地方，让他坐下来。为了努力消除掉他可想而知的苦痛，没话找话，竭力分散他的注意力。

他显然也不晓得对这乱糟糟的一切，从何下手才好，只是摇头。我觉得一个男人要抱头大哭，实在是很难堪的，可他的情绪，离这种爆发大概不是太远。"嗳！"我想法岔开他的思路："这门怎么打开的？"

"就这么打开的呗！"

"你真行！"

"行什么？"

"手艺没丢！"

"嘻，我去买了把这样的锁……"

谢天谢地，我心里想，总算把他从那苦痛边缘拉回来，我一边听他讲，一边觉得好笑，老王还是老王，他依然故我，这位仁兄居然把一把新锁全拆卸开了，研究锁的基本结构原理，钥匙和锁簧的吻配关系，锁的暗码装置和钥匙齿缺的道理。"然后呢？……"我不想让他回到眼前的现实中来，他告诉我，他又找到了一家修锁配钥匙的小铺，向人家求教，经那里师傅的指点，他才知道从哪里能买到差不多当废品处理的旧钥匙。

我听着听着笑出声来。他奇怪地站起来审视周围，问我："我有那么可笑的事吗？"

"你呀！老王，看你样子好像变了个人，可内里，你还是你啊！"

他跌坐在椅子上，"我呀……"那一言难尽的神色，眼泪马上要像决堤之水似的溢出了。后来，我向他机关的人打听过，老王在"那里面"是不是被"那个"得很厉害，吓破了胆？回答很简单，他所受到的"那个"，绝不是最上乘的，当然也不是下乘的。可大家都不知道为什么要在"那里面"呆着，于是便像狗一样地互相咬，就这样而已。这使我茫然，好像解答了我的疑问，又好像仍然使我糊涂。

对于那个年代，大概也就只能这样理解。

我想，还是要让老王渡过这最初的困难时刻，慢慢适应了也不会老伤心的，我只好还在锁和钥匙上做文章。当然要从浪漫主义角度谈这个话题，譬如说锁和钥匙其实是人的双重心理组合啊！譬如说人与人的关系总和等于锁和钥匙的相互依存又相互对峙啊！也许老王会把兴趣朝别的方向拓展，但我了解我的邻居诗情画意不多，更偏重于脚踏实地，只好谈他从处理那种物资的地方，三文不值两文买来的旧钥匙。

我从来没见过那么多各式各样的钥匙，他当然也未必有此眼福，经我一说，这位泪水汪汪的老兄，也被他无心买来的这堆旧货吸引住了。那是钥匙王最早的一批收藏品，不超过一百把。后来，他的藏品快达到五位数了，有人建议应该向英国吉斯尼世界纪录大全登记备案，要不是他万分惶恐（自打他从"那里面"出来后，便落下这无端就恐惧万分的病根）地拒绝，怕他早成为钥匙收藏家的世界冠军了。

这堆钥匙也只有在那个年代从各门各户、各箱各柜跑到一起，也只有在那个年代才王谢堂前，像垃圾一样跌落到寻常人家。老王买来后急于打开门锁并未细看，原来钥匙这不起眼的东西，不仅是一门工艺，还是可以展开想象翅膀的艺术品，是很有鉴赏价值的。

"天！"老王这才发现，"这么大一把钥匙！"

从锈蚀的难以分辨的德文字母看，准是当地市政厅献给被认为是荣誉市民的，象征性的城门钥匙。接着，我又翻出一把够巨型的钥匙，那镌刻的英文字母，清楚地看得出是美国一所州立大学奖给优秀毕业生的金钥匙。老王离开座位，索性蹲踞在这堆钥匙旁边，逐一打量起来。这些大可盈握，小则唯有纤纤素手方可拈住的钥匙，似乎还残留富贵人家的余馨。可以想象这些钥匙原先的主人，富翁、老板、钱商、名流、阔太太、娇小姐、电影明星、红坤伶，曾经多么珍藏在贴身衣袋里，如今这些人，大部分都像老王一样，进到"那里面"去了。人就是这样，命都顾不得的时候，就管不得身外之物了。

他跌坐在椅子上，「我呀……」那一言难尽的神色，眼泪马上要像决堤之水似的溢出了。

"你快来看！"老王招呼我。

这是一把古色古香的铜钥匙，擦拭干净，可以看到"官银号"三个小字。和我发现的一把电镀克罗咪的中央储备银行的保险柜钥匙相比，可以看到钥匙的变迁史。

钥匙的造型，更唤起老王那能工巧匠的职业上的爱好之心。钢琴钥匙、轿车钥匙、梳妆台钥匙、珠宝盒钥匙、保密柜钥匙，以及不知用途的钥匙，无不殚精竭虑，精心镂刻，争奇斗巧，花样百出。老王完全沉浸在这堆旧钥匙中间，眼前破碎的家，倒不在意下了。

我暗自庆幸，我能帮好心的邻居暂时摆脱苦恼而有所寄托。谁要看到自己的家，残破败落到这种程度，倘不是一种恐惧的力量，使他不敢自杀外，怕是难以在这震后余砾中生存下去。

"老王，你是不是到我那儿吃点什么？"

他捧着一串钥匙，又恢复了麻木不仁的样子，痴痴地盯着，目不转睛。

也许没有这串钥匙，老王会成为绝对是原来的那个老王，好心，热情，乐于助人，脸上是和善的笑。但不幸的，这串锈蚀在一起，无法掰开的钥匙，总使他想起他是谁，他曾经是谁，于是从此，他便把自己的过去锁死了。我不觉得这钥匙有什么特殊，他告诉我：

"血！这是血！"

我不相信那深黑色锈斑是血，难道血的凝块能使这串钥匙锈成一体？难道，是这串钥匙的主人在被"那个"的时候丢失的？难道，因为贴身的缘故，才沾满鲜血？

"血！"他肯定地说。

以后，老王仍旧在那机关抄抄写写，他妻子从栽水稻的"那种"学校回来了，他儿子头一次高考榜上有名，也结束了广阔天地里的"那条道路"，全家团聚。不过，他们家再不是全楼中心，大门紧紧闭着，锁上又加了锁。他妻子向街坊邻居解释，请求大家谅解。谁不通情达理呢？谁那样不识相去求老王修理半导体收音机呢？这不存心刺激人家吗？再说，这玩意儿也便宜得很，坏了扔掉再买一个就是了。

老王和我还偶有来往，对门住着，碰头见面的机会多，而且在他全神贯注的收藏上，我是最初的知音。有集邮协会，有火花爱好者协会，至今还未成立钥匙收藏家联谊会之类的组织，他也就只好屈尊和我这半瓶子醋交流了。老王总是不愿让更多人知道，每次告诉我，他得到什么珍贵钥匙时，总诡秘地看看楼道里有没有他人，那种惶惑怎么也摆脱不了。

有一回，他非常兴奋地拿给我看一把据说是山西省洪洞县关过苏三的监牢，虎头大铁锁的钥匙，工艺粗劣，但朴质古雅。不过，我觉得牵强附会的成分太大，犹如某些人总把自己打扮成那个年代里多么反抗的勇士一样，其实吓得尿湿了裤子。"老王，你应该做个技术鉴定，要真是，你不愧为钥匙王了！"

"不管怎样讲，这是我搜集到的一把最古老的钥匙！"

"据说，每位收藏家都有他引以为骄傲的镇山之宝，老王，这把钥匙，可列为首选。"

他说得有道理。"全世界也许只有我一个人收藏钥匙，没有竞争对手，干吗弄个赝品来骗我呢！"

"对！不过，遗憾的是一把牢门的钥匙。"

他手竟微微一颤，也许他想起"那里面"来了，差点把这把与苏三有点因缘的钥匙跌断。他怏怏地捡拾起来，刚才的高兴劲立刻烟飞云散。好像听到过传闻，老王在那里面的时候，不仅被人"那个"过，他也受命于人，"那个"过别人的。反正一笔糊涂账，求生的欲望驱使，也可谅解。看来，他锁住的记忆，大概永远也不会使他轻松。

老王后来到底在西安那边，从老乡手里，买到了一个类似刀币，酷肖虎符的出土文物，据他请考古专家鉴别，是秦汉时期的钥匙。那天，他邀我共饭，趁酒兴正浓，我劝他："老王，你应该拿这把钥匙，打开你自己锁上的锁！"

他沉吟半晌，才回答我："我努力！"

现在谈起老王，我多少有点失悔自己的孟浪，其实，当时也未必不可找到别的办法，完全不用劳老王的驾。可事到临头，慌乱间只想到他了，孩子在门内恐惧地叫喊，孩子的姥姥瘫坐在门外呼天抢地。这三岁的小男孩淘气得要命，把自己反锁在屋内，姥姥进不去，他出不来。阳台门开着，煤气炉上还煮着饭，要是使劲撞门进屋，势必要碰伤小家伙。

"老王，你有几千把钥匙，无论如何你要帮这个忙！"我只好敲开他家的门。

说实在的，这还是他把自己锁了好几年后，头一回助人为乐。姥姥差点没跪下来朝他磕头。老王打开这种普通门锁，简直易如反掌，门打开的时候，只见那闯祸的小家伙，正急得趴在阳台栏杆上要跳。他一步就跳过去，抱住了。当他回过身来，我发现，也许他吓坏了，一脸惶恐之色。我不由得纳闷。

好像他应该高兴才是。

后来我才了解，这世界上有多少粗心大意的人啊！好像一个人一辈子保持不丢钥匙的记录者并不多。老王开了这戒，便刹不住车。最出风头的一次，是他妻子多嘴的结果。她工作的学院，保险柜打不开了，全院教职员工等着发工资呢！"也许——"她说，"让我们家老王来试试！"

可以想象，有什么锁可以难倒老王一个拥有数千把钥匙的收藏家，加上他的经验和阅历，加上他能工巧匠的天赋，这台麦加利银行用过的、老牌琼生父子公司的保险柜，在众目睽睽下，沉重的大门拉开了。这下子，他成了当真的钥匙王。

他又开始助人为乐，但并不如过去那样，使人亲切的笑容，不复存在。但无论如何，他不再连自己的行动、交往、接触都锁住了。不过，实在遗憾，好景不长，这样的日子没过多久就结束了。有一天，来了几位面孔生疏的人，那神圣的气势，便知道是有关部门的要员。当然对老王决不会声严色厉的威胁恐吓，或者"那个"，和那个年代在"那里面"一样。应该说是相当文明礼貌地，跟他谈起最近出的几宗稀奇古怪、十分蹊跷的恶性案件。老王马上惶恐万分，那些人怎么能怀疑他呢，根本不会，倒转来安慰他："我们只是来了解了解，有没有什么人找你讨教过钥匙问题？有没有什么人借用过，仿制过钥匙？你不在家的时候，这些钥匙是不是放在安全可靠的地方？你能不能尽可能少地，不向公众展示你的大量钥匙？顺便问一句题外的话，你为什么这样爱好收集钥匙？嗳，老王，老王……"

老王当场晕了过去，幸好，很快缓过来。

客人告辞走了以后，老王把他全部藏品分装在两个手提包里，送到附近一家铁工厂，统统倒进了火光熊熊的冲天炉里，等我闻讯赶去，早化成铁水了。

"全部？"

"全部。"

"一个也不留？"

"一个也不留。"

我们俩站在那儿，怔着。

"老王！"

"唔！"

"我真想写写你咧！"

"别，别！"这个绝对诚实的人，一脸惶恐。于是，我好像悟到不该写那个年代。

春　游

　　春天总是在不知不觉中来临。

　　对于公务人员来说，他们更敏感于另外一种气候。果真等他们感觉到春天的时候，春天已过去大半。

　　莫怨春风当自嗟，也许。

　　那天，倘不是年轻漂亮的打字员肖林，穿了件新款式的风衣，推门翩然进屋，令满室生辉，满屋人耳目一新；倘不是她进屋后，脱掉风衣，露出紧身的羊绒衫，显现出她那优美的曲线，透出了使人咽口水的气息；倘不是她脱掉风衣后，向屋里三位科长，并不专指谁地传达上面一个口信，要一份什么第二季度报表，恐怕，在大楼背阴一面的这技术设备处，还会残留在冬天瑟缩的梦里。

　　如果说，肖林那丰满的胸部，使人自然或不自然地产生出旖旎的情思，懂得在这个季节里，每个人身体内部有种力量，推动着什么介质，在加速流动，属于可以神会而不可言传的潜意识外，那么，干巴巴的四个字，第二季度，使这个处男女公务人员全明白了，上半年即将结束；春天不仅来了，而且快走了。

　　是吗？人们面露出惊愕、遗憾，再加上痴痴呆呆混在一起的尴尬神态。

　　好像又是肖林，好像又并不是这位打字员，而是技术设备处全体二十多位勤勉奉公的干部，突然间春拉一下悟到了，怎么搞的？天晓得！忙昏了头，竟把一年一度有例可循的春游给耽误了。

　　"真他妈的！"

　　能纯熟地使用这类语汇，整个技术设备处只有肖林。她所以恼火，所以骂街，到并非因为春游没游成，失去什么。她想得开，不春游这年未必过不去，春游了也不会年终多给奖金。她从来主张，要想游，还是按自己主意，自己去玩，更自由自在一些。她只是对于全处二十多位同事，竟没有一位先生，或者一位女士，站出来振臂一呼挑个头，组织一次春游，实在感到痛心疾首。处长病了，春游吹了，要是处长归天了呢？所以，从她嘴里跳出这句话。

别的人当然也有类似想法，不过没有骂街，心灵也不免要触动一下。仔细品味品味，肖林的"真他妈的"，似乎也代表了大家的心声。因此，多少自责地你看看我，我看看你。缺乏主体意识，或许还说得过去。其实，处长不在有科长，可他们三位都有习惯了的谦虚。若哪位组织春游，他不是隐然以准处长自居，便会被人认为有觊觎处长职务之心了。科长缩着脑袋，下面的几位组长更识相地保持缄默。也许办公室背阴，整年不见阳光，确实不能体会到季节的变换；也许像肖林那样看，不春游也死不了人。虽然能够给人宽解，但肖林的骂，掷地有声，多少使大家的自尊心受到点损伤。真是，难道我们是幼儿园的娃娃，非要阿姨领着，就不能在没有处长的情况下，来一次春游？

天！都六月份了！

技术设备处的处长姓居，上上下下都管他叫居老总。这老总取意，是过去老百姓对当兵的一种敬畏的叫法，绝非总工程师的省略称呼。他是地道的行政官员，紫棠色的脸盘，牛高马大的个子，说起话来，底气足，胸腔产生共鸣，使你想起军营里出操的号令声。这样气势威武的铁打汉子，竟然会病倒，而且病得不轻，让人难以置信。

"打点滴咧！"

"什么病？"

"肝——"

居老总火气大，脾性烈，水火不调，阳亢阴虚，大家觉得病在肝上，似乎很合情合理。他是个很干练、有魄力、令行禁止的处长，话从来不重复第二遍。你没有听清楚，你长耳朵干什么来着？叫他老总，怕和他工作作风、方式方法、言谈举止有什么关联。其实他不是行伍出身，但他却习惯命令式口吻讲话，不苟言笑。技术设备处的二十多位成员，和他共事多年，也逐渐适应，中国人在这方面的修养比较高。因此反而认定，那样伟岸的汉子，用民主方式，用商量口吻，平等地谈些什么，倒不成体统似的。

"就这么定了，索赔！"

"给他们打回去，就这么办！"

"拒绝付款！"

"决无商量余地，退！"

肖林，这打字员，实在可说是一位很动人的姑娘，但她经常听到居老总的话，也只有一句："重打一遍！"

他若不病倒住院，准会在四月的第二个礼拜五，布置全处去春游的事情。居老总有他严格的日程表，一丝不苟，什么时候该做什么，都有一定之规。他想得很全面、具体，谁负责联系交通工具，谁负责购买旅游食品，谁负责登记人数（因为准许带嫡系亲属）并分成小组，谁负责收钱（公家不全部承担费用）并向财务处去报销，谁负责去买门票，谁负责搞游船（假如去游的地方有船可划时）……

"什么时候？"

这无需问得的，通常是第二天，即礼拜六，他讲求效率，不给他部下更多准备时间。而且游累的话，礼拜天休息，歇过乏来，不影响下周一上班。

"什么地方？"

只有每次回答这个问题，难得破例地，可以听到居老总用疑问句式开头，怎么样？今年咱们去某某地方！结果自然也就去他建议的那处。当然，二十多人未必心那么齐，也许有个把人，怕是不怎么乐意非去那里不可，但公开表示异议者好像从来没有。一是大家惯了，二是能够想得开；北京城内外，乃至更远的去处，归里包堆儿，也就那些可以一游的地方。今年不去，明年去；明年不去，后年去，总有去的一年，早晚轮得上。再说，去甲处而不去乙处，去乙处而不去甲处，又有什么质的区别呢？

所以，谁也没有试过，偏不去。居老总说：咱们另换个地方，行不行？

当然，也许行。

那年，慕田峪段长城刚修复开放，肖林早早开始制造舆论。说实在的，在技术设备处，也只有她最不知轻重。她负责到收发室拿报纸，报上恰巧有段消息，她对一位很少有主见的大姐念叨这段长城，还煽动地说，有些单位连同马兰峪的东陵一勺烩也逛了。

居老总也偶有随和的时候，那年问他去什么地方，他在"怎么样"的疑问句后，不也定了去慕田峪。不过马兰峪不予考虑，谁也不敢试探一下；大家很快体现出修养，东陵也不外是陵，看了十三陵也就可想而知了。

他带领全处人员和亲属，起了个大早到了慕田峪，他不往山顶上去，而是站在山下停车场那儿看大家爬。这是他的一贯作风，不存在任何不高兴、闹别扭的成分，他只是认为他应该尽到领导的责任而已。有个新来的女大学生，好意邀他，并且说不到长城非好汉。居老总挥挥手，表示兴趣不大。那女孩子下不了台，肖林连忙过来拖走她，告诉她，"你多余去碰钉子！"

"也许他生我什么气？"

"不，每次都这样，他不大玩！"

女大学生畏畏葸葸地回头看山下的居老总：两脚分开站立，双臂抱在胸前。那天偏生有三四级风，暴土扬尘，刮得他灰头灰脑，从高处俯视，活像钉在那儿的混凝土桩。其实天气预报早知道，但礼拜六这日子决不会变。

"幸亏刮风，要下雨呢？"

"除非下锥子！"肖林好意提醒她，千万别误点。

"为什么？"

"到点就开车，决不等谁，这是铁规矩。"

"这么厉害？"

"你不信可以冒险试试！"

"别……"新来的这位一看山下那凛然不动的桩子，服了。

肖林不曾告诉这位同事她自己的经历，自然也是春游。有一年到香山，她碰到同学，她又喜爱拍照，这是所有长得标致一点的女性共同的弱点。等到胶卷照完，出来，车早没影了。只有居老总一个人双腿叉开、双手抱胸站在公园门口等她，紫棠色的脸变成猪肝色。从那以后，谁也不敢误点。那位没主见的大姐，索性提早半个小时赶回集合地点。三位科长中的两位，去年在十渡，干脆学他的样，分开双腿，抱住胳臂，一左一右在他身旁站着，像哼哈二将。

"你们这是干吗？"

"陪陪你！"

"不去玩？"

"也没有多大意思！"

"是这样！"他赞同地说。

如果居老总的肝不出毛病，肖林想，那么第三位科长也会叉腿抱拳，参加他们觉得春游没有多大意思的俱乐部。如果真的那样，肖林乐了，正好，他们几位处里的领导层，倒无妨借此机会，传达个文件，开个碰头会什么的。

大多数人修养比肖林好，惯了，便无所谓。人家不觉得不好，我也没必要觉得不好。大家都不说什么长长短短，让来就来，参加这种春游，我干吗和大家不一样？不过，除了肖林，也许还有个把人，多多少少感到别扭。春游的主旨本是让人们在大自然怀抱里松散一下紧张的神经和劳累的身体，弄得拘拘束束，即使玩，也不开心，所以，肖林在归途中向邻座的一位老夫子抱怨："又不是出来拉练嘛!"

老夫子笑笑。

"连座位都定死了的,有这必要?"

居老总的规定,你来的时候坐车上哪个座,回程时也必须仍旧坐在原位,这样,他好掌握把谁遗失了。

老夫子表示赞同肖林的看法,深有感触地说:"也许,用不着这么多规矩道理!"但接着又变换了口气,"不过,这也好,省得大家跟着操心!"

这天上午,技术设备处的工作人员都有些心不在焉,先是肖林接连打出错字,像传染病似的,那位大姐发现手头弄着的报关单,早商检完了,白辛苦。叼烟斗的老夫子,咬了半天烟嘴,才明白吸不出烟是因为没有点火。

也是这天上午,还紧闭的玻璃窗外,飞来了今年第一只麻雀,它的光临表明气候暖和得离真正的夏天不远,需要到背阴的地方来凉快了。

女大学生指给肖林看这只梳理羽毛、显得极快乐的小动物,甚至用圆珠笔隔着玻璃戳它,它也不怕。

"它知道我们把自己关着!"肖林叹了口气。

女大学生使劲把封闭的钢窗推开,麻雀嗖地飞走了,但办公室里却充满清冽新鲜的空气。于是,人们不约而同地生出一种念头,现在去郊外春游并不算晚,而且即使晚了也没有关系,因为这里面还含有另一层意思,居老总病倒了,幸亏他病倒,人们也可以进行一次说不定怪愉快的春游。

老夫子陶醉在凉丝丝的清新空气里,板烟不抽了,他说——他绝不想首先说的,但舌头不听话抢着说了:"也许,不必等处长出院了吧?"

"当然,当然!"大家一迭声地同意。

那第三位科长建议:"老夫子年高德劭,今年春游,舍你莫属,你来牵个头,多费心啦!"他很明智,知道自己不配挑头组织、领袖群伦,但也不甘心把这荣耀让那两位科长抢了先。

"不不不,我不行,绝对不行!说句不怕丑的话,我是磨房驴,听喝惯了。我给大家保荐一位肯定能干的同志——"他了解,他人不服众,力不从心。他年纪虽有一把,但如今那是掉价的东西。何况科长,组长,业务骨干,都轮不到他名下。老夫子又叼起烟斗,心想,索性来手绝活。

别人也不认为他是最佳人选,连声催问:"谁?"

他说:"依我看,肖林扮演这角色最好不过!"

打字员在这办公室里,是敬叨末座的小人物。但在各派力量无法平衡的情况下，在我死你也别活的心理支配下，她被推到舞台的脚灯前面，竟无一人反对。

肖林倒不怎么谦虚和表现出修养，她以恭敬不如从命的姿态欣然答应："既然大家愿意春游，要我跑腿学舌，没有问题。"

大伙敦请她赶紧走马上任。

那只麻雀又飞到窗台，歪着脑袋打量屋里的人，觉得很有点蹊跷，因为屋内出现了前所未有的活跃气氛，嗓音提高八度，动作夸大数倍，那位女大学生跳坐到写字台上，向肖林晃拳头："喂，喂，听我说，咱们今年一定玩得比哪年都痛快！"

"毫无疑问，保君满意！"肖林转回头又答复另一位同事，"什么？你说哪天行动？当然，老规矩，礼拜六了！"

"干吗礼拜六呀？"

有人透露给肖林："他正在热恋中咧！"

屋里七嘴八舌，个个表示出自己的见解和看法，也许太热闹了，那只麻雀飞走了。

那位没主见的大姐，以少有的坚决口吻说："肖林，那年去颐和园，规定在北宫门集合，我哪儿也没玩，怕误了车，只管找这北宫门，脚都崴了，无论如何要补上这一课！"

有位组长反对她这建议："玉兰都开过了，有什么去头？我看潭柘寺好！"

"白云观也开放了呀！"一位业务骨干说。

"大观园怎么样？"

"干脆北海，又近又省事！"

走廊里有人推开门探头看，因为从前这个处经常鸦雀无声的，如此嘈杂，以为出了什么事。科长们连忙示意众人，不必过分激动。肖林嚷了一会儿，热得把毛衣脱了，里面那个港货薄衫，把身体的动人之处都表露出来。她说："一个一个讲！"她心里想，要居老总在场，谁敢放屁试试？

第三位科长冲着那高耸的胸部举手，他表示去哪儿，哪一天，都没意见。只希望集合时间不能太早，居老总一句话，五点半，头班车还没出厂。他那不胜其苦的样子，人人都有同感。

"礼拜六我不去！"正在恋爱中的情人声明。

"你不去，谁负责联系车？"肖林明白，找不到交通工具，春游就得泡汤，司机班有他铁哥儿们，而且他有门路搞到不花钱的油票。每年处长分派春游任务，他总是屁颠屁颠地干得挺欢，那时他不恋爱？

"反正礼拜六……"

肖林生气地："除了这一天，你就不活了?"

老夫子以保荐人姿态出现，"肖林，颐和园这建议不妨考虑!"他走到那位大姐桌旁，表示出神圣同盟的样子。

一位科长提醒说："颐和园坐小巴去挺方便，可报上讲，我记不准确了，不知是延庆，是房山，新发现一个大溶洞，比桂林芦笛岩、七星岩还壮观呢!"

近视得厉害的老夫子，惦念着宝贝孙子要去动物园，才不愿意到溶洞里去，浅一脚深一脚地遭罪。"颐和园加上动物园!"他呼吁大家要关心妇女儿童利益。

不知谁寻开心："拥护老夫子倡议，再加上莫斯科餐厅，撮一顿俄式大餐!"

女大学生敢想敢干，她敲着茶杯："肃静，肃静，肖林，我主张一拨近的，一拨远的，照顾各个层次。我去延庆那溶洞，谁有兴趣与我同行，请举手! 科长，科长……"

那科长只是说说而已，去不去尚在两可之中。

自然也有响应的，肖林要不当主持人，她准头一个报名。但此刻她板着脸，胸脯一起一伏："分两拨? 亏你想得出，绝对不行!"

"礼拜六别考虑我!"

"到延庆，五点钟出发都嫌太晚!"

"今年的干粮，千万别买午餐肉，我恳求诸位啦! 居老总年年一本经，汽水、面包、午餐肉，受不了!"这人又开讲了一通罐头食品添加剂的致癌性。

"你可以买德州扒鸡!"每年负责采购食品的人，反唇相讥，"钱!"他伸出手。"只要大家掏腰包，马克西姆的菜都弄得来!"

"那也不妨分两种标准，吃好的多掏，吃孬的少掏!"

他们二十多人差不多讨论了一上午。下午，那只麻雀又到这儿凉快来了，看他们继续热烈地争执着，到快下班那会，还未能在哪一天春游，到哪去春游，分不分拨，几点钟集合，带什么干粮，定不定双重伙食标准等问题上，达成比较接近或一致的意见。

这时，下班铃声终于响了，再重要的话题，也得让位于回家这最迫切的愿望，技术设备处一下子全走光了。只有那只麻雀若有所思地晃着脑袋，谁也弄不懂它。

肖林在大门口追上那位女大学生："喂，等一等我!"

"干什么? 肖林。"

"你替我交上这假条，明天，我不来上班了!"

"噢！可以问问有何贵干吗？"

"我自己去春游！"

"春游？"

"对，春游！"

"哪里？"

"北戴河！"

"天！"女大学生叫了起来，"这时候去那儿太早！"

"我就偏要这时候去！怎样？"她又口吐真言，"瞎呛呛半天，真他妈的没劲透了！"

肖林真的去了。到了北戴河，到了秦皇岛，到了雁塞湖，还到了山海关的老龙头。这里，技术设备处的春游行动计划仍在拟议中间，总的意向是一致的，肯定的，要游，而且要游好，但怎么个游法，有待具体商量出一个统一的方案。

不过，春天终于走了，夏天到底来了。

居老总还在住院，已确诊为肝硬变。不知为什么，在技术设备处，隐隐地有两种看法，似乎驱赶不走地盘桓在人们脑子里：一种是觉得他死好，一种觉得他最好还是别死。

这你必不信，然而确实如此。

游　春

　　他和她相识，很偶然；交往，只有那么一次。

　　他比她差不多大三十岁，可以做得她的父亲。所以，那些风言风语，刮到所长耳朵里，这位老兵只用两个字来表达他的看法：扯淡。

　　在中国，很有些喜欢扯淡的人。

　　但张亭之能够和这位漂亮的画家结识，却由于老兵。快临近春节那阵，张亭之家的大门被拍得山响，他吃了一大惊，因为他刚到机关去参加政治学习回来，没办法，这是知识分子的通病。开门一看，天！满脸刺猬般胡碴都上霜的老兵，给他送年货来了。

　　"山鸡，我打的；野兔，我罩的；这鹿肉，是它自个儿一惊，撞死的，给你割几斤尝个新鲜；这鲤子，水库里的，该你白吃！"他站在屋子中央，浑身冒出雾气，脚下汪起一摊水，满屋是山里新鲜的空气。

　　张亭之直搓手："老兵，老兵，往日我在台上，你不来打点，偏是我离休了，你这不是朝没用的神仙烧香，白费工夫吗？"

　　老兵哈哈一笑，桌上玻璃杯都震得发响："我在温泉镇是皇上，用不着跟谁打立正。张总，就因为你下野，我才来看你。不是有文件高工可以到六十五岁吗？"

　　"是这样，可我不想恋栈！"

　　"刚六十。"

　　"撵你？那两位副厅长！"

　　"最初，我这样做，倒本想感动上帝，结果……"

□

没意思的故事

150

结果可想而知，机关里那辆伏尔加轿车，仍旧老样子，每天早晨，先到羊胡子大街接正厅长，然后到猫胡子大街接副厅长，让二老继续革命。他俩早超限了，副厅长不退的原因很简单，正职不作出榜样，哪有副职带头的道理？正厅长心里很清楚，咱俩虽然同岁，可你比我大几个月，也得你先办了手续再轮到我。

"这样，你倒在家修行！"

他又点点头。

"整天猫着？"

他又点点头。

不过，政治学习还是想着他的，这时候就要他离而不休了。那二位精神抖擞念文件，好像没有张亭之在场，就无的放矢了。他多年来担当这种学习对象的角色，也只好哭丧着一副脸听着。正厅长念了，副厅长念，抑扬顿挫，铿锵有力。时不时从文件上方，扫出一丝余光，瞅一眼半眼这位离休的总工程师。

老兵骂了一句粗话："我操他祖宗！"至于谁的祖宗，闹不清楚。他替张亭之憋闷，"弄点酒喝，真窝囊死了！"他脾气暴劣，因此才从部队转业，担当温泉镇风景区管理所的所长，科级干部。否则，他至少得当上军长，都这样说。

张亭之从酒柜拿出老窖，还没找到杯子，老兵已揭开盖对着瓶口饮上了。他抹抹嘴，说："干脆，张总，你在省城待腻了，闷得慌，就到我那地界上散散心去！"

"什么时候？"

"什么时候都行。"

说话就开了春，说话就风和日丽，老兵从温泉镇给他摇来电话，告诉他，刚从水库里爬上来，扎了半天猛子，好痛快！

他动心了，"好，我来。"

"明天！"

"就明天。"

世界上好多事阴差阳错，但又偏生那样巧合，不早不晚，那天晚上碰上了女画家。不过，话说回来，安曼也同样是老兵的座上客；没有见过如此海量的女同胞，酒对她来讲，无异白开水，不论多少，悉敢奉陪。所以，只要张亭之应邀前往，迟早有见面的可能。

张亭之起了个大早到长途汽车站去，票已售完。正懊丧间，她走近过来。那时，天色微明，光线仍很晦暗，但一个人的气质与风度，是可以心领神会的。站房里那么多候车的旅客，他一眼被她吸引住了。她手里捏着一张显然多余的票，要退，好几个人围上去。但安曼却用眼瞟着他，她问：你到温泉镇去？他说是。她又问：是你自己去？他说是。她拨开好几只争着要这张退票的手，好了，这票归你了。他一迭声地谢，她说没啥，拖着她那带轱辘的行李包上车去了。她穿的到处都是口袋的长外套，水龙布的，臃肿不堪，头发像乱蓬似的用缎带束住，但那潇洒的背影，给他留下了难忘的印象。

他不讳言，在那一刹那，甚至有一丝绮丽的情思，从脑际闪过。春天嘛，万物生长的季节，哪个文件也没规定，六十岁的人不能享受从冬季走出来的喜悦。他承认，那一刻有过非非之想，这时，正副厅长马上做出痛心的样子，张总，张总，唉，唉，唉……还做出非礼勿听的圣洁状。

"我半点不打诳，从那以后，我看她倒是蛮可爱、蛮纯真的女孩子。我们俩可算是忘年交，蛮谈得拢的……"

两位厅长继续唉，唉，唉，谈话就这样结束。

伏尔加轿车载着这位住猫胡子大街的，载着另一位住羊胡子大街的，煞有介事，张亭之这才恍然大悟，原来请他来谈谈，只是证实一下他是否堕落到不堪救药的地步。他开始惶惶不安了，因为他们说张总啊张总，别让我们失望，那女子画了幅裸体画，简直不堪入目，沿河公园喷水池那光屁股女人塑像，就是她的杰作……张亭之见他俩说得直喷唾沫星，联想到消防队员在救火，好像是他脱了裤子败坏了道德文章似的；知识分子胎里带来的自觉矮半截的本分，在约束自己，也许少一些闲言碎语为好。虽然，夏天快来了，徜徉在白龙水库里，该是怎样一桩赏心乐事啊！

那天，天气绝好。

好天气，自然心情也好。身旁坐着一位漂亮女性，这旅行实在够惬意的，许多想说的话朝喉咙涌来。张亭之也惊诧自己一下子有这攀谈欲望，未免太多情，实在是好笑。当时连她姓甚名谁，从事何项工作都不知道，更不晓得她什么性格，什么脾气，万一碰一鼻子灰，该怎么办？竟然不知深浅，萌生出这等搭讪的念头。也许，他想，六十岁的男人，终究也还是男人的缘故吧？春天是令人无可奈何的，天那么蓝，山那么绿，几只羊，几匹马，或者几头懒懒的牛，点缀在景色间，不但添注了一股生趣，还启示着这种天籁自然，是多么怡然自得。他终于没张嘴，这样好，他安慰自己，六十岁了嘛，不是十六岁！

他弄不清是新鲜的山林空气，是果园飘出的花香，是邻座这位女士的化妆品，一丝丝地袭来，既撩动些什么，又抚慰些什么。这种心情好久好久不曾有过了，他挺舒服、挺安逸，甚至愿意这公路无限延长下去。想到自己还没边没沿地浪漫，便赶紧规规矩矩打住。这就足够足够啦，可以说不虚此行，别再妄想啦！哪怕本来要打你三记耳光，只捆了两下，那第三次免除了，捂着火辣辣的嘴，还感到皇恩浩荡似的。何况她坐在身旁，挨得很近，他的春天也只能到此止步。

车开到渡口，乘客照规矩下来。这是条不大的河，有条不大的船，一次可以载过去一辆大车，或两辆小车。车上船，乘客也上船，到了对岸，车下船，人再回到自己的座位上。但他们乘坐的车子才要往渡船上开，被拿小红旗的人止住，原来，后面公路上又追上来两辆轿车。张亭之站在渡口的岗子上，那位女性和他并立，看轿车似乎很得意地先登上渡船。他已记不得是他凑近了她，还是她过来靠拢了他，总之，他们站在一起。那时，天地良心，张亭之和安曼都沉默着，甚至还恼火，为什么不讲先来后到？

唉，唉，唉！两位厅长说，想不到是你，张总，更想不到你身边还站着她，我们都无法把你介绍给尊敬的客人。你曾经是我们树立的精神文明标兵，可她——下文好像很难从正经人嘴里吐出，只好摇头。

住羊胡子大街的正厅长，继续莫测高深地摇头，没法说，没法说啊！住猫胡子大街的副厅长为什么副，从这一点便可知道他略逊一筹的原因，在于他还多少口吐真言。张总啊张总，还问哩，全省城谁不知道，不到三十岁，离两次婚！说这话时，义形于色，字正腔圆。

离婚还有定量吗？他差点要提这个问题，但张亭之习惯于被人审，而不会用质疑的口吻审人，咽口唾液拉倒了。他当时竟未想到两辆轿车里，会是他们两位，船到对岸，风驰电掣一溜烟就没了影。也不知是他起的头，还是她忍不住。
"真讨厌！"

"真讨厌！"

"有什么了不起的？"

"纯粹吓唬老百姓！"

"狗仗人势！"

"狐假虎威！"

说到这里两人乐了，好像在作对联。这样，他知道她姓名，可她申明，绝不是阿拉伯人。她介绍自己，画画，并不好，雕塑，很一般，但净捅娄子，老挨批，所以臭名远扬，她不相信他会了无所闻。张亭之很惭愧自己孤陋寡闻，更惭愧自己既说不出什么好，也讲不出什么坏，没有太痛快过，也没有很痛苦过。这时，他们上了渡船，河水清亮清亮，映出那一头蓬乱的秀发，她说，"你大概比较幸福！"

张亭之说不好他究竟是幸福，还是不幸福。

她在水中的影子，歪着脑袋，显得玩世不恭。她说："我不想使大家都喜欢我，那太可怕。"

上了车，坐稳以后，继续朝温泉镇驶去。张亭之沉吟好一会儿才慢吞吞地说："我总想讨所有人的好，可是——"

"可是什么？"

"可是好像并不落好。"

"很累？"

他觉得她的话说中了些什么，他觉得这是朋友充满慰藉的同情，他觉得他涌上来的语言，倒是推心置腹，绝对真诚和毫无杂念的了。

"是这样，日子并不轻松。"

"我何尝不如此。"

"你不在乎，你豁出去了，所以你自在。"

"但幸福离我很远。"

"那也未必不是另外一种幸福！"

她激动地抓住他，惊喜地说："你的话真精彩！"

他握住的那画家的手，竟比他土木建筑工程师的手还粗糙些。

他那时并不知道两辆轿车，前车里坐着羊胡子大街那位，后车里坐着猫胡子大街那位，陪着美籍华人来参观游览。甚至他，还有老兵，还有喝了半瓶酒若无其事的安曼，在和煦的春水里，胜似闲庭信步地仰泳着，也未发现从身边驶过去的游艇上，站在饱览水库风光的尊贵客人中间的两位厅长。

他们可清清楚楚看到了张总，和他身旁穿比基尼泳装的安曼。"唉，唉，唉，那妖精啊……"

"太不庄重了，张总……"

"她还向你猛扑过去，简直全裸，天哪……"

羊胡子大街那位做出惨不忍睹的模样，猫胡子大街那位用念文件的口气说："我们很想把你介绍给客人，他们和你是同行，搞土木工程，当然对水库、对堤坝要比温泉浴更感兴趣。可是，当着那极其傲慢的所长，你们竟搂在一处，假如没有其他人在场，天晓得会发生什么可怕的事。"

这就是那次请去谈话的一项内容。

他不得不辩诬，事实并非如此，他先说，是他搂住了安曼。没有法子，在那样情况下。

"你搂她则更不对了！张总！"

"我正仰天躺在水中，她碰翻了我，呛了口水，自然要抓住什么，这是人的自卫本能。"

全怪老兵，他酒喝多了，话也如泉涌一般。他说："安曼，你每次来写生，都夸这水库美——"

"不美吗？"安曼像人鱼一样游着。

"当然美，要不我愿在这儿当所长？安曼，你知道这水库谁设计的吗？你知道那漂亮的堤坝谁建筑成的吗？"

"谁？"

"就是这位离休的张总，所以他有权利白吃这水库里的鲤鱼。"

安曼欢呼了一声，扑了过来，要同他握手，于是出现了那大令卫道者沮丧的镜头。

她说，很严肃："我一直有种艺术家的敏感，我觉得我应该把那张退票让给你，因为你的气质，我相信你可能是我同行。"

"同行？"

"当然，我们都在进行神圣的创作。"

从来没人对他说过这话，那明亮的眸子在水光波影中更迷人了。他很开心，他好像头一回发现水库果真美得很。

春天，多么好啊，真是不可思议。

"就这些？"羊胡子大街那位问。

"就这些。"

"你好好琢磨琢磨！"猫胡子大街那位说。

"我好好琢磨琢磨。"

开伏尔加轿车的司机来接二位下班回家。

正厅长握住他手："这种同志式帮助很有益处。"

副厅长握住他另一只手："张总，张总，那裸体画，都能吓你一个跟头，沿河公园喷水池那光屁股女人……唉，唉，唉，唉……"他摇着头走了。

"唉，唉，唉！"正厅长松手，拍拍他肩膀，也走了。

到底是正厅长，政策性强。

张亭之在不安中多少感到一点希望。羊胡子大街这位没有摇头，而是亲切地拍他肩膀，这也许意味着有救。

他稍许定了心，回到了家。

老兵在屋里坐着等他，劈头就问："你病啦？"

"没病。"

"怎么灰不溜丢的？"

"从来就这样的。"

"你收到安曼个人画展的请柬吗？"

"收到了！"

"太好了，咱俩一齐去看。"老兵风风火火赶来竟为这事。

"去吗？"他有些迟疑。

"为什么不去？笑话！"

好一会儿，张亭之又吞吞吐吐地问："去吗？"

老兵炸了，大吼一声："你这个人怎么活得这么窝囊。"

张亭之终究去了，还是没去，谁也不知道。

烦　恼

他长了一脸粉刺。

不痛，不痒，更不影响吃喝。只是讨厌，甭说人家讨厌，他自己也讨厌凭空在脸部出现的这大片丘陵地带。

他妈的，岂止是不雅观的问题，他老婆都不大乐意跟他亲吻或者贴脸了。她说，那是一种很瘆人的鲨鱼皮的感觉，怪难受的。

吼了，他只能朝他妻子吼，在单位，他永远和颜悦色："鬼，好像你见过鲨鱼似的！"

但吼又解决个什么问题呢？她和他的脸在枕头上保持不太伤害他自尊心的距离。"不会传染的，书上这样写！"他说。

他妻子以爱情的名义宣誓，她不怕传染，她说她只是不习惯这种感觉。有什么办法？正如怕挠痒痒，怕看见蛇，怕看见癞蛤蟆一样。

"别解释了，别解释了！"他关了灯，把那张满是粉刺的脸，扭向另一边睡去。

气死他了，也急死他了，而该死的青春壮疙瘩有增无减地冒出来。

什么药都使用过了，"消刺露"，"去刺灵"，"刺立消"，"桂花精"，甚至托人到香港罗拔臣道买来的德国狮虎大药房出品的"特效立刻净"也抹了，愣是不管用。涂那种药，他可受了老大的罪，先不说想个怎样的理由，瞒过他的顶头上司，从那位有洁癖的老太太手里骗了半个月假，那份困难；光坐牢似的关在房间里，两个礼拜不见天日，涂抹那种洋药，差点憋出了神经病。

他按照说明书，用软毛刷蘸着药水，对准了每个可恶的粉刺，逐一不拉地点到，那份解恨的痛快，无法形容。几分钟后，药液凝固，再揽镜一照，把他惊呆了。虽然早有心理准备，说明书讲了，因为氧化的缘故，药液颜色要加深一些；没想到他在镜子里，看到了一个京剧舞台上的大花脸，整个是《恶虎村》里的窦尔墩。

这样，他只好连门也出不去。不过，衷心佩服德国人的认真，治病就一个心眼治病，不及其他。

有一天，邻居的一个小姑娘放学，把信箱里插着的他的信，给他送来。他忘记他的脸，一听叫着："叔叔你的信！"就赶紧过去给她开门，那小姑娘吓得掉了魂，以为他家钻进了一只动物园的红鼻子绿脸的山魈，当即哇哇大叫，跌坐在地，夜晚还发了烧，使他内疚得不行。

他妻子说："算了，那也许对德国粉刺有效，中国粉刺跟中国人一样，大概不太好治。再说，我也真不想每天下班，一进屋见你这张斑马脸了，相比之下，还是原来的丘陵地带更接近真实。"他把药扔了，不吼的时候，他是个挺通情达理的人，要不，她会嫁他，要不，他那有洁癖的老太太，会有提拔他的意向。

"练气功吧！"有人给他建议。

"气功能治粉刺？"

一般说，他比较顺从，比较乖巧，要不，老太太出差，为什么总有他做随员的份呢？因为他当过随员，知道上司的爱干净的毛病，所以，他衡量得出一张鲨鱼皮似的脸，和一张刚剥开的煮鸡蛋似的脸，对于提拔的不同效果了，为此，他治愈之心，非常迫切。尽管他也比较听话，气功的效力能达到脸部丘陵地带，仍有些怀疑。这一位可能是气功信徒，"气功都能起死回生，治不了你这点小小不言的毛病？"

因此，天天一早到公园练功，那些患过癌症，得了肝硬变的病人，了解他苦练的目的在于治疗粉刺，肠子都笑断了。他好说什么呢？粉刺事小，前程事大。难道你不是中国人，这可是性命攸关的时刻。

也许因为这种升迁的可能性，他特别痛恨自己的粉刺，不早不晚偏在这关键时刻生出来，存心跟他过不去。他一到老太太那儿汇报工作时，那双眼睛老停留在他脸部，他挺痛苦。

有一回，她突如其来地问他："你该有五十了吧？"

她会不晓得他多大？他不傻，话里有话，听得出来。五十岁的人还长青春疙瘩豆，说明什么问题呢？至少是不那么老实吧？因为老太太是过来人，年轻时也风流过的，她不至于不晓得这种粉刺，也叫做"骚疙瘩"，是属于第二性征，它

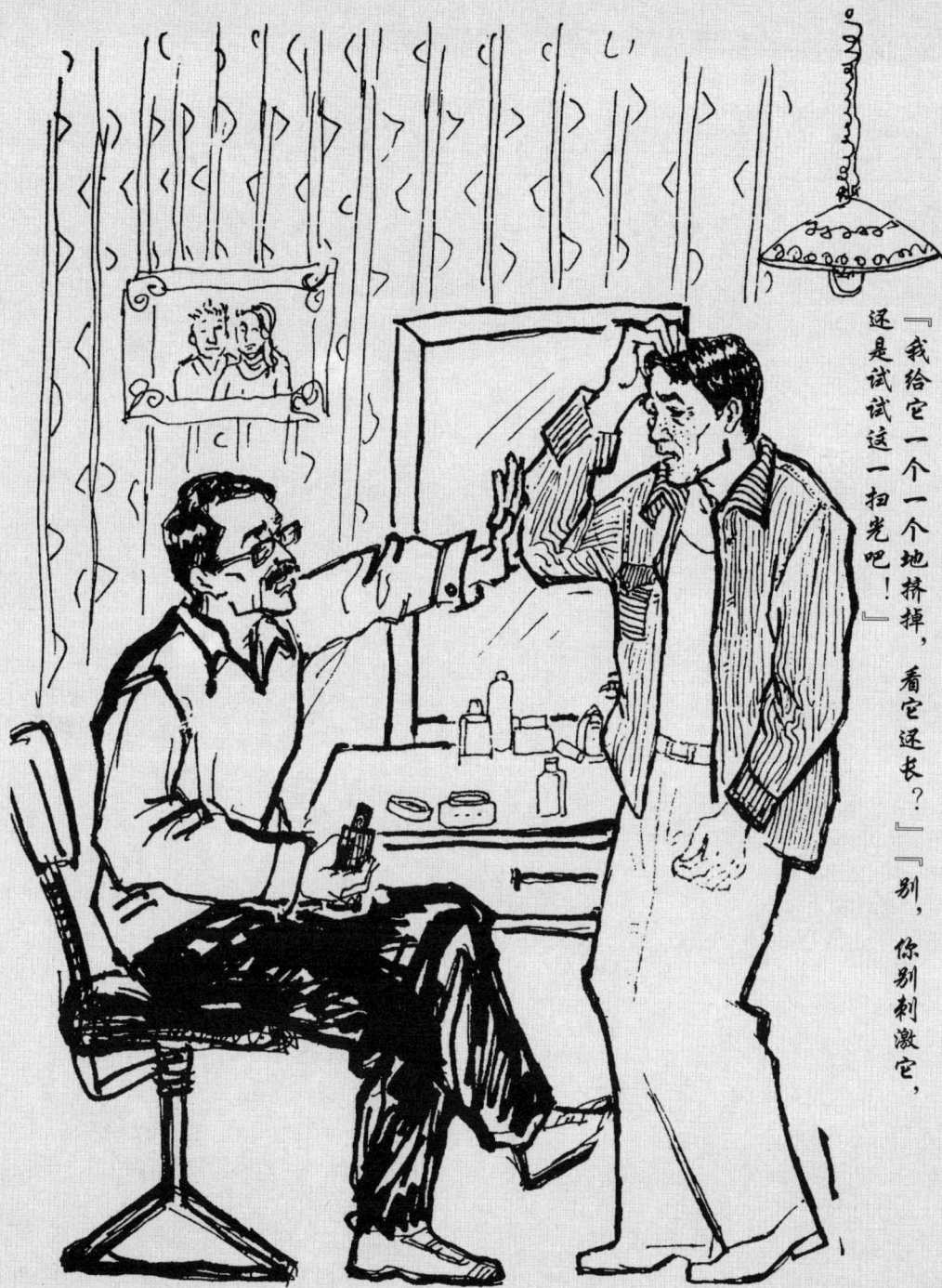

「我给它一个一个地挤掉，看它还长？」
还是试试这一扫光吧！」

「别，你别刺激它，

的出现是性腺成熟和性机能旺盛的表示。

五十岁还长这玩意儿，让他脸上挂不住了。特别看到那位女性上司，逡巡着他脸的目光里，好像在浮想联翩，越发感到被提拔的前景不佳了。

一位年长的同事向他建议，也许这位老兄已经失去竞争的资格，便和他比较地推心置腹了，"老弟，努力清心寡欲吧！房事不宜过甚，太频繁了，便会刺激内分泌失调，生出这种东西来。"

"是吗？"从善如流的他，自那以后，好些日子，看完电视，就自觉躺到沙发上睡了，忍住欲火，不和他妻子同房。他老婆真够棒的，因为她也盼她的先生能早早接老太太的班，当上处长。这大局无论如何要顾全的，只好克服孤衾难眠之苦了。两口子讲好了，顶多温存一小会儿，各自回窠，不生歹心。哪怕当上处长以后，再把这亏空补回来呢？

也怪啦！他长的这种粉刺，不但毫无收敛之意，而且个个颗粒饱满，籽肥实壮，比赛着看谁更能突出自己似的，在他脸上努力表现。真要命啊！老太太已经被上边找去好几回了，肯定是征求她的意见，谁接她位置为好？那天她谈话后进屋的时候，一双眼睛还在他脸上，停留过至少达五秒钟之久，同事们恭喜他，认为这是好兆，他想，要是没有这些青春痘，形象会更好些。

"操他妈——"接班既然迫在眉睫，他觉得对付这些中国粉刺，唯一的办法，就是武力解决。

正坐他老婆的梳妆台前，准备动手，那个受惊吓的小女孩的爸爸来了，当然不是找碴儿，而是给他送偏方的。

"你要干什么？"看他挽胳膊卷袖子，大动干戈的样子，连忙问。

"我给它一个一个地挤掉——"他恶狠狠地说，"看它还长？"

"别，你别刺激它，那更坏菜，还是试试这一扫光吧！"

这个偏方是用鸡蛋清，加明矾，再加黄瓜汁，和几滴童便拌匀后睡前涂抹。"童便，也就是小男孩的尿，"他的对门邻居给他解释。"这是一个死刑犯人枪毙前献出来的祖传秘方，不但粉刺，连瘊子、皮癣、胎记、老年斑都灵得不行。"

他叹口气，摇摇头，不抱任何信心。什么屡试不爽的验方，他不曾以身试法过呢？没用！白搭！越治越茂盛，竟肆无忌惮蔓延到脖子、发根里去，益发不可收拾了！他告诉这位邻居，"别提了，为这些要了命的壮疙瘩，就差把脸上这层皮剥下来了，恨不能不要这张脸！"

"也许你确实太壮了——"

"我不是不克制，现在差不多快修炼成凡心不动的老和尚了，连老婆都不敢沾，怎么样？还不是照长不误。"

"那怎么行？"对门邻居大惊失色："怪不得，怪不得……"

"怎么回事？不对了吗？有人劝我无论如何不能同房——"他慌了。

"谁给你出这臭招？这是坑你！你想想——"幸而他妻子还未下班，屋里就他们两个男人，交谈可以无所顾忌。"你底下出不去，还不往脸上拱出来。得把那股毒气从正常渠道宣泄掉，否则，你这些小米粒大的粉刺，就该憋成绿豆那么大，黄豆那么大了。"

这可把他吓坏了，险儿误了大事。那天晚上，他不在沙发过夜了，他妻子一见他直眉瞪眼地抱着被褥子走来，那副迫不及待的急切，认为他很可能由于治不好粉刺，有可能影响他的前程，弄得他歇斯底里了呢？

"你干吗？你要干吗？"她一直躲到床角里去。

第二天，他上班，那位年长的同事好心告诉他："进入紧锣密鼓的阶段啦！老太太一早就被头儿叫走了，反正快有好戏瞧啦！"

他冷笑一声，埋头办公，不予理会。暗自思忖着，人心叵测，真他妈的阴！老小子年龄过杠，没指望当处长，也不想我当，恨不能我出天花，他才开心！唉！中国人真没起子，老婆说得一点也不错，跟我脸上这些王八蛋粉刺一样，个顶个的不是东西！

烦恼啊！他老婆将家里所有的镜子都藏起来，也不行，老太太那挑剔的目光，他知道在看他的什么西洋景。

不明白的人，会觉得他为这粉刺"食不甘味，寝不安席"，应该说是很无聊的。然而，如果听到在头儿的办公室里，那位老太太的推理，就相信他绝不是在庸人自扰了。

"他不是二十岁，而是五十岁生出这种东西——"

"那又怎么样呢？"头儿是男人，男人长粉刺，还有年龄限制吗？

"那说明他至少没把心全用在正地方，说明他思想意识还不够那么十分健康，说明他生活作风，男女关系上绝不是很经得起推敲的。我们要交班，就得交在一个完全可靠的人手里。是不是？"

头儿问她："有不可靠的证据吗？"

"那脸上长的东西，是什么？"

头儿不想和老太太弄僵，"好吧，那就放一放再说！"不过，头儿是个很不错的领导，有一次在楼道里走对面，把他认出来了。一点架子也没有，告诉他，这都是如今温饱的结果，营养过剩，当然要长这些东西了。一要打太极拳，二要基本吃素，头儿把养生之道也传授给他了。那还用说吗？看来，消耗是绝对正确的、扬汤止沸，莫如釜底抽薪。可日久天长，他妻子再贤惠，再顾全大局，也实在不堪其扰了。一想到每天晚上，纯粹出于治疗粉刺的角度去做那种事情，就半点积极性也调动不起来。他还怪她："你怎么像个木头人似的！"

他老婆极温顺的，终于也忍不住吼了："我情愿看你的斑马脸，情愿你当不上这个处长，也不愿做你的性机器！滚——"她跳下床，独自到沙发上睡了。

谁能料到，一直悬而未决的接班人选，就在他老婆发了脾气的第二天，公之于众了。老太太看了一眼他那张脸，他以为她会宣布他为这个处的处长呢，结果，念出来是另外一个同事的名字。他瞥了一眼那个走运的家伙，果然，刚刮过的脸，像富强粉馒头那样白嫩光洁。

"都是你这张败家的破嘴——"他一回家，就埋怨他妻子。

他妻子也不示弱，"你怎么也不拿镜子瞧瞧你那张破脸！——"

两口子闹了好几天，不说话。他当然伤心，为这点粉刺，受尽折磨，活活让这女人的嘴，把风水破了。她更是觉得委屈得不行，白作那些牺牲了，好心换作驴肝肺，哭得双眼像核桃似的。

他什么功也不练了，什么药也不治了，你愿意怎么长就怎么长吧！哪怕每个粉刺长成花生米那么大，他也不会当回事了，再也不会有提拔的机会了。

说也怪，真到了无所谓的时候，那些该死的粉刺，倒在不经意间，一个个地销声匿迹了。

那一夜，正好是月圆。这对一个在床上、一个在沙发的夫妻怎么也睡不着了。月光如水，万籁无声，可谁的脑海里也不平静，干吗呀？放着好好的日子不过，两口子像冤家对头似的，瞎闹腾什么？不当就不当好了，难道因此就不活下去了？

两个人，也不知谁先主动的，跳下了沙发跳下了床，在这两者之间等距离的地板上，搂抱在一起，两张脸贴得那个紧，据后来回忆，肯定是史无前例的。

还有烦恼吗？

他回答："去他妈的！"

没　戏

看来扁担胡同邵家，大概发生了什么事。

先是树元打电话来，要我去扁担胡同坐坐。这实在突然，我从来是不请自到的客人，随随便便惯了的。

"干什么？"我问。

"劝劝我爹。"他答。

这就怪了，"邵公怎么啦？"

"这……"他吞吞吐吐，欲言又止。

随后，树元的长公子跑来找我，也是要我到扁担胡同去坐坐。

"到底你们家出了什么事？克林！"

"我也说不清。"

"你爷爷跟你爹妈不愉快了？"

"大概是，我感觉得出来，双方关系比较紧张。"

"你没问问？"

"都不肯讲，憋在心里，暗地使劲！"

"要命！"

"叔叔，你赶紧来一趟。"

我答应了，"好吧，我去就是。"

尽管如此，我不相信扁担胡同那四合院里，会出现什么不得了的事端。邵公这人，我太理解了，在他手下工作多年，他是很能体恤别人的上级。他赞成适可而止，他主张恬淡，他提倡可为可不为，切莫强为，中国人吃这个苦太多。所以，他没有恋栈，到时候就离开他的领导岗位回到这四合院里喝黄酒来了。过去，我是他部下，如今，我是他酒友。酒酣耳热，邵公便老弟长、老弟短地神说一气，海阔天空。我们很谈得来，也许正因为这样，树元，树元的妻子，还有克林跑来找我，都相信我能对邵公施加什么影响。这简直是笑话，我能当扁担胡同邵家的仲裁人吗？

其实，邵公头脑还算清醒，即使我们对饮许多，他也不糊涂。不像某些人到他这年岁上不喝酒也在说胡话，耍酒疯，他也讨厌那些老丑，一提起就摇头。我甚至觉得，邵公在这四合院里，虽是一家之长，地位崇高，但对于阖家男女，尤其玉珊，也就是树元的妻子，还是很克制自己的。做到这一点明智不容易，有时我劝他也无妨放开一些。

"人嘛！"他总用这两个字来回答我。

这是邵公经常挂在嘴边的话，我始终弄不明白老人家发出这样的感慨，真实的涵义究竟何指？是针对对方而言（因为是人嘛，自然难免人的先天或后天形成的弱点，不承认这现实存在，是绝对的理想主义），还是纯系自我心理安慰（你是人，你生活在人群里，你就不能太浪漫主义，你必须适应，接受，承认……）？

所以，我认为邵公不会给树元、玉珊制造什么麻烦，这二位也许神经过敏。

由于我没有马上去扁担胡同，玉珊风风火火地登门来了："劳您大驾，去开导开导老爷子吧！"

"事态至于这么严重？"

"简直你都想象不出！"她摇头叹气。

我当然要了解我尊敬的上级，到底因为什么缘故，弄得儿女们坐立不安，而且可以肯定，那四合院里准失去了往日的安宁静谧的气氛。

玉珊不肯讲出来，非要我亲自去问邵公不可。

"哎呀，你这个人——"

玉珊是我大学同学，她和树元的结合，我曾经起到牵线搭桥的作用。所以，我是扁担胡同这四合院的常客，有着双重友谊。因此，我不懂她有什么不可告人的，奇怪！

"老爷子又没亲口对我讲，他只是对他儿子提了一句！"

"天哪！邵公告诉树元，树元告诉你，你告诉我，这有什么不妥，你这位委员，怎么越当越迂腐起来了呢？"

"不不不，我讲不出口的。"

"唉，唉！"我没法，只好说："请，你先走，我随后就到府上。"

扁担胡同是个闹中取静的所在，每次进城去买书，都要弯到邵公家去串个门。老人家一见我光临，立刻招呼阿姨烫酒。那院里有株老枣树，每年挂果已不多，但极甜。若是金秋季节，一桌两杌，微温的加饭酒，发散着诱人香味。邵公持长竹竿，打下一盘枣来就酒，那真是让人忘却四合院外的一切烦恼，永远做那大自在的人，该多好！

不知怎么开的头，他们家成了对外开放的家庭。玉珊是位比较爱活动、爱张罗，或者还无妨说，爱出点风头的女同志。因此有可能是她去建议，让外国人，当然是有点身份的外宾，到扁担胡同这四合院里来做客。也许因为这院的枣含糖量高，也许因为阿姨包的饺子特别美味可口，也许因为这四合院实在的雅致整洁，也许中国式的家庭气氛，体现了东方文明，洋人便经常地来了，邵公照例要和他们碰碰杯。

偶一为之还可以应付，成了职业致祝酒辞的角色，那也够腻味的。邵公并不情愿这样喝酒，虽然他善饮，但觉得这应酬实在的没意思。邵公对我说过，酒逢知己才嫌千杯少呢！每次我去，必然喝到微醺的程度才丢掉杯子。树元也是明白人，知道这样勉强老爷子不合适。有一回我在场，他说："爸，你要不乐意，就让玉珊对上头讲，算了！"

"不必了，不必了！"邵公能够谅解。

"玉珊纯属多余！"树元本质上是极服玉珊调教的。此刻她不在，做出一副不怕老婆的样子，理直气壮，声音洪亮。

"算了，算了！"知其子莫如其父，邵公拉倒了。他说，"嗜，人嘛！"这句话出口，他好像多少轻松一点似的。

因此，我跨进这四合院的时候，还在思索，如果产生什么矛盾，怕是玉珊和邵公之间出了问题。

院子里很热闹，我绝没想到，又是外事活动。这大概是外宾临时动议，才仓促安排的。我听到一位陪同直向玉珊抱歉："真对不起，没办法，这位老太太非要到普通老百姓家去看看。她对中国非常友好，你看她穿中国布鞋。"玉珊比我早进院不过十几分钟，急得她不知如何是好，对那陪同说："毫无准备，哪怕早打个招呼。"

"老太太本来应该去看杂技，她真能出点子。"

"她是个什么人物？"玉珊对到过这四合院的外宾，都有记载，有彩色照片留存，还有剪报。

陪同告诉她："是保护动物协会的什么头儿。"

克林那小子平素见了我，也大咧咧的，这会儿垂手倚立，做出一副长门长孙的尽孝样子。

"拿什么招待她？"玉珊急坏了。

"随便什么都可以，只要不是动物吃的。"

"可能还有点花生糖——"

"太好了，老太太喜欢中国的一切一切。"

"阿姨那儿，有江米条——"

"那更棒了！"

我随着那碟南糖，那碟江米条，从跨院进到正院。这位洋老太太，是个病态的中国迷，肯定对老枣树的果实不止一次地"Wonderful"了。见玉珊捧过来的花生糖，咬一口连忙"Wonderful"。江米条，捏一根放在嘴里还没嚼，就先来个"Wonderful"。要不是听到邵公重孙的哭声，大概还会不断惊喜喊叫的。肯定，四合院里这家人的组成和彼此关系，客人还不能十分准确地认定。但明白了从邵公起，到克林的妻子小敏怀里抱着的婴儿为止，是四世同堂的格局，禁不住又"Wonderful"了。她诧异地环顾这种封闭式的内向型建筑物，居然能把四代人紧紧箍住，十分惊奇。但愿这位保护动物协会的老太太，千万不要联想到动物园里的笼子之类。

我显然来得不是时候了。

邵公好像知道我要来地点了点头，然后又同外宾谈到这座四合院民族风格，许多美洲、欧洲，乃至非洲的贵宾们都在邵公这里，上过一堂古建筑课。他已经讲得滚瓜烂熟，翻译也翻得行云流水那样顺畅。因为这位洋老太太在宾馆已用过餐，阿姨用不着包饺子，邵公也无需勉强自己发表祝酒辞，和客人碰杯了，所以他显得轻松些。看不出他和树元、玉珊有什么不和的迹象，仍旧是模范家庭的和睦融洽、亲热挚爱的气氛。

应该说，不完全表演给外国人看的。邵公的治家之道，老伴还健在的那时，他主张无为而治。后来，老伴去世了，他采取虚君共和的政策，只是名义上的一家之长。家里一切事务全交给树元，实际上玉珊在管理这个家。这样倒好，他们乐得孝敬这位老人家。我常说："邵公，你很明智。"

"人嘛！"他又是这句话。

玉珊就有些做戏的味道了，一会儿给邵公倒茶，一会儿给树元点烟。克林那小子，平素见了我，也大咧咧的，这会儿垂手倚立，做出一副长门长孙的尽孝样子。于是，汪德福老太太（因为那天几乎等于突然袭击，玉珊措手不及，竟忘了在问过头衔以后再问姓甚名谁，所以记录在册时只好以她爱称呼"Wonderful"，赐她这样一个名字）被五千年古国的精神文明征服了。尤其听玉珊讲她是城区的五讲四美三热爱委员会的委员，更是自愧弗如，她甚为悲观她所生活的西方世界，虽是物质丰富，但精神贫乏，以致道德沦丧、家庭崩溃、社会堕落。讲到这里，我发现即使头脑比较冷静的邵公，也不禁从眉间漾出一股自豪的神情。

"人嘛！"也许谁都无法摆脱，邵公亦不例外。

我觉得他感叹的这两个字，可以体会出许多层意思。甚至老人家今天特别健谈，也和汪德福老太太感慨她过了一个愉快的傍晚，从一位有教养的绅士家庭里，看到了中国……这些话有关。

邵公兴致勃勃地讲起这套四合院的历史，我还是头一回听说他和他老伴进城后，怎样为分给他们的房子太多而发愁。现在，这几乎成了天方夜谭式的故事了，我们这个城市都拥挤到快要爆炸了。

"那时，只住着你和你太太两个人？"

"是的！"他通过翻译回答汪德福老太太。

"你一定感到害怕吧？非常非常得害怕！"

"是这样的，我太太胆子比较小！"

"那也比我幸福多了。我不仅害怕，而且还孤独。再没有比一个人呆在很大很空的房子里，更受折磨了。"她把头转向因为未包饺子也坐一旁的阿姨说："我真羡慕你的好运，我丈夫离开我到另一个世界去以后，我唯一的女儿也走了。她无法忍受我收养的小动物，可她从不想到我多么孤独。在一套很大很空的屋子里，只有我和那四条狗、三只猫和一个刺猬，它叫安妮。"我终于明白她为什么是爱护动物协会的什么头了。汪德福老太太已经完全没有拘束和陌生感了，女性总是和家庭、儿女维系在一起的。即使女政治家，她在厨房里的本领，也准超过男政治家。这位洋老太太在异国他乡的家庭气氛中，特别是整整四代人这样大家庭的天伦之乐，让她陶醉了。她又把脸掉向阿姨："你真是太美满了，你有这样好的一位先生，你有这样好的儿女，你有这样的家庭，你永远不会有孤独感，你永远有许多人同你生活在一起，那太Wonderful了！"

听着听着，不但我觉得不对味了，那位女翻译的舌头也好像打了个结，因为是逐句口译，她无法不使这误会继续下去。

其实，邵公在讲解四合院的结构时，把北房为上、南房为下的这种长幼有序、尊卑分明的道理，说得相当透彻。这种封建色彩，基本上属于过去那个时代。邵公甚至举例说，阿姨虽然住在跨院那一溜朝北的房子里，并不等于她在这个家庭里，处于无足轻重的地位。在"文革"那可怕的岁月里，要不是她支撑着，这个家早不成家了。这话一点不是浮夸虚饰之言。那时，树元、玉珊在干校劳动，克林到农村插队，邵公关在牛棚里，全亏阿姨照料。"文革"一开始，他那胆子很小的夫人就去世了，说是吓死也不过分，红卫兵头一回来抄家，当场心脏病发作就未能再站起来。我不知道这时邵公兴致极佳，不愿多说那些伤心的往事，产生了语焉不详的效果，还是因为阿姨非同一般的雇佣关系，所以其神态举止、言谈风笑与一家人无异，而使汪德福老太太误解了？这一切都是瞬间发生的事，人们还不知该怎么办时，天晓得，老太太又从手提包里，掏出一件印第安人的木雕，送给了阿姨。她说："这是一个爱的图腾，它会保护你们夫妇永远永远像最初一样相爱！"

于是，整个四合院像电影中的定格镜头那样，一个个都愣在了那里。

那当然是很尴尬的，恼也不是，笑也不是。我当时想不透，这并不是什么大不了的事，解释一下不就了结了；要不，哈哈一笑。也学洋太太那样，"Wonderful"一句，大事化小，小事化了，不至于面面相觑，一家人像牙疼病犯了似的苦着脸。

好在中国人最善于将错就错的。就在既不承认，也不否认，有这么回事，也没有这么回事的氛围里，把汪德福老太太送出了四合院。"人嘛！嘻……"邵公无可奈何地摇头。

我也忘掉了我的使命，外宾汽车一走，我也告辞了。过了好几天，总觉得心里搁着一件什么事。那天突然见着树元，我想起来，"对了，老兄……"一把抓住他问，"好像前些日子，你们家有点什么矛盾，似乎邵公使你们两口很为难一阵的吧？"

他好像记不得了，竟怔怔地看我。

"你打电话来，你儿子来，你老婆来，惊天动地，火烧上房那样急！"

"哦！"他竟若无其事地回答，"已经过去了，算了！"

"什么事？"

"不提了，不提了！"他连连摆手，转身打算离开。

我实在有些恼火："你太混账了，总该让我知道吧！"

"何必呐！何必呐！"

"又是你老婆关照，不许你讲，真够出息的。"

树元禁不起激，玉珊又不在场，他叹了一口气："唉，老爷子不知走了哪一经，突然心血来潮，跟我谈起黄昏之恋——"说到这里，他这个做儿子的大摇其头，"都快七十岁的人啦！古稀之年，还有心情想这件事。而且，你猜他提到了谁？"

"谁?"

"你无论如何想不到,亏他说得出口。他说,阿姨在我家快半辈子,阿姨跟我妈是老根据地的乡亲,阿姨在我们家最困难的时候,是挺能体贴他的。我装糊涂,问他,爸,你这番话是什么意思?我爸说,老了老了,还是有个老伴好!"

"后来呢?"

"你知道了的,洋老太太那么一闹腾,老爷子这怪念头便没有了。"

"阿姨呢?"

"回老家去了!"说完了,树元总结了一句,"谢天谢地,总算没出丑!"他正经说,我正经听,竟没想到有什么丑可言。那天,我忍不住拜访了扁担胡同,邵公仍像往常一样,应声从北屋迎了出来,"来啦!"

"来啦!"

他没有像往常那样招呼阿姨烫酒,只是指着那一桌两杌,说着:"你坐!"

"你也坐!"

良久,我们都沉默着。并不是没有话说,无论是我,还是邵老,好像觉得嗓子痒痒地,不过不知从何说起罢了。

"就这么样了?邵公!"也许我只能如此安慰老人了。

老人叹了口气:"嘻!人嘛!"随后便仰脸看天。

我终于明白头顶上这棵枣树,为什么长得比房还高。它大概也觉得这天井里太拘束了吧?难道不是嘛,我自己也感到这四合院好像紧紧箍着,使人憋闷得透不过气呢!

可天照样蓝,树照样绿,人照样活下去,世界就是这样。

没 劲

我想不到王呆还健在，偶然间，在大街上碰见了。

我们走对面，他认出了我，我却没能认出他。他变样了，发福了，富态了。

我听见有人叫我，站住。马路上人来人往很热闹，仔细瞧了一会儿，并不见一张熟悉的面孔。也许是我耳朵幻听，这些年不是风，就是雨，各个感觉器官都欠正常。于是，抬腿接着走我的路。

王呆走过来，捉住我手。

"你不认识我了吗？"

"你是……"

"我是王呆！"

"哦！天！"我不由得叫出声来。

一个原来精瘦精瘦的马拉松运动员，会胖成打足了气的球一样，圆鼓鼓地可笑。肚皮成一个球，脑袋又成一个球，那过去作为长跑冠军的双腿，支撑着这重叠的两个球体，够吃力的。

我进一步端详这位老同学，不知是记忆骗我，还是我骗记忆，好歹从他胖脸的眼睛、鼻子中间，找到了一点绝对走了样的早先的王呆。

"你怎么搞的？这么胖！"

他笑了，胸膛像蒸汽机车那样，噗哧噗哧喘气。

老同学见面，总是件令人开心的事情，当年纪一把的时候，就格外珍惜逝去的时光。想到自己曾经年轻，多少是种无可奈何的慰藉，否则，真是够没意思的了。

何况，碰见了奇人王呆……

说真的，在同学中，他是最常令人惦念的。若是校友们聚会，王呆总是先被提及的名字。

很长时间，我们都相信他离开了人间，而且会惋惜地说，有志者事竟成这句格言对王呆是不适用的。他大概还未踏上探险的征途，不是翻车，便是迷路，死在了藏北无人区。

谁也不晓得他为什么要去祖国的西陲探险。

传说从来富于感情色彩，王呆在雪山里转了几十个昼夜，弹尽粮绝，冻死在冰川里，雪豹吃了他的尺骨，他永远永远地消逝了。

他死在他的追求中，所以，留在同学们心中的，是对他的钦敬。因为，不是每个人都有追求，也不是每个人都舍得豁出命去追求。

一个以为死去的同学，一个奇人，谁也拦挡不住的冒险家，我怎么能放他走呢？

"走，王呆！"

"干吗？"

"找个地方喝两盅去，你居然活着，值得浮一大白！"

"我不喝酒的呀！"

"哄鬼！把你浸泡在酒罐里你才高兴。"

这是个曾经绝对有魅力的家伙，班级里有几个是他的崇拜者，我是其中之一。送他去西部边疆进行考察探险的前夜，他放开量狂饮，放开肚子大啖，把我们几个靠助学金的穷学生吃得两眼发黑，接连派出几标人马，到校外小酒铺去打酒。尽管我们半月之内得节衣缩食，但确实是心甘情愿奉献。没办法，崇拜是绝对盲目的，就迷上他了。

鬼知道，他身体内部有种什么潜能，他要打算干什么，抵死也会达到目的。

班级里几乎全靠他挣来荣誉，环城跑前十名，高校运动会五千米、一万米金牌获得者。至于和食堂捣乱，和系主任谈判，到别的班寻衅（因为欺侮了我们），一直到种种体力和智力上的较量，都是王呆去打天下。他总赢，他总占上风，他总比别人强。他总让我们扬眉吐气。我一看他现在胖得不可收拾，还能得到拿大顶倒立的冠军吗？那大球体岂不把小球体压扁压垮吗？

我还是把他拉到一家酒店里去了。

他果真滴酒不饮，吃东西的胃口也不若以前。

"那你怎么胖的？"

「你还记得方颖？」我问他。

「哪个方颖？」

“谁晓得！”

“病态吧？”

“也许我不太活动的缘故吧！”

“你在哪儿工作，王呆？”

他告诉我，在一个不大不小的部门打打杂而已，工作不太忙，可也不闲着。没有什么具体事好做，但又必须忙忙碌碌才说得过去。他说："其实，打个电话就可以解决的问题，头儿说，老王，麻烦你跑一趟，正巧，碰到了你。"人一发胖，必显得憨厚，说得不敬些，颠顸狼狈。再也看不到他当年那浑身的精神、健壮的体魄和力士的风度。

三九天，滴水成冰的日子，他头一名跳进砸开冰的湖里进行冬泳。上岸时，湿淋淋的他，裹住一层薄薄的雾霭，才叫神采俊逸。那时，他是班级所有活动的头儿，只要王呆在饭厅里、在课堂里、在宿舍楼里大声一喊，震得人耳朵根子生疼。让大家某时某刻，随他去某地干某件事，话未落音，响应者早把手举起报名，冬泳冷，照样有人跟随。

王呆那胖嘟嘟的手指，笨拙地捏起一颗煮花生米，犹豫好一会儿，才放进嘴里。

我摇头："你早先不是这样文明得令人生厌！"

“我他妈的——”他说了个开头，似乎记起他年轻时能吃能喝的情景，真像是梁山好汉那样，大碗喝酒，大块吃肉，痛快过的。少年不识愁滋味嘛，又有他这个奇人，着实放任地热闹几年，直到他心血来潮去探险为止。

“你还记得方颖？”我问他。

“哪个方颖？”

“你他妈的别给我装糊涂，团支部书记，你的冬泳伴侣。”我发现王呆挺能遮掩，他会忘了方颖，鬼才相信。

“哦，哦，她呀！”他点点头。

这个方颖当时在同学中间，也是位领袖群伦的人物。她除了不拿大顶倒立外，什么活动也少不了她张罗，这样，再自然不过地，两人亲密起来。她唯一不赞成他的一点，就是王呆像中了邪似的要去探险。

“你疯啦！要去无人地带！”

“正因为无人去过，我才去！”

“你神经大概出了毛病！”方颖了解他不肯回头的死性子。

“别阻拦我！”

"我不赞成你去冒这无谓的险！"她警告说，"如果你不改变主张，你知道意味着什么？"

后果像一减一等于零那样干脆，王呆走了，方颖也嫁了别人。从那以后，她再也不参加冬泳了，大家深感遗憾，因为方颖虽然脸蛋不十分漂亮，但体形却相当性感的。认为王呆撇下她去藏北寻找雪人，是愚不可及的事，人各有志，这一点上，又不得不佩服他。后来，传说王呆在车祸中丧生，说得有鼻子有眼，雪崩，把他埋葬了。方颖好些天两眼肿得老高老高，显然，她真心爱过。但慢慢咀嚼花生米的王呆，脸色比较平淡。我告诉他："她就住在这附近呢！"

"谁？"他倒问起我来。

看他心不在焉的样子，我沉不住气了。"我用最标准的汉语对你讲，你过去的女同学，也可说是女朋友，叫方颖，住得离这不远。你应该去看看她，我们老同学每次见面，她都惦记你，要是你还活着，多好。要是你能和我们在一起，多好。她甚至说，可惜她文学素养差，要不，该为你有那样抱负，并为这抱负而献身的事迹，写篇文章咧！"

他吃第二颗花生米，还特意选了颗细小的。

那时候，大学读到还差最后一个学期，也只剩下一篇毕业论文的功夫，王呆等不及了，他要到西部边陲地区去作徒步考察了。同学劝他三思而行，教授要他慎重，方颖更不用说，用决裂来威胁他，可他能回心转意吗？谁也不抱幻想。最后只好晓谕他，老兄，你完全可以在大学里坚持到底，山永远是山，绝跑不掉；雪人这谜，你将来有的是时间去找；至于无人区，你放心，在你去之前，中国目前还未发现有第二个愚人想打破这记录。

不行！拿大顶倒立的王呆，声音坚定，说他的事业在那里，他人、生命，属于那里。说走，谁也休想留住。

大家才明白，他所以拼命锻炼身体，是为他将来艰巨的探险历程准备条件，马拉松的名次，万米金牌，不是他的目的。冬泳，也并非要出风头，拿他的话说，我在进行耐寒训练。"那么——有人问——你天天练倒立为了什么？"他回答说，"我要练得头冲下也能生存，就没有我活不下去的地方！"从此，大家敬服他下的决心和百折不回的毅力。

他就是这样一个奇人！

他走了！

并不是每人说到做到的，他也许一开始就错了，好端端地要去探险干什么咧？但他说去，就去成了。这一点，让我们这些倾倒于他的同学钦敬。

他离校那一刻，我们正在上课，但还是跑了出来，给他送行，不光我们，别的年级也赶来校门口。那时，他一点多余的脂肪都没有，精瘦精瘦，行囊和他人一样，干瘪干瘪。挥挥手，迈着轻捷的步伐走去，越走越远。

"走吧！"我见他不吃不喝。

"好！"他挪动他肥大的身躯。

"到方颖家去坐坐！"

"干什么？"

"讲讲你的天路历程！她会非常感兴趣的。你大概不知道，你的信——"

"信？"

"你西行路上寄来的每一封信，她都向我们要去保存着的。"

他站在原地不动了，认真地思索着："我写了信？"

"一直到你快进入无人区时，就断了音讯。后来，就传来了你的死讯——"他满脸苦笑，说不好是悲是喜？"是啊！你到了那里面，自然与世隔绝的了。"

"其实，我没有能进到无人区去，离那还远得很咧！"

"为什么？"

"因为我好像永远也走不出有人区！"

我望着胖得离奇的王呆，当年，他决不会讲出这泄气的话。人胖了，眼睛变细了，那炯炯的神采也晦暗了。他要告辞了，他显然不肯到方颖那儿去了，握住我的手，没精打采地说："再见吧！"

"不，不！"我没松手，继续拉住他，让他讲清楚，"究竟是怎么回事？"因为我相信他不会失败，更不会认输的。

他说："假如每个人对你都是一道墙的话，你即使有天大的力气，又能怎样？……"

王呆走了。

如果人是墙的话，这重叠的双球体，很快在大街上无数的墙后面消失了。

方颖家并不远，倒是应该去告诉她一声。

她竟然无动于衷地说："这个人我见过，但我不相信他是王呆！"

我怔住了。

"你相信他是？"方颖问我。

"无法相信他不是。"

她摇头，我也摇头。看来，各人的感觉器官，都有些不可靠。

如果他不是，王杲的形象是完整的。

如果他是，对不起，这故事真够没劲的了。

不过他说的每个人是一道墙，听来实实在在够沉重的。它那么像呓语，即使碰得头破血流，大概，结果只能是徒劳。仔细想想，竟觉得森森然可怕。

没 法

志博写来封信，告诉我，他结婚了。

真不易，我们都为他松了一口气。他在数年前丧偶以后，大家自然很关心他，总不能当一辈子鳏夫，总要结婚。志博够不幸的，他死去的妻子多少有点神经兮兮的，阴晴不定，脾气不好，动不动会为绝不值得争吵的鸡毛蒜皮小事，而大叫大嚷，最使志博难堪的，当着这些朋友的面，摔东摔西撂脸子，叫志博下不了台。

好了，总算上帝开眼，她离开了这个世界。

年过半百的人重新组织家庭，就不像青年人筹办婚事那样兴头了。信很简单，等于一纸通知。"老兄，我结婚了，对方姓卢名璐，中学教员。等我们一切安顿停当，自然请你们几位来聚聚。"

志博在大学里教古汉语，估计这位卢璐，必然是位语文老师。果然不错，我给志博的女儿打去电话，证实了这点。

"小佳，怎么你爸爸的系里说，你爸这学期没课？"

"他说他一切需要重新开始，所以他想特别轻松一些日子。"

"这个志博！"

他女儿在电话里笑了。

说实在的，据我所知，即使小佳也承受不了她生母对她精神上的骚乱。有时候连我们这些外人，也感到志博的夫人，太刁钻古怪了。按说对故去的人，不该再说长道短，可是她在折磨丈夫和孩子上，大概只能用变态心理来形容她。年轻女孩子有几个不爱美的呢？小佳略略注意一点修饰，穿两件比较时式的衣服，鞋跟稍微高了些，她马上脸不是脸，鼻子不是鼻子地无端发火。当着外人，也绝不收敛，我听见她嘲讽过她的女儿："女为悦己者容，请问我的小姐，你究竟在为谁打扮？"

坐着和我聊天的志博，当然也会听到的，可他除了皱眉头，苦着脸子，无计可施。我和志博可算莫逆之交，说深说浅，都无所谓的，甚至怂恿过他："你就不能治一治她吗？总这样下去，怎么得了？"

他摇头不迭："不行不行，老兄，那绝对是恶性循环，道高一尺，魔高一丈！"

"永远，永远？"

"除忍受外，焉有他哉？"这位古汉语教授叹了口长气。

有位朋友说，这是没办法的了，最佳之计，离婚！

可怜的志博一听到离婚这两个字，怕得脸色由青变白，好像触犯了天条似的罪不可逭。设身处地替他想想，如果他当真斗胆提出分手的建议，那歇斯底里的女人，不闹出人命案才怪。

没有办法，好在如今又时兴命相这一说，当然也是一种无聊。高级知识分子嘛，怎么能信这一套？那位朋友拖他到东城一条小胡同里，一座大杂院的算命先生那儿，花了人民币五元，将志博和他夫人两人的生辰八字报了。瞎子用手指算了好一会儿天干地支，一张嘴就说："这两人命相不合！"

"我服了，服了！"

他算完命以后，先到我家来的。

"你服了什么？志博！"我有些摸不着头脑。

"我服了我的命！"

一想到命中注定，多多少少在心理上得到某种平衡。天意不可违，这是中国人的至性，翻翻史书，历朝历代，不尽都是顺民良民俯首帖耳于暴君暴政而不敢有一丝一毫反抗之意嘛！

我也并不那么唯物，但对二诸葛、三仙姑一流并不虔信，便问志博："她与你不合，与你女儿，与你小儿子也相克吗？"

小佳因为她妈妈聒噪得心烦，把化妆品、烫发器全收了，整天穿一套学生蓝，出出进进，以为这下可以平安无事。谁知道志博夫人又哭又闹，认为女儿采取消极抗议的办法，比打她骂她还要难堪。她责问志博："是不是你支持小佳这样来羞辱我？我管女儿有什么不好？打扮得花花绿绿，成个什么体统？又不是去倚门卖笑，又不是去当交际花、当花瓶，抹黑眼圈像个正经人吗？"

志博只是劝慰她："年轻姑娘嘛！"

"年轻姑娘还有卖淫的呢，你让你女儿也做这种勾当？"她用手戳着志博的前额，若是不明真相的人见到这种耳提面命的场面，会以为志博真是一名教唆犯的。因为他那惶惧的脸色，也在佐证着。

顺便说一句，志博故去的前妻也是一位文化人。

穿也不是，不穿也不是，小佳有这样的亲娘，并不比他爸有这样的发妻，好多少。所以，她妈去世，她连一滴眼泪也没掉。

邻居老太太挺迷信，直劝她："小佳，你哭两嗓子，你妈好过阴间那奈何桥！"

她不理会，关进自己屋里，听英国威猛乐队的摇滚乐曲。志博看不过去，推门吼了她一句："像话吗？小佳！"

女儿乐了，好像发现了新大陆："爸，原来你不是可怜的羔羊！"

我在电话里问小佳："你爸这事进行得很保密。"

"是这样！"

"我和我弟弟也是他们快要登记的时候，才来征求我们的意见。生米煮成熟饭，我们做晚辈的还好说什么？"

"谁给他们牵线搭桥的？"

"自由恋爱！"

"哦，天！"

"还在公园约会呢！"小佳忍不住笑了，"叔叔，你设想一下，夜深人静，花前月下，并坐着一对老头、老太太，一定怪有情趣的吧？"

"你敢拿你老子开心！嗳！小佳，他们怎么认识的呢？你爸可不是这方面的能手，何况他被你妈搅了一辈子，是个吓得对结婚再也不想问津的主儿呀！"

自从志博丧妻以来，好些热心人不止一次地为他张罗续弦的事。一涉及这方面的话题，他连忙敬谢不敏，似乎好不容易得到精神上的解放，才不愿意重新戴上枷锁。总是告饶似的央求："让我自在轻松几天吧！"人们嘲笑他患了恐妻症。

这个卢璐，怎么敲开他紧闭的心扉，倒是个谜。

小佳告诉我，"我爸爸被请去给夜大讲先秦两汉文学，阿姨是负责夜大语文教学的，可能是教研组长吧？"

"你叫她阿姨？"

"那我叫什么？"

"人怎么样？"

"还好吧！"她口气不扬不抑，一个后娘得如此评价算不错了。"对你爸如何？"这自然是朋友们最关切的事情。小佳回答道："我看够意思！"

这回，他们俩的生辰八字，按合婚书查，大概是相匹配的了。

"那么，此刻他们正在蜜月旅行了！"

"叔叔，我不是告诉过你，我爸爸要一切重新开始！"

放下电话，我为我朋友苦尽甘来的命运高兴。那时候志博在他暴君似的老婆手掌心捱日子，真是替他绝望。不定什么时候，满天乌云，这手掌翻过来捆得志博皮开肉绽，假如是皮肉受些苦楚，倒还罢了，精神上的折磨，最弄得志博垂头丧气了。真亏她想得出，把大门锁得紧紧的，让丈夫有家归不得。志博也是堂堂学府中为人师表的人物，哪能像丧家之犬似的绕着屋哀求主人可怜，准他回家呢？于是直到上灯时，估计他夫人不会回心转意了，到我这儿讨宿来了。第二天清早，她来敲门，又大撒泼闹得四邻不安，志博一见她手握敌敌畏药水瓶，知道不随她回去认罪，她会一仰脖把一瓶敌敌畏全倒进嘴里。

事件起因简直可笑，有两位女生去他家请教乐府诗的形成与发展，准备将来写论文的。其中有一位女生蝙蝠衫的领圈开得大了些，因此，教授夫人认准她丈夫的不正经，竟然当着她面，将眼光探视到女孩子领圈里面去。

不会的，不会的！我都敢下保证，志博是绝对够标准的孔门弟子，非礼勿视。你让那女孩子脱掉蝙蝠衫，他也不看的。圣人之徒，这一点，他当之无愧。

但这位夫人咬定了，我亲眼见到的，他用眼光去抚摸人家女生的乳房！臭不要脸！假斯文！伪君子！卑鄙！

这种莫须有的罪名，你又有什么办法！

当然，可以从女性的嫉妒心理来解释这种变态。可有一次我去志博家，还未进到屋，就听里面乒乒乓乓在砸玻璃器皿之类的声响。我不愿意卷进战争漩涡，连忙转身撤退，突然，从楼上飞下一只热水瓶，差一点命中了我。志博闻声探头窗外，见是我连忙招呼，只好硬着头皮回去。看来，他们全家气氛倒不是剑拔弩张的样子，便开玩笑地说："乖乖，几乎饮弹身亡！"

这一下，倒把大家逗笑了，她也不例外，难得难得，于是问他们为什么风云突起？他们全家，你瞪我，我瞪你，竟忘了吵架的缘起。还是志博的小儿子记性好，他想起来了："我们说这开水有股漂白粉味，妈妈说没有。"

"就是没有嘛，你们爷儿仨的嘴，邪了门了！"

看她眼眉立了起来，我们四个都异口同声地说："这水怎么会有漂白粉味呢？"

对付暴君，倘不反抗，只有适应。可这无事生非的大打出手，热水瓶飞出窗外，又是什么心理作祟呢？

因此，志博讲一切重新开始，意味着过去的结束。那种蒙垢受辱的、忍气吞声的日子，生活在淫威下的日子，总算像一场梦，随着他夫人的消逝而消逝。到了半百年纪，才能享受到人生，晚了点，但总比没有强。我想他一定很快活，小佳告诉我，他们去青岛，然后苏杭，然后桂林，从广州再往回返。卢阿姨死去的丈夫，留下一笔可观的遗产，她自己课余教了许多学生，外快不少，所以——她揶揄地说——我爸现在是乐不思蜀了。

慢慢地，我从小佳的谈话中，对这位中学教员有了好感。她对小佳说："你爸爸一辈子过着非人的生活，也许不该背后议论，我钦佩他能熬过来。"小佳反驳她，其实完全多余，只不过对于卢璐闯入他们的生活中的逆反心理罢了，"我妈顶多性格暴戾，可作为家庭主妇，我爸爸不少吃，不缺穿，甚至体重增加，日益发福啊！"这分明是无理搅理，"催肥的猪，圈在栏里，每天长膘呢！"卢璐也不客气地回敬小佳，然后说："我不敢说我待你爸多么多么好，但有一条可以保证，他将受到尊重。"

"怎么样？"

"是啊，叔叔，我自然是要观察的。马克思教导我们说，看一个政党，不是它的漂亮宣言，而是实际行动！"

"那你这位继母怎样表现出她的尊重呢？"

"哦！我爸爸简直是受宠若惊，哈哈哈哈！"小佳笑完以后问起我，"你记得我爸那副跌不碎的钢架眼镜吗？叔叔！"这我怎么能忘呢，是我陪他去亨得利定做的，纯属无奈何的原因。那神经质的女人怒不可遏的时候，控制不住的手，伸将过来，眼镜是第一个牺牲品。作为知识分子象征的近视眼镜，不知为什么特别遭她嫉恨？

"我亲爱的继母说，我爸经常感到头疼的一个原因，正是因为那副眼镜太重。所以，她陪他另配了，才叫摩登，很像阿兰·德龙戴的那种。"

啊！我不禁欢呼，万能的主啊，你不会永远冷落一个人的。否则，这世界该多绝望啊！我一想到志博那副如坐针毡、如履薄冰的可怜相，对比起现在来，偕爱妻，携巨款，戴佐罗镜，吟乐府诗，该是多么惬意啊！

所以一听说他蜜月旅行归来，等不及他约定聚会的时间，就找他去了。尚未进到他家门，在楼下先大呼三声志博。窗户推开，闪出一张熟悉的脸，我想他该是意气风发的，也许果真像外国电影演员那样潇洒。谁知他还是他，非但没有什么令人欣喜的变化，而且，我觉得他除去原来的惶惶然外，又添了一层呆气。

"快上来吧！"

面对面坐定，我才发现志博竟较早先瘦脱了一圈。旅途困顿，风尘仆仆，但也不至于面色枯槁，形伤神淡呀？

"怎么样？"我问他。

"什么怎么样？"

"幸福吗？"

"当然幸福！

"怪啦！志博，你说这句话时，怎么愁眉苦脸的呀？"

他说："我也不知道怎么回事，原先那样惯了，现在一百八十度变过来，我倒反而不习惯了。卢璐越是对我好，我越是忐忑。你是知道的，我太有这方面的体验了，小佳她妈活着的时候，和风细雨常常不是好兆，紧接着来的必是一场风暴。"

志博开始打开行囊，把衣服什物装进箱柜里去。

我问他："听小佳说，你不是在卢璐那儿住吗？房子大，条件好，而且她没有孩子，多么痛快自由，无拘无束呀！"

"不不不！"他说他决定搬回来了。

志博从来有话不瞒我的，他说："我住在家里反而心里踏实些。我被吆喝惯了，我被训斥惯了，我被支使惯了，我整个骨头收紧惯了，没法了，没法了……"

他说到这里，竟眼泪汪汪。

"小佳她妈虽然不在了，可她影子在！"

我大惑不解："你……"

"我明白，我完全明白，不该这样，不该这样的，可我没法了，没法了……"

失 望

天太冷了；他呵呵手，雾气袅袅地在空气中飞舞着。

冷是从手指尖感觉到的，咝咝地冷，有点僵，有点麻，最靠指甲那一截，也就是捏着信封的一小部分手指，好像快冻脱了一般，不听指挥了。

"郑老师，难得有信！"

学校传达室的老头很客气地说。

他的确少有信，即使有，也寄到家。学校人多手杂，孩子们眼错不见，就会把贴有纪念邮票的来信裹胁走了。中学生这个年龄上，最能调皮的，没什么毛病，他是老师，他了解，只是喜欢恶作剧。所以，他给人留地址，总是不写学校。再说，他也不多交往，是一个比较拘束的人。郑定华老师认为两种人的信件应该多，一种是必须巴结人的人，一种是被人巴结的人，他两者都不是，因此，也极少给人留地址什么的，偶尔有信，大半家里来信，他家，他妻子家。不拆，便知道什么内容，无非平安家书，问个好。在今天，谁还指望一个普普通通的中学教员出什么力呢？他父母，他岳父母，只求他们不张嘴，不伸手就满足了。

谁会来信呢？还寄到学校来。

天阴沉沉的，没风，干冷。先是一个学生来告诉他，"郑老师，有你的信！"第一节课下课，传达室老头打发另外一个学生来说："郑老师，传达室要你去取信！"

冬天，他愿意在学校多待会儿，学校有暖气，比家里要暖和得多。他妻子有时候开玩笑，你卖给你们学校啦，这样尽忠报国？郑定华没法跟她讲真情，那样就会引起这个家庭永恒的烦恼话题。房子又小又挤，而且还破旧，任是舍得花钱买煤，也无法使火炉烧得屋里暖融融的。凉意从四面八方透进来，没办法，墙太薄，有时墙上还挂层霜，他觉得自己对不住妻子和孩子，并不是所有教师都住这样的房子，郑定华属于能量不大的那一群，可比那些连房子也未混上的人，又要强点。只好对妻子推说学校里忙，忙也是实情，不过，暖和些是个很重要的因素，他可以舒展开自己的身子，改卷子，批作业，至少手能伸得开。——回到家，只能缩手缩脚佝偻着；把炉子打开火门烧，屋里也冷飕飕的。其实，到了夏天，他也尽可能愿意留在学校里把事情办完，不带回家里去做。冷天房子冷，热天房子必热，存心跟他过不去。他妻子也倒不怪郑定华，多么窝囊，这年头，窝囊人也不止他一个，她有点认命。不过，学校的校长、支部书记对于如此克尽厥职的部下，毫无半点体恤，哪怕连一句"老郑，你辛苦啦"也没有，她感到寒心，觉得丈夫这样加班加点，实在是白费力气。他听着，也不辩解，怪不得学校，他愿意的。

第二节课还有一个班的历史，他没法去取信，得去讲三皇五帝。他曾经是师大历史系的高材生，那都是过去的光荣了，不但别人早记不得，他自己也忘了。他给学生们讲神农氏，伏羲氏，有巢氏。这时，窗外操场上慢腾腾走过去一条缩头缩尾的狗，天冷的缘故，竟半点精神也打不起来。城市里是不准养狗的，这条黑狗不知从哪来的，郑定华见过几次了，这条狗能在这几百个中学生的眼皮子底下，到学校食堂的泔水缸寻点吃食，也够难的。下课铃一响，学生哗地冲向操场的时候，黑狗必须以最快速度逃出这帮如狼似虎的孩子。他看到班里学生的眼睛，都由他这儿转向那条黑狗去了，不注意听讲，思想开小差，便清理了一下喉咙，提高了噪音："为什么大家都敬畏神农氏，民以食为天嘛！包括这条狗，它也不得不为它那张嘴，冒险通过封锁线，心里没准在打鼓，进得去还出得来吗？但愿学生永远不下课才好！"

教室里哄地笑开了，这年纪的孩子极容易开心的。

"也许人们怠慢有巢氏了，至今，安得广厦千万间，大庇天下寒士俱欢颜的状况依旧，可有这样心肠的诗人，好像倒看不到了！"

这是所三类中学，学生的成色也稍差池些，住房情况和他当教师的相差不多。也许因为一条狗的出现，马上会联想到狗穴这样字眼，因此嘻嘻笑完以后，老师这番感慨多少受到触动，这帮大杂院的孩子便顿时沉默了。

郑定华接着讲轩辕和蚩尤打仗，好像从那一直打到今天。他是挺能讲课的历史老师，大家都这样认为。其实郑定华很惭愧，"可以讲"，或者"能讲"，这样评价自认比较公允。至于加上个"挺"字，他懂得，完全由于他在他课堂之外一切一切的无能所致。要说绝对的窝囊，窝囊废，窝囊到家，他不承认，他妻子也不这样看。然而按照当今社会那种精明的人比，郑定华就嫌老实了，至少他应得的尚未得到。

不过也好，他自我安慰，也许是"位卑未敢忘忧国"吧，他替领导人着想，幸亏中国这类老实人多，否则，真够他们玩儿不转的呢！

谁来信呢？真捉摸不透。他上课向来压堂，也难怪，这是郑老师唯一能体现自我价值的场所。他的学问，他的才华，他的尊严，他的普罗米修斯式的将心血一点一滴地灌输到小小心灵中去的虔诚牺牲精神，以及他作为一个人被别人所承认，只是在这五十多张面孔前才变得实实在在。他妻子曾经听到别人夸过她丈夫，那也是位教员，在排队买便宜菜时扯淡起的，"我去听过你们郑老师的课，讲得棒极了，你觉得他活了！"

这样描述，很让他妻子不高兴，难道离开课堂，他就死了吗？"笑话！"郑定华的观点永远站在他妻子一边。

下课铃响，学生们正听得有劲，大禹是不是一条虫？他卷起教材要走。孩子们惊愕地张着嘴等着，他没影了。

信封比通常的要大一些，毫无疑义是官家的。

他早从传达室老头捧出这封信的脸色，估摸着手中物的重量。世界上最精确的衡器，便是不加掩饰的脸。郑定华在学校里的地位，假如有台秤的话，他比最不济的要重些，但比其他人就轻得多了。所以，老传达把信像圣旨似的双手捧出，还陪了句客气话，不是因为他郑定华，而是这封信。

老实讲，郑定华接过这封信来，一看那串红字，手指尖像失去神经知觉一样。分明是牛皮纸，却怎么也撕不开。

天太冷了，他呵呵手，雾气袅袅地在空中飞舞着。

这大机关，在中国也许是独一无二的了，每个字都体现出庄严肃穆，令人毕恭毕敬的。甚至还可这样说，自打有这所学校起，也没曾收到过这样大机关的来信，区教育局的信函，就足以吓人一跳的了。老传达连忙讨好地递出一把剪刀，"郑老师，给！"

当然不是讨好他，他明白。

他也用不着，但连声说谢。也许这是知识分子的通病，他想，喜欢摇尾巴，动不动感激，用得着吗？无聊！要不是信皮上赫赫扬扬的机关名称，顶多努起嘴示意信插在哪儿就了不起了。

信到底被他那双冻得不灵活的手指扯裂了。

抽出信笺纸来，是老同学张力华写来的。他笑着自己这种草民意识，一见这至高无上的机关名称，先吓得麻了爪了。那一天开校友会，郑定华去了，但张力华未去，听同学们羡慕口气，知道他外放两年，实际上是镀一层金，以便提拔重用的。果然如此，回来进那大机关，进去就捞个好位置。"一个人要走了狗运，也没办法，只好任他飞黄腾达了！"在校友会上，大家都是同学，有买账的，有不买账的，他本人不在场，挡不住别人背后说风凉话。人们都拿郑定华开心，想当年，同班同学中，张力华做学生会工作，最出风头，郑定华学习成绩最好，另外一个叫骆云华的女同学最漂亮。"如今。你们两华都落花流水，只有那一华，雨后的狗尿苔，大放异彩啦！"老同学笑得前仰后合，他也随着笑。郑定华承认，他比张力华差得太远，比在座诸君，也自愧不如。不过，比起骆云华来，他要幸运得多，她连校友们的聚会都不好意思露面了。

那次校友会回来，他告诉他妻子说："你听我讲到过一个叫张力华的吗？"

"谁？"

"我老同学！"

他妻子对他这种莫名其妙的亢奋，有些不解。

郑定华把他老同学高升到什么地方，担负什么职务，官运如何亨通，前途如何有望，足足那样一渲染。他分明知道很无聊，十分的无聊，人家好不等于自家好，但不知为什么，哪怕图个一时嘴巴痛快，也要讲讲。是啊，他一边大讲特讲，一边原谅自己，太可怜了，太微不足道了，太活得苟延残喘了，吹一吹老同学也过过瘾吧！

他妻子倒冷静，住那样破屋，维持那样一个家的女人，没法不极端的现实主义。她笑笑，不伤害他的自尊心地说："他是他，你是你，中间隔着十万八千里呢！"

可不，张力华那机关，门禁森严，他根本进不去。站在那儿多逗留一分钟以上，就会有警察礼貌地请你走开。

通常他不在学校食堂吃，贵而且不好，自己带饭，像这样冷天，第二节课放在暖气上，到中午正好热了。今天破例了，他把饭盒又装回提兜里，下午还有一节课和另外老师商量对调了，便回家去，一路上车蹬得那个快，羽绒服贴脖子那儿竟汗津津的，握住车把的双手，在手闷子里也潮漉漉的了。

妻子上晚班，白天在家，对于他的出现和那一脸春风得意之色，不禁惶惑起来。因为此刻正是冬天，即使真正到了春暖花开的季节，他也不会眉飞色舞的。

"怎么啦，你！"

他把张力华的信摊在她面前，由她看去。他对她看得那样草率有些扫兴，一封多么重要的信啊！说不定意味着一次转变的契机，也许是另辟一条生路，于是他整个前景和后半生没准会大大改观。但这些话他自己不愿意说，宁肯由他妻子嘴里讲出来。

她抬起头来："找你谈谈？"

"我和张力华通电话了，约好了三点半。"

"你没问他有什么事？"

"我怎么好鲁莽地先打听呢！"

"他口气总该听出一二的嘛！"

"也许我自我感觉良好，反正够亲切的。"

"怎么个亲切法呢？"女人总是比较细致，比较认真，她那脸上似乎也焕发出绝不是冬天的色彩。在这个城市里，冬季的典型颜色是灰白、灰黑，很缺乏生气的；而他妻子面颊上，竟泛出类似肺结核患者的潮红。

他分析给她听，在电话里管他叫定华，这就是不见外，引为知己的表现。而且还说："我好不容易才找到你，你这家伙！"

"这什么意思？'好不容易！'他找你干什么？"

"我正想问你呢！"郑定华又明白、又糊涂，好像有答案，好像一切又非常渺茫。屋里仍是往常一样冷，他倒觉得燥热。

"那么，说不定想给你解决住房困难？"

"你别做梦，他根本不知道我住得多么凄惨！"

"也许，他们是了不得的机关，想通过你了解你们教育界什么情况吧？"她哼了一声，"反正够黑暗的了！"

"他管不了那一段。"

"怎么……"

"你猜我怎么想，可能纯粹是天方夜谭。不过，如今兴这一套，一个人上了台，总得有几个亲信、耳目，能合得来、使得惯的所谓嫡系部队——"

她眼睛亮了，往常做晚班，下午还要眯一会儿的，今天免了。"他能要你？"

"为什么不？他太了解我了，那时我们班上人称三华，他一个，我一个，还有你知道的骆云华，应该说是很不错的朋友。他对我的为人，我的能力，还有对他来说，至今怕还是他的弱项，我的学识方面，他心中有数的。"他妻子不但瞧不到他总挂在脸上的苦相，说话竟高声朗气，如在课堂里讲历史课似的活了。"我的文凭，我的年龄，都在够条件没有……"

他妻子拦住他，让他声音低些，然后问："你真去！"

"八字没一撇，瞎说说而已！"

"假如是呢！他那样急着找你，还说'你这家伙'，看样子像是不同一般。"

"当然。"郑定华越来越相信自己的判断，分析来分析去，有什么事值得急不可耐地约定见面，而且不在办公室，是在附近一家咖啡店呢？他完全明白，其实谁都在搞这一套，可又都冠冕堂皇反对搞这一套，当然不能在机关见面，最起码的忌讳总是要讲的了。他对他妻子说："树挪死，人挪活，我要在学校里待下去，别的不说，这狗窝得钻一辈子。"他想起上午在课堂上讲的神农氏、有巢氏，想起那条踽踽行走的狗，这两者绝对不相干，会在脑子里搅在一起，如同张力华约他面谈一样，都属于莫名其妙。不过，他决定了，去见见正走红运的明星，总不是坏事。

他先到的那家咖啡店，好等了一会儿，张力华才来。

他心里骂："狗日的，果然混得人模鬼样，衣冠楚楚。"那新贵眼眶子高，竟未马上认出他来，他有些伤心。临出门妻子一定要他换上西服，穿呢子大衣，因为他那身羽绒服也跟炸油条的差不多，油脂麻花得放光了。可能由于衣服的樟脑气味，使张力华像发现古旧估衣似的看到了他，给了他一拳，"啊哈，你这个永远的第一名！"

"哦！拉拉队长！嗓门还这样嘹亮！"他也回敬一拳，不过很轻。那时，开大学生运动会，这位新贵最善《呐喊》，只是追求骆云华时，才不得不《彷徨》。

"挺好？"

"马马虎虎！"

"又给你们增加百分之十工资！"纯系领导阶层的讲话口吻。

他不想太卑躬屈膝了，"离到手还远着呢！再加上七折八扣，天晓得能兑现多少？"

"老兄，老兄，《红楼梦》老太太有句话，大有大的难处，是不是？不像你我之辈，就求养活自己的老婆孩子！"

郑定华听他字正腔圆这几句话，可见嘴巴功夫练得匪浅。不过，他巴巴地找老同学来见面，该不会为了甩官腔吧？便问："你找我来什么事？"

他笑笑，"也没甚要紧的，老同学叙叙！"

又扯了回淡，都是当年班级上陈谷子烂芝麻的事情，亏他记得起。由此可见，郑定华想，在生活里受煎熬的人，既没有未来，也失掉了过去。像那黑狗，向前去，为了嘴；向后退，只有窝。绝无闲情逸致去回首往事！无奈，只好听下

他站在街上，懵懵地，一时竟不知该往哪走。天太冷了，他呵呵手，雾气袅袅地在空中飞舞。

去，当官的讲，喜欢先绕好大的圈子，才能切题。

咖啡都凉了，新贵还未从青春时代的回忆中出来，郑定华不耐烦了，如果要拉他进入圈子，趁旁座付账离去，不讲更待何时？他又催问："老同学，说白了吧，有什么话，快讲，一会儿下班高峰，公共汽车该挤不上了！"

他还是那样不经意地，问道："骆云华好吗？"

郑定华感到突然，好端端地干吗提到那个不幸的漂亮女人？"她吗？说不上好，也说不上坏！"

"听说老同学之间，她只和你还有来往。"

他点点头。

沉默了一分钟，张力华紧了紧领带，好像咽下一口唾液，先淡淡一笑，接着问道："听说她至今还相当相当的性感，是吗？"然后笑起来，笑得有点邪意。

他真想扇新贵一个耳光。约他来竟为这事。

是当官的材料，能把卑鄙的事说成毫不卑鄙的样子。他走出那咖啡店，恨自己草民的懦弱，应该揂他个结实！

他站在街上，懵懵地，一时竟不知该往哪走。

天太冷了，他呵呵手，雾气袅袅地在空中飞舞着。一眨眼，便什么都化为乌有了。于是，他倒轻松了许多，想到明天的历史课，还得继续讲大禹被学者考证的结果，其实是一条虫。这也许不可信，然而人和动物差别并不大。

他抬腿走了，目标，他的窝。

圈　套

我打心眼里赞佩邻居这两口子挖山不止的精神。

男的叫小梁，女的叫小钟，男的浓眉大眼，女的娇巧玲珑，很般配的小夫妻。

我们两家门对门住着，断不了碰头见面，慢慢地知道我是在编一份刊物，年轻人都有一种胎里带来的文学兴趣，便尊敬地称呼我为老师，时常到我这儿借《十月》、《当代》和《收获》去看，偶尔也聊聊，他们知道作家的轶闻甚至比我都多，听到这些，也无法证实是也非也，只好笑笑，惭愧自己孤陋寡闻。

他们喜好文学，倒不想当作家，这使我放心地来往，因为害怕端来一摞稿件，要求你看看，看看以后，要求在你编的刊物，或你认识的别人编的刊物上发表。幸好，他俩只是爱好，并不打算实践。他们工作的那个研究所，似乎要上的科研项目比较多，小梁是助研，手里也掌握有数万元的经费，而且还是七五计划攻关的课题，这样，够他忙的了。即使有从事文学创作的雄心，也顾不上了。小钟是普普通通的技术员，在所里的试验室工作，她倒清闲些，不过，也不想写小说。她说，她只是有一种坏毛病，躺在床上不看会儿书，怎么也睡不好觉。他们副所长说她这是条件反射。

那么你先生呢，也是这样的习惯？

她笑了，因为我们彼此熟悉了，便没有什么可以隐讳的了。"小梁毛病比我还坏，在厕所马桶上坐着，不看小说，无论如何拉不出。"我绝没有想到文学还有催便的功能，怪不得上上下下这等重视它。

小钟话特别多，我妻子对她有个评价，把她比做聒聒鸡，一坐在那里，你只

没意思的故事

有听她宣讲的份。文学上的话题，诸如作家们的风流韵事啊！谁写了违禁小说啊！谁讲了上面不爱听的话啊！谈起来简直如数家珍，我妻子闻所未闻，也成为她的忠实听众。

"还是人家作家——"

假如她先生小梁在座，总时不时发出这种总结性的慨叹。最初，我以为这句话更多是对灵魂工程师们的一种不屑情绪的表露。后来，我觉得他们实际上是对作家们能自由表达意志，哪怕是最低限度的痛快淋漓，而表现出的羡慕心情。年轻人是有这种偏激，想问题的方法比较拗。

"其实，未必如二位所想！"至少我认识的作家，十分谨慎地做人，还唯恐来不及的。

"我们呢？我们呢？"小梁差点喊起来，"更他妈的完蛋！"

"你们那儿全凭真学问、真本事、真功夫呀！"我妻子这样反驳着，"我想该不至于太乌七八糟了！"

小钟说："啊！你以为我们那儿是净土吗？你问问小梁，又要塞进一个。"

我不懂，以为塞进一个什么东西，结果听明白了，塞进来一个大活人。他来，带来外汇额度，不过，出国人员指标得占一个名额。小梁说："这都是司空见惯的弊端，我要是顶着，我就没有钱，我若是要钱，就得让他跟着出去。我要是作家，我就写！"

小钟煽动她丈夫："我支持你写，要不，这回出国你得泡汤！"

我害怕这两口子误入文学歧途，连忙劝阻："别，别。即使最没出息的作家，也不会写这种事情，我编刊物，见到这种稿件，一律请到字纸篓！"

小钟话又多起来，她认为价值规律在起作用，小毛病太多了便不觉得是毛病，只是大毛病才是毛病。等到大毛病多了，小毛病也不是病了。特大毛病，然后是特特大毛病……她说得又快又溜，像说绕口令似的，把大家都逗乐了。

"挺有趣的一对！"他们借了几本杂志走了，我妻子这样总结着。

"年轻人，到底可爱些，赤诚得多。"

有一天，我从编辑部下班回来，正巧和小梁一齐进楼，他习惯性地问："李老师，最近有好小说吗？"

我不知他是否大便干燥，"小说是有，好小说似乎不多。"

"不过，到底有小说嘛，还是人家作家。"

"你们研究所怎么样？"

"连让人觉得可以略微提高心率的兴奋也没有！"

我听这话，他大概很泄气，"怎么样？你顶住，还是没顶住？"我想起那位要塞进来夹带出国访问的人。

"现在是战略相持阶段。"

"你要打持久战？"

"当然。"他信心十足。

说心里话，我缺乏像小梁这种不信邪的精神，时间像一张砂纸，慢慢地就把你浑身的棱角，甚至毛刺，都打磨得光光净净。这个浓眉大眼的小伙子，使我回忆起自己那曾经有浪漫气息的年代，不像现在头发白了，倒总喜欢画地为牢，把自己和别人箍得死死地。

"李老师，我这借来几盘带子，晚上过来看。"

"好的好的。"

我妻子嘲笑我会那样津津有味地欣赏这些无聊的片子，是智商不高的表现。不过，她很愿意在这年轻夫妇家做客，或许，我猜想我妻子在怀念她也曾有过的这段岁月，那时我们俩构成一个家庭时，比起小梁、小钟他们，可以说是寒碜到难为情的地步。现在年轻人挺会生活，这是个绝对舒适的天地，喝着小钟端来的雀巢咖啡，看着从香港转录来的、印有中文字幕的警匪片，确实是相当惬意的。

小钟说："李老师说他最爱看不用动脑筋的逗乐片！"

我妻子说我欣赏口味与层次愈来愈低，她连这类警匪片也不喜欢。不过，她愿意在这格调情趣都不俗的客厅里多坐一会儿。尤其那似有似无的背景音乐，顿时使室内气氛变得典雅了。我更欣赏这小两口子整个房间的灯光设计，大概动了脑筋也花了不少钱，集束的，弥散的，摇曳烛光式的，渐强渐弱的，亏他们琢磨得出。现在年轻人真有兴头，回想当年，我们都白活了。

这类警匪片总摆脱不掉模式化与老套，照例，闹到最后，主要罪犯倒是警察局里的人。"贼喊捉贼，知法犯法，归根结底还是窝里反。"小梁又发慨叹："你拿他有什么法，他在没穿帮以前，他是头，你又不能不听他的。"

"那么，他们那位要塞进来的人，肯定有背景了？"

他认为我提了一个绝对傻气的问题，"不是头儿的亲信，会给他这样使劲？要，马上给外汇，不要，对不起，你先排队等着去吧！"

"那你还顶？"

"截至此时此刻，我还没松口！"

"那头儿干吗这样偏心？明知绝无道理，还一意孤行吗？"

小钟开口了，她一张嘴便热闹："研究所谁不知道，他给所长擦皮鞋！"我们俩都听傻了，拍马屁这类事情，也许觉得正常或不那么反常了，至少像科研机关，读过几天书的知识分子，拍也得拍得技巧些，别太下作了；接受拍起码要含蓄些，不能太肉麻露骨了，否则这不成了市井小人了吗？"啊呀呀，两位老师太迂腐了，如今赤裸裸得厉害，那些有声望的名流，阿谀奉承都不讲包装的。"

我替小梁担忧："你一个人孤军作战，行吗？"和这样一位敢于在光天化日之下让部下擦皮鞋的领导对抗，会有什么好果子吃？

小钟这聪聪鸡真能说："绝对一篇小说素材，拍电视剧都可以的。这个项目小梁牵头，他出国是天经地义，非让那位擦皮鞋的顶，岂有此理？副所长是站在小梁这边的，要不是他，十个小梁也让所长收拾了，和刚才那片子一样，警察局里的好人一伙，坏人一伙，所里也是两派，小梁就是那个探长，非跟他们较个真不可！"她总是越说越亢奋，思路变化迅速，又转到文学上来了，我倒宁愿她去搞电视剧。她说："虽然没有无声手枪，可明争暗斗也够激烈的，擦皮鞋的最近拼命拍副所长，有人看见他拎着一匣点心去敲副所长家的门。小说开头就从这儿写：傍晚，一个鬼鬼祟祟的人影，蹑手蹑脚地……"

幸亏她先生把她这篇小说枪毙了："推理小说才这样神神秘秘的，他是堂而皇之大摇大摆地去拍，不过没拍成。"

"门没有敲开？"

"那还用问，扑了一鼻子的灰。"他一笑，笑得有点子怪。

"假如，他来写这篇小说，一准有真情实感！"接着也笑了。我认为年轻人到底少不经事，不得不提醒一句，万一他们所长、副所长握手言和了呢，还是先别张罗小说吧。

"不怕！"他安慰我们夫妇："放心，如今谁是吃素的？"

一代强似一代，这一辈年轻人要比我们出息。对付邪恶，唯有刚直，但奸佞小人实在多如牛毛，结果常常事与愿违，所以我衷心祝愿能顶住。像那位黑人探长终于逼得真正凶手面目暴露，然后端起手枪射击，把这位擦皮鞋的出国梦击个粉碎。

正谈得兴浓，有人敲门，他们家来了客人，我们便告辞。事后得知，那个器宇轩昂、很有学者风度的来访者，竟是说了半天的擦皮鞋的某人。

"他该不是来拍你们的马屁？"

小钟耸耸肩："来做交易的！"

他的条件是两人都去，外汇他负责搞到，只是免税商品的份额得给他。理由很简单，小梁你已经出过两次国，你家里基本要什么有什么，你垄断这项目便宜占得够多的了，该是利益分沾的时候了。

"就这么像做买卖似的谈生意经？"

"根本用不着外交语言的！现在已进入信息时代，繁文缛节纯属多余，越痛快越好！"这位娇巧的女人很善于辞令。

"小梁松口了？"

"不，他说，这次只能他去，而且非去不可，你就死了这条心吧！"

"擦皮鞋的那位呢？"

"擦皮鞋的那位笑笑，只说了一句，小梁，我的老校友，还一齐搞过文学社，半点旧交都不念，我算服了你！"

"走了？"

"走了！"

"不会自杀？"

"才不会咧！大概要尽快改换门庭了吧？"

"抛弃所长？"

"所长自己也快到被抛弃的年头了，可惜我缺乏艺术细胞，这真可以写篇呱呱叫的小说。"

送客的小梁也到我屋里来了，听到小钟的高谈阔论，笑话她："你拉倒吧，真正的一切，谁也写不出写不好的，还是人家作家吧！"他照例又发出慨叹。

这一回我体会到又有另一层意思，好像他坐在马桶上阅读的小说，似乎还不是真正的一切，那么，他说的这真正的一切又是什么呢？作家难当，正因为谁都可苛求他。

小梁到底还是达到了他的目的，擦皮鞋的没去成，他去了，大概搞到外汇的途径还多。无论如何，去的本身就意味着真理的胜利，何况还带回来一系列舶来品。承他情，知道我爱喝咖啡，送我一具电煮咖啡壶。我绝不是因为这份礼品才赞成他们的，不管怎么说，我打心眼里赞佩邻居这两口子挖山不止的愚公精神，要是年轻人都学会擦皮鞋，脊背老弯着，浸透着市侩主义的庸俗，这社会还有希望吗？

……

这以后不远，我在编辑部处理一批自由来稿，有一篇题目名叫《圈套》的短篇小说，倘不是开头两句吸引住我，或许我真摔进字纸篓里了。这位作者这样写着："傍晚，一个鬼鬼祟祟的人影，蹑手蹑脚地走在巷子的树荫里，她是去赴上司的约会。然而，那位多情的上司，绝没想到这个娇小妖媚的女人身后，尾随着她的丈夫，而且更想不到丈夫手里同样有一把可以开启他家大门的钥匙。于是，故事便这样展开了。"

我没有再看下去，像是吃了一只蟑螂，感到恶心。

那天晚上，邻居又来借杂志看。我正在喝那电煮咖啡壶滴下的咖啡，不知什么原因，非常非常的苦，加了好几块方糖，还苦。

懊 悔

他失悔透了。

他不知该怎样给她复信，阻止呢，赞成呢，还是不疼不痒说几句不着边际的话？或者发出一些空洞的感叹和廉价的同情？提起笔来，难以在信笺上画出一个字来。

他沉吟着，思绪飘忽，心驰神往，竟又在脑海里出现了高原小镇——洛仓的印象，那颓败的庙宇，那残破的屯兵围子，那古老零落的街道，那熏黑污秽的门面。如果说，洛仓还有值得骄傲的，使人振奋的，恐怕就是那永远的晴天，和绝对清新还没有被污染的空气。他的伤病所以能那样快痊愈，也许和这总是万里无云的好天气有关，当然，还有她，卫生院的小林大夫。

她浮现在他眼前。

泛泛地来形容一位女子，对他来讲，并不费难。他是一位散文家，以抒情见长，他的一篇题名《小雨》的短文，选入语文课本，被千百万初中学生朗朗上口地背诵过的。"《小雨》吗？我记得的，至今我还能背得出来那篇课文！"小林大夫背着手，微仰着那秀气的头，一句句地回忆着。他很高兴，不是高兴他的文章覆盖面那么广阔，而是高兴他的文章从这样一位天生丽质的女性嘴里念出来。她那俊俏的模样，他可以找到许多词汇来描绘，独她那气质，使他煞费踌躇，好像很难把握。他在想，当然是想入非非了，这里曾是古西夏王国的属地，也许她那不易捉摸的至尊至贵的禀赋，是从她祖先那里传承下王族基因吧？

小林大夫确是气质非凡，他是艺术家，他能感觉到。

"中国从来不曾有过真正的贵族，无论过去，还是现在，即使衣冠楚楚地挤入贵族阶层，骨子里，或者说灵魂深处，实际上还是昨天的农民。"

这是他的挚友，一位电影导演的宏论。

因为他求助于这个导演，于是说："丁路，或许只有你能把那位小林大夫从洛仓解脱出来！"

"我简直地不明白，庭萱，我们不是慈善家，我们不可能为遥远的西部高原地区一个小镇上的卫生院里一位据你说是具有明星潜质的小林大夫做什么！"他一口气说完，差点噎住了。

"丁路，你该相信我的感觉！"

"可你别忘了，在中国，我们每个人都只是棋盘上的一个子，你不可能做你无法企及的事！"

"别拒绝，别一口就说死了！"卢庭萱几乎央告地说，"下一部片子，你给她试一试镜头，导演的天才就是发现明星！"

丁路站住，打量着他，"莫非你在洛仓养伤期间，爱上了这位小林大夫？"

"我发现你在影视圈子待着，越来越庸俗了！"

"小心夫人敲你脑袋！"

"她感激小林大夫还来不及呢！要不是抢救及时，她现在该成未亡人了！"

他摇头，当然不信。他说："我是导演，绝懂什么叫戏，别瞒我，老兄！"

卢庭萱面对那张摊开的素白信笺，想：也许丁路这小子的猜疑不无道理，为什么我特别关心小林大夫呢？如果说是爱的话，恐怕更多的是父亲般的关怀。

她将永远永远在那小镇上生活下去，怕是连一个充满想象力的美好的梦也再做不成……想到这里，觉得腹部那缝合的创口，隐隐作痛。他明白，这是绝对的精神作用。那手术是她做的，给他留下了永不磨灭的纪念。

洛仓真破，卫生院真脏，然而这位小林大夫，真美。高原离太阳要近些，光特别强，映照得小林大夫的美，令人眩晕。

卢庭萱是随一个西部地区民俗考察团，去做采风旅行的。他岁数大些，名望也高些，省里单独给他配了辆吉普车。谁知在危险的区段倒平安无事，却在洛仓打了尖继续行驶在平坦得像铺了地毯的草场上翻了车。吉普车四轮朝天，他被压在车子底下，小腿腓骨骨折。如果前面那两辆面包车早点折回来，大家齐下手，把车子抬起，他的脾脏不至于破裂。等他们意识到后面的吉普车大概出了什么故障回过头来寻找，卢庭萱已经不行了。

丁路劝过："老老实实在家待着，不要壮士暮年，雄心不已。我们该做的，做了；不该做的，也做了。如果我们为国为民着想，最明智之举，就是别添乱！"

他有他的人生哲学："我要这次不鼓起勇气走一遭，以后将再不会了，爬不动了！"

事情说起来就这样好笑，按丁路的话说，叫做戏剧性。"人生本是一场戏！"他经常发表高见。"你呀，庭萱，说得好听些，你就是匆匆忙忙赶着去出事，去翻车，去开肠剖肚，去结识这位小林大夫的，我们可以叫它为一种缘分。说得不入耳些，对不起，你是千里迢迢，自寻苦吃！"

"滚你的蛋，用不着你来教训！"

"难道不是这样吗？"

缘分！它想想，也许是。

赶紧连人带马再折回洛仓，无论如何那里有个卫生院，先将伤口包扎起来再说。也怪，司机爬出来，只是蹭破点皮，屁事没有。他上了年纪，反应慢，躲闪不及，砸个结实。带队的同志，省文化厅的一位干部决定连夜送回省城。因为这个卫生院，很难和卫生这个词汇联系在一起。所有医护人员穿的白大褂，血渍斑点且不说它，看上去不灰不黄，和那剥落的庙宇高墙的颜色几乎近似。尽管他清楚地了解到他状况的危殆程度，不在腿，而在鼓胀的腹部，也决定动身上路，听天由命了。

"卢老，你只好忍着点了，将近二百公里山路，肯定够你受的。不过，到了省城，就有救了。"

他们准备抬他上车，这时，卢庭萱眼前一亮。也许，洛仓地处高原，这里日照充足，每个人脸上都留下紫外线的痕迹。独她，这位小林大夫，面色白净皎洁，显得与众不同，加上唯有她穿着浆洗得雪白熨帖的白大褂，越发使人感到眼花缭乱的美。她走近了担架，大概有人先对她说了，拿开卢庭萱捂住腹部的手，探了探渐渐隆起的下腹，并没有怎么声严色厉，也没有用什么威胁口吻，只是对病人说："你最好留下来，马上做手术。"

他很纳闷，美能产生一种征服力吗？

首先是他，他对那对漂亮的眼睛，有种信赖感。领队同志，考察团的同伴，看着他紫涨的面孔，就把希望全寄托在这位年轻女医生身上了。

手术是她做的，无可挑剔，事后回来又经过医学院的名家复查，都认为在那穷乡僻壤，竟然敢动大手术，达到这水准，也算差强人意。他甚至不敢对妻子讲，卫生院实际是设在没有残败倒坍的寺庙侧院里，手术室还留有民国年间兵燹的遗迹，烧焦的板壁上能分辨出彩绘的佛经故事的壁画。但是小林大夫那双眼睛是绝对纯净的保证，他怕妻子联想太多，便更不说什么了，他相信，这是缘分。

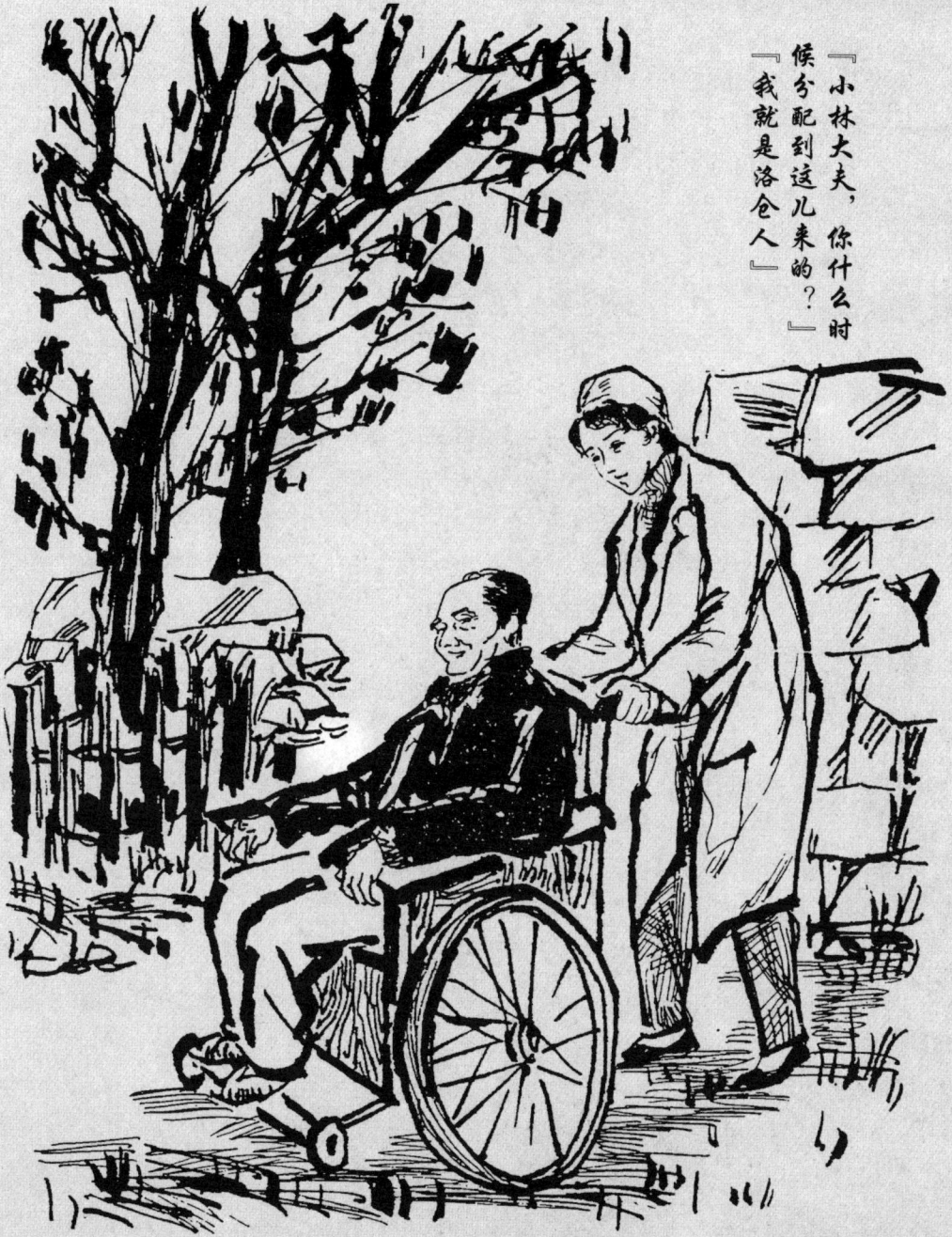

「小林大夫，你什么时候分配到这儿来的？」

「我就是洛仓人」

现在想送他回省城也不可能了，那能把肠子颠断的山路，绝不敢作任何冒险。省里不知真的假的，说要派一架直升机来，那是考察团继续西进时为他联系的。他才不信，拿破仑说过，把作家和驴子放在行进部队的中间，把两条腿和四条腿等同对待，为你派飞机，哄哄而已。小林大夫总推他到空院里，等待天外飞来的福音，她天真地相信，"会飞来的！"他不愿让她失望，也像她那样抬头望天。

这永远晴朗澄澈的蓝空里，有时干净得连一丝云都没有，鸟雀都不见，哪来的直升机？

"别等了，小林大夫！"

这位极纯情的年轻女性，心地和蓝空同样透明，她说："他们答应了，他们准会来的！"

也许牧民的体质强健，也许有些许病不当回事，卫生院很清静，只有左宗棠西征时的老白杨树，飒飒作响，似乎在絮絮低语。除此以外，整个洛仓小镇，小镇外平展的草场，草场远处积雪的山，一律沉默，了无声息，时间也仿佛停滞了。

"这里人连鸡都不养！"

"人们嫌麻烦！"

"狗呢？好像难得听到叫声！"

"狗是养的！不过这里的狗不大叫，咬起人来挺凶，都用铁链子拴着。"

"小林大夫，你什么时候分配到这儿来的？"

年轻医生在他轮椅后面轻轻笑了："我就是洛仓人。"

卢庭萱惊愕得说不出话，原来，她除在地区医专读过两年书外，压根儿一直就在天似穹庐的洛仓小镇上生活着。

不知什么时候，他的笔尖在信笺上下意识地画出了一个问号。来信只是问他，卢老师，你看我该怎么办呢？我是在洛仓永远地生活下去，一直到老到死呢，还是像你说的，跳出去，去征服一个新的世界？我现在倒真心真意地想离开洛仓了。老师，你能帮帮我吗？

他正是那样鼓舞她的，她说她连省城也没去过。

你不比上海、广州、北京任何一个漂亮女孩子差，你好像并不意识到你的美。要知道，美是女性的特权，在美面前，既没有挡得住的墙，也没有打不开的门！

老师，你的话像你写的《小雨》一样，一下子就记住了，记住了再忘不掉！

他绝没有想到他的小雨催发了一棵小苗，使她本来平实的生活开始变得倾斜敧侧，不那么安宁平稳。因为到底医疗条件差，伤口愈合得慢，直升机大概找不到洛仓，不会来了，也不等了，只有耐心地养伤。好像整个卫生院只有他一个正式病人，和小林大夫一位医生似的。别的那些穿变了色的白大褂的医护人员，不是喝得酒臭熏天，便是在麻将桌上消磨时光，男女都一样，甚至女的更能喝能赌些。他知道，这是太寂寞、太无聊而无法挣脱的苦闷发泄，不止一次有人对他说："小林大夫太可惜了，可惜了，她投胎投错了地方。你看那小子没有，常来转转的公社秘书，早晚他会得手的……"

他问过："他要娶你？"

她回答："这里就这么几个人，选择的余地很小很小！"

"你愿意？"

她最初没有表示愿意，也没有表示不愿意。等到伤口快要痊愈，他给她讲，或者她问他回答关于洛仓以外那世界的一切，包括他去过的美国拉斯维加斯，她那亮亮的眼睛里充满惊奇神情时，对这位逡巡的公社秘书，其实也是一个年轻人，明显地开始流露出厌恶的表情，她说："他太像拴着铁链子的狗！而且还想用这铁链子拴住我……"

"啊呀，老兄，"丁路大摇其脑袋，"你给那样一位村姑，灌输什么乱七八糟？"

"村姑？比你手里的明星强得多了！"

"那又怎么样呢？"

"你答应我，让她试镜头，或许能成为真正的明星。"

"要不成呢？"

"这样可以摆脱拴住她的铁链，得到所谓的自由！"

"Oh! My God!"导演爱作虚张声势的表演，双臂高举，做悲剧英雄状，"我们谁不被拴在一根木桩上呢！不过，有的绳子放得长些罢了！"

"行不行吧？你痛快说！"

"你刚回来时我就明确回答过：不行！"

"怎么不行？"

"口条不行！"

"你那宝贝明星谁不南腔北调，全找人配音！"

"可是会演戏！"

"唉，你说过的，越没演过戏的，演出的戏越真情，没有坏毛病。帮帮小林大夫吧！朋友一场，我恳求你。我好不容易才打消了她那小地方人的畏缩心理。真的，你把她弄到电影厂去看看，准压倒群芳！"

"对不起，我敬谢不敏！"

"你这老甲鱼，硬是不松口！"

后来，考察团结束任务回程途中，又经过洛仓，顺便把他带走了。整个卫生院，甚至整个洛仓都来给他送行，小林大夫也站在人群里，不知为什么不向前走过来和他握手告别，她仍是那样光彩照人，和第一眼见到她时一样。他在想，难道一切又回复到开始那样？他那开刀的创口有点疼，再比不上美的毁灭，更让艺术家心痛的了。

还是那辆翻过的吉普车，终于缓缓开动。小林大夫终于从人群里冲出来，只对他讲了一句："老师，别把我忘了……"后面的许多话，他已经从那传神的眼睛里看明白了。

信笺纸仍摊在手边，只有他自己画的问号，在瞪着他，他简直懊悔死了……

我们总想唤醒什么？然而一旦真的唤醒什么，我们又显得那样茫然无措。他想，这也许是一种时代病。

钓　鱼

老高拉我去他家打麻将，说三缺一，非我不可。

麻将如今是健身游戏，很时兴，经常有人通宵达旦地进行这种高尚活动。我刚刚学会此道，还只能算是初懂麻将ABC的新手，找我凑桌，简直太抬爱了。

因为高志强遐迩闻名，在这方面是有特异功能的。

"开玩笑，你们都是大师级的，我敢上桌？"

"哎，随便玩玩，打四圈，因为临时动议，没办法，那些老牌友好像约齐了似的，一个都抓不来，只好委屈阁下了！"

"怎么能这样说呢？领教大师的牌艺，正是求之不得的事情呢！"

"那好，嫂夫人，我把老刘绑架走了！"他替我穿上大衣，围好围巾，出门下楼，楼前停着一辆小轿车；因我与此物无缘，根本想不到竟是接我去打麻将的，便绕开它走。高志强拉住我，示意我应该进到车里去，司机把门已打开了。

高家离我本不远，步行一刻钟即到，所以我们时有来往。干校时同在一个班，他的样板戏唱得最好了，可以说达到惟妙惟肖的程度。以后他虽弃文从商，但风雅不变，他来我家小坐，聊聊文艺界谁挨整，谁有可能挨整之类的内部消息。我闷了，也到他府上作壁上观，看他们作方城之战，我就这样熏陶着略懂一二。还未待我坐稳，车就停了。我们从车里出来，在没进屋之前，高志强笑着说："老刘，你可千万别说你是初学乍练、刚刚启蒙之类的客套话。谦虚是美德，但太谦虚，除了自我贬低之外，还会让人感到你虚伪。"

"我本来就不行。"

"不不，老刘，你现在是准大师级的麻将高手。"

"开玩笑!"

"哎,记住这一点,我是挺顶真地对你说的,拜托了。"

赌徒大概有一种争胜好强的心理,否则不会那样拼命一决雌雄了。经他这一说,我顿时也很自信了,认为自己为什么不可以是准大师级的呢!原来做成两副小牌即很满足,现在也野心勃勃想和几副大牌了。

一进门,高志强就像凯旋而归那般兴高采烈,向屋里人通报:"我到底把我们这位海内外闻名的文学评论家,从被窝里拖出来了。"

这人说话向来是真的、假的、正经的与开玩笑的不分,让人摸不清头脑。一个普通的刊物编辑,怎么成了文学评论家,而且最滑稽的,冠以"海内外闻名"这样的定语?老高也许信口胡扯,他是随便惯了的人,至少表面上是这样。但我倘不表态更正,岂非默认我是海内外知名人士?我连忙拦住他的话:"老高——"

他一开口,讲话便带垄断性了,你根本插不进去嘴。他说:"他感冒了,刚吃了退烧药,说什么不肯来。其实我太明白了,有什么大病?心里不痛快。刊物不好办,尽往下撤稿,你想登的稿,上头说不行,上头说行的稿,你又不想登。一股火憋的,内热外感。我对他说了,祛感冒的任何灵丹妙药,也赶不上四圈麻将,最能消痰去火、养心益肺了。"

这高志强成了天桥卖大力丸的人了,胡说八道什么呀!我什么时候感冒发烧?他怎么会从被窝里把我拖起来?"啊呀呀,老高老高——"

他还是不让我讲话,那优美的男高音,继续震得客厅嗡嗡响。此人曾经以一曲《打虎上山》,差点改行调样板团,所以,他到干校后基本上没吃多大苦,干打垒一块没打,忆苦饭一口没吃,总在毛泽东思想宣传队呆着,真是沾了好嗓子的光。麻将桌早摆好了,专门打麻将的伞状吊灯拉得很低,紧贴桌面,气氛足极了。他是属于享受派,他说他信奉伊壁鸠鲁,人生应该快乐。他说,必须要讲究情调,譬如打麻将,一定要有花梨木桌子,塑料麻将那是贩夫走卒用的,根本不能上桌。夜宵要考究,过去上海人半夜叫两碗阳春面,全是亭子间当姨娘的小儿科做法。他讲起来,一套一套,特神。我老婆挺宾服他:"高志强,人家也是一辈子!"言外之意,看你这位编辑大人,只能唬唬业余作者,除此之外,唯有战战兢兢,提着一颗心过日子,不定什么时候,飞来横祸。幸亏中国有许多足可以安慰我妻子和我这等人的民谚、格言、警句,诸如:"人比人,气死人"、"能忍自安"、"安贫乐贱"、"大丈夫能屈能伸"、"命中该有九升九,你就别想凑一斗"等等,使你能很快寻找到心理平衡。高志强要当作家就好了,他可真能编造。"焦老,我要不把你牌子亮出来,他是不肯赏光的。"

焦老？

这时我才定睛聚神，隔着牌桌，从那低悬的吊灯看去，那小老头儿果然坐在沙发上，笑容可掬地同我打招呼。我和他不算很熟，一块钓过鱼，搞不明白他是和郑洞国打过仗，还是和杜聿明交过手？那天我们去参加"百乐杯"钓鱼大奖赛，我很难相信他是行伍出身、带兵打仗的人，他同我探讨了半天子曰诗云，我怕他交给我旧体诗词要我在刊物上发表，虽然不占什么篇幅，也没敢太多搭讪，既然钓鱼，还是攀谈鱼经为好。

"啊呀，志强同志，强人为难，这就是你的不是啦！人家刘作家既已经躺下了嘛，何必拉他起来？脑力劳动者这大脑皮层一兴奋，失眠啦，头疼啦，要影响精神产品的啦！快坐，快坐！"焦老很和蔼地拉住我，坐在他身旁。这位据说在位时比部长职务还高的老同志，给我留下很不错的印象。没有官架子，不摆谱，平易近人。那天大奖赛，他钓到一条重十五斤的胖头鱼，乐得像小孩子那样直蹦跳，可见童心未泯。那天也是一口一声刘作家，弄得我好不自在。我算哪门子作家，我悄悄埋怨老高："你搞的什么名堂，我可不想挂羊头卖狗肉。"高志强是大奖赛主持人，正忙得七窍生烟，哪有闲心理我。他说："就你们知识分子事儿多，难缠，不好侍候。"我问他："哦？你把自己划出这圈子了？"他说："对不起，鄙人是开发公司经理！"拿他无可奈何，不过我还是要求正名，"你向焦老解释一下，我是某某刊物的编辑。"高志强无心和我辩论，"对我们这位老人家来说，喊你刘作家，和喊张参谋、李干事一样，统统是他的部下，不具有任何特殊意味！"

他跑去指挥各路人马，进入竞赛地点。

那是我们H市最热闹的钓鱼比赛，电视台做了实况转播。焦老终究是老革命，最不愿意突出自己，很客气地请那些记者离开，不要干扰他垂钓。"亲爱的同志们，把我的鱼都吓跑了！"两位电视台的死皮赖脸不走，特别那位小妖精总把话筒塞过去，提些莫名其妙的问题，"您对钓鱼的兴趣，是怎样培养起来的？""您过去打仗时，也钓过鱼吗？""您认为开展钓鱼活动，对促进精神文明，会起到怎样的作用？"

小老头儿很幽默，他那小眼睛眯起来，特别和善亲切。他对那位小妖精说："你问错人了，这位刘作家会给你最满意的回答！你看他百钓百中，真是能文能武啊！"

听他这样说，他对作家这概念一点不模糊。焦老甚至说："作家这碗饭，不好端呀！捧着碗，你得看多少人的脸哦！我小时候讨过饭，我能体会众目睽睽之下，那是什么滋味！"如果不是手里有钓竿，我会跑过去同他拥抱。

我在沙发上坐下来，发现斜欠着身子坐在另一单人沙发上的林非，他长得有点像电视片里的福尔摩斯，鹰钩鼻，阴沉沉的，和老高同行，也是经理，两个公司，两块牌子，但实际上是暹罗双胞胎，弄不清他们内里怎么回事。他麻将牌的技艺，是超一流的。只要你打出吃进几个回合，可以准确无误地猜出你有什么牌，有时厉害得吊你那张，你无法抗拒，非乖乖就范不可。我始终怀疑他和高志强有种超自然力，或者是魔法，要不然，难以解释牌桌上的种种神奇。

大凡一个人掌握一门技艺，到了出神入化的地步，那时候，结果常常不是主要的，反正总是要赢，赢是无所谓的，而过程本身，倒成为目的。我看到他俩，尤其是福尔摩斯，从心所欲地摸进每一张牌，打出每一张牌时那种欣快感，享受感，隐隐还带有参悟了人世一切的超脱感，远比最后把牌推倒算和那种快乐要强烈得多。其实，我钓鱼也有这种体验，在干校数年，唯一值得感谢中央"文革"小组这项英明决策的，恐怕就是练出了百钓百中的本领。最初，鱼被我拎出水面，常使我乐不可支。后来，既然每一钓都不落空，这种便让位于与鱼的斗智斗力上。鱼和人一样，有精有笨，有傻有灵，有狡猾有凶恶，当然也有战战兢兢、胆小得如同我等之辈，一有动静吓得筛糠似的，善钓者就是想方设法制服这些对手。所以，那次"百乐杯"钓鱼大奖赛，高志强安排我和焦老比邻，他了解我志在钓而不在鱼，这份良苦用心，我自然是要成全的，老人家根本不知道他鱼篓里，不少是我钓的鱼。那天确实也是邪了，鱼特别爱咬钩，来不及地往岸上甩，高兴得焦老大呼战果辉煌，怕是当年和杜聿明或郑洞国打仗胜了，也不会这样手舞足蹈。从这喜悦的心情看，老人家钓鱼水平尚够不上炉火纯青。自然，恭维话要说的："您这冠军当之无愧。"他虚怀若谷："哪里！哪里！"不过，他捧着大奖杯走上奖坛，接受H市党政群领导同志祝贺，并摄影留念时，那小眼睛总眯着，是挺高兴的。

我看老高脸绽开着，林非那张侦探面孔也露出笑意，"不容易啊，二位！"

"只有老人家高兴，我们才能高兴！"

当麻将上桌，第一个四圈派司过去，消夜。那排场他妈的简直绝啦！小吃喝内容且不论，仅是器皿一项，精美得无与伦比。老高说："豪华算什么？穷奢极欲算什么？真正的贵族，不讲这些。"焦老虽然早年讨过饭，但革命成功之后，也过着神仙般日子，不禁感叹："要说生活，佩服你们年轻人哦！"

"托您老的福嘛！"

第二个四圈，我才发现，我为什么需要感冒了。上家是那位侦探，绝对吃准了我想要什么牌，吊我胃口。害得我想做做不成，不想做又心痒。有时，就差一两张牌，急得我抓耳挠腮，直到最后，他放出一张，连忙吃进再吐出别的；谁晓得下家焦老把面前牌扳倒，成了。老高直摇头，"作家作家，是不是给你片阿司匹林！"这两位麻将大师要弄我和比我还差的焦老，易如反掌。

老先生打麻将和他钓鱼水平近似，仍停留在以得失计快乐的阶段，属于浅层次的享受主义者。连和几把，小眼睛眯起来，话也多了。要是手气臭，面前筹码见少，便用经常递来的小毛巾擦汗。然后，有许多可乐的小动作，挤鼻子，吮嘴唇，挠头皮，抓耳朵。因为我和焦老只是麻将桌上的预科生，他老人家说对了："刘作家，你钓鱼我比较敬服，至于这东南西北中，也许烧未退，未能充分发挥！"这样，牌桌上只有我和这位在H市工作了三十年的焦老，真打，真计较输赢。而谁赢谁输，命运掌握在老高和林非手里，整个节奏绝对由大侦探控制，因为老高要应付半夜来的电话，公司业务忙。这样，夫人便上桌了，嗲声嗲气，故意弯身过去帮焦老拆对算和，好多赢几番，那天真烂漫，也挺讨人喜欢。我和她对坐，也深为她那法国香水所陶醉。

福尔摩斯真是国手，他能让焦老输得一名不文，然后借他翻本，又能使全桌的筹码都跑到他面前堆积如山。其实筹码没有任何意义，只是游戏的计值标志，焦老眼睛又眯成条缝。这时他最开心，高志强就谈开发公司的苦经，电话来得也及时，讨债的，要账的，他回答得挺光棍，"要钱没有，要命一条！"而且挺仗义："我绝不赖账，钱有，只是有人作对，卡着，等等吧，我决不学杨白劳——"

焦老都给逗笑了："你呀！"

牌桌上风云变幻，筹码朝我集中，老先生脸渐渐黑了，开始挤鼻子，吮嘴唇，挠头皮，抓耳朵。林非有一搭无一搭地开导高志强，"算了，和小米粥较什么真，不就是没朝他烧香磕头吗？小人！"

"谁是小米粥？讨厌！"焦老输得心烦，不愿意添乱。

高志强假装遮掩，"这事儿您甭过问，年轻人，傻狂，谁也不在他眼里，脑袋一热，瞎说八道，您听了都会背过气去！"他捏出一张牌来，说："作家，我这张七饼成全你了吧！我看你想做十三不搭吧？"

"你要早给我就好了。"我已经另起炉灶。

"那算了，我另打一张——"他想把牌收回，没料到焦老急了。"这回你当白毛女都不成，我听的就是这张！"这一把，旗开得胜，满贯，老先生牌运又转了，一直到天亮，赌运不衰，而且越赢越顺手。我可晦气透了，没有一把开和的，最后，我大概真感冒发烧了，头晕目眩，连饼和索都分不清，更甭说他们议

牌桌上只有我和这位在H市工作了三十年的焦老，真打，真计较输赢。

论的小米粥了！

焦老安慰我，到底老同志了："啊呀，刘作家，看你脸色铁青，输急了上火不是？我们又没有真的赌钱么，何必那么计较？"

我想想，可也是，笑了。

焦老坐车走了，他挺忙，虽然退了下来，好像也并没有闲着。我实在佩服他的干劲，不知又和市里研究什么事去了。

我可是筋疲力尽，高志强说要呼吸呼吸新鲜空气，陪我走几步。我说，"老高，实际上的赢家是你！"

他没吭声，一路走一路扭着老年迪斯科。

"依我估计，小米粥大概要成棒子面粥了！"

他不扭了，站住："老刘，你知道西方有句谚语，沉默是黄金吧？"

"那我倒要问问，大奖赛，我不明白，那塘里的鱼像疯了似的咬钩，为什么？为什么？"

他笑了，笑得那样开心："我让他们整整停止喂食三天，你要掉进塘里，没准连你也吞吃了！哈哈哈哈……"

我怕他高兴得要唱《打虎上山》，便招招手，拜拜了。

心　病

老朱，最近，经常光顾旧货商店。

"干吗？你呀！"

"想淘换一件东西。"

我问是什么物件？老朱支支吾吾。我问他做什么用？他到坦率："送给芳妹。"我乐了，"芳妹是你妻子呀，还这样郑重其事？"老朱说，"她的五十岁生日，我想该有一件礼物。"

老朱是个极好又极倒霉的人，芳妹作为极好的人的妻子大概不难，但作为极倒霉的人的妻子就很不容易了。我赞成老朱这个决定，"你太英明！"他连忙说："你怎把专用于领袖的语汇来开玩笑？"我了解他倒霉怕了，"好好好，你别紧张，我高兴喊你万岁，别人也无可奈何。看你看你，脸都白了，不说不说了，还不行！"只好接着谈论礼物："老朱，这么说吧，这想法挺好的，芳妹该得到你一件礼物。"

"是这样！不过我对谁都没讲，芳妹也不知道。"

"要我为你保密！"

"也许先别声张的好！"

"到时候给芳妹一个惊奇！"

但是，我很不能理解老朱，打算送给含苦茹辛的妻子，一份生日礼物，为什么偏要到旧货店里去淘换呢？

老朱细高瘦长，有点罗锅，这就先给人一个谦虚的印象。尤其他那副总是逊让的神态，更加强了他是极好的人的那种看法。而极好的人，加上谦虚逊让，很不容易在人群里应付裕如的，因为按照丛林法则，食草类动物永远是食肉类动物的口粮，那他受到强者的欺凌，而且防不胜防，便是家常便饭。我和老朱相识近四十年，其中第一个十年，我知道他过得不算痛快，第二个十年，我听说他过得不很痛快。后来，也不了解因何之故，他们都不在城里吃闲饭，夫妻俩都回到原籍，遂音信断绝，直以为他亡故了呢！

第三个十年开始，落实政策，我们见面了，背更驼了，越发对人恭敬如仪，一脸礼貌，好像永远做错了什么事，等待着责备，而表现出巴结讨好的神态。如果老朱照镜子的话，一定会觉得自己那副孔乙己式的面孔，实在很不雅观。不过，他说过，我从来不照镜子，第一，有什么照头？灰不溜秋；第二，照了又有什么？不还是灰不溜秋。话虽精辟，可说话的这个人，那张可怜兮兮的脸，就不是什么精辟，而是痛苦了。幸好他返城了，他们一家三口也全办回来了，户口就落在我们单位的集体户口上。我们出版社的头儿是文化人，倒也没有什么太难为他的地方，老朱很满足了，至少不要提心吊胆地过日子了。他说过，"那些年里，死的机会的确很多，而且也很容易死，不过，"他惨惨一笑，"倒没死成。"由此可以猜测，那两个十年，他活得够艰难的。

他说这些，都很笼统抽象，绝不提供细节。我也不问，问也不会回答。他不知道什么该讲，但更知道什么不该讲。我只好说，"万幸万幸！"

"全亏了芳妹呀！"他能活到今天不死，恐怕就得这样说。老朱这结尾的叹词拖长音，很像京剧里的叫板，听得出感慨良多，而且是苦涩苦涩的，因为好几次差一点点就死了。

他继续跑旧货店，买他想买的东西。

有一次，我忍不住，叫住了他："老朱，有一句话，我不知该不该说。"

他连忙站住，脸又白了："是不是我有什么不够检点的地方？那天，我看头儿好像特别地问我，'没有什么问题吧？'我捉摸不透他这话什么意思？"

我知他又误解了，其实头儿对他还算可以，出版社五十年代的人就头儿、他和我很少几个，他能落实政策从外地回来，头儿卖了点力气。我说："你想得太多，我找你只不过想劝劝你，你经济并不困难，给芳妹买生日礼物，干吗非买二手货呀？"

"我不想告诉你，主要怕你说我吃了这么多苦头，九死一生，还不好好总结经验教训。"

这话让我糊涂。

"我想给芳妹买面铜镜！"

"什么？"

"看，是不是？连你也是不以为然的样子。"

我连忙辩解，绝无此意，只是听着新鲜，才有吃惊的表情，"因为第一，根本怕买不到铜镜；第二，干什么要用铜镜作为生日礼物？如果你认为这样做合适，我看和政治问题、经济问题、思想作风问题，根本不沾边。而且，谁也管不着。"

"话不能这样说，"他有他的思想路数，"管还是得管的，我也并非有意识搞四旧——"

"啊呀，天，老朱老朱，你这话前十年讲还差不多！"

"你不这样看，我不这样看，并不等于所有人都不这样看。他们会说，老朱一脑袋邪门歪道，送面铜镜给老婆作为生日礼物。"

我拿我这老同事没有办法，你不能指责他想问题的方式方法毫无道理。中国这么大，喜欢管别人事情的人又这么多，对于义务警察们愿意怎样往坏里想，谁也无法估计。

他说，"因为芳妹曾经有过一面铜镜的，后来就被一帮人弄得不知下落了(不该说的老朱绝不说)，那是她妈妈送给她的。现在，我们的女儿也长大了，芳妹想，到时候也给女儿留个纪念。她念叨过几回。一个女人跟你一辈子，福没有享过，苦没有少受，就这点要求，我想不算过分。所以，所以……"

"我帮你一块去找找看，你要不嫌弃我的话！"

"这怎么好意思呢？"

铜镜原本不是稀罕物儿，我记得北京刚解放不久，就是现在东单公园那片破烂市上，从青铜器，名窑瓷，到美国大兵的皮鞋，联合国救济总署的脱脂奶粉，无不应有尽有。那时，老朱不像今天一副虾米样，而是颀长挺直，器宇轩昂的年轻人，要不怎么会被年龄比他小好多的芳妹看中？我们经常到破烂市上买些便宜货，如果有远见，知道铜镜将来会值钱，三文两文都买得来，很可能如今不是成为古铜镜鉴赏专家，至少也要成为文物个体户，没准收的全是外币呢！我们头儿除正职之外，又挂了一个什么学会的秘书长，其实，他对中国传统文化有狗屁研究？不过，他手里有些拓片，有些古钱币，有些官窑瓷器和不知是真品，还是赝品的朱耷的画，便成了一方名士。这也气恼不得，谁让你那时傻小子一个，连给自己老婆一份生日礼物的铜镜都不准备，如今想买也买不着了。

我劝老朱改弦更张，换样别的东西。

他挺痛苦，因为他觉得这是再合适不过的礼物。

当然，北京城首善之区，真心想买什么买不出来？只要你肯出钱便是，龙肝凤胆都弄得到手。我和老朱去过，一沾上文物的边，绝非我辈口袋里那区区几个钱能付上账的。洋人买，附庸风雅的人买，就把价钱越抬越高了。

幸好，有了一次出差机会，到西北某地区审订一部书稿。我悄悄提醒他："老朱，你应该向头儿表示，你去！"

他一时悟不过来，因为他习惯于这种思维方式，首先是犯不犯法，其次是违反不违反纪律，然后才能考虑其他。我早听说过，那个要去审订书稿的古城，随便朝黄土下挖挖，都能找出汉唐遗物，还愁在民间搜罗不到一面铜镜？老朱这人先想到的却是奉公守法，只有领导指到哪里打到哪里的道理，怎么能朝领导大言不惭地说我去呢？

我给他晓谕了必去的要害，是为了芳妹的生日礼物，"再说出版社谁也不乐意到那西北去，太苦。要是上海、广州你想去还没你的份呢！赶紧找头儿请命！"

"理由呢？"

"你就说你从来没吃过真正地道的羊肉泡馍！"

他脸又白了，因为他习惯了在劳改队对执法者的畏惧。

"寓庄于谐，有何不可嘛！你总不能和盘托出，为了给妻子买铜镜吧？老朱，那苦差使没人抢，他不知派谁好呢？"

"你认为我可以去找一下头儿？"

"他正乐不得的。"

"不会给他留下不良印象？"

他太谨慎小心，顾前顾后了，他背没法不驼，负担太重。如果他能出趟差，如果他能买到铜镜，如果他能在芳妹生日那天，送上这份礼物，也许是这倒霉的人，一辈子唯一得到满足的愿望吧？"老朱，头儿正在他办公室里，心情绝佳，听说他的名字，要上一部世界名人录了！"

他去了，上三楼找社长请派任务。

我为他高兴，因为很少看到他能这样表现出自己来。芳妹曾经告诉过我，"真要命，这个老朱，有一回，人家把他关在地下室里，忘了，饿得要死，他不敢喊一声。三天了，我找到他，快断气了，好容易缓过来，你猜他头一句话说什么？"我很难揣测老朱会有怎样的感慨，总不会参悟了吧？对生生死死有了独到的见解？芳妹叹了口气，"他说：'我可不是有意绝食，和组织、领导对抗的呀！'"

这倒像是他说出来的话。

中国有许多好女子，芳妹算是一个。如果没有几十年人与人像发疯似的过不去，她大概也只不过是普普通通的妻子、母亲。可如今，若是以为人类之所以有希望，正是因为这世界上仍存在着把爱看成至高无上的感情的人。我们过去认识，现在往来，深知老朱所能给予她的，唯有一连串的不幸，但她迄无悔意，像最初爱他时一样爱他。所以，可怜的老朱想在她生日这天，奉献一份她一直盼望着的礼品，我打心眼里支持他能如愿以偿，办成功这件事。

　　过不一会儿，老朱垂头丧气地回屋来了。

　　"头儿不批准？"

　　他说："我没进他屋。"

　　"为什么？为什么？"

　　"我在门口站了一会儿，想想，算了吧，老老实实做人，规规矩矩办事。稍稍出点格，我的心咚咚地直往嗓子眼跳，我都快晕了。"他坐倒在椅子上，脸色惨白，好像刚干完了很累人的活计一样，四肢乏力，瘫了一样。难怪芳妹说，他人没有残废，心残废了。初听这话，还认为怪异，慢慢品着，最了解他的莫过于他妻子，她这看法，似乎不无道理。

　　我说："我去替你试试！"

　　他连忙阻拦，"别别！"

　　"我不会跟他讲，你想吃羊肉泡馍才要去的！"

　　"你千万千万……"

　　世界名人在他的办公室，正愁没人听他讲这档子高兴事呢！虽然我已经承他面告，并向他祝贺过，但头儿仍旧把我看成尚未获悉那样，又从头至尾讲了一番。并且感慨地作出结论："外国人看中的，还是咱们的传统文化。"

　　我把话引到正题上，"老朱刚才来向你道喜来着，怕干扰你，没进来。"

　　既然成了世界名人，肚量也宽了："老朱这个人，当年也是才华横溢的。走，走，咱们一块叙叙旧去！"我知道，他那种恨不能让全世界人都知道他当了世界名人的欲望，驱使着他非找听众不可。

　　感谢那位瞎猫碰上死耗子，把头儿编进世界名人录的洋鬼子，老朱出差去审订那部书稿了。在头儿把全过程复述一遍，包括外国人看中咱们传统文化的结论以后，我试探地问了一下，他当即应允，甚至说："那就麻烦老朱辛苦一趟吧！"

　　我想不到竟激动得老朱差点滴出眼泪。

　　我以为他能给他妻子搞到铜镜才这样控制不住感情的。结果，我看他趴在桌上写决心书，吓了我一跳，"干吗？老朱，你这是干吗？"

"我们在那里面的时候，总是这样向政府交心的！"他见我不言语，以为我还没明白那里面的规矩，继续对我解释："领导这样信任，是很教人感激涕零的。"

我对这位残废讲："你的心怎么还没从那里面放出来？"也许这样讲会刺伤他，赶紧把话拉回来："老朱，用不着的，你去预支旅费、订火车票吧！"

"不写不碍事？"他仍旧很忐忑，"领导对我这样信任，说真的，我不知该怎样才好？在那里面，要是清早派活给一项不重的差使，恨不能跪下来磕个头的。"

"去吧，去吧！"我推他去办出差手续。

老朱去了那古城，把书稿审订完了，立刻踏上归程。一天也没多待，极其奉公守法，下了车，连家都不回，直奔出版社而来。因为走时决心书未交上，到底还是补写了一份思想汇报，否则，他恐怕怎么也不安的。

头儿是文化人，自命潇洒，不习惯文牍，转念老朱也并非党的发展对象，写哪门子汇报？他不懂老朱数十年已经形成的习惯，只好应付着："好的好的！"然后把汇报又塞回老朱手中："回头再说，回头再说！"弄得老朱像挨了当头一棒地站在那里。因为按他的逻辑推断，这种莫测高深，不知好歹的态度，往往潜伏着更可怕的危机。所以头儿问他："老朱，怎么样，这一行收获如何？"本是一句随随便便的话，他就一五一十地像坦白交待一样，讲了他怎样托一位当地的同志，替他买到了一面铜镜。听那口气，他在那里几天，甚至连下榻的宾馆也未离开一步。

无论怎样使眼色，也阻止不了他讲铜镜的事。老朱承认，几十年，竹筒倒豆子惯了。一张嘴就留不住，否则，罪上加罪，他已成了条件反射，只要领导查问，首先想到的是竹筒倒豆子，争取从轻发落。

"铜镜吗？"

"铜镜！"

"真的铜镜？"

他怎么也管不住自己交待惯了的舌头，"还是一面年代比较久远的铜镜。"

世界名人眼睛亮了："快拿出来，让大家一饱眼福，我一直盼望着能够得到一面汉镜呢！"

天晓得，果真是汉代的铜镜。头儿捧着，如见亲爹。

芳妹生日那天，我是他们两口唯一邀请的客人。一直到我告辞出来，老朱也未把那作为生日礼物的铜镜，奉献给他的妻子。因为我答应过保密，走到马路上，我才问他，"为什么？为什么？"

他叹口气："你该明白为什么？"

"那你打算怎么办？"我发现他的背越来越驼了，低着头，神色阴郁。

良久，没有回答。

看来，这面铜镜对他那残废的心，又添了一份累赘。

路边屋里，看不见是什么样的小孩，正唱着一支古老的儿歌——

　　　　两只老虎，两只老虎，

　　　　跑得快，跑得快，

　　　　一只没有尾巴，一只没有脑袋，

　　　　真奇怪！真奇怪！

我看着他那转身走去的背影，好像悟到了什么，又好像什么什么也没有悟到。

邂　逅

　　这世界上，他最忙。

　　他叫王凡，挺好的名字，也挺适合他，他是个平平凡凡的庶务员，在这很大的部机关里，尽心尽责工作。因为他太忙，大家便叫他王繁忙，他不在乎，照旧忙他的。

　　而且，王凡总乐呵呵地忙着。

　　在这个世界上，有许多事要忙，首先要忙吃，民以食为天嘛！人呱呱坠地头一桩事情，就是寻觅母乳，决不是去管别人闲事，把手倒背着，发表许多让人头疼的大道理。嘴最要紧，只有吃饱喝足才有心思去跟谁过不去，闹别扭。哪怕仇人见面，分外眼红，若是此刻两个人已饿到顶不住的程度，是没有力气马上动手厮杀的。王凡这位庶务员的工作，就像糜处长所说的那样，三个字，搞吃的。

　　按照西方人的消费标准，把收入的大部分用于维持基本生活需要上，是不发达的一种表现。这就不去管它了，谁让咱们有这么多张嘴呢？机关里有许多坐而论道的同志，大道理有的是，但填不饱肚子。这样，就有了王凡这样的庶务员去搞吃的。各个机关都有，满天飞，忙得一塌糊涂。

　　他到东北去搞大米，搞豆油，到西北去搞牛羊肉，到西南去搞柑橘，到大连、青岛、舟山去搞鱼虾。他忙得马不停蹄，一年四季排得满满的，春季得去落实，夏季得去催，秋冬两季最要王凡的命，几乎很少在家。国庆、元旦、春节连着，光内蒙的土豆，胶东的白菜，黄河故道的苹果，镜泊湖的冻鲤子，就得发回来好几个车皮。

　　糜处长还叫人给他打长途电话："这个王凡，怎么搞的？冻鸡呢？冻鸡呢？

王凡又赶到石家庄，省里说到衡水去看看，他连忙坐德石线的慢车到衡水。衡水食品公司的业务人员很客气，"您来晚一步，老张捷足先登了！"

"这个老张！"

他认识这个老张，跟他一样，也是一个部机关里专门搞吃的庶务员。

王凡又接到糜处长派人催他的电话，"冻鸡，冻鸡！"他不敢怠慢，转车到济南。半路上车，别说卧铺，连硬座也捞不到，幸而不远，站就站吧，好容易捱到济南站，出站时在天桥上碰到了这个老张。

"Hi！"

老张站住，回过头来，也"Hi"了一声表示问候，并且抛给他一张笑脸。

"你真够意思，把我的冻鸡抢劫一空！"

天桥上风硬，老张把那件国际流行色的长羽绒袍裹紧了些，越显得身材苗条。若看她背影，还以为是时髦女郎呢！反正每次见到她风尘仆仆，王凡总会想：我要有这个老婆，决不让她干这行！

老张告诉他，"你到菏泽去看看吧！"

她的信息比较准确，女人，尤其像她这样漂亮的女人，有她占便宜的地方。

他问她："你上哪去？"

"我到烟台、威海一带搞点海货。"

"什么时候能办完事？"

"三五天吧！"

"在济南停吗？"

"也许。"

"我等着你？"

她一笑，"好吧！"

王凡连滚带爬往菏泽奔去，老张果然消息灵通，不但有冻鸡，还有冻兔肉，他给部里挂长途电话问糜处长要不要弄几吨回去？部机关好几千张嘴，得有东西往里填。糜处长给他讲了一通谁都知道的营养学，又讲了一通基本上谁都明白的胆固醇低的好处，接着又讲了一通兔肉和豁嘴的关系。王凡急了，打断他："到底要，还是不要？"糜处长永远英名正确，他不说要，也不说不要，兔肉的营养价值已经讲了，买回来受欢迎，说明他早有理论依据。若是不受欢迎，他也能站住理，因为虽然从营养学角度上讲，兔肉是好东西，但群众心理承受能力，我也估计到了呀！此刻，老张要是站在身边，准会伸手把电话拍断，"你太爱发贱，王凡，跟那帮太监啰嗦个屁！"

没意思的故事

226

她就是这么一个痛快人，他挺喜欢她，跟她在一起办事，挺愉快。他俩经常合作，互通有无，挺融洽。

她叫张露，名字和她人一样漂亮。他问过，那是早几年的事了，经常满天飞搞吃的，哪有不慢慢熟悉起来的道理，"你干吗不在机关里找个清闲差使？"

熟了，也就不避讳了，何况王凡这人实在，没有干这一行的挺招人烦厌的油条气，"我实话对你讲了吧，我老不愿意跟那帮太监共事！"

他想：也是，一年三百六十五天，除去五十二个星期天，还有七天节假日，每天要看糜处长那张脸和听他讲许多带唾沫星子的话，也够难受的。

老张说："我一进我们头儿的办公室，就像蹲笆篱子一样，他妈的，那双眼睛跟盯着犯人一样看你！"

他挺喜欢听她讲，她有好多新鲜词。譬如"太监"，譬如"骟马"，譬如"二尾子"，亏她想得出，他认为用这些形容糜处长，再恰当不过。还有，她说，"一进我们机关大楼，每个人脸上都长了层醭，细闻闻，整个楼都哈喇了！"王凡想想就耐不住笑，人又不是酱油不是醋，长哪门子醭呢？大楼也不是久藏的猪油或者肉皮，怎么会哈喇了呢？然而也怪，经她一点，那次回去，果真觉得部机关大楼，像一条发霉的火腿，到办公室一坐，左右一打量，同事们脸上都罩着一层惨白色的，猛乍一看，像凝滞住的醭。

"Hi!"这回是她先打招呼。

王凡正在常住的这家宾馆往部里打电话，冻鸡冻兔还有无铅松花蛋，整整装了一车皮发走了。

"Hi!"他向这位风度翩翩的老张招招手。

糜处长耳朵尖，竟然听到了。这人大概有特异功能，凡他想知道，哪怕在肚里装着，他都能弄得一清二楚。他在电话里问："你在跟谁Hi？"

他很佩服糜处长的判断能力，但决不相信他嗅觉灵敏到能从电话里，辨明老张是女性。他没有回答那位太监兼骟马兼二尾子的疑问，而是告诉说打算几号往回返。

老张走过来，提醒了一句，"跟他讲，快春节了，火车票怕不好买。"

糜处长未对他演讲买车票的常识，谢天谢地。

"海货弄到了手？"他挂了电话后问。

"还用说。"

"轻松两天？"

"你不赞成？"

这样工作完成了多耽误一两天的事，已经不止一次。一个人出差在外，是提不起多大兴趣去逛的；两个人则是另外一回事了，何况还是位不错的女伴，虽然是冬天，挺冷，他和老张还是去了大明湖，湖冻个结实，他们就在冰面上打咪溜，快活得很。其实，北京的这类可以游玩的场所更多更好，可他决不会有勇气同她去兴高采烈的。

"我年轻时候特爱玩，疯起来没够。"

老张这种时候就该叫张露了，想不到她是个孩子的妈妈，想不到她有个挺厉害大概挺嫉妒的丈夫。"后来嫁人了，生孩子了，就没有那么自由自在了。你不知道当个女人多么不容易，从早忙到晚，白天当驴当马拉车拉货，晚上还得当驴当马让人骑。"

王凡忙惯了，已不大爱思索，好一会儿才悟过来这女人的话，大笑不已，"你这张嘴，天晓得！"

"所以我不适合坐机关，这张嘴能把所有太监兼骟马兼二尾子，全得罪遍了，要我当闷葫芦，我会憋死！"

王凡有时想，也许自己老婆话太少了，才愿意听这女人叽叽聒聒吧？他记不得他有什么年轻时代？在农村忙着种地，在部队忙着当司务长，转业后，先在部机关当公务员，后来当庶务员，也还是忙。去年春节，在广州，那是他头一回发回一车皮四季豆、青椒、西红柿，没立刻买票回去，同老张逛了逛羊城花市，如果说那是他有生以来头一回使自己歇下来，也不过分。老张看他心神不定，一闲下来反而五计六受的样子，都笑了。

"你真是挨累的命，放着福不享，身边有女人，眼前有花，干吗偏跟自己过不去？"

他想想也是，便暂时把縻处长忘了，放开胆子玩了。花市人好挤，全是一家男女老少来逛。她说："王凡，人家准以为咱们是两口子，挨近点，要装就装个像！"

她把身子贴紧他，他闪避开："行了行了！"

"看你，正经得像一头上磨的驴！就差戴蒙眼了！"

他是男人，对于这类信号，自然会引起大脑中枢神经的兴奋。他想起他家饲养过的那头老公驴，一到发情的时刻，就很不肯安静了，动不动就咴咴叫起来，那声音之响之冲，全村的驴，不管公的母的，都会响应。他觉得自己有一点响应的意思，揽着她的腰，从人民公园，三六五，逛到沙面，有点累了，找了个石凳坐下。他手就不大肯在腰那边老实待着了，张露笑了笑，打开他的手。"王凡，

"你真美啊！张露！"他确实被她的魅力所吸引。

敢情你还是不理解我呀！枉为朋友一场了。我看重你不跟那些油头滑脑的人一样，才信得过你的。"

她提议："咱们到此为止，还是好朋友，好不？"

旁边就是白天鹅，他俩进去喝了咖啡。

"你真美啊！张露！"他确实被她的魅力所吸引。

"你连恭维女人还不会，用的全是大路货的词，这就是在机关听大道理多了，坐下的病。"她的话又逗他笑得要死。

她就是这样一个女人，他甚至有点崇拜！

那次他俩坐飞机回北京，司机班他哥儿们来接，顺路捎上老张。她在广州买了好些花，他是农村出来的，很难理解掏钱买这无用之物干吗。她笑笑说："各有一好吧！"

当然，他怀疑过，后来，縻处长能猜出他Hi的一位是女同胞，因而惹得老人家从精神文明、道德修养、党的教育，一直到支部建在连上，讲了整整三个小时，是不是司机班告了密？只有他们知道，猪肉重新凭票供应后，一车皮从湖南发来的瘦猪肉，运到部机关按局处科室分发下去，整个大楼弥漫了一股肉铺的案板气，其实是老张对他的支援。去冷库拉肉的司机都赞她够哥儿们，并且以艳羡的眼光悄悄问："王繁忙，你怎么把这娘儿们征服的？三十如狼，四十如虎，小心把你吮干啊！"

"扯你妈的屁！"他越强烈否认，大家越起哄。

他断定司机们才不这么卑鄙，还得承认縻处长功力非凡。张露说过，在大楼里待久了，就成精了。越待的年头长，道越深。处长的推断逻辑怕是连福尔摩斯也自愧弗如，王凡一边听一边头皮都麻了。

"你既然不肯在电话里正面回答我的问题，说明你必有难以回答之处。为什么难以回答呢？正因为这个人不同一般。既然不同一般，那此人关系肯定和你亲密。好，亲密的朋友，我们姑且这样认为。假如是男性，你完全可以堂而皇之地告诉我。你不回答这事实，说明了她一定是个女人。"那天谈话，他可能吃得太饱，老是打嗝。"王凡啊王凡，组织上相信你，领导上关心你，你千万千万别让党失望，你和那个女人到底是什么关系？……"

王凡绝没想到大明湖冰面上的欢乐，竟是他和老张这段友情的一个句号。

她甩给湖边玩要的孩子五块钱，让他买糖葫芦吃，借来冰爬犁，要王凡推她在冰上飞快地滑，越滑越快，滑到他已跟不上时，按孩子们的游戏法则，后者也纵上爬犁，紧紧搂住前者，呼啸着继续滑行到停下来为止。他每每都迟疑地撒手任她驰去。

"你上来，你上来，笨蛋！"她喊叫着。

几次推送之后，她火了，跳下爬犁，满头汗，绯红的脸，用手指戳他前额，"你一脑袋羊杂碎，全想的腥的、膻的、骚的东西。"

她这时真是美，多年来忙得他把课本上用来形容美的词汇全忘了，他觉得她又不像画册那种美人的美，张露的美，像千佛山上飞的鸟一样，你看着羡慕，可又逮不着。

"推！王凡，使劲推！快，快！"又一次滑行开始。

风呼呼地，爬犁刮的冰碴打他的脸，速度快得他跟不上了。张露在喊："快跳上来，快跳呀！"

他纵身跃上去，紧紧地搂住她。

她甚至拉住他的胳膊，箍住她的胸部。

好软好软，这种奇异的感觉是事后才回忆起来的。

糜处长那副太监面孔，阴刻地等待着他的答复。他什么也没有说，但他明白，也等于什么都说了。

"王凡啊王凡，我们已经报上去了，要提你为科长，你得珍惜这份信任。"

他沉默。

"我们考虑了，我们研究了，我们决定了，你不要再满世界忙了，你应该坐下来了，你要走一条踏实的、平稳的、健康的、按部就班的路……"

他继续沉默。

他知道，他不会再忙了。而且，他相信，不用很久，他的脸上还会长层像酱油发霉了的白醭……

但是，将来他会变成太监兼骟马兼二尾子吗？

王凡不敢往下想去。

快 乐

在我们的这个生活圈子里，他最开心了。

我们都管他叫快乐的陈迪，个子高高的，挺精神，总是面带笑容。

同事们为他掰指头算了算，该有的，全有了，该要的，全要了，甚至不该他有的、要的，他也有了、要了。

"你真棒，陈迪！"

"去你们的，去你们的！"他不赞同我们对他的认定，当然，也不是断然否认，或者坚决拒绝这样的评价。反正，他好像没有什么不满足的了，他很快活，他是个快乐的人，这一点，不用他说，在他走路时，言谈中，眉宇间，已全部显露无遗。

好在他挺有人缘，好在他不讨人厌。所以，他来求我陪他去认识一位老中医，我答应了。

"你有病！陈迪！"

"我没病。"

"没病找什么医生？"

他笑笑说："愚哉！愚哉！难道没病就不兴去找医生讨论讨论？"

"你他妈的太自在、太快活了，风流够了，掏尽了身子，找老中医探讨滋补的学问？"这位老中医早年和施今墨一块挂过牌，是我世叔。据说对于强壮之道，颇为谙熟。不少要人，都找他老人家讨了方子，制成丸药，慢慢将养生息。大概是灵验的，不然不会遐迩闻名。

他嘻嘻一笑，遮掩过去。

路上，我问他："那个周小露怎么啦？"

陈迪反而问我："你说呢？"

"就这样拉倒啦？"其实我不想谴责他，那女孩子给我留下的印象不佳。

他还难得一次语气这样沉重，可能他误会了我的意思："不拉倒又能如何？"

陈迪的这段罗曼史，很让办公室里一些年轻人，也包括一些年岁较大的同事，艳羡不已。

那个叫周小露的来实习的女大学生，浪漫得要命，三下两下，就委身给他。而且事犯以后，解决得干脆利落，一了百了，连屁股都不用擦，实习期未满，就被老太太撵走了，她原本来自外省，仍分回外省去了。

起初，都以为他要倒霉，老太太是称得上活着的女圣人的，几乎大多数女性，五十过后，往六十奔，此时的女性，只有"女"字而无"性"字，而且越老越正经。有人幸灾乐祸，"这回看快乐的人怎么快乐法吧？连这决不该享受的快乐，他也要享受一番，这枚苦果够他咽的了！"

说来简直令人不信，他只不过被老太太传去，剋了一顿，仅此而已。据人们设想的场面，一定是雷霆万钧，声色俱厉，把这个快乐的陈迪吓"堆尿"的。大家从来没见过这个不知愁的家伙犯过愁，很想欣赏一下他的狼狈相。中国人最善于从别人的苦痛中，找到自己发泄残忍的快感。不过，事与愿违，陈迪从老太太屋里走出，一脸宁静，老太太送他到门口，满面平和。我们这位社长兼总编辑，既没有让他总结经验，吸取教训，也没有教导他在哪儿跌倒，在哪儿爬起，而是和颜悦色地嘱咐他，"赶紧把×老的书稿突击弄出来！这种理论著作是很能让人温故而知新的。"

所以陈迪讲，老太太批评得他无地自容，谁也不肯相信。

紧接着，评职称，粥少僧多，比例卡得死死的。一到这性命攸关时刻，亲娘亲老子都顾不得了，本来就反对温良恭俭让，现在，还讲什么客气和情面呢！别看文化机关，到节骨眼上，也就不讲文化了，口口声声陈迪是搞破鞋的，旧事重提。人们并不特别记恨他，只是本着干掉一个竞争者，便向目标接近一步的原则行事罢了。生活使人残酷，哪怕天生菩萨心肠，此刻也恨不能白刀子进，红刀子出才痛快。

这回快乐的人，肯定没戏了。

真有人够歹毒的，不早不晚，偏拣评委们快要投票的前夕，透露出来，说那个周小露也够可怜见的，分到外省，还没去新单位报到，先进医院做了人工流产手术。"唉唉唉……"

还有人装出智商极低的样子，记忆力全部消失，傻呆呆地问："哪个周小露啊？"

"就是和快乐陈迪有段风流债的那外省女子……"

老太太满不论。她说，当然是对我们几个评委说的，"我们又不是评建设社会主义精神文明积极分子，陈迪够副编审水平就该评上，生活作风问题，并不等于不是问题，但我们评聘技术职称，主要是衡量他的业务水平，工作能力。这次他编的×老的一部理论著作，连×老都赞不绝口！"老太太言之有理，×老一言九鼎，而且大家细想这个陈迪，虽快乐，虽满足，可并不张狂自负。再说，焉知不是周小露为了能留在出版社，甘愿送上门来？如今个别女孩子，实用主义极强，为了达到某项目标，小小出卖一回半回，并不认为有伤大雅的。

于是，他想得到副编审这个职称，并不费多大力气就到了手。

"你真棒，陈迪！"大家都服了这家伙。

棒，是好的意思，但在陈迪身上，棒的涵义更接近于行。事实上，谁也不得不承认陈迪真行，真有办法，真能达到目的；换言之，你之所以不棒，就因为你真不行，真没办法，真不能达到目的。你们俩使的劲是一样的，他得到了，你得不到，命也运也，不能怪陈迪。

他这样说过，"老太太是大家的老太太，也不是我陈迪一个人能垄断得了的，严格地说，机会对每一个人都均等，只看你有没有把握住。"他说话从来面露笑容，挺能给人留下好感。至于他的业务水平，有言过其实的地方，如果以为×老赞不绝口，便是真的，那也算不了什么。×老的那些东西居然能称得上理论，够有眼无珠的，但有眼有珠又能怎样？不过，陈迪这番微笑着说出来的话，多少有点令人警醒之处，与其嫉妒别人，还不若先鞭策自己。中国人的不幸，其中之一怕就是缺乏一种自省意识。

你有本事，你让老太太器重你嘛！

老太太是出版社唯一说了就算，不算不说的人，她的话就是懿旨，她专门研究唯物辩证法，是某种程度上的女圣人。她经常用"如冰"的笔名，写一些应该说是很重要，但很少有人认真去读的大块文章。

我始终认为陈迪那张愉快欢欣的面孔，是使老太太注意他的原因。慢慢地发现了他的才干，还不仅仅在业务能力上，慢慢地便重用他。虽然老太太极严肃，极正经，极不苟言笑，从常理上讲，她应该挺讨厌他才是，但没准这种性格上的反差，倒会产生和谐之效，何况陈迪很容易和人相处，他追求快乐，所以尽量避免烦恼和不快。

这桩桃色事件，老太太自然恼火，但把一股火全发作到那个外省女子身上了，这多少有些不够公允。我只能从同性相斥的心理来理解她把周小露赶走，多一天也不让呆的原因了。那个妖冶的姑娘灰溜溜地被人送回去，陈迪倒被宽容了。他妻子原本就不曾怪罪他，现在也无所谓原谅，小家庭依旧和好恩爱如初，于是，天下太平。

由于×老的大作以急件出版，社里的艰窘日子好过多了，倒不是这本书给我们带来巨额利润，实际上这笔蚀本生意的好处，从别的意想不到的地方体现了。因此，直到这一刻才体会到老太太从轻发落陈迪的远见卓识，到底是获得唯物辩证法真传的圣哲啊！

是啊，谁也不能不唯物地承认，一个泰绮思式的女人，老眼皮不抬地凝视着你，向你频送秋波，传递信息，老实讲，哲人尚且招架不住，何况精血充盈的男子？同时，谁也不能不辩证地承认，孽海无边，回头是岸，这位登徒子知错改错，就是好同志。果不其然，他编的×老的书，别看极不畅销，但实际上救了出版社一命。老太太的文章比较枯燥乏味，弯来绕去，令人不知所云，但她在社里讲话指示，倒干脆利落，杀伐果断。

"我是搞唯物辩证法的，我从来主张既要历史地，又要现实地看一个同志，陈迪同志最近表现突出，以最短的时间，最好的质量，抓了一部有价值的书。×老拿到样书后，非常，非常的满意，竟然说出如此激动的语言，'这下我死可瞑目了！'他跟上头一说，这个出版社不富裕，出我的书，那些富裕的社，不出我的书，你们在拨款的时候，给他们这个有眼光、有胆识的出版社，多两个零，会那么困难吗？"会议室里一小阵骚动，添一个零，就是十倍，添两个零，乖乖，那还得了？老太太来劲了，反正老爷子发话，那拨款的部门再不济，也得拿出几百万来让老爷子好下台。老爷子他们可以不当回事，可老爷子的儿子是他们部的党组书记，不敢不当回事的。她接着说，一听就是显白："钱，不是主要的，就这有眼光、有胆识的评价，才是我最看重的。当然，陈迪同志不是没有缺点，金无足赤，人无完人嘛！不过，他做了×老的这部著作，是有贡献的——"接着，下面她宣布陈迪新的任命，社长兼总编辑的助理。这是一个很重要的台阶，马上就会升为副社长或副总编辑的，哗，全社哗然，老太太面孔一板，人们便识相地沉默。中国人训练有素，极乖巧的，不让吭气，连屁也夹紧不放。

这绝不是他想得到的，或至少暂时还不想得到的，从天上掉下来了。他毫无思想准备，有点发懵。虽然这是很值得高兴的事，他也无法抑制内心的喜悦，脸上露出了笑容。但是，细细看去，那笑容里有股呆傻气。

不过，快乐的陈迪更快乐了。

路上，我说："陈迪，你小子真走运！"

他没有反应。

"你真棒，陈迪！"

他还是没有什么反应。

很清楚，这样的褒词他听得太多，不免麻木。突然，他停住了脚步，"其实，我心里挺那个周小露的！"

"你怎么啦？"

"我也说不上为什么？"

"算啦算啦！"我劝他，"你还是收收心，好好当你的王储，老太太挺栽培你的。如果说，你过去认为老太太是大家的老太太，现在可就是你一个人的老太太了，这个唯有你能得到的机会，千万不可错过。"

他嘿嘿一笑，笑声有点涩，没放开。

又走几步，他又站住，"你知道我为什么惦念那个女大学生吗？"

我只好听他说，既然他有讲的欲望。

"我跟她在一起的时候，那可真是无拘无束，自由自在，用不着装一个快乐的人，装一个幸福的人，更用不着去讨好谁，讨好同事，讨好大家，特别要讨好老太太。如果那样的话，我也大可不必强拉着你陪我去找这位老医生，给老太太配一副永葆青春的药方！"

"你在为老太太跑腿？"

他笑得有点尴尬了："难道不应该吗？她好像并不那么老？"

我听来十分诧异，真是没想到，这位将近花甲年纪的女性，不但有"女"字，还有"性"字，难得难得。倒不是因为老太太这大年纪，能有如此雅兴，其实老年人的性生活，绝不是不道德的，相反有益于身心健康。而是对眼前这位快乐的陈迪，我倒有点不太理解了。

"难道你不快乐，陈迪！"

他回答我："也不是不快乐，可也不是快乐。要说我跟周小露那段日子，倒是真快乐。不过，我也想开了，人嘛，一辈子，也就这么回事！"他叹了口气，"就这样吧！"

"什么？"

"就这样吧！"

我细细品味这句话，看着快乐的陈迪，我觉得其实他活得也够累的，半点不轻松，甚至可以说，并没多大意思。

也许并没有绝对的快乐，想开了，便快乐，想不开，便不快乐。就这样吧！未必没有道理。

对，就这样吧！

痛 苦

在这个世界上，他最痛苦了。

我们这些他的门生，都这样认为并替他操心。柏拉图说过，唯有大智慧者大痛苦。梅老学问太多，痛苦最深。

他整天忧心忡忡，把眉头皱得紧紧的。一说话，先叹气；要不，仰面看天，做出夫复何言的样子。

"梅老，您又怎么啦！"

我被他召去，是别人传话，梅老有请，慌不迭地蹬上破车赶赴他的寓所。叩门，他女儿爱爱给我开门，我悄声问："在家？"

她答："在家。"

我问："干什么？"

她答："在运气！"

我走进客厅，梅老盘腿坐在沙发上，点头表示知道我来了，又点头表示要我坐下。老人家穿大概是阮步兵那种犊鼻裙，披着夏布褂子。如今这种麻织品在市面上几乎见不到了，估计至少有三十年以上的衣龄，所以每次来拜谒老人家，屋里总有股樟木箱的气味。

爱爱所说的运气，就是老人家不高兴的意思。

好一会儿，才回答我的询问："孽障啊！这对孽障！"

怪不得爱爱不随我进来，到她自己房里去了，毫无疑问，梅老和他女儿女婿又产生龃龉了。

爱爱的丈夫朱磊，是一位失意的电影导演。我们也算很熟，他经常找我打听有没有什么好的小说，可供他改编电影剧本，因为我的职业必须读很多作品，这样可以向他提供一些情况。他给我的印象不错，至少他想拍好片子，在努力，只是命运不佳，机缘不好，有什么办法，我认为怪不得朱磊，这世界上，更具体到我们国家，要全是这种想干好而且在干的人，也许会有希望得多。他能够举出许多例子，越讲越使人同情他，好几部事后证明都不错的影片题材，最早发现的，总是朱磊。可结果由于这样和那样的原因，被人家拍了。说到这里，偌大的人竟眼泪汪汪，"可老爷子他老人家根本不能理解……"

梅老对我说过："你别听他叫苦连天，所有没有才气的艺术家，不，包括所有没有什么本领的人，都能把不成功的过错推诿出去。然后，他心安理得。你不知道，我都替他们犯愁，他们，这对孽障竟一点不愁。"那犊鼻裙，其实就是大裤衩子，老人家那两条麻秆似的腿，我很是怀疑，能不能承载他那一肚子学问和一脑袋思想。

做有学问的人的门生不易，而做有思想的人的儿女大概更难，朱磊的日子不好过，但他老婆爱爱，比他要不在乎些，第一，她是他的独养女儿；第二，生就一副爷儿们脾气。她喝烈性酒，抽劣质烟，老爷子总规定她与他之间，有一条一米线，因为基本上是圣人的梅老，受不了她满嘴蒜气和马合烟臭。我的这位师长是绝对的清教徒，他认为他女儿这样放浪不羁，大白天要同丈夫关在屋里做那种夜里完全来得及做的事情，是对他太忧天悯人，太担心世风日下的报应和惩罚，而且他相信，爱爱代表着整整一代人的堕落，非摆在他眼前让他亲眼目睹。"现世报啊现世报！唉，她妈死得太早，她会成为这样一个嬉皮士式的玩世不恭的女人，真让我绝望透顶。"

我只好宽慰他："年轻人，精力旺盛，难免……"一个三十七八岁的女人，要她像修道院里的嬷嬷那样不动凡心，岂非笑话。

老人又把责任推到朱磊头上："我曾经对他寄予多大期望？怎么能顺着自己老婆？这个朱磊，扶不上去的天子哦！"

我很同情朱磊，虽然他也导演出来几部影片，说稀松平常，是表扬他，说狗屁不是，近乎事实。有这样一个有学问和有思想的岳父，加之又是一个有地位和有资历的文化界前辈，在他的指点下，朱磊要想拍出好片子，那才叫怪。一部电影，两个钟头，能用着学问和思想吗？但是，他努力当好梅老的女婿，我觉得这件事本身就不简单了。我半点不是恭维他："朱磊，当初你考电影学院，不该报导演系，报演员系就好了。"

他说："我正努力演好名人女婿这个角色。"

爱爱听了，跳起来拍屁股大笑，然后当着并非我一个客人的面，搂住这位女婿，"哦，我的小屁乖乖，你好可怜！"她就是这样一个女人，独她，梅老奈何不得。

我不得不再问一次，既然传话我来，想必这不愉快造成老人的苦痛不少。"怎么啦？爱爱和朱磊又惹您生气了？"

梅老点头示意我去把客厅开着的门掩上，其实，这热天，完全应该通风才好，他挺神秘地坚持我非这样做不可，增加了这场谈话的玄虚色彩。我怀疑是不是爱爱趁朱磊拍外景的机会，弄出个私生子来？爱爱绝有勇气做这种事，如果她有情绪。

他问我："你知道吗？"

这就是学问太多的人的毛病，他以为他的谈话对手该同他一样，他的痛苦，也是你的痛苦，他在对这个世界作怎样的悲悯思索，你也该忧患人生，对这个世界表示沉重的感情。

我不知道梅老要我知道什么。你不能问，问是一种浅薄，你不能不问，那更是无知的表现。对做过他门生的我们，都已经形成一种习惯反应，仄歪着脑袋，做出欲问又不敢问的惶惑神态。这时，老人家便开讲了，我们生活中许多可怕的真理，大概就这样出现的。

"我们社会的种种不幸，追本溯源，无非善的抑制，恶的膨胀。这正是我最最忧虑、常常弄得我彻夜难眠的事情，性善说和性恶说，从孟子和荀子开始就形成了对人类基本本性的探讨——"接着他讲了许多哲理，为节省篇幅，这些大家都知道的学问就略去了。后来，我发现，不光梅老，其他号称有学问的人，也都不过说些人人都知道的常识而已，譬如长江比黄河长、黄河比长江黄之类的基本废话，从他们嘴里说出来，就透出醇正的真理气味了。

人老了就喜欢饶舌，这是多数上年纪的人难以幸免的通病，梅老又讲开党的优良传统，讲开怎样正确开展批评与自我批评……倾听不断重复的真理，未尝不也是一种痛苦，所以，我也不把这痛苦转嫁给读者了。一直到最后，他才点到正题上，问我："是谁？为什么？要举办最恶劣故事片奖？"

我表示茫然。虽然我早听说这件事，虽然我也早听说朱磊拍摄的那部催人欲眠的影片，很有获奖可能。

"这就是人性恶的表现，一定要把罪人绑在耻辱柱上任人奚落，从残忍中获得满足，我不了解人类为什么要堕落成这个样子？影片拍得不好，我们可以总结经验，吸取教训，还可以批评教育，帮助提高，有一系列改进工作的方式方法，我是绝不赞成这种斩首示众的做法的。"他说得激动起来，再盘不住腿坐在那里，跳下沙发，大声地："我们有良知的人，必须制止这种做法——"

爱爱突然推门冲进屋里："爸，我求求你别管！"

老人回转身去："你别以为我在挽救你那可怜虫的一点面子。"

"他既不需要你挽救，也不在乎什么面子！"

"不是他，我看主要是你！"

"对，是我，半点没错，确实由于我他妈的愿意我丈夫出名，不管什么名，好名也罢，坏名也罢，只要出名就行。我一定要让朱磊得这份奖，你行行好，我在求你！"

梅老颓丧至极，跌坐回那沙发上叹气，"完了，完了，这世界……"仰着脸，看天花板，从他眼里，对于世道沦丧到这等地步，流露出悲天悯人，近乎绝望的暗淡余光，像一盏快熄的灯火。我实在有点可怜他，他活得太累。

至此，我明白老人传召我的用意，虽然老人说不是挽救朱磊，实际上也不愿意自己的女婿获得这顶可怕的桂冠。当然，从亵渎人类对美好事物向往追求的感情来说，这种以恶报恶的展览耻辱的做法，也不妥当。我约朱磊在一家咖啡厅见面，劝告他这样出名的方法未必可取。

爱爱陪他来了，我知道，这婆娘怕她丈夫动摇。

因为朱磊比较容易说服，爱爱开宗明义要我别当说客，然后又悔不该让老爷子晓得这桩事情。"看，招来麻烦是不是？"她申斥着朱磊："都怪你这张尻嘴！你跟老爷子瞎说这些干吗？他老人家总要挽救这个世界，没事还找事呢！"朱磊是个很服调教的好人，凡是别人大一点声音对他讲的话，他都认为是极限真理。他所以能把影片拍成爷爷奶奶样，就因为他接受了太多的真理。尤其他岳父大人情不自禁的插手，最为可怕。结果往往是：学问有了，思想有了，可蒙太奇没了，艺术感觉没了。朱大导演每次影片失败以后，总偷偷对我说，下回坚决不让老人家介入。可梅老和他的女儿有一米线，和他女婿却没有，一向他招手，叫他靠近些坐，就全招了。这次最恶劣故事片奖，纯粹是有些好事之徒，想弄出一些爆炸性效果。可梅老也有他的信息渠道，就传朱磊。朱磊本来咬紧牙的，可老爷子连问三次，他只好和盘托出。在咖啡厅里，爱爱嗓门越来越高，"你就不能跟他装傻充愣？"

朱磊连忙认错，顺便也解释他的为难之处，"爸一再问，我不能不告诉他老人家！"

"那你不能编一个谎，哄他一下？"

他说得激动起来，跳下沙发，大声地：「我们有良知的人，必须制止这种做法——」

朱磊问他老婆："你说说，怎么编？"

爱爱说："傻屄啊傻屄，编谎还用人教你吗？真可笑！"这位姑奶奶不知是真明白，还是真糊涂，你先生要是有编谎的本事，就不至于拍那些三流四流的片子了。

她对我表明，第一，好名声，坏名声，悟透了其实一回事，岳飞如何？秦桧如何？在名传千古这一点上，他们机会均等；第二，朱磊必须得这个奖，要不然，老爷子会认定他一辈子休想出息；第三，令我骇异不已的，策划这次评最恶劣故事片奖者，爱爱竟是成员之一。看来，这女人志在必得，我只好以咖啡代酒，祝他们俩成功了。

他俩要求我向老爷子转达，"因为他比较能听你一点，请告诉他，一代人有一代人的活法，别勉强我们！"

梅老听完我的如实汇报，连叹三声，"这怎么得了？这怎么得了？这怎么得了？"如果说第一叹，叹他儿女，第二叹，叹一整代人，那么第三叹，就是展望人类未来是多么暗淡了，梅老从来高瞻远瞩得令人景仰的。他让我在机关要了辆车，说要用一天，并邀请我陪他走访几位同他差不多的老人家。我遵命办事，不敢违拗，幸而访的都是古稀老人，都是赫赫扬扬的前辈长者，都是当代文学史和当代电影史上有名有姓的大佬，我只需恭听即是。梅老仍是老一套，从性善性恶一直到最劣故事片奖。第一家讲了，到第二家，第二家讲了，出门上车，准备到第三家讲。他说，"够了，不用去了，回家吧！"仅半天工夫便把车放走了。

果然，没出三天，报纸上刊出一则消息，由于准备仓促，考虑欠周，最劣故事片奖暂停进行，敬请谅解云云。

"什么暂停，纯粹一句没味的屁话！"那婆娘破口大骂。

爱爱、朱磊两口子又拖我到那家咖啡厅，责问我怎么回事，简直猝不及防。我唯一能告诉他们的就是："二位对于元老们的能量，似乎估计不足呢！"

看着两张哭丧着的脸，深感姜还是老的辣，斗不过的。我打心里同情这对小夫妻，也理解他们搞艺术的人，渴望被人注意的强烈欲望。他们不认为得这奖多么丢人，电影两个小时可以看完，但论成败得失也许两年，两个十年，甚至两个世纪也未可知。即使真失败了又有什么？爱因斯坦小时候数学还不及格呢！

正好，电视剧的评奖开始了，我想起朱磊和爱爱合拍的一部单本剧，不算好也不算坏，这年头电视剧如过江之鲫，像他俩以儿童为主题的这部片子，还算能看下去，不至于把电视机关掉还骂街的。我认识的一位名流应邀为评委，向他推荐了这对其实并不年轻的年轻人作品，真是碰巧了，名流居然有印象，说他还记得挺有艺术魅力的镜头，那些赤身裸体的孩子欢呼着，嬉闹着，和快乐的浪花融合在一起，显得人与自然的谐和。接着，爱爱用她的摄像机对准一个伫立不动的女孩，尽量展现她那纯净无瑕的美，使观众越发怜惜她的孤独，她的被父母离异造成的不幸命运。我们谈到这里，名流连连称赞。要是他知道这纤细精巧的构思，出自一个男爷儿们似的女人，一定会瞠目结舌，被她满口脏话吓坏的。

"拜托拜托了！"我请这位名流关心年轻人。

事情进行得再顺利不过，据名流在电话里透露，物以稀为贵，如今拍儿童题材的人不多，竞争者少，初选已经入围。我连忙谢谢，赶紧跑过去向朱磊、爱爱报告这个喜讯。无论怎样讲，得这份奖要比得那份奖地道些，虽然好名坏名一样出名，终究按常人之情，好名要好听些。另外，急于去通报，也使于大智慧大痛苦中折磨的梅老，得到一点慰藉。

我敲了半天的门，竟是梅老亲自给我开门。

"您老！"那股古老的樟木箱气味，差点把我噎住。

我很少在傍晚时刻来拜访过，他甚为诧异我一脸的兴奋之色，老人家永远心事重重，忧虑交加。他点头示意我到客厅。我连忙问："爱爱和朱磊呢？"他面有愠色，没有回答，只说了句："太不像话！"

天晓得，这两口子也忒过分，电视里新闻联播尚未结束，竟关进自己房间里进行人类最本能的游戏去了，我吆喝他俩出来，有要事相告。这里，梅老已在痛苦地看着电视屏幕中出现的两伊战争与加沙地带以色列镇压人民的镜头，满脸悲怆，摇头不迭。好一会儿，朱磊先出来，也许我刚才声音重些，他那慑服真理的怯懦便很明显，畏畏葸葸地问："出了什么事？"

"好事！"

"什么好事？"紧接着披着睡袍的爱爱出来问。

我把他们拍的单本电视剧有可能获奖的消息说了，爱爱丢掉手中的烟蒂，把朱磊拥抱住，高兴得直转圈。我发现，其实他们是一对大孩子，否则，他俩不可能在那部电视剧里把儿童心理，揣摩得那么透彻。

梅老把逐个城市的天气预报都看了，对气温偏高的——都叹了口气，然后关掉，才问起我们为什么举杯庆贺的缘故。爱爱也给梅老斟上一杯，非要他擎起，然后告诉这个喜讯。

似乎那酒杯里掺有砒霜，他慌不迭地放下，"什么？那片子居然能得奖？"

"有可能，而且非常可能！"我说。

他站起来，严肃极了："听着，与其将来真正成名了，悔其少作，还不若现在就去辞掉这份不光彩的荣誉!"

爱爱忍受不住了："爸爸，你干吗总跟我们过不去?"

梅老说，半点犹豫也没有："如果他们不肯放弃，我也不会让你们得到这丢脸的奖。"

"为什么? 为什么?"

"我们是艺术家，我们是人类的良知，我们是一切高尚优美善良的真理化身，我们负有最崇高的使命……"至少说了十多个"我们"以后，才回答众人的疑团："我想你们的记性谅不会那样差，几百个光屁股的小男孩、小女孩朝海水里跑去，已够骇人听闻的了。这还不够，亏你们好意思，竟一点不脸红地，把一个赤身裸体的小女孩上上下下、前前后后照了个够，纤毫毕露。如果他们授给你们奖，只因为你们创光屁股的记录。"

爱爱才不在乎："爸爸，我们每个人都赤裸裸地来到这个世界，然后又一无所有地离开，如果确实因为我们表现了这个自然而获奖，我们受之无愧，而且终生不悔!"也许她从来不曾这样正经地纯净地使用语言，我们都怔住了。"爸爸，你难道没有年轻过吗?"

梅老拂袖而去，我们面面相觑。

"怎么办?"

"谁也没法办!"

明天，他又会让机关给他派车，这次大概不需要我陪同了，他将不用费什么力气，就能捍卫住他要捍卫的神圣。

"怪我多嘴!"我负疚地说。

爱爱索性拿起酒瓶仰脖灌，抹了抹嘴说："早晚必知道，知道必大闹，在这种道德狂的眼皮底下，你最好的办法就是自杀，你不想自杀，那就装死!"爱爱讲话未免言过其实，但她发表这番高见时的神态，倒挺像梅老爷子那种大智慧者大痛苦的样子。

"操——"她又高举酒瓶，咕嘟咕嘟地喝起来。

病 友

那天我去听音乐会，很凑巧，碰到了暌违已久的宗先生。

我伸手向他打了个招呼，他显然看见了。正好此时开幕的铃声响了，他马上转身去招呼从贵宾室里走出来的几位首长，无心旁顾。我妻子冷冷地对我说："我看你还是把手放下来吧！"因为我手伸出的那一刹那，他一百八十度大回转，可他一只手还没来得及随之收回，我也不便马上就把手缩回来，于是，定格在那里。

宗先生是个性情中人，他快活，就是他把自己当做所有人的朋友。他向每一个认识的，不认识的来听音乐会的人，点头，微笑，致意。这当中，自然包括曾经同病房住过，成为他病友的我。那神采奕奕的眼神，看着你，又不专看着你，不看着你，你又觉得他眼梢的余光，扫描着你。这时候，于紊乱中透着镇静，泰山崩于前而色不变，哪怕投鞭断水，百万大军，他也能从容不迫，指挥若定。老实说，这是本领，这是特技，不是所有在这种场合张罗的人，都具有这份能耐。否则，就没有"顾头不顾腚"、"手忙脚乱"、"抓瞎"、"掰不开镊"这些否定词句了。

我对我老伴说："我总算亲眼目睹他的忙功了，就这开幕前五分钟，领教他真是不简单！是何等的面面俱到，滴水不漏呀！"

我妻子说："看他这份精神，谁能相信他曾经在死亡边缘呆过。"

宗先生是文艺界的一位忙人，有京城四大忙之称。这社会就是由一部分忙人和大多数闲人组成的。没有忙人，自然也就无所谓闲人了。正因为有闲人，才显出忙人来。而宗先生，又是忙中之忙。那四位大忙，各有忙的领域。忙吃喝忙玩乐，忙开会忙讲话，忙批判忙抄肥，但只要忙进会场，忙进剧场，就全是宗先生一人的天下了。

生旦净末丑，神仙老虎狗。他自己说的，这时，统统由他包圆儿了。

你不可能知道在这个城市里，有多少艺术节，有多少评奖，有多少开幕式，有多少剪彩，有多少先进劳模表彰会，又有多少大型的、小型的、中国的、外国的演出活动。宗先生的工作日程表上，从元月一日到十二月三十一日，没有一天是空白着的，经常一天要安排两项以上的活动。他太太说，我们家早把他当做已经是不存在的人了。

真可怕！他太太说这话的时候，咬牙切齿。

由此可见他确实太忙了，忙到没有时间感觉到自己哪里不舒服，忙到去医院检查身体的时间都没有。直到一次主持本单位的工作会议，莫名其妙地咳出好几大口血，全场震惊，是那鲜红的血，才不得不放下话筒，抬到医院急救的。

一口顶多20cc，充其量也就吐了四五口，也不知人们希望他病呢，因为他一忙，大家也要陪着忙，他要病了，对众人来说，也是个解脱；还是希望他放下工作，爱惜革命本钱，好好治病，免得没有这个忙人比着，显不出别人的闲。于是，众口一词，都夸张他起码吐了一脸盆血。其实宰一头猪，也放不出这么多血。这倒使他明白了，原来他也会生病，不是铁打的，不是永不磨损，不是不会老，不是不会死。死神对谁都不会买账的，无特权可言，于是，"堆尿(SHUI)"了。

送他来的同事，把他推到我病房里，抬上一张刚空出来的病床。宗先生嘴里还有血沫，好像刚吃了三成熟的、带血丝的小牛排。其实，人的生命固然脆弱，很容易结果的，并不比踩死一只蚂蚁难。但一个大活人，也是相当顽强的一个生物体，这盏灯要耗起来的话，不到最后一滴油，这口气是咽不了的。

他当时主要是吓的，也包括别人虚张声势，更加重了他的恐惧。连遗体告别，八宝山火化，不知在脑子里转了多少回了。于是一副垂危的样子，两眼无光，脸色苍白，口角流血，做奄奄一息状，就差盖一张纸的程度了。他虽然不是科班出身的演员，但他总是主持演出，好像也有些表演能力，重病号装得还是挺像的。

我就用我悟到的这点道理，劝慰这位同病房的宗先生。那时我因为胆结石住院，互相谈起来，彼此好像以前也听说过。他有气无力地打听医院一些情况，突然他凑过来："请问，这张床原来是个什么样的病人？"我还没说完是个胃癌患者，昨天晚上刚进了太平间……他立刻就休克了。

于是，有人忙按呼叫铃求救，有人跑去找值班医护人员。结果，一场虚惊，纯系过度紧张所致。大夫护士最讨厌病人大惊小怪，看看，开了点镇静剂走了。

送他来的同事，可能还要开会，加之他太太闻讯也赶到了。于是同事们劝慰他几句，无非什么毛主席说过的"既来之，则安之"！好好治病，机关的事甭惦着，一个个相继告辞了。

我后来慢慢理解他太太，对她先生爱之极而恨之切的感情，她愿意他病，因为这下可以不必穷忙了，而且甚至幸灾乐祸，"这下，你可以看看你手下的兵马，都是什么人性了，你还没断气，就要抛弃你啦！我早说过，累死活该，瞎折腾什么，这回，你这个不见棺材不掉泪的主，该老实了吧？"

京城四大忙之一，此刻真是万念俱灰，叹息着："完了，完了，说不定从这病房，直接就到八宝山了！"

我妻子见他太伤感，便劝他："哪至于——"

对于病人，任何一个有意无意的信号，都像一颗石子投入水中，立刻便会荡漾起一圈一圈的漪涟。而宗先生，则尤其可怕的敏感。第一，这张病床，原来是一个胃癌患者；第二，他吐的血，是从胃里喷出来的；第三，大夫问过他，有没有家族癌症史。于是，他给自己宣判了。"癌症！百分之百——"

"不会的。"我对他说，"要是癌症，到了住院程度，怕不会让你这般轻松的了。"

"你别安慰我，把我安排在这张病床上，意味着什么，我明白。"

反正人害了比较重一点的疾病时，便总是往最坏处想，越想越怕，越怕越觉得自己害的是绝症。于是，他说，与其那样痛苦，不如自杀，不如安乐死。宗先生确实忙惯了，闲不住。一会儿要写遗嘱；一会儿要照遗像；一会儿哼《国际歌》，英特纳雄耐儿；一会儿歇斯底里，要吐血，呕了半天，先还有一点粉红的唾液，吐到最后，他太太说："你吐的东西，比我还正常呢！"这才算罢休。

幸好这时，来了一个探他病的人，手里捧着鲜花，亮丽无比，把他制造的死亡阴暗气氛冲淡了。他向宗先生说了一些机关内部，长长短短的事，包括对他这次突发病的各种反映。我也听不大懂，也不愿意听，就到别的病房聊天。等探病者离去，宗先生一迭声地叹息，一副痛心疾首的样子。

到了晚间，又来一位探视者，无独有偶，手里也捧着鲜花，不过要素雅淡泊些。谈话的题目，和下午那一位差不离，鸡毛蒜皮，芝麻绿豆，无非机关内部的矛盾纠葛，人际关系。好像这是中国人永恒的话题，也是我们日常生活中的味之素，不说东道西，不咬耳朵，不嚼舌根，就像大便秘结一般，要憋得五计六受的。

这是一个怪圈，越绕越糊涂，当局者迷，旁观者也迷，神仙也难搞得清楚，可圈内人却像缠在蜘蛛网里似的，无法自拔。我们劝过他，宗先生，你都觉得大限临头，还操那份心干什么？可他摇头不迭，忧心忡忡，长吁短叹，一脸颓唐。探视者前脚走出病房，他不吸氧，就要憋死了。

直到宗先生出院为止，这两位倒也不断来探视。于是，病房里倒是总有常开不败的鲜花，唯一有区别的，一位的花，要鲜艳些，另一位，则要素淡些。而且，若是宗先生的病，查不出来原因，情绪低落，以为离死不远时，送红玫瑰的那位胖乎乎的先生，来的次数少了，送白色马蹄莲的细瘦细瘦的先生，次数就多了；但做了核磁共振，CT扫描，似乎问题不大，有可能重返工作岗位时，花瓶里粉红的大丽花就常见，而清素的菊花反而稀罕了。

花卉，大概也是一种语言、一种心声、一种表示吧？

我老伴正给花瓶换水，他太太是个心直口快的女人，对我妻子说："你看出什么没有？"

"这红玫瑰真漂亮！"

"我说的不是花！"

其实，我们都明白，她不满意这走马灯似的，来看宗先生的两位。据她介绍一个是希望老宗在下岗之前，向组织上推荐他接班；一个是愿意老宗从此不再主持工作，排排坐，吃果果，也该他取而代之了。

"就这样的左膀右臂，可以吧！"

她说这番话时，宗先生没反驳，没表情，他太太也没恼火，当然更没有什么值得高兴的。

我好说什么呢，世界本来就是要新陈代谢的嘛，何必不开心呢！

他苦笑地说："他们要是能独当一面，我早交给他们了，就我病了这些天，全乱套了。可是有什么办法，我现在有口气，若是两眼一闭呢，还不得由他们去？人生，想到头，也就这么回事吧！"这一病，京城四大忙之一，有点大彻大悟了。"就得想开点，对不对？离了谁，地球不转？"能如此透彻，我觉得他没白吐那几口血。

使我们旁观者诧异的，这两位，胖子是第二把手，瘦子是第三把手，从来不曾同时出现在病房过，好像彼此有情报，或许天生有排斥反应似的：焦赞来，孟良准不来；而孟良到，焦赞早离开了，就像火车时刻表那样精心安排似的。

其实彗星和木星还千年不遇相撞一次，太阳和月亮每月要打一个照面呢，宗先生住院期间，这两位姓什么叫什么，我怎么也记不住的送花人，真有点"人生不相见，动如参与商"的意思呢！

病人住院，最怕不能确诊，那就像等待法官宣判似的，那一天天是相当难熬的。而宗先生，除了开肠剖肚，该查的全查了，所有目前能用的医学手段都用遍了，请了院内院外的名医会诊，仍旧找不出病因，大夫只好存疑了。可又不敢放他出院，要再观察一个时期。

于是，那位第三把手，红玫瑰花送得更勤快了。

我忽然想到，"宗先生，也许你当时，是不是像《红楼梦》里贾宝玉，听到秦可卿噩耗时，吐出鲜血一样，急火攻心吧？"

这话倒启发了他，他思索了一番，从病床上跳将起来，认为不无道理。"那天开会吐血前，正讨论班子问题，因为有一种认为我年龄到点了，应该下岗的说法，一下子郁结在了心里。突然，觉得嗓子痒，血哗地喷出来了！"他笑自己，"你看，多想不开呀！"

我同意他的观点，"犯不着啊！宗先生，咱们还是多保重为要啊！革命尚未成功，同志仍须努力，这是孙中山讲的。"

"是，是，这回我可要好好吸取教训！"他下了决心，从此要做一个闲人。

住院期间，他没有再吐过血，也无任何不适之感，和医生商量，定期检查，就出院回家了。此后，再没有见过他。也没有打过电话，我以为他们老两口，一定云游山水，四海为家，说不定削发为僧了呢！宗先生这样许过愿的。他说，至少，我要到戒台寺做一名居士，从此清风明月，孤灯影只，隐居青山，敲磬念经了。

没想到，我不是在寺院里看到的他，此时此刻在剧场里遇上了。

此公气色极佳，精神状态绝好，而且，忙东忙西，左顾右盼，台上台下，幕前幕后，我可以想象当年他没病前的神采。原来，我是不大相信精神变物质的，看来，他不但毫无病态，毫无老意，毫无倦容，甚至像注射吗啡似的兴奋不已。他当然看见我了，还挥舞了一下拳头，表示给我看，他每个细胞都充满活力。表示他不是病人，甚至他不曾是个病人，他仍旧是当之无愧的京城四大忙之一。

那晚音乐会，我很注意寻找我见过多面的那对胖子和瘦子，这场合他们该在的。但硬是没见到孟良、焦赞的影子。也许由于杨令公不肯放下刀枪，忍不住还要上阵，于是，这两位只好在观众席里，看老先生耍把式了。

这个世界上，要是没有宗先生这样的"闹"，该是多么寂寞啊！

细琢磨，人生其实是挺有趣的。

　　那天，报有雨，而不下，很闷热。徐炯敲门，不请自进。坐下，就讨茶喝。我对他的出现，颇意外。因为他是稀客，尤其是一位当令的人物。

　　何谓当令？适时走俏之意也，这是一位故去的朋友说过的话。此人叫曹诤，他这样诠释徐炯：譬如春季，掐花带刺的黄瓜，碧绿喷香的椿芽，在菜市上最走俏，这叫当令。过了节气，香菜不香，韭菜发臭，市场价值就没有了。我明白了，因为徐炯总当令，总能卖出好价钱，曹诤才这样赞叹。

　　徐炯、曹诤两君，与我谊属同窗，但后来各走各路。曹诤教书，我写小说，老徐从政，三人中徐炯算是最发达的一个，遂有在朝在野，或忙或闲之别。徐炯和我们，来往较少。尤其尽量避免与曹诤打交道，因为，夫子那张嘴刻薄。不过，如今，老曹安息了，老徐想听他的逆耳之言，也听不到了。

　　想不到，未打招呼，突然闯来，一进屋，嚷嚷，"倒茶来，要好的。"

　　一方面，表示热络，老同学，不见外；一方面，当官的，颐指气使，已成习惯。他这个人，在政治舞台上，手眼身法步，相当在行。别人到他这年纪，早赋闲了，至少，退到二线，他仍挑大梁，唱主角，可见其混得不错。我从写作的角度，曾向他讨教过当令的诀窍。他跟我打哈哈，介绍他的为官哲学，不求得意，但求如意。我笑了，"老兄，这是屁话，不得意，焉能如意？如意了，自然，也就得意。"

　　曹诤健在的时候，当着他的面，不知是奉承，还是揶揄。老兄，不知你哪来的本事，总能当令。徐炯一乐，宰相肚里能撑船，不予置评。但曹教授想出的这两个字，堪称史笔，准确得不能再准确。

"好久没见了！"我给他沏上茶。

"忙，昨天还陪同一位外国元首，在南方参观。"

"非洲的？"

"真黑——"

我看他一脸得意之色，便说："你大概也只能陪陪第三世界这样的大人物。"

这个不服输的家伙反嘲我："你还别小看，这就意味着够一个层次，到这个台阶上，对不起，我见到的人，你见不到；你见到的人，我不屑见。"

这一点，我绝对相信，不过，"徐炯，你见到的人，我不一定想见；我见到的人，人家也没有这个必要去见你。"

他笑了，"你在学死去的曹诤，嘴损！"

我说："从同学开始，就爱斗嘴，要想改，老了，也不行了。"

贬了一通我的碧螺春以后，他问我，"你知我来找你干什么？"

我摇头。

他说："就是为老曹的事来找你的。"

我不解，他要在死人身上，搞什么名堂？因为，对这位先生来说，他没有无缘无故的爱。

"我一直想为这老夫子立个碑，尽管，他看不上我，我也看不上他，但同学一场……"

听到这里，我真的愣住了。

"你应该装个空调，看你满头汗。"

是有点闷热，但这汗却是因他的话而惊出来的，平白无故，立哪门子碑？"老曹走了快两年了，再说……"我把接下来的话，压在舌头底下。第一，夫子有妻有子，人家自会操心；第二，夫子跟你，生前不算知己，甚至还是情敌，你张罗个什么劲？又打什么如意算盘？

他说，"地买了，离十三陵不远，碑刻了，故历史学家曹诤先生之墓，找一位名书法家写的，每个字，看我面子，要一千元。但想不到出了麻烦。"

"怎么啦？"

"昨天一下飞机，秘书告诉我，家属不愿意。"

我明白了，"是要我去做说服工作啦！"

"就是这个意思啰！"他欣赏我说出他要说的话，然后，好像把任务交待完了，站起身来要走，"对不起，我还要去部里汇报，那位黑元首，还有点要求——"话音未落，人已经消失在门外。

晚上，他来电话，"怎么样，妥了？"

其实，我还没去曹家，尽管住得不远。再说，我也没有太当回事，第一，我反对他心血来潮；第二，我也不赞成就显他能；第三，怎么事先也不跟曹诤的太太、和在外省工作的儿子曹彬打个招呼？太越俎代庖了！

"明天，我听你的消息。"不管我是否愿意，或者是否应该替他办这件事。说完，把电话挂了。这人，就这派头！

曹诤早说过，这个家伙，当官当出一身臭毛病，除了比他官大的，全世界的人，他都认为是他的下属，见了他应该立正。

去你妈的！我才不为你跑腿。但第二天，我尽管心里骂娘，还是敲开曹诤家的门，因为，他立这块碑，太晚了点，但不是坏事。曹诤的遗孀刘莹，住得离我不远，中间隔着一座公园，若从园中穿过去，十分钟的路程。老曹活着的时候，每逢他在大学里，挨批挨斗，连个说话人也没有的时候，就约我在这座公园的水榭里见面，解解心烦。其实，常常也没有什么话，该说的全说了，夫复何言。于是，唯一可谈的话题，就是徐炯了。因为，徐炯官做得不小，他要肯帮忙，曹诤的日子也许会好过些。但他，这个太政治化的人，避之唯恐不及的。这我们也能理解，有时候，救一个溺水的人，要没有救生本领，会把自己的命也搭上的。或许，他如今感到有点内疚，给这位教了一辈子书，立德立言，学术有成就，而且桃李满天下的老同学立块碑，没有什么不好。

曹诤在世，就门庭冷落，死了，更无人问津。半天，他太太刘莹才出现，一见我，马上猜出来意，"李先生，谈碑的事，就免开尊口了吧！"

一听，不客气，我声明，"我不是必须说服你们，但这不是坏事。再说，徐炯，这个人，你们也知道，他想做什么，拦不住的。"

"麻烦你对他说，我们不承情！谢了！"

我知道她对徐炯不感兴趣，因为他是个挺叵测的家伙，熟知他的人，都得防着他三分。"不过，我也再三的想了，他会在立这块碑上，做出什么文章呢？"

"是吗？"她半信半疑地反问我。

"老曹该有块碑！"

"那我们来立，用不着他。"她有些发火。

"可他，比我们谁都有办法。你看设计图——"

她差点跳起来："我不要看，不要看！老头子就死在他手里！"

我望着激动的她，不知怎么办好。过了一会儿，天开始掉点，我看我该走了，她终于冷静下来，并向我解释，不是冲我这个说客而来。我也为我担当的角色，感到没劲，这大热天，在家歇着多好，替那个家伙，管这份闲事干什么。

刘莹的话，有点夸张，曹净一辈子，从来也不曾顺利过，但不是徐炯的过错。历次运动都逃不脱挨整，毛病出在夫子钻到学问堆里，而对社会却十分茫然的书生气上。但凭良心讲，虽然他苦头没少吃。最后，还是看在他的学问上，放他一马，这就是所谓批判从严，处理从宽，让他继续从事突厥语、西夏文、鲜卑社会、氏羌风俗的研究。

每次获得自由，我都祝贺他："因学问倒霉，也因学问沾光。这大概由于中华民族，到底是文化古国的缘故，你才能幸免于难。"

曹净坐在水榭的长椅上，自由了，也不轻快，一脸灰色，对我的调侃，略无反映。后来，听他太太刘莹说，每次运动，他都像生一场大病，一时半时缓不过来，等好容易复原了，下一次运动又要开始了。所以，他那部大著作，总是完成不了。

他承认，"我真没用——"

曹净倒有先见之明，早就预言过，"上帝赏识的，是能够适应这个世界的聪明人。一个人才智有限，全用在专业上，那他在别处碰钉子，也就无可抱怨了。"他好像早知道他会倒霉，倒霉一辈子，而且早知道徐炯要发达，发达一辈子，所以，拜托过他，"春风得意以后，可别忘了老朋友呵！"

那是五十年代，二十出头年纪，刚参加工作时的笑谈。谁知后来，不幸而言中，徐炯官运，一直亨通；我成右派，每况愈下；教授更惨，连老婆，也跟他分手了。

这也是刘莹生气，不肯让徐炯立碑的原因。离婚倒也没什么大不了，问题在于，曹净的前老伴，那位话剧演员，接着再嫁的丈夫，不是别人，正是徐炯。看来，老天存心跟他别扭，哪怕下一个雨点，也打在他这倒霉蛋的头上。你说，她嫁谁不好？抬头不见低头见，偏要嫁他；他娶谁不行？哪壶不开提哪壶，一定娶她，这不是存心叫板吗？

尹曼，当时正在演一出描写大跃进的话剧，她扮演的那个赶英超美、气壮山河的女主角，从头到尾，豪言壮语。由于必须声嘶力竭的喊叫，每天喝胖大海润嗓子。就这样喊红京城，声振中华，领袖接见，亲切合影。我们三个被拉去看她的彩排，老夫子如坐针毡，我忍受不了那高分贝的刺激，只有徐炯，不但看完了戏，还坚持等她卸了装，用车送回来。大概脸子漂亮的女人，上帝就不给她太多的智慧了。所以，会写东西的女作家，常常不具太出众的姿色，道理恐怕就在这里。而头脑简单的女人，往往经不起成功。一发红发紫，就坐不住金銮殿，就要做些傻事和蠢事。

　　我劝过她，尹曼，慎重些，徐炯爱你不假，但他更爱政治，和曹诤爱你更爱学问一样，你没有必要从屎窝挪到尿窝。而玩政治的，尹曼，你可绝对不是对手！到第三次听我这样开导以后，她翻了脸，那是在剧场大门口，观众还未散尽，就朝我嚷嚷起来，"哪怕他是狮子，我被它吞，老虎，我被他吃，甘心情愿，死不后悔。"像她饰演的那个一天等于二十年的女主角，撸袖子，挽胳臂，做英雄就义状。天哪！立刻招来一圈看热闹的，我赶紧躲开。

　　跟这种幼稚的女人，无法理论，找到徐炯，只有吼他了。你他妈的什么东西？兔子还不吃窝边草呢？他那时跟一个很大的首长做秘书，炙手可热，还没人敢这样当面给他难堪。他恼火，又不便发作，把脸一板，"我倒想请教一下，你算老几？曹诤他不跳，你跳什么？你要再不走，我叫警卫员来——"

　　"喝！神气什么？狗仗人势！"没办法，侯门似海，我只好悻悻然地撤退。

　　不过，徐炯说得也对，我在图书馆的书库里，找到了这个被抛弃的丈夫，正盘腿打坐，翻阅资料。那神态，真像一条蚕，钻在书堆里给自己做茧呢！

　　"真可怜！"我跌坐在他身旁，不停叹息。

　　他半天不吭声，然后："用不着你同情！"

　　"老婆都丢了！"

　　"至于说得那么难听吗？"

　　"事实！"

　　他说："我不觉得尹曼这样选择，有什么不好？女人，并不都那么有识见，她想要的，我给不了，同样，我希望她做的，她办不到。勉强在一起，她不快活，我也不轻松，那就不如分手。"

　　我看他从书堆里抬起头来，面如死灰，两眼无光，我就知道他又陷入无法招架的仓皇之中。一受到打击，就这种凄凄惶惶的德行，尹曼离开他，比运动时挨整还难承受。他实际很爱尹曼，并不愿意接受这种现实的。可他又无力去拼去斗，唯有像鸵鸟把头埋在沙里，躲起来。我只好坦率地对他说，"肯定你的感觉器官，不知哪儿出了毛病！徐炯早就对尹曼下工夫了，你不会笨到看不出来？只是你知道自己是懦夫，是倒霉蛋，是注定的失败者，于是索性钻到图书馆里来，给他创造机会。"

　　"算了，算了，过去的事，何必再提！"他长叹一口气，然后，自慰地说，"在这种年头，由那个当令人物照顾着尹曼，我还多少放点心。"

　　我真想捆他一下，让他清醒，"不行，不能这样便宜了那小子——"

曹诤差点要给我下跪了，"我求你了，让他们去好了，我只是希望尹曼真过得好。"

但尹曼跟徐炯结合了以后，过得快活还是不快活，满足还是不满足，得到了她希冀的幸福，还是没有得到，由于免得尴尬，我和曹诤，跟这位当令人物有意的疏远，便不得而知了。但在报纸上一大堆出席会议的名单里，偶能见到徐炯的名字，至少，还在继续当令，那么，尹曼应该说是不错的了。

那个漂亮风流的尹曼，有点昙花一现的意思，很快开放，很快凋谢，出名以后，还没风光够，就离开人世。这样，我们三个人，像从前那样重新有了一些来往。不过，曹诤对徐炯，不免有了芥蒂，言语间多了点刺。奇怪的是，通常不让人的徐炯，无论夫子怎样挖苦，总是隐忍不发。于是，我想，朋友妻，不可戏，这段历史，是他无论如何也不会感到轻松的。

或许，这是他要给这位故去老同学立块碑的隐衷？所以，这人即使多不好，在这一点上，无可指摘。但刘莹不相信，总觉得其中必有蹊跷。我说，不至于吧？给一位学者立块碑，除了卸掉心头这一段感情负担，还能图个什么呢？要名？他已相当有名；要利？天晓得，这是贴钱买卖呀！

天色渐渐重起来，远远还有雷声。她老对我说，气象台报了，是场大雨，显然希望我走。如果不是这个话题，也许并不反对我听听她整理丈夫遗著的事情。那时候，她从曹诤的研究生成了他太太后，若是无法勉强她的丈夫，做些什么他不愿意做的事情，她就得搬动我来说服老曹。

有学问的人，对于礼尚往来，人情世故方面，是很茫然的，但他则更懵懂。哪怕在运动中，被暗示作一个认错的检查，就可以过关，他硬是不肯写半个字。哪怕在学术中，向那些假权威，半学者，表示一下亲善，也不至于老是陷入小人重围，可他连笑脸也不给一个。哪怕更大的人物莅校，要来看望他，其实也是做姿态，校方希望他虚与委蛇几分钟，但他肯定会拂袖而去。碰上曹诤犯这一根筋，不肯转圜的时候，她只能坐在那里暗自掉泪。

这时，我才发现，那个多少有点二百五的尹曼，凭她那张脸子，自来熟的本领，任何机关、任何首长都敢去请托奔走的勇气，对于曹诤的重要性了。尹曼从来不找我帮忙，她自己就有能耐使曹诤在灭顶之灾中，绝处逢生。而坐在我面前的这位太太，就没有这份本事。"文革"期间，老曹进了牛棚，她带着不是她生的孩子，到干校去，可是受了罪的。徐炯，却由于尹曼认识要人的缘故，那几年两口子竟能在港澳躲风。

于是，我不禁怀疑，徐炯一定要娶她，是不是有一点实用主义的考虑？他是个政治家，他不能不在乎把朋友老婆搞到手的后果？但正因为是政治家，才需要这张助他飞腾的漂亮面孔。从徐炯家里至今还挂着的照片看，尹曼挽着那些名字说出来吓人一跳的大人物，那种紧贴着的亲昵神态，天哪，还有什么达不到的目标呢？

现在，我终于明白，上帝所以不给漂亮女人以过多的智慧，就因为她们拥有比智慧更有用的东西。也由此印证了曹净病重弥留时的感喟："读书多了，有什么用？学问大了，有什么用？"大概，他后悔自己成天关在图书馆里，而把美丽的太太冷落在一边，未能充分发挥其才能，以至于落寞一生，从来也不曾当令过。

这就不得不佩服徐炯，这位生活的强人，毋庸讳言，这是他的时代。而像曹净，像我，屡屡败绩，只能怪自己是笨伯。曹净的后老伴，不同意我的见解，她对徐炯不以为然的地方，是他的幸福建筑在别人痛苦上。要不是他夺走了尹曼，老曹的著作，也完成了，而且肯定也出了，尹曼那张脸就是无往而不利的通行证。

我倒不是为当令人物辩解，徐炯是不怎么样，但这么多年看下来，利己的事，是有的；害人的事，至少明面上，没看到。

"可他夺走尹曼，等于要了老曹的命！"

雨到底下了起来，但照样闷热，我想再谈下去也无益，于是，告辞了。

一到家，徐炯电话就追到了。这家伙，就这种不达目的，绝不休止的性格。"不行吧，我早知道。"

"知道还让我去碰钉子。"

"我以为你面子大！"他又布置起任务来，"这样吧，麻烦你打这个电话试试。"

我一边记号码，一边问他，"你要干什么？老兄，这回我坚决不奉陪了。"

"你再跟曹彬说说！"

"他不是在外省？"

"这会儿，他在北京，我知道。"

"那你为什么不直接打，要绕这个弯子——"

电话那端沉默下来。我喂了一声，对方还没有反应，我突然悟到为什么了。因为，尹曼离婚后，没有要孩子，而曹净，这个心肠实在太好的人，考虑到一个年轻女人，前程似锦，拖一个孩子是多么累赘的事，才把曹彬留在自己身边。当时，我持反对意见，"干吗？那你还搞得成学问吗？"说罢就要去找他们，徐炯该担起这份责任。他拉住我，仍是那样无可救药，"我求你，别管了，只要她能幸福，我怎么都行。"显然，徐炯尽管做一件好事，由他来给曹彬打电话，总有些尴尬。"好吧，我豁出去，给你当牛马了。"

没想到，难题就这样迎刃而解了。

曹彬跟他老爹一样，又不一样，很有学问，我还很少看到这种学者型的干部。然而，待人接物，大度豁达，不像他父亲那样呆板迂执，也不像他继母那样狭隘偏颇。他听了我婉转表达了徐炯的想法和做法，我还几乎像担保似的，认定他此举毫无什么色彩，只是一种老同学的心意。曹彬说："那真得谢谢徐叔叔，其实是我应该做的事。因为我在外省工作，鞭长莫及。我娘跟爹一样，是做学问的人，办这种事，极不在行。"

有他这番话，我想还是敞开心扉，爽兴和盘托出为佳，"唉，也许人老了，就没有那种少年意气，老徐的心里，恐怕多多少少，总觉得对你父亲，在感情上欠缺一些什么吧？让他这样补救一下，说不定能平衡一点！"

"李叔叔，过去的事，就让它过去吧！谁也不能，也不必总生活在过去的阴影里，你说对不对呀！我娘那儿，我负责。你放心，也让徐叔叔放心，就照他的意思办吧！"我没想到曹彬，说得这样明理而又透彻，到底是在省的领导岗位上，做了这些年的实际工作，历练得相当成熟了。

于是，就有了三伏天里十三陵之行，虽然还是闷热的天气，还是有雨下不来，但在那初具规模的老曹墓前，汉白玉的基座，花岗岩的石碑，还有一圈苍松翠柏围着。即使不懂风水的我们，也直觉地感到这墓穴的地势气脉，挑选得相当不错的了。一路上总是绷着脸的刘莹，直到这时，才露出了一丝和解的微笑。至于曹彬，我想他是十分满意的，但他宁肯谨慎地称道："不错，不错，娘，你说呢？真谢谢二位叔叔了。"

我注意到徐炯，第一次没有那种大咧咧的神气，和横着膀子走路的得意劲头，而是像小学生做完了一份作业，等着老师批卷子似的，看能得到几分成绩地期待着。天又开始掉点了，不过大家都未在意，尤其老徐，甚至有些兴奋。我想，这或许才是真实的，本来面貌的徐炯。一个人到了这年岁，能够想到尽心尽力地去为别人做点事，对他来说，确实是难能可贵了。

于是，我不禁有点喜欢这个不那么追求当令的人物了。

大约，隔了一两个月，潮热气温的雨季终于过去。有一天清晨，我到公园溜达，有人叫了我一声，站住脚，回头一看，原来是在那里做香功的刘莹。她显然高兴的样子。

"你好啊?"她问我。

我想我没有什么好，也没有什么不好，就回答道："还凑合吧！"

她告诉我："你知道吗？曹彬马上要调回到北京来了！"

"是吗，这不挺好，你本来不愿跟他到外省去，这回，儿子，儿媳，小孙子，都团到你跟前了。"敢情，她脸上充满幸福的光彩，原来喜事临门，我连忙向她表示祝贺。

刘莹附在我耳边说："上次，伏天，他回来，原来是中央找他来谈话的。"

"那他在哪个部门工作?"

听她说出那分量很重的四个字，到那样一个重要机关工作，真奇怪了，我马上涌上来的感觉，不是为曹彬的上升趋势而惊奇，毫无疑义应该惊奇；也不是为刘莹的晚年幸福而高兴，那绝对是应该高兴。而是头皮有点发麻，后背有点冰凉，为我那位同窗，作为一个当令人物，居然那么早早地就未雨绸缪，高瞻远瞩，不得不五体投地的佩服。

如果，要是让我选举一个"时代骄子"的话，我绝对会投徐炯的票。

见 鬼

前些日子，我到一家医院，去看望一位老朋友。所谓"老"，既有两人交往已久的意思，也有此公上了年岁的意思。其实，我也进入老的行列，但他比我更要老些，快八十的人了。这是位乐观的老汉，应该死过好多回却居然还能活到"望八"的老同志。

他知道我现在以耍笔杆子为生，便说他早年在解放区也写过一些东西的。后来，不写了。我向老汉讨教，为什么不再舞文弄墨？他开玩笑说自己肠梗阻了，就再拉不出什么锦心绣口的文字了。听他这种自嘲的话语，便可知道此公性格豁达之处。

聊天中，他试探地问我，"你不去看看'谁'？"

"谁？"

"就是那一位！"他莞尔一笑。

我马上会意："他怎么啦？"

"也住在这里，跟我一样，进来容易出去难了。"

有的人的名字，倒不一定如枪似戟，可是名声稍差，人缘不佳，都愿意离他远些，最好连名字也不提，因为他的名字，总是与"文革"呀，或者更早一些的政治运动相联系着。虽然大家早就不那么耿耿于怀了，无论如何那已经是一段尘封的历史，若是念之在之地忘情不了，那这个人岂不活得太累？不过，一说到这位老人家，仍是摇头者多，好感者少，因为他的名字与什么整风、审干、四清、三反等等特殊记忆搅在一起，于是，大家索性回避此公，努力将他忘掉，因此，不得不提及时，遂以"谁"来代替。

"想不到他也病？"

"病得还不轻。"

"他知道你在这里住院吗？"

"我去看过他。"

"他呢？"

"他儿女说他要过来看我。"

"假如你们俩见面，会说些什么呢？"我觉得颇有点戏剧性："我很想知道。"

他宽厚地一笑："还有什么可说的呢？都是马上要到终点站的人了。"

这位"谁"，当然也是我和老汉都熟悉的人，从五十年代起，"谁"一直扮演冷面杀手的角色。譬如把哪些人批判，把哪些人处理，定什么性，按什么办，上什么纲，划什么线，属于什么矛盾，送到什么地方去改造，戴不戴帽子，算不算分子，都是他这个历任运动办、清查办、专政办负责人的事情。

如今躺在医院里等死的两位老先生，这一个曾经是另一个的靶子，另一个曾经是这一个的克星，说他俩是中国政治生物链中的相生相克的环节，一点也不算夸张。这一个挨另一个整得几十年抬不起头，另一个整了一辈子人，整了一大串人，好像也未见如何发达，如何光辉，反而弄得大家都避鬼神似的远离他。如今，都到了垂垂老焉的年纪，都得了不治之症，都住在医院的癌病房里。

我说："无巧不成书！"

老汉说："看来，上帝不懂政治。"

"他想见你干什么？赔礼，道歉，认错，谢罪？我有点不大敢想象呢！"

"算了，到了死神快要敲响丧钟的时刻，是也罢，非也罢，对个人来说，争个长长短短，再也不具备任何实际意义了。"我的这位老朋友悟道似的向我摆摆手。

但我不相信这个整了一辈子人的"谁"，能像老汉这样想得开，因为他从来不会消停，也不肯安生，这个"谁"，运动起家，运动发迹，他一有运动浑身精神抖擞，而有日子无运动的话，便郁郁寡欢，连饭也吃不香。直到他晚年，真是遗憾啊，一是他终于离休；二是也不再搞运动，才真的感到没有什么事干。他老是茫然若失地唠叨，怎么不发社论呀！其实，每张报纸每天都会有社论的，不过，没有他所需要的那种战斗檄文的社论。于是，他觉得不对头，看人看事，总是不顺眼，总是认为有什么差错，总是疑神见鬼，总是悻悻然。所以，人们讨厌他，包括他儿女，也对他敬谢不敏。这是人之常情，没有人乐意天天看那张灶王爷的脸，也没有人喜欢听拉警报或救火车呜呜的笛声。

我不敢说这位"谁"，具有小人之心，但患了这种动不动要修理人的病，根据我个人大半生被整的体会，其中大半是小人，这估计是没有错的。否则，要整什么人的时候，灵魂深处的良知，会使他无法下手。老实说，把一个无辜的人推向断头台，眼看永劫不复，没有强烈的恶念，是做不出来的。唯有患了小人病的人，才感到整人是种乐趣，才不会手软，才天天盼他需要的那种社论。

　　"其实，你和'谁'，差不多前后脚跑到解放区去的，听别的老同志说过，整风的时候，他就够意思。"

　　老汉不接我的话题，只是说，小人嘛，是一种社会现象。凡有人类活动的场合，只要存在着竞争机制，攸关到每个人的物质和精神的利益，有人得到的同时，有人得不到，出现不平衡，就有争夺。得不到的人想得到，得到的人要保护自己胜利成果，而且还想得到更多，就有厮杀，于是必然要产生所谓的小人。这种争夺和厮杀过程中，如果借助于权力，就叫做"整"。所谓"整"，就是一个绝对强者，打一个不敢还手的绝对弱者。然后，病床上这位挨整的老先生总结："历次运动，'谁'是健将级的！真是该给他授勋！"

　　凡整人，分两类：一是奉命行事；二是业余爱好。前面说的如今也躺在医院里的"谁"，属于兼而有之型的。有些老同志早先说过，刚到解放区的时候，"谁"不过是一般干部，后来，进城，就渐渐地爬上去了。

　　因此，过度的积极性，通常都伴有其不可告人的目的。无非是想通过非正常的竞争手段，获得从正常途径得不来的一切，因此，为达到比正常途径更丰厚的回报率，在手段的使用上，随着恶的程度增高，无所不用其极的可能性，就更加大，受害者的痛苦，也就更加深了。于是，在一个社会里，利益愈少，则竞争愈剧；途径愈难，则竞争愈恶。而竞争愈激烈，小人愈繁殖。而小人，像大肠杆菌一样，植根在社会的肌体之中，一遇机会，例如社论一发表，运动一开展，内部开始分类排队，划分左中右，要讲清楚，要交待，要什么什么的时候，就要爆发出来。不过，有的人，正常细胞能够抑制得住病菌的繁殖，我们管这种人叫君子。有的人，病毒泛滥，不可控制，把自己的快乐，建筑在别人的痛苦之上，便是所谓的小人了。

　　"老汉，想不到你对这方面的学问，研究得还相当透彻呢！我可不是在恭维你！"

　　"在医院里住着，横竖也出不去了，要是不趁着还能思考的时候，想想自己这一生，岂不是白挨整了嘛！"

　　我开始有些弄懂这位前辈，虽然我们相识得很久，好像现在才更了解他。

他告诉我：小人，在中国，是一个很古老的词汇，据《颍川语小》这部书考证，"君子小人之目，始于大禹誓师之词，曰'君子在野，小人在位'，盖谓废仁哲，任奸佞也。"看来，远古洪荒时代的夏商周，还是物质贫乏，民智未开的原始社会，就有小人为祸。

说到这里，他哈哈大笑。

那天，我和我这位老朋友，很开心地谈了一通以后，笑声惊动了护士，过来干预，便只好离开。临走时我对老汉说，你知道有一种植物叫"死不了"吗，你老人家就是。我说我相信有一天，你从医院大摇大摆地走出来，这对你来讲，也不是第一次。

"算了，别给我打气了，我和'谁'的加时赛也结束了，只剩下罚点球了！"

"你真行——"我差点要给他一拳。

告辞后，走出了他的病房。在医院长长的走廊里，我考虑过，是不是顺便去看望一下这位"谁"，后来，我决定了，还是不去了，以不见为好。何况，手里连一把鲜花也没有，那也太缺乏礼貌了吧！

但是，我无论如何没想到，这位"谁"的病房门竟是开着的，而且，他的子女看见了我，并向我点了点头。这样，我要是过其门而不入的话，那也太过分了。怎么说，这是一个年老的人，一个垂危的人，还有什么好介意的呢？我不过是他整过的一大堆人中的一个而已，还值得把过去的事那么看重嘛！连那位老汉都悟得透透地，我就更没有必要计较这实际已成为历史的一个无可奈何的部分。

生活，不完全按照书本写的那样进行，你不也得领受？

我走了进去，虽然某老插着管子，但他还是能够喃喃地说些话，尽管有的词语，还需要他的子女翻译，我才能听懂，不过，大部分的意思，我还是能明白的。

他问我："知道他在这里住院吗？"

这个"他"，显然指的是我的老朋友了。我点点头，并且告诉这个"谁"，我就是看他来了，才知道您老也住院了。

"他这个人哪，就是一辈子不吸取教训。"

这类教育犯错误人的话，也许他说得太多太多，即使他子女不翻译，我也听清楚了。但是，那两个年轻人劝阻着他们的父亲，"你能不能不要再管别人，管管你自己好不好？"

他说："要是我能过到他病房，我要对他讲讲的。"

"得了吧，你——"他孩子很不客气地打断他。

他显然愿意对我这个听众讲他想讲的话："你还记得那个毛头嘛，也爱写写画画的。"我早把这位女同事忘掉了，还是在"文革"初期，就因为交待不清楚家庭关系而自杀身亡的一个蛮漂亮的美术编辑。那是他被革委会结合后主持清理阶级队伍时，所发生的一起事件。很可怜的，她切了腕，流尽了最后一滴血，脸白得像画图的模板纸。一晃，二十多年过去了，人死如灯灭，如不是"谁"突然提到，我是完全想不起来的。坐在病床旁边两个年轻人，"谁"的子女，根本不知毛头为何许人，因为那时他们都上山下乡去了。所以，对这个话题也无多大兴趣。"谁"继续对我说："她就能够正确认识自己，很好啊！"

我说："我很佩服您的记忆力，多少年前的事情，还能说得上来。"

他告诉我，"她也在这里住院，你不知道？前两天，还到我这里聊了一会儿呢！"接着，他那暗淡的目光，游移起来："哎，这不是她在门口站着嘛！进来呀，毛头，进来呀！"

我慌不迭地站起，觉得浑身汗毛都竖起来了。也许，老人的儿女看出我神色有异，便问我是怎么一回事。我不知如何好，只好说没什么，没什么。并且讲：显然老人累了，我不能再打扰他了。其实，我更觉得不安的，是这间病室里，肯定有我们看不到，而他能看到的其他许多人。于是，一刻也不想多呆了，赶紧离开这个至死怕也不肯消停的人。

走出医院，天高云淡，阳光明媚，这才觉得心头轻快了许多。

于是我想：生活，成为历史；历史，成为过去。虽然是个周而复始，往还不竭的过程，但可以相信，当终于悟到了一些什么以后，人就会变得聪明，就会明白没有永远不变的游戏规则，就会选择不一定非这样生活，也可以那样生活的方法，就会避免重复前人走过的路。这是毫无疑义的进展，否则，这世界还有什么新鲜感呢？

亲 友

　　九叔，是他治印的笔名。这两个字镌在章上，那块石头就身价不一样了。

　　他在圈子里有点名气，因为他收藏的名家图章多，名贵石料多，还有，他若给谁刻一方印，对不起，索取润笔也多，就凭这两个字。

　　其实他既不姓九，也不是排行老九，只是他比较贪杯，又上了点年岁，便自封为酒叔。因酒太直露，改了这个九字，既有自嘲的幽默，也有提醒别人他老人家的嗜好之意。在饭局上，他若在座，主人总是试探地问："来点酒？"九叔便连忙做颔然首肯状。他喜欢喝酒，越老越喜欢，已到了顿顿离不开的程度。

　　主人有的是真诚的，有的也是假招子，虚晃一枪的。但此时，不论真假，自然也就得随之而问："那么，来点什么酒呢？"

　　大多数人都说随便，也有人说不喝的，也有人说顶多喝一点啤酒的。若问到他，或不问到他，他能扯下脸，总是要表一个很明确的态："那就来点儿白的吧！"他对低度酒兴趣一般，"那是女士们喝的酒哟！嗬嗬！"大家也比较喜欢这位九叔喝酒上的直率，若是不慕名，想求他刻章而又不想掏钱时，那时候，他不端架子，脾气随和，是个老少咸宜，和颜悦色的可爱老头。自然也就随他的便，"对对对，就喝点白酒吧！"

　　"嗬嗬！"

　　主人于是不得不把脸正式转向九叔，热情地或装出热情地问："你老说呢？来点什么白酒？"

　　九叔撇开买单的主人，直接找服务员。"小姐，你们这儿都有什么白酒呀？"

　　受过训练的小姐，就开始报酒名，通常都是什么贵报什么。此刻不管是真诚的，还是假招子的主人，都有一把克利达摩斯剑悬在头上的挨宰感。九叔不等那小姐报完酒名，便打住："茅台太贵，就五粮液吧！"

也许和他同桌吃饭的次数多了，发现他对于五粮液，情有独钟，总是点它。于是那些知道他这种饮酒习惯的朋友，这其中有唱戏的，有画画的，还有写报屁股文章的，出于尊老，便替他先说了："五粮液吧，就五粮液吧！"

"嗬嗬！"九叔便笑开了。

酒上桌之后，服务员要开瓶之前，他一定举手示意，"等等，小姐！"然后拿过酒瓶来，啪！翻转一百八十度，此时，他的动作之麻利，一点也不像是上了年岁的样子。这也可能和他经常治印，腕力比较发达的缘故。只见那瓶口倏地朝下倒置，然后仔细端详瓶底，是否挂有一滴酒珠，据他说，这是辨明五粮液真假的不二法门。

有人请教过酒厂的专家，人家回答说未必如此。但九叔在桌上这么一表演，大家便信以为真了。就如他的治印，偏要大价钱，偏有人求他一样。这世界上就有许多没办法说清楚的事情，他越开那么高的价码，越有人问津，越抢手，于是他也越不肯白给谁刻，不管多好的交情。金石界颇有人摇头的，但他很挣钱，你说这怪也不怪？

"酒叔挣海了！"

"老鼻子去了！"

"酒叔，你好了得的。"

"嗬嗬……"碰到关键问题，若不想答理，他就"嗬嗬"一笑了之。

一喝酒，和钱拉开距离，九叔就变得非常可爱了，比他刻的那些一块块石头图章的润格要可爱得多。一杯下肚，满面生春，灿如玫瑰，艳若桃花，三杯以后，脸色转深，姹紫嫣红，锃光瓦亮。这时候，舌头也卷了，言语也多了，也就益发地可爱了。

他刻了多少章，收了多少润笔，只有他自己知道，而且其中大部分是硬通货，他也不否认，因为港台那边很叫响"九叔"二字的，这也瞒不住。其实依别人意思，还不如直书"酒叔"，更有性格一些。他喝了酒以后，那性格就出来了，首先那双眼睛蒙眬了，可以看到酒意在眼眶里流闪，其次那张嘴就有讲话的欲望了，"嗬嗬"以后，开始讲一些往事旧闻，尤其饭桌上有一两位女士的话，谈兴就更浓了。而且他每次讲，都好像第一次讲时那样兴致勃勃，也不管别人听过没有和听过多少遍。

"这个旧上海呀，有条四马路，也就是现在的福州路，旧社会也这么叫。你们知道嘛，这条路的东端靠外滩那面，是银行，证券交易所，中段便是书店和酒楼，当时中国最有名的几家书店集中在这一块，三十年代好多作家的书都在那儿出的。而杏花楼呀，一些本帮菜馆呀，也是沪上相当出色的吃饭请客去处。紧跟着西段，快临近跑马厅那面，嗬嗬，便是旧时上海的人肉市场，聚集了许多长三堂子的会乐里了。由此可见文化这东西——"他那酒眼看着在座的女士，"总是和金钱、女人、酒是不大容易分得开的。嗬嗬……"

他一边讲，一边小口饮酒润嗓子，讲完了自然还是喝。主人反正觉得瓶已开了，钱已花了，乐得做这份人情劝酒，故做殷勤状地凑上去："满上，九叔！"

到底是上了点年纪，嗜酒，但量不大，已经到了既不能不喝，但不能多喝；无酒不行，多喝也不行的境界。"好，少点，少点，嗬嗬！"

酒足饭饱，大家感谢主人的盛情款待，主人一定也总是要问一声九叔："喝好了吗？您老！"

"嗬嗬！"喝得尽兴的他，颔首，做颐然满意状。脸部的毛细血管都充盈起来，通红通红，显然酒精使其血液循环加快，于是话就更多了，大家觉得应该是席终人散的时候了，可他还要讲，那就听吧！

"譬如这个火腿——"假如最后端上来一盆火腿竹荪汤的话，他就要说腌制一缸火腿时，必须要有一只狗腿在内的珍闻。假如是一碗马马虎虎对付的鸡蛋汤，他就要说一个南方人到北方来，怕吃鸡蛋但偏偏点了木樨肉，摊黄菜，和这个甩袖汤的笑话。无论狗腿，无论甩袖，也无论其他什么，其实大家都听他老人家讲过好多次了，因为这样吃饭的机会很多，但人们仍像第一次听到似的感觉新鲜而有趣，每人从眼睛鼻子间挤出笑来，一起"嗬嗬"。

随后，吃完了水果拼盘，好了，站起来了，散席了。

这时，主人就会把那瓶未喝完的五粮液，拎到九叔面前，"您老带着吧，尚可一醉！"

"嗬嗬！"

要是主人疏忽了，同桌的人也会把这瓶剩酒，往九叔的手提包里塞进去的。"带着吧带着吧！"要是主人和同桌的人都把这瓶余沥犹存的酒，给忘在一边，九叔就会止住服务员小姐："别收走，别收走，把盖子给我盖上！不要暴殄天物哦！"然后，他自己"嗬嗬"地一点也没有不自然的装起来了。

由于有的酒楼，不大欢迎将未喝完的酒拿走，常用的办法就是将瓶盖扔得不知去向。这也难不住九叔，他会用餐巾纸紧紧塞住，一样要拿走的。

走出酒楼，除主人派车送，很少自己打的。更多喜欢溜溜达达步行，若是有人陪他走一段路，依然谈笑风生。只要不谈求他治印什么的，他又会讲一些你听过多次的话题。"你知道旧时代的上海吗？有条四马路，有条弄堂里，开了许多妓院，也就是长三堂子，你猜怎么着，其实那是一条书店街……"

这时，那瓶酒在他提包里晃荡着，浸湿了那纸巾，便散发出浓郁的曲香型酒味来。

于是，你会觉得那八字步走路的九叔，更像一位酒气拂拂的散仙了。

八姐是唱戏的，因为小时学戏，头一出就是《杨八姐游春》，故而这样叫开了，一直叫到老。准确地说，八姐只是个早年唱戏的，后来不唱了，压根儿不上台了。也不是倒嗓，也不是像梅先生蓄须明志，什么也不是，就因为没什么人听戏，没人买票，剧团散了架子，大牌们养鱼的养鱼，遛鸟的遛鸟，偶尔演场把老戏，例如徽班进京，例如丰富春节舞台，这时候，一要考虑名角；二要照顾年轻人，"八姐，你就顶着剧场小卖部吧！"团长派活时这样跟她商量。

顶了几回，卖冰棍汽水带卖节目单，八姐火了，"去你妈的吧！"和她儿子一商量，回家开了个小饭铺。

八姐不算辞职，也不算不辞职，稀里糊涂，领导对她就那么睁一只眼闭一只眼了。现任团长当年到团里来做学员时，夜里还尿炕呢！八姐那时是学员班长，偷偷给他晾晒褥子，为他遮掩过，如今好意思跟老大姐丁是丁、卯是卯嘛！再说，杨八姐，什么角色，是他敢惹的等闲人吗？

她儿子跟她是同一个剧团的，唱黑头，戏校科班出身，他压根儿不怎么想振兴京剧，至少他觉得那不是他凡人的事，练完了功，团长没话可训，就回家来帮他妈包饺子卖。

"得得，小祖宗，你给我留在剧团，别把功夫撂荒了！"

"还练？吃饱了撑的。"

"那么多年白学了？"

"你老人家还在梦里吧？"

"你别泄气，万一……"她老是寄希望于那一天，京剧突然红火起来。

"万一个屁！"他才不信，嚷着也要辞职，劝他妈，与其雇安徽小保姆，不如雇他。

"你敢——"八姐举起扫把。

小杜没有他妈那份辉煌的梦，量体裁衣，把自己后半辈子安排了。第一没文化；第二没本事；第三也不想太出人头地，能有这间小饭铺，卖卖饺子，也就满足了。全想做伟人，这世界还装得下嘛！这位在戏校念了九年，在剧团呆了九年的青年演员，戏唱得一般，好说不上好，坏也说不上坏，马马虎虎，凑凑合合。八姐的师兄，一位琴师早预言过，"这孩子不是门里的虫，别难为他了。"可她一辈子没有唱红过，是她的心病，她盼着她的儿子能实现她没完成的理想。谭鑫培、金少山、裘盛戎是不敢指望的了，起码也得是个角儿吧？可儿子对她的梦一点也不理解，就会坐在案板旁边擀皮拌馅包饺子，有这间饺子馆，心满意足了。

"这这这……"这位老演员一提起来，哭笑不得。

"谁让你八姐辞掉工作去开小饭铺呢？这不正对了他的没出息了嘛！"

全是小杜跑东跑西，求上求下，才在火车站后身，租到了这间铺面房子，办了营业执照。虽说背一点，不算太热闹，可附近有工地，有过往旅客，估计生意好做，顾客不会太少，他就一心扑实地忙活开了。

一个人有个梦想，比没有梦想要强，但梦想要是永远不能实现的话，那也真是不如没有梦想。所以小杜很快活，他脸上洋溢着一种轻松感，愉快感，他学了九年戏，唱了九年戏，走了很远的路，终于到了目的地似的，坐在面案前，心就踏实了。有吃有喝有钱，小饭铺挣的足够娘儿俩花的，还有什么不知足的呢？

"你呀你呀，就这么一辈子？"

而梦想愈来愈渺茫的八姐，像永远走不到目的地那样，两条腿累得拉不开栓，很痛苦，很痛心。她嘴里总是念念有词："不能，不能！"她一不能让儿子在这里包饺子；二不能把一身功夫糟蹋了。正好台湾来了位经纪人，想物色几个京剧演员，到那里去给票友们说说戏，点拨点拨。

"妈，你甭听喇喇蛄叫唤！"小杜才不信。

"王先生说，各个行当都找齐全了，独缺你这个唱黑头的。"

"别逗了，老太太，大花脸都死绝了，也轮不上我。"

"那你就错了，说白了吧，也就是他们那边的票友们有钱给烧的，不过雇咱们个大陆上二三流角色，到那儿去陪他们玩玩罢了。"

"我陪人家溜嗓子，烦不烦？"

"兴许碰到什么人，什么机会，一炮红了呢？"这是她永远的梦，没办法。她说服她的儿子。

小杜不想那些，不过，管吃管住管来回机票，还能赚点台币，权当去旅游一趟，还值得过。小人物，没有什么大愿向，红，无所谓，玩玩，还不错。

"但王先生想听听你，小杜，人家说得很客气，来切磋切磋——"

"那就请他来吧！"

"你好好给他来一段拿手的。"

"妈，你别难为我了，我唱上了天，也这个德行。"

"我看那王先生也舍不得下大本钱请名角。"八姐咂了咂嘴，"可听你唱完以后呢？"

"行就行，不行就拉倒呗！"

八姐说："是不是咱们请王先生一顿？"

"你看着办了！"

"到哪家饭店？至少也得烤只鸭子吧？便宜坊，还是全聚德？"

小杜没想到这么隆重，只以为留下来吃顿饺子罢了，便说："至于嘛，万一不成——"

"可也是！"八姐也怕肉包子打狗，一去不回。"看情况吧，到时候再说。"

那位台湾的王先生，其实是个什么买卖都做的生意人，包括做这种从大陆低价找演艺人员，在那边再赚台湾大头的买卖。其实，他对京剧是个纯粹的白帽，连皮毛都说不上懂，只晓得饺子好吃，赞不绝口，一谈京剧，全不对茬。那位请来伴奏的琴师，也就是八姐的大师兄，就好像吃饭被石子硌牙一样直咧嘴。她一看就明白了，指这位外行，她儿子大概红不了。可她相信树挪死，人挪活，万一碰上机会，遇到明白人，懂行的，在海峡那边，唱出名呢？于是，一个劲儿劝王先生吃饺子，一个劲地给客人讲京剧ABC，同时，翻出相簿里的小杜剧照，给这位王先生看。

王先生也一个劲地"好的，好的"，但不知是好那夹给他的饺子呢，还是好那些照片上大花脸的扮相。但是一本相册，九年来未演过多少戏的小杜，能有几张照片？倒是他妈的剧照，好多还是黑白的，让那王先生看愣了。啧啧，和梅先生的合影，虽然密密麻麻许多人，但第三排里就有八姐。啧啧，王瑶卿先生说戏时照的，坐在小马扎上的那女孩，就是眼前这八姐呀！啧啧，在中南海为首长演完戏的集体照，扮丫环的八姐在前排盘腿坐着。

王先生对八姐佩服至极，"好了得的！"他虽不懂京剧，但照片他是明白的。"怎么说呢，那几十年，虽未大红大紫过，但却没闲着。唉！后来……"

王先生是生意人，马上改主意了，他对八姐说："要不，我跟你签约得了！"

"我？"

她师兄说："你怎么不行！"

小杜有些意外，唱了半天他认为还说得过去的裘派《姚期》，竟白费力气了。

「你这是干吗？」「包饺子啊，我看生意够你忙活的！实告诉你吧，台湾那儿的饺子一点也不合口，甜不罗索的……」

不过也好，去台湾溜达一圈是好事，但还不是得侍候人家，那也够累的。"算了，妈，你去吧！兴许圆了你的梦！"他心里想，趁老太太不在家，找那个尿炕的团长谈谈，办个停薪留职，省得老叫去开会。

三个月后，八姐为了省钱，经香港过深圳坐火车回来了。

到了家，小杜还在他那老地方坐着，面前还是那一屉一屉包好的饺子。一点也看不出他唱过戏，还唱的是黑头。看那挺快活，挺滋润的样子，她自己心里倒有点不是味儿。

"怎么样，这一趟？"

"还行吧！"

小杜没敢问他妈那梦到底实现了没有？只是停住擀面杖看他妈："还去嘛，妈？"

八姐没有回答，而是放下行李，脱了那套出客的衣服，洗洗手，穿上白大褂，坐到案板她儿子对面来。

"你这是干吗？"

"包饺子啊，我看生意够你忙活的！实告诉你吧，台湾那儿的饺子一点也不合口，甜不罗索的……"

小杜心想：我妈那梦呢？不过没有说出口来，只是轻轻摇了摇头，说了声"得"！接着，便飞快地擀起皮来。

七弟是那种不大见出变化来的男人。

为什么他拥有这个外号，已经考证不出来了。

有人说，他曾是乐队从队长、副队长、指挥、乐务以下的第七位干部，那不过是挖苦他罢了，一个小炊把而已；也有人说，七弟其实是妻弟的谐音，那就更是对他的嘲讽了。因为他在"文革"期间娶了一位落魄的富家女，后来多少有点后悔嫁他，因此向朋友介绍时，有时竟不说他是丈夫，而说成是自己的小老弟，兴许外号就是这样传开来的。据说，结婚这么多年，他老婆至今没洗过一件衣服，七弟也真够意思的了。"是这样嘛，七弟？"

他笑笑，不表态。他知道，承认或者否认，别人都拿他不当回事。

十五年前，七弟这副模样，不见他多么年轻；十五年后，还是这副模样，也不见他多么年老。文工团的人都这么说，七弟是乐队的常青树，他的喇叭已经吹走了八个队长，五个指挥，他还和他刚进文工团那阵一样，不老不少，坐在乐队后排，抱着他的喇叭，两眼目不转睛地盯着指挥，谨慎地吹奏着。

这就像山涧里的水潺潺地流过去，而石头却留在那里，成了时间逝去的见证一样。七弟在乐队几十年了，每次换上来一位新队长，或请来一位新指挥，这些干部在心灵深处总有一个阴影，看是七弟熬过他们，还是他们熬过这棵常青树？潜意识里有一种较量的意思。因此，表现出来，便是挑他个毛病啊，嫌他不顺手啊，甚至无端朝他发火啊，其实都未必是七弟的错；七弟是慢一点，迟一点，但不笨不涅，工作尽职，从来没吹错一个音符。可他总不老，让人心慌。

　　指挥外号叫大裤裆，身体不好，脾气也不好，所以老是找碴儿修理七弟，"我不怕你错，我是怕你温吞水呀！"敲着谱台数落他，他还是那样端坐着，不辩解。"七弟啊七弟！让我说你什么好？"

　　其实，他就是嫌七弟总不老。

　　这个五十多岁的乐队演奏员，在整个文工团，无论年纪比他大的，比他小的，也无论比他官大的，比他还不如的，都叫他七弟。他对谁都是那一脸谦谨的笑，要是对方有难为他的意思，具有侵扰性质，七弟脸上便会多一份惶惧，那笑的影子里，甚至还有努力讨好的意思。他对他太太就这样敬畏着的，老觉得自己做错了什么。大裤裆说得其实不是没有一点道理，不怕你错，唯有敢错，方能有些作为。但谨小慎微的七弟就是不敢错。所以，合乐也好，演出也好，指望他有多么强烈的爆破力，有多么震撼的激情吗？对不起，战战兢兢的七弟，害怕出错还来不及呢！

　　幸亏七弟在乐队里吹一种名叫巴列通的中音喇叭，除非大型演出，他的事不算很多。即或有，也不过用舌尖在那儿点音符，很少有机会SOLO的。七弟也不追求那种大家都停下来，由他一人对观众独奏的风头。说他志不在此也好，说他没有灵气也好，反正他上班来，下班走，还挺忙，也没见他闲在过。但都忙些跟他的巴列通没什么关系的事情，譬如抬钢琴，"七弟，快去帮帮忙！"钢琴倒不会天天搬，但演奏厅老是乱糟糟，老是暴土扬尘，"七弟，麻烦你找几个学员打扫打扫如何？"还用说嘛，说干就干，用张报纸裹个帽子顶在头上，不声不响地擦啊洗啊！有时候，乐队排练厅没弄利落，团里又分大米，分色拉油了，"七弟啊，辛苦你去把乐队一份全领来吧！"

　　也有人打抱不平："你干吗呀，七弟，你在乐队也是前辈了嘛！"

　　"算了算了，干什么不是干？"他能想得开，只有一件事，他总是要设法婉拒的，那就是照料住院的同事，不是他不想去，也不是他不爱去，而是他不能去。因为人一到住了医院需要单位派人陪住的程度，那离报病危也不远了。原来，这差使总是找七弟的，第一他好说话，值白班值夜班随便；第二他勤快，倒屎倒尿不皱眉头，可是住院的同事，病入膏肓，奄奄一息，见到这个不老的他，心里怎么也不是滋味。有的年纪比他小，得了癌，有的琴拉得特棒，心肌梗塞了，有的一表人才，比他不知体面多少，却出了车祸，撞得支离破碎，小命不保，碰到这种倒计时的病人，七弟也觉得抱歉，好像他应该先走一步，但不知为什么，不但不走，还不断地送人走，真不好意思。

他有张照片，十五年前，"文革"结束时，他们乐队的朋友一块儿吃三公一母的螃蟹宴，留了张合影，他保存着。如今那些同事，死了六个，瘫了三个，除了抓起来的，和出国的几位不知近况外，全都成了走路绊腿，迎风掉泪，老天巴地，苦日无多的人了，就他还是照片上那样子。

"日怪了！"大裤裆有点神经质，只要他一看到七弟在乐池后排坐着，马上想到自己死了，想到自己马上要送太平间了，想到七弟怎样给他穿装裹，怎样给已经僵硬的他，穿上那件上台时的燕尾服。其实这很莫名其妙的，说出来都能让人笑死，但他就这样想入非非。虽然他年纪不比七弟大，可他的肾确是有问题，尿中老有红细胞呢！一想到阳泉路上无大小，于是他跟队长说，要不请他提前退休，要不，你把他调到别处去！我受不了这个总不老的七弟。

可是，队长有队长的考虑，他也未必愿意七弟熬到他下台，给他开欢送会的那一天，可钢琴谁抬，乐池谁扫，演出搬运时那个装进盒子的倍儿大提琴谁扛？想来想去，也不能跟大裤裆把关系搞坏，"这样吧，慢慢地，"队长向指挥建议，"在一些演出活动中，尽量减少七弟的出场，行不行？"

"不行，就从今天这场下厂演出开始，麻烦七弟就甭去了。"

"那不合适吧？"

"谢谢你啦，拜托啦！"

一看那张眼泡有点浮肿的脸，队长心中暗想，真到大裤裆不灵那一天，绝不能派七弟到医院陪住，那等于催这位指挥上西天一样。于是把话拉回来。"好吧好吧，我来想办法！"

他找到了常青树，正满头大汗，在忙着领几个学员扛乐器往车上装呢！"七弟，今儿晚上，你就帮着舞台监督催催场吧！那个工厂的俱乐部前后台不大好照应呢！"

"是喽！"七弟答应得挺干脆，因为这种事过去也有过。接着他问："那我还上不上？"意思是说，还要他参加乐队演出吗？

"我看就算了吧！"

七弟埋怨他："你不早说，我那巴列通已经装上车，压在车底下了！"

"那就带着吧，说不定大裤裆不让你走，非要你上呢！"队长说到这里，先在心里笑了，要真是这样，不成了指挥的口头语"日怪"了嘛！

那天真热，装台时，俱乐部主任说什么不给空调，把哥儿几个差点热休克了，大伙埋怨他："七弟，你这个头儿怎么当的？"其实他算什么头？他自己也觉得好笑，不过干活的头罢了！好吧好吧，他答应干完了掏钱，请客吃冰棍汽水。那些小青年会客气嘛，当然要狠宰他一顿的。

他到底五十多岁，干完了也冷饮过了，觉得有点累了，就在乐池僻静角落里，枕在他那吹了一辈子的巴列通盒子上，眯盹儿起来。要不是大批人马来到，把椅子谱架踢得稀里哗啦，他睡得正香呢！一睁眼，黑咕隆咚，他问："怎么啦？"这时他才知道临时停电。七弟是那种分明不是他的错，也总觉得自己要沾包，难逃罪责的人，赶紧跑到台上。只见那个不肯开空调的俱乐部主任，急得直搓手，求他跟队长讲，不用个小节目拢住观众，一会儿电来了，人走光了，还演个屁。

七弟即使不讲，队长也知道这个道理，小节目，谈何容易，没有灯光，舞蹈不行，唱歌也不行，他转身朝大裤裆："你看呢，来个什么独奏之类！"

指挥正一肚子气，怎么这位常青树又在这儿掺和，心里一万个不高兴："不行！"

队长傻了："那怎么办？"

"你找他吧！"

"找谁？"

"那不就是七弟了！"指挥其实是气话，七弟也不是听不出来，他智商并不低于谁，不过他不大敢和人生气，也不会生气。但此刻，剧场里黑天黑地，像开锅似的嗡嗡着，要不弄点什么节目，过不了三两分钟，就得一哄而散了。

队长没想到，指挥更没想到，七弟抱着他那巴列通，拖了把椅子，从大幕边走出去。也许剧场里太黑太黑，谁也没有注意他的出现，直到他吹出第一个音符，全场才大哗不已。那些工人们，家属孩子们，用手电筒一齐照将过来。七弟明白，他此刻已无退路，只有沉住气吹下去，不管起什么哄，也要吹下去。无论如何，能把观众留住在剧场里就行了。

他吹起了他吹了一生的《塞拉德斯练习曲》（作品39号），那是一支专为巴列通这种管乐器写的曲子，豪迈，低沉，富有男性色彩。这时，喧嚣的人声渐渐地安静了下来，那些闪来闪去的手电筒光柱，也一支一支地熄灭，只有观众席的热浪朝他袭来。没有一张脸，没有一双眼睛，只有一片倾听着他的黑暗。他从来也不曾这样涌上来足够的信心，他的嘴唇，他的手指，也从来没有这样得心应手过，他自己都怀疑自己的耳朵，这是从他嘴里吹出来的塞拉德斯吗？

七弟，还没有体会过这种不被人瞪着眼睛的从容感觉，他自己也陶醉了。

剧场已经完全静寂下来，只有他的巴列通在娓娓诉说着，在细细倾吐着，那完全像是一个男人在自白，音调徐缓而又沉着，充满了自信，然而对黑暗里的听众来说，却感觉到那其实是一个不幸的，多少有点悲伤的故事。

他已经忘记那结束的场面了，当剧场里灯光复明，一下子照亮了汗流浃背的他，无地自容的他，抱着巴列通不知所措的他，在台前台后几乎狂热的掌声中，他也记不得怎么回到乐池里，坐到那个巴列通号手的座位上的详细过程了。

从那以后，七弟还是那个七弟。

不过，要细细端详，他倒真是有点渐渐老了的意思。

三舅来了，他没想到。

他踮着脚跑去开门，为的是不想惊动正在午睡的母亲。在儿子的心目里，他妈妈是这个世界上不是唯一，也是为数不多的，全凭自己水滴石穿式的奋斗，才获得成功的人物。如今，像上一代人这种脚踏实地的努力，已不大为时下青年所乐于采取的了。试想，一个在年轻时还仅是不识多少字的乡下姑娘，从卫生员洗绷带干起，熬到能够成为一名拿听筒的医生，该花费多少心血，该倾注多少精神，该投下多少功本啊！所以到了退下来的今天，不免心力交瘁，形神不支了。他很心痛这位为家庭耗尽了一生的母亲，应该让她好好休息，就尽量不要烦劳了。

但是，吃完饭，照例要小眠一会儿的敬兰香，仍被嘭嘭的敲门声惊醒了。

人到这个年纪，觉就浅了。何况当了一辈子大夫的她，已经习惯于睡梦中被人叫醒，被找到医院，去处理什么紧急抢救之类的事情。于是，她从安乐椅上抬起头来，问客厅里正在开门的儿子。

"洛洛，是谁？"

刘洛怔在那里，不是他不想回答，而是不知该怎么回答。

因为他开开门来，发现门外站着的这位来客，应该是太熟悉，而且可以说是熟悉到无法再熟悉的一个人，应该毫无疑义地认识，迎上去，拥抱，或者亲热，但是刘洛又觉得十分陌生，一下子居然不敢贸然认识了，喉咙里涌上来的一句话，本想亲切地呼啸而出，忽然间噎在那里，叫也不是，不叫也不是地卡住了。

刘洛想不到对方完全彻底地变了个样，吃不准还是不是曾经叫做三舅的比他大不了多少，可却是他母亲的小弟弟的那个人了。

七十年代，他回乡插队，那几年里，几乎没有一天，他和他的这位小舅舅不在一起的。吃在一起，住在一起，种田在一起，甚至淘气啊，恶作剧啊，为非作歹啊，也是在一起的。他答应过："三舅，如果哪一天，我回城了，我一定让我妈想法，把你也弄到城里去。"

"洛洛，到城里玩玩行，真在那儿住下来，不行的。"

"为什么？"

"我是乡巴佬呀！"

"大舅，二舅，都是我妈给弄出去读书做事，从此离开乡下，你为什么不行？你是我妈最小的兄弟，她早晚会把你转为城市户口，将来，你还要娶一个城里女人做婆娘，在城里安家立业的。"

他三舅说："没人肯嫁给我的。"

"为什么？"

"我是个呆子，你不知道！"

"你别听人胡说，我妈是大夫，她说你不呆，就是不呆。你顶多是智商稍微低一些罢了！人家说你呆，你自己也认为呆，那你不就完了？"那时候，生产队里的人，也不大看得上这个反应不那么快，做事，行动，说话，走路，都要比别人慢半拍，显得有些迟钝的三舅。

刘洛总是给他鼓劲。当时，返乡知青在田里做农活，都由当地老乡带着，手把手地教。而他，则要领着他三舅，那个大个子，应该是地道的庄稼人，却亦步亦趋地跟着他，听一个城里来的小青年指挥。所以，世界上好多真理，有时也很不作数的，譬如，毛主席说的知识青年到广阔天地里接受农民改造的这句话，对刘洛就不适用了。他回到他母亲的家乡插队，改造他那总不上路的三舅，倒成了生产队长交给他的重担了。

回乡插队三年多，到他考上大学，离开农村为止，他三舅还是那么一副没心没肺、没精打采的样子。他和他妈讨论过，也许三舅有点什么毛病？当大夫的母亲坚决不同意，她说，"医学上对于弱智，对于白痴，或者对于痴呆儿，都是有诊断标准的，你三舅不是。"

现在，门口那张呆呆的脸瞧着他，他也瞧着那张不算萎靡，但也说不上是振作的脸。要不是眼前这张大而平板，没有任何特点的面孔，他不敢相信这个来访者，果然是他的三舅，因为那套好像借来的衣服穿在他身上，变得不大像他了。但世界上像他具有这种毫无表情的脸，对任何事物都无动于衷，不关痛痒的脸，无论天塌下来，还是地陷下去，也看不出一丝喜怒哀乐的脸，大概是极少极少的，他认定了，并且回答他母亲再一次的询问："到底是谁呀！"才说了一句："是三舅来了！"

他妈先是"哦"了一声，接着又吐出一个字："天！"然后倒抽了一口冷气，坐了起来。

"他来干什么？"

刘洛知道他母亲为什么有这么一种又欢迎，又不欢迎，又吃惊，又不吃惊的颇为复杂的反应。乡下的三舅来了，当然也没有什么大不好，要是不来，眼不见为净，说不定倒更相安无事些。但既然已经登门了，一奶同胞，也不好不当回事。于是，趿着鞋，晃着脑袋，不以为然地走出来迎他。一边走，一边还念叨着："喝，稀客，稀客……"可一见她的这位不成气候的小弟那张木然的脸，心里马上就沉甸甸的了。无论如何，这位窝在老家出不来，像弃儿似的三舅，是她一生最后的心病了。只有他，这个怎么也出息不了的他，未能如她所愿地把他从农村中弄出来，成为城里人。

刘洛知道，他妈这一辈子不容易，如果不冲出来，现在也许不过是一个穷乡僻壤里的老太婆罢了。她不但自己在城市里站住脚，由一个小护士，熬成为一位说得过去的医生，连她的两个弟弟，也由她提携拉拔，走出家园，离开乡土，这实在是了不起的事情，对一个女人来说，要付出多么艰辛的努力呀！现在听他妈说起往事来，似乎是很轻松的了，其实他大舅读高中，考北航，到现在航天部的一个工厂里当工程师；他二舅做小工，进路局，一步一步地做到眼下调度员的职位，无一不是她奔走请托，劳心劳力，花钱请客，求人说好话的结果。他故去的爹生前不止一次赞美他妈："真是不容易啊！"

"可小三没弄出来！"她总为自己未能对那个小弟弟尽到力而遗憾。

其实"文革"以后，做大夫的她，还是有她一定的便利之处，终于给这位弟弟，办成了农转非的手续，一下子进不了城，先把户口落在了城市郊区，那也就相当使人眼红的了。而且，还在那里的一家小铝合金厂，给他找了一份看门的差使。

她送她这个弟弟去上班的，办好了一切应办的手续，连饭票都给他买齐了，怎么到食堂排队打饭，也给他演习了。临走时，鼓励他："好好干！姐走了！"

谁知道她走，他也跟着她走。

她站住了："你怎么啦？"

敬老三说："你让我好好干，可我好好干不了！"

她笑了："看门还不会，只要不打瞌睡就行。"

没料到，果然如他所说，半年多不到，就被人家厂里开革除名，而且还坐了牢。从那以后，到释放出来，刘洛去市立监狱接的他，他一看他姐姐没有来，便知道他太伤他姐姐的心了，从那以后，也就一直没到他姐姐家。当然，并不等于他不再进城，坐牢，倒使他坐出一份胆子，这一年学没白上。他进过城，也经过他姐姐家门口，甚至他非常想见一见他住在城里的唯一亲人，他另两个哥哥都在外地。可是，他给他姐姐造成那么大的麻烦，使她丢了那么大的脸后，每次路过他姐姐家，也只好低头匆匆走过去，连看一眼也不好意思的。

刘洛看着门口的三舅，终究是释放以后这几年来的初次见面，有点亲切，也有点诧异，他那不怎么谐和的三件套西服，他那显然不自然的领带，和那经过理发师加工过的脑袋，有点滑稽，未等正式招呼，忍不住先笑了。马上想起他莫名其妙的坐牢，和那次把他牵连进去的，简直属于荒唐的失窃案。

"也就是呆子他碰上了！换一个人都不会！"连他妈也不得不承认这个呆弟弟了。

一群村里的汉子们，半夜进到厂里，把一台重约两三吨的轧制铝材的机器，连水泥基座也一块儿装上牛车拉走了。原来，他们以为把村里每家养的猪卖掉的钱，给了一个骗子，就可以大张旗鼓来拆卸这家工厂里的这台机器。因为，那骗子对这帮汉子说，只要有了机器，就有工厂，有了工厂，就等于有了人民币。而铝合金门窗是热门货，有多少，卖多少，这机器就是下蛋的母鸡。那工厂要上大项目，就三文不值两文地处理给你们了！

正好他们遇到的这个世界上少有的门卫，敬老三坐在门口警卫室里值夜班，眼睁睁看着他们堂而皇之地进来，从从容容地离开。第二天，工人上班，发现机器丢了，问他，他说："半夜，让人拉走了呀！"

那个厂长气得头发都直了，拎住他的脖领，"你怎么能连问都不问一声？"

他说："我从来只管那些拿小东小西的人。"

敬老三的话，不是全无道理。这个世界上偷盗大东大西的人，通常总是逍遥法外的呀！

好在这帮想弄台机器回去下金蛋的人们，也不比敬老三的智商高到哪里去，其实工厂围墙之内，无处不是可拿的东西，哪怕顺手牵羊，弄些破铜烂铁出去卖给收废品的，也值个三十五十，把卖猪的钱捞回来。可他们发财心切，硬是把机器，大卸八块，拖到几十里外的小码头，装上木船，然后运到更远的，连电还没通的湖区渔村。

那骗子哄他们说，只要把机器弄到手，他就把电接过来。这绝对是天方夜谭式的一派胡言，任何拥有正常理智的人，都不屑一顾的。然而，这些人却深信不疑，因为他们见到那人手里的红头文件，而且盖着政府的大公章的。

"公章还有错？"那些乡下人振振有词。

据公安局起赃后的审讯记录看，他们不讳言自己偷盗，因为他们晓得几口猪的钱，买不来这台机器，明明上了骗子的当，却觉得人家其实是为了自己好，所以口口声声说是想办工厂，才出此下策。甚至判了徒刑，坐了牢，还辩解说，看到外边的村子富了，坐不住了，才想到这个主意的，有什么法子呢？该打就打，该罚就罚吧！当法庭宣判以后，最长的三年，最短的一年，问他们还有没有什么要陈诉的时候，这帮人倒也坦然，一个个都这样回答："让坐牢就坐呗！"

由于敬老三失职，还有助盗行为，因为他曾经走出警卫室，帮助推过那辆陷在泥坑里的牛车，而且没有任何悔改的表现，判了他一年的刑期，当庭问他有没有上诉或别的什么要求时，他只说了一句话："求求你们，千万不要告诉我姐姐。"他还生怕这丑事不够传扬似的，特地补充一句："我姐姐就是市医院的敬大夫，敬兰香！"

尽管他妈为出了这么一位坐牢的不肖子弟，生了一场不大不小的病，而且市卫生局原定派她到美国去考察一趟，属于退休前的安慰赛的公费旅游，也把她的名字在长长的名单上勾掉了。从此，敬兰香结束了医疗生涯，无论院里怎么要求返聘她，她也敬谢不敏了。

这使她很痛苦，也许是她一生最辉煌的句号，到美国去考察成了泡影，而且是很灰溜溜地退休回家，不那么体面。更伤心的是，她花了那么几年的力气全白费了。本来，把敬老三的户口落在郊区，就是千难万阻才成功的，又不知费了多少口舌，才进到铝合金厂。这其中送礼啊，人情啊，红包啊，反过来还要为人家在医院方面提供方便啊等等，全部心血都由于这位呆子坐牢而一风吹了。那么，她计划中的还在进行的项目，慢慢地把敬老三转为正式工啊，再调到城区里来啊，再给他相个对象啊，再给他谋划一套房子啊，也就自然而然地拉倒了，事先铺垫的一切，也像打水漂一样白搭了。

"唉，唉！"她只有叹息。

她知道，做成一件事是多么的难，但她相信，只要不停地奔走，总会越来越接近目标的。她的一生，证明了这个水滴石穿的真理。现在，她有了一个高级职称，有了一份不算低的退休工资，有了一套差强人意的住房，有一个说得过去的家庭，先生虽然去世了，儿子还算成器，够了够了，还图什么呢？连两个兄弟也都成材了嘛！满足吧，满足吧，她常常在半夜醒来时安慰自己，千辛万苦，熬到满头白发，有这个样子，也对得起自己了。

其实，要不是出了这起案件，她会像拉拔大弟二弟一样，把敬老三也从那农村提携出来的。可如今，她承认，她无能为力了，"对不起啦，我实在帮不了啦，就这么一个遗憾，这个小兄弟永远拴在乡下了！"

所以，敬老三关押期间，只有刘洛去探过监，带点他妈做的吃食进去。为了怕这位坐牢的三舅难堪，还故意找一些轻松的话题。但那张平板的脸上，几乎看不出什么特别尴尬的表情。坐在牢里，和坐在铝合金厂门口的传达室里，对他来讲，似乎也没有什么差别。

"在里面可以吗？"

"没有什么不可以。"他回答。

"三舅，千万别想不开！"

"我干吗想不开——"他反问刘洛。

那些同案犯，就更是匪夷所思了。刘洛发现他们甚至有一点快活，有一点私底下的满足，觉得坐牢其实并不错。因为，那有保障的一日两餐的牢饭，并不比他们在那穷乡僻壤的村子里，差到哪里去。而且，由于他们是为村子谋好处才坐了牢的，村子里的乡亲，对他们的亲属还格外多一些照顾。所以，刑期短的，坐到了该释放的日子，还有些舍不得走呢！

"他们对你怎么样？三舅！"

"谁们？"

"就是偷机器的那些人。"

"还行吧！"他说不上好，也说不上不好，他这个人，无论什么事，什么人，什么东西，好赖香臭，大小多少，那感觉器官好像缺根弦，反应不是那么灵敏的。不过，刘洛听得出来，那些同案犯很高看他，并不认为他犯傻，而是觉得他十分仗义，"这年头，这种人打着灯笼也找不到了，我们让他把大铁门打开，他一句话没有，走出来就开了。我们塞给他钱，他看看，连一分钱也不要。我们车陷在沟里，他还用撬棍，帮我们推车。"他们对他那张没有表情的脸，尤为敬服。对刘洛说，"你这个三舅，一看就知道是大干部的材料，大干部脸上是见不到阴晴的，坐牢这些日子，就他能沉得住气，能不动声色，连说话也是让别人捉摸不透呀！"刘洛回家把这些评价，学给他妈听，那位退休大夫哭不是笑不是地摇头不迭。

他还是被提前释放了，当然是做姐姐到处打通关节的结果。刘洛去监狱接他出来，让他先回家住几天再回乡下的，可他也许没脸见他姐姐，也许更怕他姐姐训他，也许什么都不是，只是觉得早晚总要回去，何必还在城里停留。从那以后，五年，还要多，刘洛再没有见他一面。不过，偶尔也听说，村子里倒不那么穷了，日子好过多了，尤其那偷机器犯事的村子，还很富起来，于是，做姐姐的也就放心了，横竖那小弟弟是饿不死的了。

"三舅！我都认不出你来了！"刘洛终于像插队时那样亲切地抱住他，拖他进来。

可他一脚门外，一脚门内地站着，不想进屋。

已经来到客厅里的他姐姐，纵有多大的怨气，也不会永远记她亲弟弟，又是个呆子的仇，一看仍是那傻傻呵呵的样子，还特地穿了身不三不四的西服登门，心里的忿忿之情，早暖融融地化解了，做出无可奈何的、不以为然的样子，其实还是热烘烘地招呼着："进屋吧！站着的戚难打发，在门口算是怎么回事？"

"大姐，我就不进去了！洛洛，我是来接你们吃饭去的！"那张缺乏表情的脸，突然冒出这么一句整齐的话，让这娘儿俩很吃了一惊，有点不知深浅地愣住了。

"你说什么？"他姐姐很怀疑人老了以后，是不是耳朵幻听，出了什么毛病。

"吃饭呀！就在我住的那家饭店呀！"他还说了这家城里很不错的饭店名字，反正当过大夫的他姐也好，现在当技术员的他外甥也好，只有在饭店门口仰头看的份，进去是绝不会的。他姐直盯着他的脸看，但一点蹊跷也看不出，和从前那个敬老三一模一样，还是夹生饭，还是温吞水，还是那样一无表情。

"你住那儿？"刘洛止不住地奇怪了。

那张果然不动声色的脸，当回事，也不当回事，有所谓，也无所谓地告诉他们说："我在那儿包了房间，强化英语学习，一个多礼拜了。还有三个礼拜，我就要到美国去了，护照签证都办妥了。"

"美国？"他姐姐把话说出口，才意识到声音不免太高，连忙掩住自己的嘴。他那外甥拉住他手，直问到底怎么回事。

他也说不太清楚，不过，不清楚，听的人也大致明白了。"是我们几个村子，凑了股份在那个什么旧金山的城里，买下了一所饭店，要我去那儿当董事代表。我说不行，他们说我行。就花了一万五千块钱，在城里雇一个女人，从早到晚教我英文！"

"女人？"他姐姐很关心。

敬老三这才想起，那女人还在外面包的一辆小轿车里等着他呢！"我找她来跟你们说说！"

"找谁？"

"就是那个强化英文的女人——"

幸好，进来的那位穿着入时的女士，敬大夫是有一面之缘的，几年前，她要到美国去考察，还未从名单上勾掉的时候，来给她办理过出国的有关手续的。"是你啊！"

"敬大夫！"她很大方，也很轻松，还有一点难得的坦率，"你别见怪，我做你弟弟的陪读夫人，没跟你打招呼。因为，任务实在来得太紧太急了，只有一个月的时间，敬董就要到位，所以，我就要从早上起床时的'早安'教起，到晚上睡觉时的'晚安'为止，不过，没关系，你放心，我也要跟他一块儿到旧金山的。"说到这里，拉住敬兰香的手："走吧，走吧，咱们饭桌上慢慢聊——"

那顿大餐，吃得当然很开心的了。

不过，刘洛觉得他三舅，无论吃什么，好吃的，不好吃的，都像牛吃草地只管吞下去，味同嚼蜡，令人扫兴。但更让刘洛不解的，他妈的缺席，弄得大家一点情绪也没了。无论怎么样的拉啊，劝啊，说服啊，动员啊，他妈就是不肯赏脸吃这顿饭，也不知犯了哪根筋，坐在客厅当中那张椅子上，硬是不动弹。

他从饭店回到家，已经十二点了。为了不惊动他妈，小心翼翼地开了门，发现他妈还在厅里坐着。

"妈，你怎么啦？"

"我没有怎么呀！"

"那你坐在这儿不去睡觉！"

他妈先是不做声，好一会儿，才开口说："你知道我在这儿干什么？"

刘洛望着他妈。

他妈告诉他："洛洛，我是在想我这一辈子啊！"

我教我们家的第三代，一个十分调皮的六岁男孩，学写毛笔字。

第一个字，就是一撇一捺的人字。

他说，不写这个字。

我问他为什么？

他说，没有一字好写。

这当然是废话，但不是没有道理。初执羊毫，横和竖，要比有弧度的撇和捺，容易把握。从字的间架结构来说，人字，虽两笔，可不是那么简单地就能摆布得匀称和美观。但我认为，学龄前儿童，初次提笔学写，跟他讲"永字八法"

是早了一点，不过，打基础，人字却是应该先练起来的。

我对他说：你是一个人，怎么能连人字也写不好呢？

他反驳，写不好人字，就不是人了嘛！我就爱写一。刷刷刷，他一连画了好几个横道。看！

跟一个六岁男孩，没法搅这个理，但我坚持他一定先写人，不写一。其实，横来直去，固然简截了当，痛快麻利，但一点弯也不会拐，不懂得曲折迂回，刚柔并济的道理，难免要在复杂的现实生活中碰钉子。我哄他，你试试看。

那答应我吃雪糕！他还没写，先提出写人字的条件。

可以。适当的物质鼓励，即使在计划经济时代，也是允许。何况如今商品社会，我让他写字，他要求吃雪糕，这种交换，已经是大势所趋，能不答应吗？

他见我不反对，马上放下笔，要到冰箱去取。

我拦住了他，慢，写好再吃。

吃了再写，行不？他同我开始谈判。

那不行！

他见我态度坚决。好，好，表示让步，坐回到桌子跟前，拿起笔，往左一笔，往右一笔，交卷。

我对他敷衍了事，哭笑不得，问他，这是人吗？

他也笑了，这是八。幼儿园也教孩子识字的，他能分辨出人，八，入。

我给他示范一次，看见没有，这样一撇，这样一捺。应该说：人字的这两笔，大有讲究。撇，藏锋回转，笔触由粗而细，笔尖由低而高，余波所至，一气呵成。然后，捺，一波三折，如江水出峡，浩浩荡荡下来，到极致处，重重一击，声势雷霆，潇洒收笔。我认为，写毛笔字，也寓涵一点做人的哲学。

他很快又写了一次，两笔倒是挨紧了，但像两支冰棒的木棍，齐头架在那里一样。

不对！小伙子，这不是搭房子，两根木头要顶住才牢靠的。

老伴走过来一看，马上赞扬，写得很好嘛！

好个屁，我把她顶回去。

她挺满足，还挺知足。无论如何这是小孩子开天辟地头一次，拿毛笔写字，写到这样子，应该说是相当不错啦，要看到成绩！焉知他将来不会成为二王？

得得，我拜托她不要干扰我的教学，然后，我让这位未来的王羲之或王献之，必须掌握住写人字时，撇要高于捺的要旨。但他又反过来问我，为什么要高出那么一点点？不高不行？

《说文解字》我没学过，真拿他这个问题没辙。考虑到我的权威，便想当然地告诉他，人总得有个脑袋吧？我记得人是个象形字。

为什么没有眼睛，鼻子？

这高出来的一点，自然就代表了，我也不知我说得对不对。

老伴好意地提醒我，你可别误人子弟，是你解释的这样吗？

她一置疑，我倒没底了。幸好，这时门铃叮咚一响，意味客人光临，趁此我就把我解脱。没想到，小家伙比我还早，离开课桌。尚未宣布下课，他就自作主张，去冰箱里拿出雪糕大嚼，简直岂有此理！现在的小孩，一是惯得不成样子；二是也不知从哪学得鬼精鬼灵，他知道我忙于应对进门的不速之客，一定不会为他这一点点犯规动作，而向他亮黄牌的。

只好随他便了，连忙开门。但一看进门的这位来访者，笑了。

我老伴说，来得正好，这才是真正的书法家，言外之意，我是二把刀了。

不过，随即我也想开了，不值得跟她一般见识。中国人，最带普遍性的一种精神上的弱点，就是远来的和尚会念经。看一看文坛上那些崇拜洋和尚、洋菩萨的同行，那种五体投地，如聆佛音，磕头如捣蒜的样子，便可知大概。

舅，舅妈！来人进门热热乎乎地叫着。

他这样叫，其实不是我外甥，而是我当教师的妹妹，教过的一个很出息，也很得意的学生，顺着她的孩子这样称呼下来，表示亲切。现在，凡懂事的年轻人，嘴都乖，生活在使一代人比一代人变得聪明的时代，他也称得是佼佼者了。在小学时，得到过全国少年书法大奖，在中学时，曾经代表某省市参加书法大赛，获一等奖，还到过日本国，作为少年书法家，在那里表演过他的行楷篆隶。

我们对这位早先是人们心目中的书法神童说：正在教小家伙写字！希望将来能像你一样出息。

他一笑，摸摸吃雪糕的未来书法家，那得吃点苦！显然是他的经验之谈了。

我们全家都叫他帅哥，因为他姓帅，人也长得帅。是一个很拿得出手的年轻人，在如今倘不是土匪气，就是脂粉气的男孩子当中，小生而不奶油，不让人打心眼里往外发腻而浑身直起鸡皮疙瘩，诚属难能可贵。

现在，他几乎与书法绝缘了，进入政界，走上仕途，在国家的一个很大的公司，为一位级别挺高的领导同志做秘书。因为是公司，所以人前背后，都叫他老总。这位总经理要用好几个秘书，还是官场习惯，有大秘书，有小秘书。帅哥的任务是：准备讲稿，草拟批示，代为画圈，打发来访，陪同视察，宴会应酬，跟包随从，马前鞍后，是属于那种全天候的贴身秘书，这足见其被信任，也可知他的忙碌程度。因而，他从此再没有时间接触笔墨宣纸了，我们为他惋惜过。然而，一失必有一得，这份差使还是很让别的同事侧目而视的。

他除了上述种种公务外，还有一条，是老总夫人私下对他的布置：小帅，我们家有个南方保姆，菜烧得还算可口，不会嫌多做一个人饭的，以后，你送老总回来，就留下一起用晚餐，一点也不用客气。这样，省得他一人喝闷酒，可以控制他喝得不那么多，因为他心脏不十分好。于是，他连业余时间也得搭上，有什么办法呢？我用京剧《苏三起解》里崇公道的话，来安慰他，为人莫当差，当差不自在。

当时，他对夫人的这番盛情，有些犹豫，不合适吧！

老板说，听喇喇蛄叫唤，还不种地呢！坐下，倒酒，让你吃，你就吃！五六十年代，我也给首长当过秘书，下乡蹲点，一个热炕头上滚呢！这位老总是从区、县、专署、省一级一级跌打滚爬上来的，始终保持大地之子的本色，因此，言词中总带有乡土文学的风格。

当大夫的夫人，一个典型的贤妻良母，自然关心老总的身体健康，所以，才如此叮咛，他也就不好太见外了。不过，这个年轻人很懂礼貌，也很有分寸，既不是他们家饭桌上的常客，也不是稀客。既不觉得他来得太勤快，有所企图，也不至于感到他冷落或者隔阂，显得生分。我认为帅哥能做到如此得体，适度，和他从小练书法，运笔落墨，揣摩得比较透彻，因而借鉴到为人处世上，才能有如此炉火纯青的表现。

看我们家那位满嘴雪糕的书法家，想到他将来也能这样出息，该多好啊！

说实在的，帅哥能得到这份差使，很大程度上获益于他的书法。一个人字写得好，就像有一张让人看得很舒服的面孔。潦草得像鬼画符似的字，东倒西歪像喝多了老酒的字，如果是一张求职信的话，首先不会给录用者留下好感，拿不到印象分，事情就砸锅一半。我之愿意让我们家的第三代练毛笔字，潜意识里也是有为他将来立身处世着想。帅哥就是因为一手漂亮的字，才当上首长秘书的。

写好字的人，不一定当秘书，但当秘书的人，必定写一手好字。那时，这位老总刚把他的一位得意的秘书，栽培到更高的位置上去。组织部门挑了好几个候选人，让老总亲自决定取舍。其中有刚从大学分配来的他，没有后门，没有推荐，只是因为字写得还算赏心悦目，作为备胎，压在最底下，一块送呈上去。因为做老总的贴身秘书，是个令人觊觎的位置，通过关系想谋到这个有权有势差使的人，大概不止一位。而且，公司内部各派势力，也想在老总身边安上一名自己人。老总翻着翻着一大沓子材料，眉头皱成个疙瘩，嘟哝着，又来他的乡土文学了：怎么净是些拉架的瓜秧子，霜打的蔫茄子啊？

管人事的副总有些紧张，一个劲地擦额头的汗。

忽然，他抬起头来，眼睛发亮：这张履历表上的字，是照片上这个俊小伙子写的吗？

应该是。

哦哦，细看表上奖惩一栏填写的内容，老总如同哥伦布发现新大陆一样惊奇起来，乖乖，还正经是位书法家咧！说到这里，一拍大腿，我就是不赞成到处题词，字写得像狗爬，还动不动四六句，狗屁不通。看来，我也该练练字了，就不信拿锄的手，写不好字，超不过他们。

管人事的副总还不心领神会嘛，正好，他也不愿意老总太受某一派的影响，就选了这位毫无背景的帅哥。不用说，奉命报到，正式上班。没几天，给他分了房，没几天，给他定了级，又没几天，让他缴五张照片办护照，领制装费，跟老板出国……好事如同天上掉馅儿饼一般砸得他晕头转向。

帅哥告诉我们，老总虽是庄稼人出身，还屡有村干部那种做派，譬如拍大腿，譬如爱蹲着，譬如骂脏话，譬如喝汤，一定要像日本人吃面条那样，发出吸啜的声响。这些，除了他太太，他女儿，敢说他一句半句，别人是绝不能非议的。他这种土地的感情很执着，谁碰他，谁倒霉，但是，他不像别的工农干部那样拒绝、嫌弃、憎恶知识分子。头一次跟他出国，在飞机上，闲来无事，竟对身边他所说的俊小伙不禁感慨，你爹你妈真会生你，看来，地好，还得种好；种好，还得水肥跟上，要不也就只能收一些歪瓜裂枣！然后拍拍他肩膀，给他鼓劲，好好干，小伙子！帅哥形容当时的感受，觉得老板像庄稼人喜欢牲口，拍打一头骡子或者牛那样，落手很重，但很亲切。

帅哥在北京求学的那阵，因我妹妹嘱咐过，要我们对这个在京城举目无亲的学子，加以关照，无非礼拜天来打打牙祭，逢年过节一块儿去郊外游逛。后来，他留在北京这家国营大公司里做首长秘书，若有什么大的事情，急需要找人商量，又等不及回老家请示，自然就先跑到我这里来，帮他拿拿主意。

他坐定了，来不及寒暄，直奔主题。说，舅舅舅妈你们看这件事，我该怎么办？

什么事？

唉——这年轻人本来很有主见，看他面有难色，大概比较麻烦。

是这样，他说，陈大夫——

谁是陈大夫？我问。

就是我们老总的夫人，挺好的，真是对我挺好的一位阿姨，她那天把我叫到老头子的书房，单独和我谈话，要我认真地考虑一下，因为，他们家的思思——

思思又是谁？我问。

你让人家说下去，别打岔行不行！我老伴让我闭嘴。

思思说了，如果她要找对象，最起码，也得像她爸爸秘书这样的。她说，我的头发很像一位英国演员修葛兰，帅呆了。陈大夫认为，不可能让一个女孩子直截了当地说出来她已经喜欢上你。因此，她不得不和我谈谈她女儿这个非常明确的暗示——

我打断他，帅哥，麻烦你把来龙去脉，说得更清楚些。

老伴凭她女性的直觉，立刻明白底里，抢白我一顿：这还不清清楚楚嘛，他的老总家有位公主，这位公主抛彩球了，想招他为驸马爷。

于是，大家沉默。

小家伙老看如今电视里的连续历史剧，很在行地问，叔叔，你要当驸马，怎么不戴那种插上花的官帽呢？

去去，老伴不让他插嘴，然后，她问了帅哥几个问题：

这个思思，怎么样？

很一般。

你对她的感觉呢？

也是很一般。

你能不能说得具体些！

真的，除了很一般外，我说不出别的。

她喜欢上你，那你喜欢上她没有？

问到这样赤裸裸，帅哥只有摇头，显得有点为难，找不到适当的措辞。还是那句老话：反正，很一般一般的。

严格说，男大当婚，女大当嫁，是太正常也太一般的问题，不会杀你的头，不会要你的命，人家当妈妈的只是同你商量，想把女儿嫁给你，你可以接受，也可以拒绝，似乎应该不那么费难的。但具体到这个前景不可限量的年轻人来说，实实在在成了个很不一般的问题。

他摇头的时候，那飘洒的头发，还真是有点像修葛兰。

帅哥接着苦笑地向我们透露：陈大夫想得就更远了，她说，如果你们能在一起的话，老总就不能把你留在身边，他使你使得很顺手，放你走他会很痛苦。但这是党的规矩，直系亲属必须回避的。不过，为了思思，他不通也得通，说了，美国分公司那边的头，也快到点了，把你提拔起来，到那先当一阵副手，然后再回公司负责一个部门，就名正言顺了，那时他也退到二线，无所谓避嫌了。可陈大夫说，你跟思思到纽约去，离我太远，要是能安排在香港长期驻在的话……

于是，我们又沉默了，这还真像电视连续剧，一环套一环，<u>丝丝入扣</u>，都安排停当了。我也不知该说，还是不该说，忍不住问了一声。

他们不知道你有女朋友？

帅哥说：对他们来讲，这算回事嘛！

我老伴掠我一眼，我也意识到有哪壶不开提哪壶之嫌，便招呼吃完雪糕的第三代，该接着写他的字了！

还写人字吗？小家伙问。

当然了，让叔叔给你写出个样子来，你照着学！

帅哥笔下的这个人字，一看就是受褚遂良《雁塔圣教序》或《孟法师碑》的影响，童子功确是不同凡响，那一撇，大刀阔斧，遒劲有力；那一捺，泰然自若，余味无穷。由此可见，一撇要没有一捺的坚定支撑，那么，这个人字能不能稳稳地站住，还大有疑问呢！

我说，人字难写。

帅哥感慨系之，做人那就更难了。

棋　篓

　　我打算写写"棋篓"这个人，是很久的事了。

　　由于他在位时，是一个不大可也不小的干部，下笔时，我就不得不慎重了。他知道我是干什么的，说过，千万别写他。"棋篓"说，"我这一生，真是没有什么值得一写的。"

　　当然不是这样，士农工商，各行各业，天南海北，遍地足迹，都留下过这个"棋篓"的身影，而且他一辈子担任的都是领导工作，管理的都是负责岗位，怎么能乏善可陈呢？冲这份虚怀若谷，我也要让他在我笔下出现。

　　离我住所不远的月坛公园，是我一个散步的去处。"棋篓"从领导岗位下来以后，也常到这公园里来排遣多余的时间，我们就这样有了一些来往。

　　当官的人，只有在位的时候，那威势能表现出他是个什么级别。一下来，平易近人了，级差就让人感到模糊。我也真没想到，"棋篓"可是正正经经的高干，老资格，也是屁股后头冒烟的主，好了不得的。

　　月坛公园里，曾经有过一个在北京和全国都有名气的邮票交易市场，人头攒动，熙熙攘攘，可我从未涉足其中。自从结识"棋篓"后，他启发我："如今那小小邮票也等于是钞票，而且是基本上只涨不跌的有价证券，一旦奇货可居，没准八分邮票，卖上千儿八百的。"

　　"你干吗光看热闹，不买呢？而且你很了解行情——"

　　他面有难色："我在邮电部门待过，当过一阵领导，不合适。"

　　那时我以为他可能在哪个邮电支局，担任什么科长主任之类，不过，他能如此律己，还是很让我敬重的。

但是，我对集邮毫无兴趣，他那么热心点拨，也不过看看罢了。但我却更喜欢作楚河汉界的壁上观者。因为离邮市不远的树林里，聚集着一拨下棋的人，在石桌上摊开棋盘对弈，捉对儿厮杀角逐，好像吸引力大些。这是个无声无息的世界，执子者，旁观者，都像泥塑木雕一样地呆着。至少在走到残局时，强者一下子将不死对手，弱者一下子也不致认输，这一刹那，那些倒卖邮票者的计价还价，那些兜售电话卡的吆喝，都不在话下了。从表面看，金钱的欲念，财富的追求，时间的消耗，生活的价值，好像显得淡薄多了。也就在这儿，也就在此时，你发现都市难得的清静，竟能如此唾手可得。"棋篓"从这张桌子，看到那张桌子，很热衷的样子，那双眼睛特别盯着对局者的手，恨不能表现一番，急得直搓自己的手，可别人并不把他当回事。

　　你是谁，谁也不会在意的。因为在这里，没有谁大谁小的等级关系，没有你必须听我的，或者我必须听你的从属关系。"棋篓"在位时，没想到他有一天，会成为这里的一员，似乎有种被社会抛弃的感觉。他有点尴尬，也有点不习惯，要适应这种失落，大概是需要一段时日。于是我们俩就结识了，也许他认为我还能跟他谈得拢吧？

　　看来他是个棋迷，也通晓一点棋道，他很遗憾年轻时没专心于此，遗恨终生。否则，他今天不是象棋大师，也是准大师。他说，他一生就好这一样，可当领导，哪有多的时间钻研棋艺呢？现在从头来起，是不是太晚点了！他那份懊悔，显然是真诚的，所以，我也相当同情。

　　初时，对他的棋艺水平，不摸深浅，未敢领教。有一次，我们俩来得早了些，那些重量级的还未出场，于是坐下来对局。我那两下子，当然是极业余的水平，简直不够人家笑话的。只求他手下留情，不要杀得我太落花流水。

　　谁晓得他的棋挺"屎"，一点不比我高明多少，连杀他三盘不开壶。而且更差池的地方，此公简直是悔棋大王。我这才明白，为什么他只是看棋，说棋，却从不下棋，原来，没人愿意和他对弈，棋太臭了。

　　为什么别人叫他这个外号，敢情道理在这儿。

　　估计他有权时，可能谁也不好意思，而且不敢对他失敬的。但在这个绝对自发的野台班的棋赛中，三教九流，良莠不齐，谁当过多大的官，谁曾在中央或地方担任重要职务，有过多么光荣的过去，是不被人放在眼里的。叫他"棋篓"，省掉前面的一个"臭"字，该算是对他的照顾了。他也无所谓，笑笑，这种豁达，说明他的修养，不和他们一般见识，我也很佩服。要是他不从事几十年的领导工作，专心致志于象棋的话，恐怕成为国手，就不会在这儿下棋了。

"早年，我确实具有点下棋的灵气，看来，给耽误了……"他说这话，大概是真的。他虽然很想下棋，也很想赢，可无人邀他对坐。当领导，总是被人簇拥着，处于中心位置，现在，冷落地枯站着，也没什么意思，于是，他就提议随便走走。我目的在于散步，意不在棋，下不下两可，输赢更无所谓，就信步由之。这样，我才跟他逛邮市，才懂得邮票的效益，远高于银行的储蓄利率，都是"棋篓"在一片喧嚣声中告诉我的。正如他了解哪届全国象棋赛的冠军是谁，亚军是谁，哪位大师，使双炮出色，哪位国手，用连环马是一绝，谈起什么"文革"票，小型张，四方联，猴年生肖票来，也是一套一套的。

我赞叹他兴趣的广泛，大概是一个很懂得生活的乐观主义者。

"得了，干一行，总得大概齐了解一点吧！"他总是很谦虚。

"听你说的，好像挺在行的呀！"

"皮毛而已，因为负责抓全面，也就原则领导，不可能具体管那么细！"

听他这么一说，我把他职务的估计，又升高一格，可能是邮电局的局长吧？后来，才知道我小看了他，他敢情是第几设计院的院长，在卸掉这个职务之后，又提拔为商业供销部门一个主管过有关国计民生的原料生产的副部长。哪块地该长什么，不该长什么，全在他大笔一挥呢！一想到吃的穿的，能不对他肃然起敬吗？

更想不到的，有一次，在公园的儿童游乐场，我看到一位领孩子来玩的军官，朝他立正敬礼，并喊了他一声首长，这才了解他还领兵搞过大三线国防科技项目。他笑着对那个毕恭毕敬的下级说："哦！我想起来了，当时，你是个新来的大学生吧！"那校官点头，一脸恭谨的神气。

"没想到你经历真丰富，还到过三线？搞过高精尖！"我很羡慕"棋篓"，那经历肯定是一本有趣的书。

"有什么办法，让你去领导嘛！六十年代，以钢为纲，你该记得吧？我还建过高炉平炉，搞过顶吹冶炼呢！"他说到这里，他也乐了，"你信不信，我还领导过你们文化人呢？好家伙，都是一些大知识分子！"

"什么时候？"

"大办五七干校那阵——"他举出一连串的作家、艺术家的名字，都曾在他领导之下，挖河泥，干打垒，听他讲文艺政策方针，和源于生活高于生活的创作规律，以及深刻检查自己三名三高思想的消极影响。我服了，这位"棋篓"，从邮票到高科技，从棉花到女演员，真称得上无所不能的领导。但我也不禁狐疑，是不是有点夸大其词？正如有些人在回忆录中，给自己贴金一样？

那天，我和他从月坛公园出来，站在十九路公共汽车站等车，准备回家，忽然间，一辆轿车斜插着过来，停在我们面前。出来一个大腹便便的黑胖子，朝我招手，"李兄，上车，我送你一程！"

这位热情洋溢的是一家出版社的老总，非拉我走。我婉谢了，因为不好意思扔下"棋篓"。但"棋篓"这一次倒没有认出他昔日的干校学员，完全可以理解，当了那么多单位和部门的领导，不可能记住所有部下。但我的这位出版界朋友，站住了，惊讶地叫出声来："这不是干校的老政委吗？还抓过我们创作，要我们写出像样板戏一样的样板小说！"

"棋篓"竟还有这等领导水平，更令我刮目相看了。可一直送他到家，也未能想起来我的朋友是谁，他很抱歉，"怎么也没印象了，大概一是干校时间不长；一是你们文化人不大好领导——"说到这里，他笑，我的朋友也哈哈地乐了。

"棋篓"下车以后，我问："他真在干校当过你们的头？抓你写样板小说？"

"那还用说，政委兼校长，还是部党组成员，你敢不听？"

"怎么样？"

"什么怎么样？"

"这位领导——"

我的这位朋友思索了一会儿："不过，他当领导，倒有一条值得赞许的，不懂，他倒不愣装懂，这很难得！"

就冲这一句，我决心要写一写这位"棋篓"。

黄 昏

也许我好说话，被抓这趟官差，为一位老先生去当替死鬼。

单位的办事人员说，你打"的"去吧，老外那儿点个卯，咱们不失礼，就行。

我已经好久没听到阿P的消息了，正好借茬用他的车，翻到他的BP机的号码，呼了他。那是上个世纪的八十年代，小蛐蛐还未被淘汰那时节。

不一会儿，他电话打了过来："有事吗？李先生！"

"也没有什么大事，本来一位老先生答应跟一位老外座谈，谈鲁、郭、茅、巴、老、曹。他一听下回回访，安排别人出国，而没有他在内，火了，不去了。"

"于是，抓你大头？"

"可以这样说，但接待外宾的人员是我朋友，只好答应了。你的车要是在我附近，没有客人，你能拉我一趟吗？公家报销，算包租半天，你干不干？"

"你等着，我就来！"

阿P其实不是专业出租车司机，打草搂兔子，捎带脚的"猫腻"营生，按他的话说，叫做打枪的不要，是悄悄捞点外快的私活。

白天，他在工厂仓库上班，看管工字形钢，U字形钢。这种大型钢材，一天发不了几笔，而且都是大宗，安排妥了，吊车作业，他就可以回到他的小屋里，看小说，写小说。五点钟，浴池冲个凉，在食堂买上四两包子，往饭盒一装，蹬上自行车，就离厂干他的第二职业。

我是在一次文学讲座认识他的，他有车，自然办班的人不能放了他。先是被他开着那辆皇冠车接我，后又是讲完课由他送我回家。一来二去，就熟了起来。

他把他的BP机号码留给我，并且说："以后你晚上要用车，就Call我！"

Call，读"拷"，正如Taxi，叫"的"一样，是香港的口头语，先在深圳流行，后来也挂在北京人的嘴边了。上个世纪，洋货，洋话，洋人，凡沾上一点洋味的事物，很吸引国人的眼球。

我很奇怪，"干吗晚上？阿P！"

他诡秘一笑，开车走了。后来，我晚上有活动，Call了几次，才明白了他不容易，也很佩服阿P的努力精神。

原来，每天晚上，他是驾着他哥哥那辆出租车挣钱，严格说起来，这是不合法的。他哥是国营公司的出租车司机，一是可怜他穷，工厂能有多大油水，钢材也没法偷点出来换钱，老婆收入低，孩子读中学，手头总是拮据。做哥的同情他，把车借他。开了这多年出租，钱也赚得差不多了，加之自己五十出头，血压偏高，慢性胃炎，便懒得再拼命挣钱，把财路匀给兄弟一些。所以每天五点，准时收车，往回家开，他弟弟肯定在路口等候接车。

阿P挣这两个钱，也不容易，主要是提心吊胆，出不得一点差错；还得给他哥哥单位，那些帮着瞒上不瞒下的人员孝敬一点，堵上嘴。还得给有关方面该磕头的地方，四时八节送礼。那礼，可不是一个点心匣子能了事的。反正这社会，这年头，就得靠钱打发。

他想得开，"挣多多花，挣少少花，有两个活钱，够吃够活，也就行了。再说——"这是他最得意的了："我每天黄昏以后，往车里一坐，接触多少人啊，也算是体验生活吧！"

于是，只要路灯一亮，阿P就满城飞了。唯一的缺点，就是他开的这辆皇冠，每公里两元钱，生意不太好做。

等了好一会儿，以为他不来了，他的车喇叭才在我家门外响起。

我连忙拿起要给老外介绍的当代小说作品，以及一份提纲，替我们那位没被邀请出国访问，便恼火不见客人的老先生，出这趟公差。一钻进了阿P的车，这时，一股浓艳的法国香水味，从后座直扑过来；不用说，肯定那位"夜莺"坐在后面。

回头一看，果然是她。

"你好！"

"您好！"她很客气，但也透出一股傲气。

这位小姐，也是阿P的固定客人，我坐他的车，至少碰上过两回了。

阿P曾经对我说过，"我和这位小姐，算得上是同命人，都是属夜猫子的，天黑以后，才开始行动。"看来她用他的车，恐非一般的多，从事她这种职业的女性，除非很熟悉，很知己的人，一般不愿暴露身份的。但是经常在黄昏以后出动的年轻女郎，不让别人这样想是不可能的。

她是个聪明姑娘，看出我和这位阿P老兄，不怎么见外，她也不回避我。至于她是不是真正的"夜莺"，或者又是一种什么性质的"夜莺"，为了尊重，自然不好问个明白。阿P比较坚信她是"夜莺"，是往老外那儿飞的"夜莺"。我呢，发现她和那些串饭店的打老外主意的女孩子，气质有点不同。"No! No!"阿P不同意我的分析。

"她Call你，你总是要去电话的，是公用电话，还是家庭电话？"

"好像是家里，因为接电话的是一位大概得哮喘病的老人，说话很吃力，好半天才吐出一个字。"

"也不多问一句。"

"No，No！"阿P说，"她马上就接过去了。"

"做这种事，够难的，你听那老人口气，察觉吗？"

"这世界上能有什么完全保守后的秘密？"阿P挺富有同情心，感慨系之："女人一干这个，谁都可以不瞒，生她养她的爹妈，大概是无论如何不能让他们晓得的。而她爹妈又不是傻子，怎么会不晓得呢？不过装作不知道罢了。"

是这样吗？也许吧！我也有些倾向阿P的看法了。

她究竟长得是个什么模样？这回是第三次碰上了，仍是看不清楚她的庐山真面目。因为车内顶灯很暗，她要下车的时候，又不让阿P把车停在明亮的路灯底下，而且，那不同于"鸡婆"打扮得那么匪气，而是绝对正经的西方妇女穿戴的她，总爱在帽檐下，披一小块极薄的纱网，所以，只能不太真切地看出她那秀丽的脸庞。

坐定以后，阿P对我说："很抱歉，李先生，我来晚了！"

"没关系的！"

"莺莺也Call了我，你不会介意吧？"

"我们不是头一回见面，也算是熟人，无所谓的。"我回头问她，"你挺好吗？"

她点点头，尽量避免跟我交谈。

阿P说："我先送你，李先生——"

"我不着急的，女士优先，送小姐吧！我晚到一会儿，还省得跟老外废话呢！"

阿P听我口气，知道我不乐意这趟公差。"既然如此，何必去跟他磨牙！"这时，皇冠已经在华灯初上的长安街上，朝东疾驶了。

"嘿，老先生没吃着葡萄，便说葡萄酸，你车没来之前，给我打个电话，让我也把那老外干起来。有什么办法？我认识这个老外，具体接待的人很为难，我只好帮这个忙。"

"又是那种汉学家吧？"

"外国人只要认识两个方块字，都叫汉学家。反正他有外国钱，大家就围上去了。有的老外还好，有的老外就挺讨厌的了，是不大把麻烦别人，往心里去的。好像有了两个臭钱，全世界都得围着他转，所有人应该朝他鞠躬似的。"

"主要是有的中国人太没起子了！"阿P说。

我觉得阿P是故意讲给后座的"夜莺"听的了。

冲她面说这些，多少有点残忍，她是靠老外挣钱的。因为阿P说过，莺莺通常是在那饭店、宾馆、商场以及外交使团聚居地一带，找个不太显眼的地方下车，然后，就消失了。据他分析，估计她有几个常客，不是商社，就是公司。很显然，冲她这身穿戴打扮，这判断不会有错。可是为什么怕被人发现？为什么鬼鬼祟祟？为什么还端着一个架子？这"夜莺"简直是一个谜。

"阿P，你拉她多久啦？"

"两三个月了吧！每个礼拜五，她要Call我的。"

因为一个人，是快乐，或者是不快乐，或者是很不快乐，旁边的人，倘非木瓜，不可能完全没感觉到的。这是第三次见到她了，那郁郁寡欢的样子，多一句话也不说。如果她不是从事这项古老职业的女人，那她这样不快活，为什么？

她始终一言不发，于是她的异常沉默，使车内空气弄得很沉重。

也许能够讲出来的痛苦，算不上十分的痛苦，至少还能得到旁人的一些同情；怕的是那种不能讲出嘴的痛苦，才是谁也帮不了忙的真正痛苦。我真想找些话，来同她谈，可她总是把答案凝缩成一两个字，或是，或不，或唔唔来回复你，把自己包藏得紧紧的。

自然，一路无话，到了那高楼林立、洋人聚集的地段，选了一个僻静的角落，她就从后座伸过手来，让阿P把车停下。

"再见！"她走出车去，从手包里掏出钱来，"你收下吧，够了吧？"

"小姐，你不用付车钱了！这半天整个是李先生的单位租车，算是公家请你客了。"

"不！"她还是把车费塞给阿P，"你也不容易！"这是我见她三次，第一回听到的一句带有感情色彩的话。

阿P探头车窗外："谢谢啦！"

"唔——"她没有马上走。

"有事吗？"

"你能不能在十一点到十一点半，到这儿来接我？"

阿P看看我，我想，只要他能多挣两个，我何乐而不为呢，便点点头。

"要是——"她说话口气有一点犹豫。

"你说怎么吧？"

显然她认为无须防我什么。"要是过了十一点半，我不在，麻烦你给我家打个电话，号码你知道，就说我不回去了，别给我留门。"

她说了一声"回头见"，迈着急匆匆的步子离开了。

"这什么意思？"我问阿P。

"弄不明白！"

"究竟为什么？"

阿P又是那句话："反正是没起子吧！中国人，唉，唉……"

我望着她那俏丽的背影，很快融入那一幢幢的建筑物的阴暗里。我们俩对这有点诡秘色彩的"夜莺"，怎么也是说不明白。也许这个世界，就像眼前的朦胧夜色，一下子是很难看清楚的。

可是看个一清二楚，又怎么样呢？

这时，八点多了，他让我允许他吃一点东西。

"你请便！"

他一边咀嚼着食堂的包子，一边望着那早走远了的人影，向我道歉："让您跟这种女人坐在一起，您千万别往心里去。"

"这有什么，她没有什么不让我尊重的，是不是？你不是说过的吗？体验生活，我多久也没看见这种夜景了。"

他从热水壶里倒了杯酽酽的茶给我："请喝点水！"

"谢谢！"

"耽误了你办事，李先生，真对不起！"

我再一次告诉他不需记挂，其实到老外那儿，寒暄两句，就算交差。再说，这样欣赏暮色苍茫的夜景，多难得啊！我摇下车窗看出去，马路上川流不息的车河人流，沿街灯红酒绿的光彩，把都市的黄昏点缀得五光十色，如果不想那些不愉快的一切，不也赏心悦目吗？"这倒是一次难得的清闲，阿P！着什么急呢？"

我喝了一口茶，想不到的热，差点吐出来，"哇！真烫嘴！"

"这是我哥每天下车前泡好留下的，他怕我夜里开车犯困，可没少放茶叶。"说到这里，他乐了。然后一抹嘴，搓搓手，"好了，这回送您老——"

等我到了那位汉学家临时下榻的公寓，没料到，那里的好戏正在开演。

推开他老兄的门，屋里正在开烛光晚会，有外国人，也有中国人；有我认识的人，也有我不认识的人，把里外屋挤得满满的。

早知道，有这么多热情洋溢的朋友，包围着这位老外，我也就不必凑这个热闹了。"哈啰！"他跳过来，"我以为你不来了！"

我把材料交给他，"行了，老兄！看你的安排，现在恐怕不是谈论现代文学的时候！"

"没关系，没关系！"他又来他那一套要别人围着转的老手段："你先玩，等他们离开了，再谈！"

我心想：算了吧！阿P的车，十一点半还要赶到亮马河呢！"有材料，你自个儿看吧！"

"不不，我喜欢面谈！"

你喜欢，不等于我喜欢，我只好支应着："改日吧？好不好？"

"那，那！"他还在腻歪，可我坚决要离开了。

这时候，有人娘娘腔地谈到"万先生"如何如何，我楞住了。

这声调，我熟悉，这语气，我更熟悉。我相信我的耳朵不会听错的，因为老先生习惯这样开头讲《日出》、《雷雨》的。他老人家不是赌气不来了吗？怎么也光临这儿啦？可能烛光里，他老人家没看清楚我，情绪十分高涨，那我就别打扰他的雅兴吧！我从那座公寓走出来，仍想不通，为什么你既然来了，干吗非要为难负责接待的朋友？

这时，皇冠开了过来。汉学家与我告别，并诡谲地一笑。后来，我才知道，老人家已经搞定作为访问学者，要到那个国家讲学了。

我一看表，问阿P："是不是该接那位小姐了？"

他说："我把你送回家，再说吧？"

"现在都快十一点了，走吧？"

但我们在那约定的地点，等到快十二点了，仍旧不见那位"夜莺"的踪影。夜班巡逻的人员，在我们车子附近察看好几回了。

老实说，在都市的黄昏里，谁也不注意真正的天。那高楼大厦，把天挡住了，密密麻麻闪着灯光的窗口，似乎代替着天空的繁星。这一切看上去像布景一样可笑的东西，便成了都市人的夜空。这些庞然大物，居高临下地审视着我们这些忙忙碌碌、兢兢业业、跌跌撞撞、营营嗡嗡的都市人。谁不仰慕地望着这些现代金字塔，而感到自己的微不足道呢？于是，无论你高兴，还是不高兴，现代种拜物教也就一点也不奇怪的了。

阿P说："走吧，去给她家打电话得了！"

"再等一会儿，好吗？"我走出了车外，晚上的空气，要比白天好些，而且夜晚的最伟大之处，便是像"夜莺"脸前那块飘曳的薄纱，一切都变得那么隐隐绰绰，肮脏和美好的界限，模模糊糊起来，人们也就不必想得太多了。

"不等了，我去打电话了！"阿P不耐烦了。

这一带有的是公用电话，我们找了一个，阿P把硬币投进去。

"还是那个哮喘病的老人？"

阿P点点头，把话告诉对方以后，没想到老人不停地重复着那两句话。他让我拿起听筒，果然是："这会好了，能走成了！这会好了，能走成了！"

……

后来，好像这位"夜莺"，在都市的黄昏里，消失了。

据阿P说，她再也没有Call过他，也许，和那位张口闭口"万先生"如何如何的老先生一样，已经在大洋彼岸做访问学者了吧？

现在，当我提笔写这段真人真事时，回想起来，很奇怪，印象最深刻的，既不是那位"夜莺"脸前的面纱，也不是老先生那娘娘腔，倒是在马路旁边停车那会，喝到的那口滚烫滚烫的浓茶。

那是一个做哥哥的，为他打夜班的弟弟准备的茶。

虽然，只不过是一杯茶，但那份热，在那个夜晚，我是永远也不会忘记的。

骆 驼

我想给我这位老朋友，写篇歌颂他的文章，是存在心中很久很久的事情了。

他姓骆，个子高，背微驼，所以我们熟人之间，原来管他叫骆驼，叫了几十年。后来，大家都一把年纪，儿孙满堂，也就不大好意思这样喊了。于是，改叫老骆，倒感到别扭。

绰号，是个挺怪的一贴膏药，只要粘上了，就不大容易揭下来。因此，没有下辈人在场，我们仍旧喜欢叫他骆驼，好像更亲切些。他无所谓，他从来不懂得计较，叫什么，他是不在乎的。因为从他的外形到他的心理状态，除了骆驼二字，再找不到更传神的词语了。因为，他这一生，像一头骆驼踽踽在戈壁滩里一样，永远一步一步地，不声不响地，负着沉重的载荷，往前行进。

公事，私事，国事，家事，不论什么事，只要放在他的肩上，他都默默地担负着，从不说不。

解放前，他是上海圣约翰大学的高材生，英文特棒，本可以到外国去的，地下党对他讲，你留下来吧，他就把船票退了。由于我们国家很长一段日子里，英文不吃香，他当然也跟着不吃香，到了"文革"那阵子，会英文，很倒霉，他也跟着很倒霉。等到改革开放，英文又走红，他老了，译书，视力不行，口译，体力不行，所以，只好在外国语学校里教外国人学汉语，顺便还教外国人打太极拳。

这很尴尬，因为，他不会功夫，还得现学现卖。

他给我解释："可学校希望我能这样！"

"不合适你，骆驼——"

"一辈子都这么过来了。"这话倒也不假，因为，他的英文无用武之地，图书馆，资料室，总务处，行政科，信访组，三产办，人口普查，计划生育，什么没干过呀，只要领导一找他，"老骆啊……"他就明白，又要换办公室了。

八十年代初，他总算归口，到了一个能用他一技之长的地方。我跟他开玩笑，"骆驼！你这朵花含苞待放了几十年，肯定要结一个了不起的果实！"他苦笑，不语。后来，听他说，才知道语言也是在不停地发展变化中的，即使在英语的故乡，莎士比亚的词汇，也多少有些陈腐了。正如我们今天，碰上一位用文言文讲话的老学究，不但滑稽，恐怕耳朵是受不了的。因此，学院干脆要他教外国人汉语和太极拳了。

"生是把你给糟蹋了！"我为他叹息。

他反过来安慰我："算了，不想那些，再说，有什么法子呢，就那样吧！"

看他那一脸无怨无悔的神气，我感到心悸。

我那时，很想复习一下早已生疏的英语，老先生教青年学子，嫌他落伍于时代，但辅导我这个正想学习莎士比亚的老童生，还是可以的吧！他是个热心肠的人，从教材到录音带，都给准备好了。还亲自上门面授，用不着我到老师家去，而且学费免收。不但一分钱不要，连一支烟也不要，只要一杯茶润润嗓子就行。纯粹义务，无偿服务，于是这番盛情，倒弄得我学不成了。不是我不想学，而是我不好意思了。那时，到我家教了《李耳王》，再去学院教留学生的"人手足刀尺"，正好是城东到城西，他得多蹬一个小时自行车。

"算了算了，还是晚上我去你家得了。"

"不行，我们家小孩多，太乱，绝对不是学外语的环境。"

于是我想只有彻底算了吧！"干脆，骆驼，等你告老还乡时再向你求教吧？反正，我复习英语，本来就是有一搭无一搭的事。"

他很遗憾，一再说："无所谓的，你想得太多，人活着，总是你为我，我为你这样互相帮助的嘛！"可骆驼，总是愿意为别人尽一份心力，如果找到他，他绝不拒绝，好像他是个不大懂得说"不"的好人。而别人不论怎么难为他，作践他，他也是能忍则忍，自我调节。那回，要他管计划生育，他为难了，机关里的女同志，还好说，遵章守纪，让不生，就不生，连人流都不用做，而附属的印刷厂里那些女工，任务不重，便性欲发达，性欲发达，便顾不上服药戴套，老是要突破指标，总是围着这位老知识分子纠缠。他终于找到领导，这是他一生中唯一的一次说不，也是最初和最后的一次，向领导表示出宁肯辞职也不干的意愿，要求换一位女同志来管。

领导问他："老骆，为什么做计划生育工作，就一定要女性呢？"

骆驼想想也对，是啊，为什么男人就不能管？他就没有再说话，转身走出来了。后来，领导再三在会上表扬骆驼，到底受党教育多年，指到哪，打到哪，让干啥，就干啥，小我服从大我，心中装着全局。我听说他这件事后，对他说："骆驼，幸亏现在不烧窑了，否则，你还得做一回张思德呢！"

我以为他一定会笑，但他面部，毫无表情。

那时，他调到外语学校，还以为他是烦腻了他抽屉里的避孕器具，和对那些不肯结扎的女人无能为力，才离开单位的。其实，不完全是这样，那是表面原因。时光的流逝，使老骆意识到，再不一搏的话，也许上帝不会再给他机会了。于是，打心眼里是想振作一次，无论如何，他有那一肚子圣约翰的英文，就像他拥有莫邪干将，终其一生，未能出匣而一展青锋，不能不说是憾事。正好，他早先的圣约翰大学时代的同学，现在还在一个重要部门负责；一次校友聚会，知道他在管计划生育，以为他大概用他高深的外语知识，为我们国家引进什么有关人口发展方面的先进经验呢！等到了解他不过在给男人发避孕套，给女人们发避孕药，就说了一句："老同学，你还是归队吧！"

很偶然的，他踏上新的工作岗位。骆驼一走，原单位的领导就别提那个懊悔了。这世界上还能找到这样模范的干部吗？他听话，他服从，他驯良，他安分，他老实，他随和，他规矩，他具有这方面所有形容词的好品格，好到让人觉得他有些呆，有些克己复礼。

因为有这么一个来头，新单位的领导，对他也另眼相看，可他不是那种会拉大旗作虎皮的人物，吹吹拍拍，就更是无能了。其实，语言的一时落后于时代，不是什么可怕的，无可挽救的事情，到那个国家去住上一年两年，在那种语言环境里，自然而然就会迎头赶上的。正好有这么一个伦敦大学的进修名额，恰巧系里也意识到他去进修一下的话，对教学方面无疑会是一把好手。

就在他作准备的时候，院里一位领导找他，并和他商量，请教他怎么办才好？他本来一句话就打发的事，"你是领导，我又不是你的领导，跟我什么相干？"可骆驼永远是引颈就戮的架势，他的思维定式，就是立正，接受命令，向后转，执行任务，没有二话。原来，别的系里，有一位女教师刚离了婚，情绪极不稳定，上阅读课时，读到《简爱》里那位女主人公暗恋的伯爵，他老婆出现时，应该不至于如何激动的，她在课堂上昏厥过去了。

"这怎么回事？"

"受刺激太深。"老骆回答。

"应该怎么办才好？是不是改换一下环境？"

"这是个主意！"老骆还未觉察到自己进了圈套。

然后，图穷而匕首现，要他把这个进修名额，让给那位刚离了婚而精神承受不住的女教师。

老骆当时可以问一声："你考虑她的精神承受能力，就不怕我受不了吗?"但我知道，你借给他胆子，也不敢说出嘴的，而且，我还相信，像他这样的好人，连腹诽，也不会有的。

他太太，他儿女，还包括我，都力主他去找那位圣约翰的老校友，讨回一点公道。他说算了，既然领导这样安排，总有他们的考虑。是啊，《简爱》才读到三分之一，她就昏在课堂上，往后再读下去，不得自杀啊！

他夫人说，你就自杀一回给他们看看！

"受党教育多年，咱们怎么能干那种事！"他说这话时，很正经八百的。

"二百五——"他太太说。

机不可失，时不再来，错过这次机会，他的英语，始终还停留在二战或二战以前那种时代氛围里，显然不合时宜了。再说他不可能总是五十多岁，终于离开学院，和粉笔、黑板，以及太极拳，拜拜再见了。

他特地跑来找我，"老李，你还想拣起你的英语吗？这回我可是全天候的有时间了。"

我望着他那张无邪的面孔，我相信，在这个世界上，像他这样为工作尽心，为领导尽心，为朋友尽心，为老婆孩子尽心，为所有需要他的人尽心者，大概已经不多了。不过我那时接手主编一份刊物，忙得臭要死。虽然有人以为我谋得这份差使，不知多么优哉游哉，羡慕得直掉哈喇子。其实天晓得，奔稿件，奔订户，奔员工福利，耽误写作出书不说，连这样一个学英语的天赐良机，也只好眼巴巴地放弃。但我仍旧非常感动，他居然一直把我这件事放在心上，可我连书本和录音带，都不知放到何处了。

不几年，刊物无疾而终，奉命关张，而不知为什么，一时间竟提笔踌躇，欲说还休，失去了任何写作兴致。于是我拿起电话找骆驼，还不如重圆旧梦吧！识得一点外文，免得被那些假洋鬼子，唬咱们一愣一愣的。铃响了半天，才有人来接。我半点也没夸张，从听筒里传来的声响，如果不是菜市场的喧闹，也是百货大楼的人声鼎沸，我还以为拨错了号码。接电话的是一个小女孩，"哈啰——"奶声奶气，想必是老骆的第三代传人了。

"找你爷爷接电话！"我说。

她用英语夹着汉语告诉我："My grandpa上班去了。"

"谁呀？"老骆的老伴接过电话。

"我呀，大嫂，"我通报了姓名，她自然认识的。我问她："怎么回事？你们先生几年前不就退下来了吗？"

"外语补习班又把他找去帮忙，他闲着在家没什么事，我就让他去了，正好在你们家附近不远。"

这我才想起，从电话里传来的嚣杂声响证明，今天是礼拜六无疑，补习班自然是在业余时间上课的了。"好吧！我这就去找他老人家去——"放下电话，就去找他。一路琢磨，老骆重作冯妇，其中必有隐情，想来想去，无非两端。想必是米珠薪桂，经济拮据，不得不去补差，找点外快，改善改善伙食了；继而一想，也不对，物价虽然上扬，通货虽然膨胀，谅他也不至于像那位卖馅饼的教授，非在乎那有限的收入。因为他太太是会计师，略一顾问，或者兼职，便有高薪拿的。那么此公一是在家赋闲久了，害了一种老年人的常见病，生怕失落，生怕被人遗忘，又粉墨登场，回到舞台脚灯前面来了？

细一想，又并不像，老骆生性良善，默默耕耘，只知为人民服务，而不知其他。那么老了老了，还不在家颐养天年，出来瞎折腾什么呢？我一到补习班，打听骆老师，好多人甚至不知其人。后来，我把他的身体特征形容了一下，被问者恍然大悟，你是问菜篮子啊！据说，他来补习班，就为买菜，只要上完课，他就去我们家附近的一间大农贸市场闲逛，另外一位职员，好心告诉我的秘密，"你到后面市场上去看看，只要看到谁的菜篮子最大，就是他。每天，他拿着他太太开的单子，要去转好几趟的。如果要评最佳丈夫，或者最佳家长，他准得金牌！"

尽管自由市场熙熙攘攘，推推搡搡，但他是不难发现的，因为他目标明显，也许他太为别人尽心尽力的缘故，达到"摩顶放踵"的自我牺牲程度，头发所剩无几，背也越发地驼了。我一下子就找到了他。老先生正和一个鸡贩子讨价还价，在买柴鸡；我同他招呼以后，一看他筐里，已经有了两只鸡，现在谈判买第三只，我问他："你要开饭馆啊？"

他朝我笑笑，说不出什么快乐或不快乐的表情："其实也差不多的意思，不是饭馆，也等于食堂。"

"你儿女并不多嘛，至于买三只老母鸡，有人坐月子？"

"哪里呀，就是平常吃嘛，这未必能吃得尽兴呢，不瞒你说，我们家和我们国差不多，其他方面一般，就是人口比较众多。"他是一个好干部，绝不说出格的话，可能觉得自己语带讽刺，有背他的做人原则，连忙解释："因为我管过计划生育，在这方面多少知道一些。"

"骆驼，像我们这一辈六十上下年纪的人，有三个两个孩子，是常事。但绝不会像你所说，有这么多张吃饭的嘴——"听他一算，我服了。他三个子女，前几年，乘以二，是六口人，加上他们老两口，正好一桌。现在乘以三，三三进九，还有乘以四的，"人家是洋媳妇，不存在计划生育的问题，敞开生。作家，你给我算算吧？"

这样以几何级数增加，肯定是一桌大人，一桌小孩的局面了。但他既没有表现出天伦之乐的喜悦，也没有什么人多成灾的苦恼，还是那么一种沙漠之舟的神气，原来在机关里是这样默默行进，现在背着这一大家人，仍是任劳任怨地朝前走，大概一直走，走下去，走到倒下为止了。

望着这位老朋友，我不知说什么才好了。

我给他一个建议："你干吗买柴鸡，多费事呀，又杀，又烫，又煺毛的。不如肉鸡，十分钟就烂了。"

"我又何曾不想这样，但有什么办法，他们不爱吃。"他给我看他太太开的购物单子，注明是柴鸡，要不超过三斤重的。买完鸡后，我陪着他去买韭菜，买大葱，还要打甜面酱，他一边买东西，一边对我说："那个洋媳妇，还专门好吃地道的中国饭食，要吃韭菜合子，要吃大葱蘸酱。今天不是礼拜六嘛，吃了一天。不过孩子们并没有全回来，明天才是正日子，礼拜天从来是风雨无阻，全都回来看望我们老两口的，你说说，不多准备能行嘛！"

我看着老骆，大概面部的表情不怎么好看，他停下脚步，问我："作家，你怎么啦？"

"骆驼，我在替你想，明天晚间，八九点钟以后，儿子儿媳，女儿女婿，孙子孙女，外孙子外孙女，恐怕还不止一个奶声奶气说英语的混血儿，吃饱喝足，一抹嘴，统统告辞，大概还有吻别的洋礼以后。那一桌子上堆满了盘子碟子，筷子调羹，残菜剩饭，以及空了的酒瓶，可乐瓶，冰糕空盒，估计就是你们老两口收拾了——"

"我以前告诉过你，我老伴打了一辈子算盘，手指不能沾凉水。"

"天，就你一个人！"

"有什么法子呢，也就只能这样了！"还是那种淡淡一笑。这时，他才想起问我："你找我该不是给你补习英语吧？"

"老不学艺了，这把年纪，还学什么呀！"我撒了个谎，然后笑着逗这位英语老师："老骆，英语里的星期六，不是叫Saturday嘛！音译倒有点像杀头的一天，这对你很合适，看你从市场上买的这些鸡，这些鱼，为了明天的饭桌，这大菜篮子，真累得你跟杀头也差不多。"

他也乐了，随后他也感叹地说："那么星期天的Sunday，该是买菜做饭伤脑筋的伤，张罗忙活伤精神的伤，打扫收拾伤力气的伤，最后人走楼空，冷冷清清又伤感情的伤心的一天了。"

听他这样一说，我觉得他不是那个有一点显得麻木的骆驼了。这一辈子，他未必不明白，不过，也许不想明白，明白了又能怎么样？握别的时候，他说："就这么一回事，人活着，谁不是这样一步步地朝终点站走过去，作家，你说是不是？"

我望着这位老朋友，不由得觉得我们中国人的伟大，大概就伟大在这种在沙漠中只要不倒就走下去的骆驼精神上吧？

端 阳

整个霉季几乎没有断过雨。

只要有一丝风，便是一阵淅淅沥沥的或洋洋洒洒的雨。

偶尔，能见到云缝里，露出太阳的一个边角，玻璃窗忽而白白亮亮，好不习惯，甚而至于觉得刺眼。

她翻身坐在床上发怔。天放晴了吗？她知道不会，气象台预报过阴雨天将要持续下去。

睡得太多了，越睡越想睡，醒了还能接着做她的梦。有时，分明清楚自己在梦境里，也不想睁开眼。紧一阵、慢一阵的雨声，敲在老房子的铁皮屋顶上，正催人入睡。

她从来也不曾这样闲在过，在最忙最累的日子里，一个洋行秘书，总是要进入最佳状态去应对从老板到顾主的形形色色的人，和从电传机上纽约、伦敦、苏黎世的市场行情到货柜船抵港的班期的各式各样的数字，一分钟也不能懈怠。她曾向往过这无所事事的，能把自己关在屋子里，什么也不干，什么也不想的可以饱睡的下雨天。

然而下得太久的雨，好像下了一个世纪，也像睡了一个世纪，对年纪轻轻的女人来说，便是负担了。

彭天说只是去参加一个不长的例会，会散了就来陪她，但她宁肯这样百无聊赖，也不愿和他对坐着，没话找话。于是只有躺在床上，有一搭无一搭地做梦了。虽然她在这里长大，可城太小了，有那么几个熟人和朋友，不知为什么，她懒得去找。也许因为缠绵的雨，也许……

不该回到小城来的，她想。其实，本来也不必回来。

"妈!"

没有回答。

也许趁这一小会儿黄梅天难得的阳光，在院里晾衣服。

她又朝那白白亮亮的窗户叫了一声。她相信，天不会转晴的。

仍是没有回答。

显然，母亲到满地泥泞的菜市场去买粽叶了，她猜。做妈的现在似乎唯一可以做的事，就是想方设法让她尽量多吃，身子总是要补起来的。端阳快要到了，自然做她最爱吃的粽子了。

其实，那有什么大不了的呢？每个女人都会有这么一次两次的。

可她妈，总是一种做母亲的，不，应该说是做女人的痛惜，但她并不需要。

她知道她那当了一辈子教员的妈妈，肯定看不惯她的所作所为，尤其不会赞同她目前的这种在正经人看来绝对是不尴不尬的状态。因为把好好的一份月入一千，红包不算在内的工作，莫名其妙地辞掉，就回家来无限期地住下去，人们是无法理解这种轻率的。接着，自然要问，"以后呢？"她不当一回事地回答，"以后再说!"这对一板一眼过惯了按部就班生活的她妈妈来讲，也是不可思议的。

"妮妮……"

她不让她妈絮叨下去，"你不吭声行不行？做做好事，求你!"

"我只是为你着想，妮妮……"

只有一句话能堵住她妈的嘴："你不让我安生，妈，那我就走——"

"好，好。"她妈把所有想表达的意思，都放在那双温和的眼睛里。

"妈，你记住，幸与不幸同在! 得到的和失去的基本上是平衡的。"这是琳达的话，她竟会和那个她视作偶像般的女人，走上同一样的路。

檐头又开始滴滴答答地掉点了，唯一的一扇玻璃窗变得混浊，好像要黑天了，其实才是早晨。

她身子一歪，躺下去接着做她的梦。

梦吗？当然不是梦!

那是一座很大的城市，那是一座也许是这个城市的最高建筑物，全部用玻璃镶装起来，拔地而起，傲然挺立。初时，她觉得这大厦离得很远很远，等到身在其中的时候，倒觉得城市离得很远很远。只要不站到窗边去，不往下看，便只有窗外空寂的苍穹。她一直想象她是浮在蓝天碧海里的一艘巨轮里。有时候，她能感到，当她看窗外那飞絮般飘过去的，丝丝缕缕的云，能在心里体味到这漂浮着的船往什么地方缓慢驶去，还轻轻地摇晃着。

"别神经过敏！"老板不喜欢这种浪漫。

他总是这样严厉，谁都知道，裴志强的那张方方正正的脸，极少流露过什么感情。她很奇怪，一个大活人，怎么能既没有烦恼，也没有快乐呢？

"机器人——"

琳达说："倒也不见得。"

她记起第一次去见他，琳达（是她介绍她去求职的）说过："他是个挺让人下不了台的家伙！凶得很！"

"我想他不至于咬人。"无论如何，她再不是小城刚来的怯生生的女孩子了。

"那倒不，要不是他是一家待遇优厚的公司老板，也许没人乐意跟他合作。"琳达曾在那间公司和他共过一阵事，最后还是客客气气地分手了。"趁还没有完全恼，好合好散，大家仍旧是朋友，这样，也许是最佳之计。老实说，与铁腕人物在一起，只有两种人能呆得下去，一种是为了将来把他干掉的；一种是死心塌地被驱使的。"这位她当过家教的那个小女孩的母亲认为自己既非前者，也非后者，就到另外一间日本人的商社干了。

"那你显然让我给他当奴隶去了！琳达！"

"你说你要找一份能多赚些钱的工作的，妮妮！"

琳达是一个绝对潇洒，而且也绝对自我的女人，绝不会为别人高兴，也不会为别人苦恼的。你给我做家教，我给你钱。你给我照管家务，我另外给你钱。"我不赞成无收益的乱浪费感情！"只不过因为她女儿的英语从六十分上下徘徊，开始向七八十上升，作为一种酬谢，才肯把妮妮介绍到这家公司去求职的。

妮妮也是好久以后，才适应了琳达那种生活方式，包括她隐隐约约感到的她和一些男人的来往，这其中，似乎有那个铁腕人物。这些，她都没有跟她妈妈说，那是一个小城里古板得很的中学教员，动不动就要大惊小怪的女人。她若是跟她妈讲，每个人愿意怎么过，是他自己的事，谁也没有权利干预，如果他并未妨碍别人什么的话。那她妈一定会摇头的，在教员眼里，生活的教科书，总是有一份标准答案的。

她妈问过："这个小女孩的妈妈是外国人？"

"当然不是。"

"中国人有叫这样的洋名字的吗？"她妈提这个问题，并非是外省人的少见多怪，未经世面，而是觉得女儿怎么对这个在照片上看来绝不像四十多岁的女人，竟会一无所知。姓什么？叫什么？总不会姓琳名达吧？包括为什么离婚？丈夫干什么的？娘家还有什么人？怎么能把孩子和房子都扔给你，一走好几个月，你还得去孩子学校开家长会？……这些应该说是最最起码的，必须弄清楚的事情，怎么能一问三不知呢？

不可理解，这位退休教师觉得女儿挺莫名其妙的，自从那年端阳离开了家，一走三年，回来后，好像再不是以前那个妮妮了。

本来这种事情，悄悄地了结多好，干吗回来闹得满城风雨呢？那个彭天怎么办？怎么一点不替好面子的妈妈想呢？整天躺着，大门不出，二门不迈，算怎么回事呢？

难道这雨下个没完，觉也睡个没完吗？总想问问，"妮妮，不该这样颓废，要振作起来！"

她觉得好笑，"那是你，妈，可不是我！"

"那你也该对一直等着你的人，有个态度！"

要不沉默，要不装听不见，要不让你别操心。"我都不急，你急什么？"

她已经不习惯她妈摇头的样子，原来她是很看重这种不赞成什么，不欣赏什么，通常并不用明确地说出来的态度，哪怕一个不表示意见的意见，一个眼神，也足以让她懂得界限何在？因为她妈似乎体现着一个人生活在这个外省小城里，应该怎样和不应该怎样的做人基准。

不光她过去把她妈当做典范，尤其她爸爸一去不回以后，小城里的人都这样认为的。"吴老师，不简单，好人哪，那可真是了不起的特级教师，为人师表，还用说！"

所以，妮妮知道她这次回来，她妈那份忐忑不安，那份忧心忡忡，未必对她辞掉工作多么耿耿于怀，而是她突然回来的原因，只是为了做一次人工流产。

怀孕了，真可怕，没有比这更让她妈受刺激的了。

这位正直的清白的备受尊敬的女教师，也不是非常守旧的，虽然她自己说起来不免有点子封建，丈夫一去十几年，分明是把她抛弃了，还若无其事地应名说是在等着；但她并不要求她女儿也必须如此。"妈能理解，年轻人，难免——"可妮妮的荒唐却使她很难在人前张嘴，恐怕倒是更苦恼的。小城也非净土，女孩子非婚怀孕的事也不是没有发生过，问题是不该出在这么一个有教养的家庭里，出在一个受到过良好教育的女孩子身上。或许这倒也罢了，感情这东西并不能准确地称量，该多少就是多少，越轨了，那有什么办法呢？可谁对谁也不承担义务，更无所谓责任，过去了就过去了，好像一切的一切都没有发生过似的，还理直气壮，这算是怎么回事呢？

"他，这个人是谁？"

分明知道是她的老板，还问。"妈，你烦不烦？"

"你晓得他是有家室的人，怎么可以这样随便呢？"

"我干吗要想那么多呢？妈！"

"他强迫了你？"

"妈，你做做好事，不要说得那么穷凶极恶好不好？"

"唉！"

妮妮从走进那座闪亮的玻璃大厦开始，就有一种预感，也许琳达的话在起作用，裘志强当真会把她吃了。不过，她后来相信，谁把谁吃了，还是个未知数哪！

因为琳达说过这么一句，"要不算了，妮妮，过些日子，找一家收入不如这家好，但工作相对轻松，老板也比较好对付一点的公司吧！"

到底不是那个胆怯的小城姑娘了，她对自己完全有信心，敢去面试，老板总不会是老虎吧？她涂了一种怪怪颜色的眼影，扬手拦住一辆的士，朝那原来离得她很远很远的大厦驶去，现在，这建筑物对她来讲，太近太近了。

三年前她来到这个城市，初初立足未稳的时候，妮妮还给彭天（她妈妈最得意的学生）写信，也许他支持她走出小城来闯一闯，透一透新鲜空气，不一定是个好主意。

那个在某种程度上，被默认为是她未婚夫的彭天，是根据自己的经验，考上了大学，在这个城市生活了四年以后，开了眼界，毕业后回到小城，很快就显露才华，一帆风顺了。所以他才建议她也该冲决出这狭隘的环境，看一看外面的世界。他对她讲的关于那大城市里的一切，曾经使她连做梦也向往着的。她已经太习惯小城里狭窄的石板巷弄，和一年四季永远不变的青苔。如果说那房子有一百年历史，这青苔自然也绿了一百年，真可怕！等到她亲身领教大城市对于外乡人的欺侮，不全是这么回事的时候，她真想打退堂鼓，回到她妈身边过一份安宁的日子，嫁一个男人（好像非彭天不可，而且除了他似乎也再找不到更好一点的人了），成一个家算了，她那么多的女同学，比她大的，比她小的，谁不是这样过的呢？

能说那些人不快活吗？

彭天给她鼓劲，一封接一封的信，告诉她，他一开始，也是懦弱过，气馁过，还偷偷地哭过呢！

不过，她倒一滴泪水也没掉过。

而且，她渐渐地习惯了，渐渐地适应了，渐渐觉得生活可以按另外一种方式来过，她也渐渐相信，这是一个允许改变的世界，并非有一定之规的。毋庸讳言，也渐渐地明白，一个人自由和快活的程度，和钱的多寡成正比的。她说："我想多一点钱的话，我能够把自己好好包装一下。"

"你好像还不至于推销不出去！"

"我还没有那个打算，只是想跟你一样，好好地享受生活！"

琳达说："我知道像你这样大的女孩子，已经懂得找能为你掏钱的男朋友了，完全不必自己费力气的。"

"不，那我不是也要先付出什么，才能得到什么吗？"

"是这么一个理——"然后，这个涉世颇深的女人叹息："妮妮，你原来倒不怎么悟，也可以称之为纯洁无邪。不过我不晓得如今你太清醒了，对你来讲，是好呢，还是不好？"

"琳达，我不打算懵懵懂懂一辈子！"

裘志强是个看不出什么明显特点的男人，有一张很难记住的面孔，主要因为他几乎没有表情。她以为他一定是凶神恶煞般的，等坐在他对面，发现他倒也不像要吃人的样子，放了点心。可无一丝笑容的神气，也是令她凛然和忌畏的。

他给她两分钟时间，简明扼要地把自己说清楚。"好——"他看着腕上的手表，"开始！"

她如果刚从小城来，不知该怎样张皇失措？

现在，她是胸有成竹多了，无论如何那个小女孩的妈妈，一个能支配男人的女人，使她渐渐掌握在这个大城市，在这样一些人当中，不仅要适应而且还要有从容有余的生活下去的能力。

但一张嘴，他把她拦住了，"我习惯听英语，你已经知道，这是间外资公司。请——"他重新看表计数。

"德行——"这是她教的那个小女孩的口头禅，她用来在心里损他。"有什么了不起，我给你说。"她一面讲述她的履历，一面琢磨这个装腔作势的家伙，心想，和这种老板共事，也许不会有好日子过，一定是百般挑剔，算了，她的求职热情顿时大减。反过来，她解除了负担，倒敢把这样的意思表达了，先生，你需要的这个秘书，最合适的人选就是我。我找不到这份工作，我并不遗憾，同样好的差使还会等着我的。但是，你错过这么一个全能全才的部属，也许要后悔不迭的。

没意思的故事

她确实能干，这方面的天赋，她相信是继承了她的父亲。

裘志强是个永远不动声色的人，那双挑错的眼睛，盯着看她操作电脑。他让她编一个文档程序，以为这能难住她。但是他忘记琳达家里有一台IBM，当然他更不可能知道她甚至未向那个精明强干的女人请教，靠说明书就掌握了它。

"我可以走了吧？"她看他大概再出不了什么花样了。

"对了，你只谈到了你的母亲——"

"那也是面试的内容吗？"

"在我的公司里，我想知道什么，我的职员就应该告诉我什么？除了属于隐私的那一部分。"

"对不起，请允许我拒绝回答！"

他没有再问什么，告诉她等待通知，便把她扔在屋里走了。

妮妮恶作剧地在他的个人电脑里，键入了她记不起是谁的一句名言："罗马人以为他们即是全世界，而在全世界人的眼里，它不过是拉齐奥大区罗马省的省会罢了。所以，恺撒只是恺撒，他不是世界之王。"然后嘟哝了一声"德行"，离开了那里。

雨索性哗哗地下得起劲了，屋顶被大雨点砸得劈里啪啦地响。

于是这小城的一切一切的响动，都淹没在暴雨中，就剩下她和她的遐想，她的白日梦了。

妮妮笑了，好久好久，那个铁腕人物很诧异电脑里突然出现的警句："罗马人以为他们是全世界……"每个人都有他的软弱，谁也不能例外。他后来承认，他被这句话吓得魂不附体过。

"谁吃掉谁？还真是个未知数，你信不信？你不是恺撒！"她在心里笑这位板起面孔的老板。

在雨声中，她好像悟到她爸爸为什么教她英语时，要选用这句格言做辅助教材了，也理解她爸爸到底为什么离开小城，一去不归了。

院子里有推门声，有脚步声，她以为她妈买到了可心的粽叶，从菜市场回来了呢？小城的生活，有时真像那墙上长了一百年的青苔一样，永远也不会变的。她在琳达家里三年，没有端午节的概念，那个城市里一年到头有粽子好买。可在小城，过节太当回事了，一定要买那种宽宽的新鲜粽叶，煮出来的粽子，透出碧莹莹的光泽。红豆啦，咸肉啦，火腿啦，都要尽可能地弄得妥帖，她妈已经很忙碌地张罗了好几天了。为要买到称心的粽叶，起几个大早到菜市场等着了。无论如何，这是妮妮爱吃的东西，三年前她离家时，书包里装下多少她妈妈包的粽子啊！一直吃到她当家教的琳达家。

或许，这就是小城的情趣，小城的快乐，小城里一年到头最津津有味的事情之一，那滑渌渌的石板路上，便有了一些匆忙，一些兴奋，一些打破了平静以后的紊乱。

她早先，原本也许并不在意的，可这次回来，见她妈为买不到好粽叶，好糯米而伤透了脑筋的样子，不仅奇怪起来，不知为什么要这样郑重其事？一家两口人，干吗要包这么多？有必要互相送来送去吗？

记得从中学开始，一到端阳，彭天他妈妈会让他送粽子来，她也会捧着粽子送到彭天家去。那时，两家仿佛有了一种默契，何况彭天是她妈教过的最好的品学兼优的学生，成绩好到直接保送上大学。彭天的妈妈一定会塞给她雄黄啊，艾叶啊，菖蒲啊，香袋啊，然后跳跳蹦蹦地回家，一路哼唱着，充满了节日的愉快。她妈是老师，少有功夫为她张罗这些过节的点缀，尤其她爸爸还在的那多年里，他是不大喜欢这一套风俗习惯的。

她知道，小城的人不怎么喜欢她爸爸，有学问是另外一回事。他远不如他妻子有人缘，人们对他，都敬而远之，也许这不是他离去的原因，但不能说毫无关系。

推门进来的，却是浑身上下湿透了的彭天。

小城没有关门的习惯，自然也无所谓敲门了。

他把滴着水的伞信手放在已经够潮湿的屋里，从水汽浸润的塑料袋里掏出几只热烘烘的粽子来。肯定，刚从锅里捞出来的。其实今天才是农历的五月初二，包粽子早了一点。"我叫他们包的——"彭天现在的口气，更多像个干部，人也有些发福了，他在乡镇企业办公室里负责审批手续什么的，大概还比较得意。在这个小城里，她明白，被人羡慕，是快活中的最快活的。可妮妮却认为，你是为自己活，又不是为别人活，别人怎样看你是无关紧要的，拿琳达的话说，我才不管那些，关键在你自己觉得活得怎样！

"吃，吃，妮妮！"一边说，一边就要给她剥，"这是我关照我们单位食堂先为你包的，咸肉的，你最爱吃！"

她没有胃口，根本不想吃。

"不是说会议还有一两天才结束吗？"

彭天说他逃会了，他告诉她，他在会上，"见到了好几位老同学，你也认识的，还问起了你，让我给你带好呢？"

"使你难堪了吧？"

"妮妮，你别瞎说瞎想了！"停了一会儿，他莫名其妙地笑了，"真亏他们想得出来，还要我请客，向我表示祝贺咧！"

她心情不安地望着他，其实，她并不在乎这小城里的人怎么在背后议论她，更不在乎同学师长，甚至有点子文化的人，表面上的亲热而在内心里的鄙视。只有两个人，她感到有些歉意，一位是她妈，一位便是这会儿给她剥粽子的彭天了。她并不认为自己做得有什么不妥，贞操这种东西，看得重就重，看得淡就淡。做了也就做了，事情发生了也就发生了，有什么办法？对也罢，错也罢，何况很难用一个对或一个错来作判断的，所以不值得为之号天嚎地，悲痛欲绝。这是琳达的话，并非没有道理，别人不信，她信。感情本来就像海潮一样，说来就涌上来了，谁也阻挡不了。若是一平如镜的沙滩，海水无声地浸润过来，如此缠绵的胶着着，交融着，是感情的一种表现状态；假如海岸线岩礁林立，山石壁陡，潮水遏制不住地冲过来，必然是汹涌澎湃，浪花飞溅，那种强烈的，突然爆发的，乃至于惊心动魄的感情，不也是很壮观的吗？

哪怕是一刹那呢，如果是真正的快乐，那就值。

有的女人，活了一辈子，也许得不到这样的幸福。

她妈听她表达了这种琳达式的想法以后，好一会儿，不吭声，然后，还是不赞同地摇了摇头，因为教科书不这么写。

彭天说过，对于她所发生的这件事，不是十分计较的。他引用了"白璧微瑕"这句成语，表示他不在乎，还像三年前那样地爱着她。这固然使她感动，她妈尤其感动，以至于老泪纵横，似乎他把这位迷途羔羊挽救于沉沦之中。她不再感动了，而且讨厌他的宽容和大度，因为她并没有请求他原谅，她并不急着嫁人，琳达活得比谁更不好吗？所以，她不一定需要他来收留她这样一个失贞的女孩子。她可以考虑，或许作为一种归宿，选择彭天当然也是可以的。他并不坏，他肯定会对她很好，但也没有明确答应啊，怎么能锣鼓喧天地到处去讲呢？

难道，由于我现在这种境遇，你就有资格替我做主了吗？

"彭天，你怎么能瞎说哪！"

"我没有，是他们起哄，要我在大三元请一顿！"那是小城里最出名的粤菜馆子了。

"简直是胡闹，你太过分了！八字还没有一撇——"

"是啊，我也这样说，等上级宣布了我的任命，再吃也不迟嘛！"

妮妮一颗心落地，她误会了，两个人想的满拧。他有比他和她之间感情维系更重要的事情，在牵挂着他的心。那张春风得意的脸，使她认出了另一个她不熟悉的彭天。

"他是男人，他有事业，妮妮，你应该理解。他愿意娶你，不嫌你，这是你的运气，像他这样的，城里多少人家想把女儿给他呢！我想——"她妈在替她安排："你们会有一个小家庭，一个非常幸福的、人人羡慕的美满家庭。不是马上要提拔他当工业局的副局长了吗？不到三十岁，就是科级干部，在我教过的全部学生中，他是最出类拔萃的了。然后你们会有一个小宝贝，过着丰衣足食的生活，彭天还会上升，也许调到地区去，也许调进省里去，都不是没有可能的。"

"我呢？我呢？"她问。

她妈觉得奇怪，这其中不就包括了你吗？

"我是说我，妈，"

"你是他的妻子啊！"

"就是每天晚上，脱光了衣服，睡在他身边的女人？那我可不干！"

她妈眉头又皱了起来："这又是你那个琳达教你的？想想真后悔，那年端阳，就不该让你走出去，我怎么不接受你爸爸的教训呢？唉！一离开小城，就再也不想回到这里来了。也怪，彭天怎么就恋着本乡本土，四年大学，半点不变样地回来了。我始终相信，一方水土养一方人，他不是也过得如鱼得水地，很开心的吗？"

她想起电脑里让裘志强惊吓的格言："罗马人以为他们即是全世界！"她说："妈，恐怕我是我爸女儿的缘故，过去，我跟他谈得来，如今……"

"别胡说，妮妮，你慢慢地就会适应的。一个女人，除一个好丈夫外，还求什么？你到哪儿找？那个糟蹋了你的人，会……"

"妈，我再说一遍，不是那么一回事。他需要我，我需要他，就这样。"

她妈一听到这些，恨不能堵上耳朵，蒙上眼睛。

剥好的粽子放在她面前，已经凉了。彭天继续讲他开会的事，一个组织部的干事和他聊了些什么，一个油脂燃料公司的经理，怎样希望他帮忙，一个老校友从省城给他打电话，给会议造成的冲击波，真以为他在省里有后台呢？雨势又弱了下来，他仍旧用刚才大雨哗哗时的嗓门，讲一些他认为可笑可乐，而她觉得并不可笑可乐的事情。她原来反感老板那张毫无表情的脸，后来，她倒发现看一张表情太多太烂太虚伪的脸，更不好受。彭天的面部表情，使她想起一个农民站在丰收在望的田头时，那份满足和欣慰，是一种提前预支的快乐。要不是一只苍蝇嗡嗡地飞过来，他还未必住口呢！

那只苍蝇犹豫了一下，落在了已经不热的粽子上。她挥了下手，赶走了它。

这时，他才注意到她只是看了这只剥开的粽子，并没有吃。"你怎么连尝也不尝一下？"

她说谢谢，一点胃口也没有。

"因为不是我妈裹的？"他问。

妮妮还从未想得这么多，哦，真无聊！这就是小城。小城人的全部乐趣，就在于小城再找不出乐趣的情况下，还能找到的这点乐趣了。她可以想象那些叽叽喳喳，人们如何绘声绘色，面露亢奋的过瘾的神态在议论她。那个躲在家中的妮妮吗？她也许早不是处女了，她跟她老板睡觉了，她没脸在大城市里呆下去了，她回来做了人工流产，又打算把自己推销给彭天了，不就是有张漂亮脸子吗？无论如何也是人家吃过的残茶剩饭了，她老子也不是本分人家的人，心更野，野到美国去了。等等等等，她记得自己三年前在小城里，也曾这样快乐地窃窃私议过别人的。

她真后悔冒冒失失闯回来，难怪她爸爸一去不归，她不该在小城做人工流产，以为有妈妈照顾，谁知适得其反。她记得她爸爸走前赌过咒，饿死也不吃回头草。

裴志强后来又一次问过她爸的情况，一般情况，老板不怎么关心人。或许，是对她工作出色的奖励，但脸仍旧铁青着。

她没有再拒绝回答，她说她恨过她爸，慢慢地，她终于能够稍稍理解一点，人，应该尽可能地按自己喜欢的方式去生活。不过，撇下她们母女俩，怎么说，太自私了些，是不？她想听听老板的意见。

他说："要是让你们母女俩幸福，你爸就只有留下来，可留下来，他又不幸福。"

"你说他走是对的？"

"反正，要想得到什么，就得失去什么——"这是琳达和他们这一些人经常说的。"但我，尽量少失去些，尽量多得到些，是我的经营原则。所以，总部对我放手，授权我方便行事，别的子公司做不到这点。"

她知道他在总部的威望，但也知道总部对他的戒备。同时，老板也明白总部对这位能干秘书的良好印象，这次从她爸爸引起的话题，是要她懂得她应该做什么，不应该做什么？

她未曾料到被录用，甚至连琳达也想不到她从一般公关性质的秘书，升到决策层面的与总部直接联系的秘书，平均每个季度要到香港去一次，有时到新加坡，大概也和彭天去开的会一样，是远东总部的例会吧？

老板还是那个"德行"，她讨厌。不过，她佩服他的干劲。

总部的那位香港巨富之一，知道该雇什么人给他在大陆打天下。正如他知道应该给她高工资一样，因为她确实是拳打脚踢的一把好手。还有一个理由，她在总部心目里，有那么一点分量。

琳达一般不管别人的事，不过这个聪明女人分析形势，提醒她对付这个不好合作的家伙，如果她不想给他当俯首帖耳的奴隶，该撤了。她当然不甘心，混到这个层面，干不掉他，要是她打算咬他一口的话，够他流一阵血的。

不知道她为什么要让他受伤？说不好是种什么感情？

也许她不是一个安分守己的女人，她真想坦诚地告诉彭天，你比裘志强怎样？我不可能做一个你只需要肉体的妻子，烧饭的妻子和享受你成功喜悦的妻子，以及有一张招牌面孔却无须乎头脑的妻子。

"不行！彭天，我办不到。"

姑且不考虑这个长有一百年古老青苔的小城，即使嫁给了你，我也保证不了以后要是碰上像裘志强那样让你真恨真爱的男人，会不会跟他私奔？甚至不在乎以后把我甩掉！

彭天的脸刷的一下白了。

是的，我承认，我不可救药。我就是那一次在总部，当着董事长，也就是最大的投资者面前，狠狠地告了他一状，让他在那么多的分公司的老板中间，下不了台，足足地羞辱了他一顿以后，我把自己给了他的。是的，是我主动的。我们在浅水湾那间酒店里，他也说不好是恨？是爱？是报复？是疯狂？那是我见到他第一次露出牙齿的笑，真可怕。那样子像是要吃掉我，若是我真被他吃了，我也决不悔的。这其中没有任何强迫，没有交易，也许他不该，可我更不该。你可以看不起我，鄙视我，咒骂我，你完全用不着可怜我，我自作自受。但我能够给自己做主，能够想做我自己想做的事情，就满足了。我不愿意在这个长满青苔的小城里，享受你为我创造的平静安生的日子，哪怕碰得头破血流呢，我活该！

"你能明白我吗？"她问。

"妮妮，"这个最早支持她走出小城的人叹息："想不到你会变成这样？"

"不好？"

他那本来为他自己前景而辉煌起来的眼睛，开始暗淡了。好半天，才说了一句："又到端阳了！"

"也许你不赞成，我并不觉得我原来那样就多么的好。彭天，人活在世上，不能没有热烈，哪怕是一刹那的热烈，你才会感到你活得值——"

雨，好像止住了。

她谁开窗户，檐头还在滴水，连木头窗框也长满了碧绿的青苔。也许是端阳节快要到临的缘故，小城里洋溢着一股艾蒿的芬芳和粽叶的香味，这在大城市里是不大容易闻到的。

"你要走了吗？"她见彭天站起来，便问。

他没有再说什么，低下头去拿他的伞，然后，她送他出院子。

天空里铅灰色的云层压得很低很低，扯棉拉絮的云被并不大的风，吹得乱糟糟地，有的往山那边飘，有的朝小城这边涌，两个人驻足抬头看了一回，便在一直未关着的院门口分手了。

图书在版编目（CIP）数据

没意思的故事／李国文著.－北京：中国文联出版社，2010.5

ISBN 978－7－5059－6699－4

Ⅰ.①没… Ⅱ.①李… Ⅲ.①中篇小说－作品集－中国
－当代 Ⅳ.①I247.5

中国版本图书馆CIP数据核字(2010)第055854号

书　　名	没意思的故事
作　　者	李国文
出　　版	中国文联出版社
发　　行	中国文联出版社 发行部（010－65389150）
地　　址	北京农展馆南里10号(100125)
经　　销	全国新华书店
责任编辑	薛燕平　姚莲瑞
责任校对	师自运
责任印制	陈　晨
印　　刷	北京隆昌伟业印刷有限公司
开　　本	710×1000　1/16
印　　张	20.5
插　　页	1页
版　　次	2010年5月第1版第1次印刷
书　　号	ISBN 978－7－5059－6699－4
定　　价	39.00元

您若想详细了解我社的出版物
请登陆我们出版社的网站http://www.cflacp.com